a vista infinita

KATHARINE McGEE

A vista infinita

Tradução
Ana Carolina Mesquita

ROCCO
JOVENS LEITORES

Título original
THE TOWERING SKY

Esta é uma obra de ficção. Nomes, personagens, lugares, e incidentes são produtos da imaginação da autora, foram usados de forma fictícia. Qualquer semelhança com pessoas reais, vivas ou não, estabelecimentos comerciais, acontecimentos ou localidades é mera coincidência.

Copyright © 2018 by Alloy Entertainment e Katharine McGee

Todos os direitos reservados.

Edição brasileira publicada mediante acordo
com Rights People, London.

alloyentertainment

Original produzido por Alloy Entertainment
1325 Avenue of the Americas
Nova York, NY 10019
www.alloyentertainment.com

Direitos para a língua portuguesa reservados
com exclusividade para o Brasil à
EDITORA ROCCO LTDA.
Rua Evaristo da Veiga, 65 – 11º andar
Passeio Corporate – Torre 1
20031-040 – Rio de Janeiro – RJ
Tel.: (21) 3525-2000 – Fax: (21) 3525-2001
rocco@rocco.com.br
www.rocco.com.br

Printed in Brazil/Impresso no Brasil

preparação de originais
SOFIA SOTER

CIP-Brasil. Catalogação na fonte.
Sindicato Nacional dos Editores de Livros, RJ.

M429v

McGee, Katharine, 1988-
    A vista infinita / Katharine McGee; tradução Ana Carolina Mesquita. – 1ª ed. – Rio de Janeiro : Rocco Jovens Leitores, 2020.
    (Milésimo andar; 3)

Tradução de : The towering sky
ISBN: 978-65-5667-016-4
ISBN: 978-65-5667-018-8 (e-book)

    1. Ficção americana. I. Mesquita, Ana Carolina. II. Título. III. Série.

20-65108

CDD: 813
CDU: 82-3(73)

O texto deste livro obedece às normas do
Acordo Ortográfico da Língua Portuguesa.

Para Deedo, e para Snake, in memoriam

PRÓLOGO

Dezembro de 2119

A PRIMEIRA NEVE do ano em Nova York sempre foi um pouco sobrenatural.

Ela doura os defeitos da cidade, suas arestas duras, transformando Manhattan em um orgulhoso e cintilante lugar setentrional. A magia paira, pesada, no ar. Na manhã da primeira neve, até mesmo os mais calejados dos nova-iorquinos param nas ruas para olhar o céu, imobilizados por uma sensação silenciosa de reverência. Como se, a cada verão quente, esquecessem que isso era possível, e só conseguissem voltar a acreditar quando os primeiros flocos de neve beijam seus rostos.

É quase como se a neve pudesse limpar a cidade, revelando todos os segredos monstruosos e enterrados.

Melhor seria se alguns segredos permanecessem escondidos.

Foi em uma dessas manhãs de silêncio frio e encantado que uma garota se postou no telhado de um gigantesco arranha-céu de Manhattan.

Ela se aproximou da beirada e o vento agitou seus cabelos. Flocos de neve dançavam ao redor dela como lascas de cristal. Sua pele resplandecia à luz que antecedia a aurora como um holograma superexposto. Tivesse alguém estado ali em cima para vê-la, a descreveria como atormentada e perfeitamente bela. Além de apavorada.

Há um ano ela não ia ao telhado, que, no entanto, continuava exatamente igual. Painéis fotovoltaicos se aninhavam em sua superfície, aguardando para beber da luz do sol e convertê-la em energia utilizável. Uma imensa espira de aço se retorcia para o alto, colidindo com o céu. Enquanto, abaixo dela, zumbia uma cidade inteira — uma torre de mil andares, fervilhando com milhares de pessoas.

Algumas ela amara, de outras, se ressentira. Outras nunca conhecera. Mesmo assim, cada uma, a sua maneira, a traíra. Tinham tornado sua vida insuportável ao privá-la da única pessoa que amara de verdade.

A garota sabia que já fazia tempo demais que estava ali. Começava a sentir a tontura escorregadia que já conhecia bem, à medida que seu organismo ia desacelerando o ritmo, lutando para se acostumar à quantidade reduzida de oxigênio, para reunir recursos e levá-los ao centro do corpo. Ela dobrou os dedos dos pés, que estavam dormentes. O ar lá embaixo era oxigenado e enriquecido com vitaminas, mas ali em cima, no telhado, parecia tão fino quanto um chicote.

Ela esperava que pudessem perdoá-la pelo que estava prestes a fazer. Não havia outra escolha. Ou era isso, ou levar uma vida murcha, faminta, pela metade: uma vida desprovida da única pessoa que fazia com que valesse a pena viver. Ela sentiu uma pontada de culpa, mas mais intensa ainda era a profunda sensação de alívio, porque ao menos — e finalmente — tudo aquilo em breve chegaria ao fim.

A garota levou a mão aos olhos e os enxugou, como se suas lágrimas tivessem sido provocadas pelo vento.

— Sinto muito — disse, muito embora não houvesse ninguém por perto para ouvi-la.

Com quem estaria falando, afinal? Quem sabe se com a cidade a seus pés, com o mundo inteiro ou com a própria consciência silenciosa.

Afinal, que importância aquilo tinha? Nova York tocaria a vida com ou sem ela, exatamente como sempre — ruidosa, eletrizante, estridente e deslumbrante. Nova York não ligava a mínima se aquelas fossem as últimas palavras que Avery Fuller pronunciaria.

AVERY

Três meses antes

AVERY TAMBORILOU OS dedos, inquieta, no braço do assento do helicóptero da família. Sentiu o olhar do namorado pousar sobre ela e ergueu o rosto.

— Por que você está me olhando assim? — perguntou, provocando.

— Assim como? Como se eu quisesse te beijar? — Max respondeu à própria pergunta, inclinando-se para beijar os lábios dela. — Você pode até não perceber, Avery, mas eu estou sempre com vontade de te beijar.

— Favor preparar-se para a aproximação final da cidade de Nova York — interrompeu o piloto automático do helicóptero, projetando as palavras pelos alto-falantes escondidos.

Não que Avery precisasse daquela informação atualizada; vinha acompanhando o progresso da viagem desde o início.

— Tudo bem com você? — Os olhos de Max eram carinhosos.

Avery remexeu-se no assento, esforçando-se para encontrar uma explicação. A última coisa que queria era que Max pensasse que ela estava ansiosa por causa *dele*.

— Não é nada, é que... tanta coisa aconteceu enquanto eu estava fora.

Foi um longo tempo. Sete meses, o maior intervalo que ela se ausentara de Nova York em todos os seus dezoito anos de vida.

— Inclusive eu.

Max sorriu, conspiratório.

— Principalmente você — disse Avery, espelhando o sorriso dele.

A Torre subia rapidamente, dominando a vista das janelas de flexividro do helicóptero. Avery já a tinha visto sob aquela perspectiva diversas vezes — graças a todos os anos que viajara com a família ou com a amiga Eris e seus pais —, porém jamais notara o quanto ela se parecia com uma gigantesca lápide de cromo. Como a lápide de Eris.

Avery afastou aquele pensamento. Em vez disso, concentrou-se na luz de outono que dançava sobre a superfície revolta do rio, lustrando a tocha dourada da Estátua da Liberdade que um dia parecera tão alta e agora se via absurdamente diminuída pela gigantesca vizinha, a megatorre de mil andares que brotava da superfície de concreto de Manhattan. A Torre que a empresa de seu pai ajudara a construir e em cujo topo moravam os Fuller: a cobertura mais alta do mundo todo.

Avery deixou o olhar percorrer os barcos e autocarros que zumbiam lá embaixo, nos monotrilhos suspensos no ar tão delicadamente quanto fios de teia de aranha.

Havia deixado Nova York em fevereiro, logo após o lançamento do novo complexo residencial vertical de seu pai, em Dubai. Foi na noite em que ela e Atlas decidiram que não poderiam mais continuar juntos, não importando o quanto se amassem. Porque, mesmo não sendo parentes de sangue, Atlas era o irmão adotivo de Avery.

Avery pensara, naquele momento, que seu mundo tinha se estilhaçado. Ou, talvez, que quem tivesse se estilhaçado fosse ela — em tantos pedacinhos infinitesimais que ela se tornara aquela personagem da historinha infantil, cujos pedaços nunca puderam ser montados de novo. Tivera certeza de que morreria de tanta dor.

Que idiota tinha sido pensar que um coração partido a mataria, mas era o que tinha sentido.

Os corações, porém, são órgãozinhos curiosos, teimosos e elásticos. Depois que, afinal, ela não morreu, Avery se deu conta de que desejava partir — desejava se afastar de Nova York, das lembranças doloridas e dos rostos familiares. Exatamente como Atlas tinha feito antes.

Já tinha se inscrito no programa de verão de Oxford; simplesmente enviou um ping à secretaria de matrícula, perguntando se poderia antecipar a transferência, a tempo de cursar o semestre da primavera. Reuniu-se com o diretor da Berkeley Academy para solicitar créditos escolares para os cursos universitários de Oxford. Obviamente todos concordaram — como se alguém pudesse negar qualquer coisa à filha de Pierson Fuller.

A única resistência, surpreendentemente, viera do próprio Pierson.

— Por que isso tudo, Avery? — exigira saber, quando ela o procurou com os documentos da transferência.

— Preciso ir embora. Para bem longe, longe de qualquer lembrança.

Os olhos de seu pai tornaram-se sombrios.

— Eu sei que você sente saudades dela, mas isso me parece extremo.

Claro. Ele pensou que aquilo se devia à morte de Eris. Em parte, era verdade — porém, Avery estava de luto por Atlas também.

— Preciso me afastar da Berkeley por um tempo, só isso. Todo mundo fica me olhando nos corredores, fofocando — insistiu ela, sincera. — Só quero ir embora. Ir para algum lugar onde ninguém me conheça, e eu não conheça ninguém.

— Você é conhecida no mundo inteiro, Avery. Ou, pelo menos, se ainda não é, logo será — respondeu seu pai, com voz macia. — A propósito, eu estava mesmo para te contar... vou concorrer à prefeitura de Nova York este ano.

Avery o encarou por um instante, em um silêncio chocado. Porém, aquilo não deveria ter sido uma surpresa. Seu pai nunca se sentia satisfeito com o que tinha. Agora que era o homem mais rico da cidade, claro que desejava ser o mais proeminente também.

— Esteja de volta no outono que vem, para as eleições — disse-lhe Pierson.

Não era uma pergunta.

— Quer dizer então que eu posso ir? — Avery perguntou, com o peito tomado por um alívio violento e quase nauseante.

Seu pai soltou um suspiro e começou a assinar os documentos da autorização.

— Um dia, Avery, você vai aprender que não vale a pena fugir das coisas se vai precisar voltar e encará-las.

Na semana seguinte, Avery e um grupo de robôs de mudança abriam caminho espremendo-se pelas ruas estreitas de Oxford. Como os alojamentos já estavam lotados no meio do semestre, Avery postara um anúncio anônimo nos fóruns de discussão da escola e encontrara um quarto numa casinha fora do campus, com um adorável jardim de plantas silvestres nos fundos. De quebra, o quarto vinha com uma colega, uma aluna de poesia chamada Neha. Além de, por sorte, um monte de rapazes na casa vizinha.

Avery encaixou-se com facilidade na vida de Oxford. Adorava o quanto tudo era tão pouco moderno: a maneira como os professores escreviam nos quadros verdes com estranhos bastões brancos; a maneira como as pessoas realmente olhavam para ela ao falar, em lugar de deixarem os olhos deslizar constantemente na direção das beiradas do campo de visão para checar os feeds. A maioria das pessoas dali nem sequer possuía as lentes de contato computadorizadas que Avery crescera usando. A conexão em Oxford era tão ruim que Avery acabara tirando as lentes também e passara a viver como um ser humano pré-moderno, usando mais nada além de um tablet para se comunicar. Sua visão ficou deliciosamente crua e desimpedida.

Certa noite, enquanto escrevia um ensaio para a aula de arte do Leste Asiático, Avery distraiu-se com os barulhos da casa ao lado. Os vizinhos estavam dando uma festa.

Em Nova York, ela teria simplesmente ligado o silenciador: o aparelho que bloqueava ondas sonoras externas, criando um pequeno bolsão de silêncio mesmo no mais ruidoso dos lugares. Na verdade, isso nem mesmo chegaria a acontecer em Nova York, porque em Nova York Avery *não tinha* nenhum vizinho além do céu, que se estendia para todos os lados do apartamento dos Fuller.

Ela cobriu as orelhas com as mãos em concha, tentando se concentrar, mas os gritos e risadas estridentes aumentaram ainda mais de volume. Por fim, ela se levantou e marchou até a casa ao lado, sem dar a mínima para o fato de estar vestida com shorts de ginástica, o cabelo cor de mel preso no alto da cabeça com uma piranha em formato de tartaruga que Eris lhe dera anos atrás.

Foi quando ela viu Max.

Ele estava no meio de um grupinho no quintal dos fundos, contando uma história com empolgado fervor. Tinha cabelos escuros desalinhados que se projetavam para todas as direções e trajava um suéter azul e jeans também azuis, roupa pela qual as garotas de Nova York teriam zombado dele impiedosamente. Avery, porém, enxergou aquilo como um sinal da sua impaciência elementar, como se ele estivesse preocupado demais com outras coisas para se incomodar com algo tão mundano quanto roupas.

Sentiu-se subitamente ridícula. O que queria fazer — ir até ali para dar uma *bronca* nos vizinhos por estarem se divertindo? Recuou um passo, justamente quando o rapaz que contava a história a olhou, no fundo dos olhos. Ele sorriu, entendendo tudo. Então seu olhar deslizou para além dela e ele continuou falando, sem interromper o fio da meada.

Avery espantou-se com a faísca de irritação que sentiu. Não estava acostumada a ser ignorada.

— Claro que eu votaria a favor no referendo, se eu pudesse votar aqui — dizia o rapaz. Tinha sotaque alemão, sua voz subia e descia segundo um frenético espectro de emoções. — Londres *precisa* expandir-se para o alto. Cidades são vivas; se não crescerem, murcham e morrem.

Ele estava falando sobre a lei do seu pai, percebeu Avery. Depois de anos fazendo lobby no Parlamento britânico, Pierson Fuller finalmente conseguira passar o referendo nacional que determinaria se a Grã-Bretanha iria pôr abaixo a capital para reconstruí-la na forma de uma supertorre gigantesca. Muitas cidades ao redor do mundo já o haviam feito — Rio, Hong Kong, Beijing, Dubai e, claro, Nova York, pioneira, vinte anos antes —, mas algumas das cidades europeias mais antigas relutavam.

— Eu votaria contra — intrometeu-se Avery. Aquela não era a opinião mais popular entre os jovens, e seu pai teria ficado lívido, mas ela sentiu um desejo perverso de chamar a atenção daquele garoto. Seja como for, não deixava de ser verdade.

Ele fez uma meia reverência irônica na direção dela, convidando-a a prosseguir.

— É que Londres não pareceria mais Londres — continuou Avery. Londres se tornaria mais uma das elegantes cidades automatizadas de seu pai, apenas mais um mar vertical de anonimato.

Os olhos do garoto se enrugaram prazerosamente quando ele sorriu.

— Chegou a dar uma olhada na proposta? Haverá batalhões de arquitetos e designers para garantir que o clima de Londres seja preservado, *melhor* até do que antes, inclusive.

— Mas isso nunca acontece de fato. Quando você está em uma torre, há menos sensação de conexão, de espontaneidade. Menos — ela ergueu as mãos de modo meio impotente — disso aqui.

— Menos pessoas entrando de penetra nas festas? Por algum motivo, acho que as pessoas fazem isso nos arranha-céus sem o menor problema.

Avery sabia que devia estar corando de constrangimento, mas em vez disso, explodiu em uma gargalhada.

— Maximilian von Strauss. Pode me chamar de Max — apresentou-se o rapaz.

Havia acabado de concluir seu primeiro ano em Oxford, explicou, na área de economia e filosofia. Queria obter um Ph.D. e tornar-se professor universitário, ou autor de livros obscuros sobre economia.

Havia decidamente um toque antiquado em Max, pensou Avery; como se ele tivesse atravessado um portal de outro século e ido parar ali. Talvez fosse sua franqueza. Em Nova York, todos pareciam medir a própria superioridade de acordo com o grau de cinismo e desdém. Max não tinha medo de *importar-se* com as coisas, publicamente e de uma forma nada irônica.

Em poucos dias, ele e Avery estavam passando a maior parte do tempo livre juntos. Estudavam na mesma mesa na Biblioteca Bodleian, rodeados pelas lombadas desgastadas de romances antigos. Sentavam-se às mesas externas do pub local, ouvindo o som das bandas amadoras de alunos ou o suave cricrilar dos gafanhotos nas noites quentes de verão. Nem uma vez sequer atravessaram os limites da amizade.

No início, Avery tratou aquilo como um experimento. Max era como um daqueles curativos da época antes da invenção de varinhas médicas; ele a ajudava a esquecer o quanto ainda estava magoada pelo término com Atlas.

Porém, em algum momento, parou de parecer um Band-Aid e começou a parecer real.

Eles voltavam a pé para casa, à noitinha, ao longo do rio, um par de sombras crepusculares contra a tapeçaria de árvores. O vento aumentou de intensidade, ondulando a superfície das águas. À distância, os arcos brancos de pedra calcária da universidade resplandeciam, num tom azul-claro, sob o luar.

Avery procurou, hesitante, a mão de Max. Sentiu que ele se assustou um pouco, surpreso.

— Imaginei que você tivesse namorado em sua cidade — comentou, como se estivesse respondendo a alguma pergunta que ela tivesse feito, e talvez ela tivesse mesmo.

— Não — respondeu Avery em voz baixa. — Eu só estava... me recuperando de uma perda.

Os olhos escuros dele sustentaram o olhar dela, refletindo o brilho do luar.

— Já se recuperou?

— Eu chego lá.

Agora, nos assentos acolchoados enormes do helicóptero de seu pai, ela se inclinou na direção de Max. Os assentos estavam revestidos com um tecido de padronagem azul-marinho e dourada que, sob inspeção cuidadosa, revelava ser uma série de *Fs* cursivos entrelaçados. Até o carpete sob os pés dela estava estampado com o monograma da família.

Não pela primeira vez, ela se perguntou o que Max acharia daquilo tudo. Como encararia os pais dela? Ela já tinha conhecido a família dele num fim de semana em Würzburg, nas férias. A mãe de Max era professora universitária de linguística e o pai escrevia romances, mistérios deliciosamente chocantes em que no mínimo três pessoas eram assassinadas por livro. Nenhum dos dois falava inglês muito bem. Ambos simplesmente abraçaram Avery efusivamente e usaram o tradutor automático engraçado das lentes de contato, que, apesar de anos e anos de atualizações, deixava a fala das pessoas parecida com a de criancinhas bêbadas.

— Isso é porque a linguagem tem muitas músicas — tentou explicar a mãe de Max, e Avery achou que com isso ela estava se referindo a nuances de significado.

De resto, todos conseguiram se comunicar muito bem com gestos e risadas.

Avery sabia que com seus pais a coisa seria bem diferente. Ela os amava, é claro, mas sempre houve uma distância cuidadosamente mantida entre eles. Às vezes, quando era menor, Avery via os amigos com as mães e sentia uma pontada aguda de inveja: do modo como Eris e a mãe andavam abraçadas na Bergdorf's, inclinadas uma em direção à outra em meio a risadinhas conspiratórias, parecendo mais amigas que mãe e filha. Ou até mesmo de Leda e sua mãe, que, como todos sabiam, tinham brigas homéricas, mas sempre choravam, abraçavam-se e faziam as pazes depois.

Os Fuller não demonstravam afeto dessa maneira. Mesmo quando Avery era bem pequenininha, eles nunca a acarinhavam nem se sentavam ao seu lado na cama quando ela estava doente. Na cabeça deles, era para isso que serviam os empregados. Só porque eles não eram do tipo carinhoso, não queria dizer que a amassem menos, Avery lembrava a si mesma. No entanto... às vezes ela se perguntava como seria ter pais com quem pudesse sair junto, pais com quem pudesse ser irreverente.

Os pais de Avery sabiam que ela estava namorando e disseram que mal podiam esperar para conhecer o rapaz. Mesmo assim, volta e meia ela se preocupava com a possibilidade de que eles olhassem uma vez para Max, em toda sua glória alemã desarrumada, e tentassem despachá-lo. Agora que seu pai estava concorrendo à prefeitura de Nova York, parecia mais obcecado que nunca com a imagem da família. Seja lá o que isso significasse.

— No que você está pensando? Está com medo de que suas amigas não gostem de mim? — perguntou Max, surpreendentemente próximo da verdade.

— Claro que elas vão gostar — disse ela, resoluta, embora não soubesse bem o que esperar das amigas naquele momento, muito menos da sua melhor amiga, Leda Cole. Quando Avery deixou a cidade na primavera anterior, Leda não estava exatamente em sua melhor forma mental.

— Estou muito feliz por você ter vindo comigo — acrescentou ela. Max só ficaria alguns dias em Nova York antes de voltar para o início do segundo ano de curso em Oxford. O fato de ele ter cruzado o oceano por ela, apenas para conhecer as pessoas que eram importantes na sua vida e a cidade onde ela nascera, significava muito.

— Como se eu fosse deixar passar a oportunidade de ficar mais tempo ao seu lado!

Max esticou a mão para roçar o polegar levemente sobre os nós dos dedos de Avery. Uma pulseira fina de tear, lembrança de um amigo de infância que morrera jovem, deslizou pelo pulso de Max. Avery apertou a mão dele.

Eles se inclinaram alguns graus para o lado, entrando na corrente de ar que se agitava em torno da beirada da Torre. Até mesmo aquele helicóptero, que fora cuidadosamente projetado para ter peso extra em todos os lados a fim de evitar turbulências, não pôde evitar ser fustigado com aqueles ventos tão fortes. Avery se segurou firme quando o heliponto aberto surgiu diante deles: recortado da parede da Torre, em ângulos perfeitos de noventa graus, completamente rigoroso, plano e resplandecente, como se berrasse que era novíssimo. Como era diferente de Oxford, onde os telhados abaulados e irregulares se erguiam contra o céu cor de vinho!

O helicóptero deu uma guinada na direção do heliponto, agitando o cabelo da multidão aglomerada à espera. Avery piscou, espantada. O que toda aquela gente estaria fazendo ali? As pessoas se acotovelavam, segurando pequenas máquinas de captura de imagem com lentes cujo meio cintilava como os olhos de um ciclope. Provavelmente eram vloggers ou repórteres da i-Net.

— Pelo jeito Nova York está feliz em ter você de volta — comentou Max, arrancando um sorriso pesaroso de Avery.

— Sinto muito. Eu não tinha ideia. — Ela estava acostumada a enfrentar um ou outro blogueiro de moda que queria tirar fotos de seus looks, mas nada parecido com aquilo.

Então ela avistou seus pais, e percebeu exatamente de quem era a culpa. Seu pai tinha decidido tornar sua volta para casa um evento de marketing.

A porta do helicóptero se abriu e uma escada se desdobrou como um acordeão. Avery trocou um último olhar com Max antes de começar a descer os degraus.

Elizabeth Fuller deu um passo à frente, trajando saltos altos e um vestido de alta-costura feito sob medida.

— Bem-vinda de volta, meu amor! Sentimos saudades.

Avery esqueceu a irritação pelo fato de a reunião deles estar acontecendo daquela maneira, sob o calor e o barulho de um heliponto lotado. Esqueceu tudo, exceto o fato de que estava revendo a mãe depois de tantos meses afastada.

— Também senti saudades! — exclamou, puxando a mãe em um abraço apertado.

— Avery! — Seu pai deu as costas para Max, que estivera apertando sua mão. — Que alegria ter você aqui!

Ele também abraçou Avery, e ela fechou os olhos, retribuindo o abraço — até seu pai girá-la habilmente para que ela ficasse em um ângulo melhor em relação às câmeras. Ele recuou um passo, parecendo elegante e satisfeito consigo mesmo na sua camisa branca impecável, sorrindo de orgulho. Avery tentou esconder a decepção — pelo pai ter transformado a sua volta para casa em um acontecimento publicitário e pela mídia ter aceitado.

— Obrigado a todos vocês! — declarou ele com sua voz retumbante e encantadora, para todos os que estavam gravando. O que ele estava agradecendo, Avery não conseguia entender ao certo, mas, a julgar pelos repórteres assentindo, não devia ter importância. — Estamos felicíssimos por nossa filha, Avery, ter voltado do semestre que passou no exterior bem a tempo das eleições! Avery ficaria feliz em responder algumas perguntas — acrescentou seu pai, empurrando-a delicadamente para a frente.

Na verdade, ela não ficaria nem um pouco feliz, mas não tinha escolha.

— Avery! O que as pessoas estão usando na Inglaterra agora? — gritou uma blogueira de moda que Avery reconheceu.

— Há...

Não importava quantas vezes ela tinha dito que não era uma fashionista: ninguém parecia acreditar. Avery lançou um olhar suplicante para Max — não que ele pudesse ser de grande ajuda — e sua atenção prendeu-se na gola da camisa de flanela dele. A maioria dos botões da camisa eram marrom-escuros, porém um deles era bem mais claro, de um tom castanho-dourado. Ele devia ter perdido aquele botão e o substituído por outro, sem se importar com o fato de não combinar com os demais.

— Botões contrastantes — ouviu-se dizer. — Quer dizer, botões que não combinam. De propósito.

O olhar de Max cruzou-se com o dela, e ele ergueu uma sobrancelha, divertido. Ela se obrigou a desviar os olhos para não explodir na risada.

— E quem é esse? Seu novo namorado? — perguntou outra blogueira, fazendo com que o foco do grupo se voltasse avidamente na direção de Max.

Ele deu de ombros, tranquilo.

Avery percebeu que o olhar de seus pais endurecera ao fitarem Max.

— Isso. Este é meu namorado, Max — declarou ela.

Um urro ligeiro ergueu-se da multidão diante daquelas palavras, mas, antes que Avery pudesse dizer mais, Pierson já havia passado um braço protetor em torno dela.

— Muito obrigado pelo apoio! Estamos muito felizes de ter Avery de volta a Nova York — repetiu ele. — Agora, se nos dão licença, precisamos de um tempo a sós como família.

— Botões contrastantes? — Max apressou o passo para acompanhá-la. — Imagino de onde tirou essa ideia.

— Você devia me agradecer. Graças a mim agora você é o cara mais estiloso de Nova York — brincou Avery, segurando sua mão.

— Exato! Como vou lidar com esse tipo de pressão?

Enquanto eles caminhavam na direção do hover que os aguardava, a mente de Avery flutuou até as últimas palavras de seu pai. *Um tempo a sós como família.* Só que, naquele momento, eles não eram uma família, pois uma pessoa muito importante não estava presente.

Avery sabia que não devia pensar nele, mas não conseguiu deixar de imaginar o que Atlas estaria fazendo agora, a meio mundo de distância.

LEDA

— **QUE GOSTOSO, NÃO?** — arriscou a mãe de Leda, com um tom de voz impiedosamente animado.

Leda lançou um olhar rápido e desinteressado ao redor. Ela e Ilara estavam com água morna na altura da cintura, rodeadas pelos rochedos de bordas ásperas da Lagoa Azul. O teto do 834º andar assomava acima, tingido de um tom azul profundo que contrastava com o humor de Leda.

— Claro — murmurou ela, ignorando a mágoa que cobriu rapidamente os traços da mãe. A última coisa que ela queria hoje era ter saído de casa. Estava muito bem no quarto, sozinha com sua tristeza minguada e solitária.

Leda sabia que a mãe só estava tentando ajudar. Será que aquela saída forçada fora sugerida pelo dr. Vanderstein, o psiquiatra que atendia as duas? *Por que não experimentam fazer um "programa de garotas"?*, Leda conseguia escutá-lo dizer, com aspas invisíveis. Ilara teria aceitado agradecida a ideia. Qualquer coisa para arrancar a filha daquele estado de espírito sombrio e inabalável.

Um ano antes, teria funcionado. Era tão raro Leda conseguir arrancar um naco do tempo da sua mãe que ela teria ficado agradecida pela simples possibilidade de ficar um pouco com ela. A antiga Leda sempre adorara ir a um novo spa ou restaurante da moda antes de todo mundo.

A Lagoa Azul tinha sido inaugurada dias antes. Depois do terremoto inesperado do ano anterior, que fez a Islândia ser devorada pelo mar, uma empreiteira comprara a lagoa submersa do desnorteado governo islandês a preço de banana. Passaram meses escavando cada lasquinha de rocha vulcânica e despacharam tudo para Nova York, onde a lagoa foi recriada pedra por pedra.

Típicos nova-iorquinos, sempre determinados a trazer o mundo até eles, como se não quisessem se dar ao trabalho de pôr o pé para fora da ilhota.

Não importa o que vocês tenham, pareciam dizer ao restante do mundo, *nós podemos recriar aqui — e ainda melhor.*

Leda costumava sentir essa mesma autoconfiança fria. Ela tinha sido a garota que sabia tudo de todo mundo, que distribuía fofocas e favores, que tentava dobrar o universo à sua vontade — mas isso fora antes.

Correu a mão de um jeito desinteressado pela água, perguntando-se se seria tratada com partículas que distorciam a luz a fim de adquirir aquele tom impossível de azul. Ao contrário da lagoa original, aquela não era abastecida por uma fonte verdadeira de água termal. Era apenas água de torneira, aquecida, infundida de multivitaminas e um toque de aloe vera, supostamente muito melhor que aquele treco sulfuroso fedido original.

Leda também tinha escutado o boato de que os gerentes da lagoa borrifavam calmantes ilegais no ar: nada de mais, apenas o bastante para perfazer 0,02 % da composição do ar. Bem, ela com certeza faria bom uso de um calmantezinho agora.

— Vi que Avery voltou para Nova York — arriscou Ilara, e o nome abriu caminho à força pela carapaça protetora dormente de Leda.

Tinha sido fácil não pensar em Avery enquanto ela estivera na Inglaterra. Avery nunca fora de conversar muito por vídeo; desde que Leda respondesse sua ocasional mensagem de uma linha, podia fazer Avery pensar que estava tudo bem. No entanto, temia que, ao ver Avery novamente, todas aquelas lembranças fossem desenterradas — aquelas que Leda obrigava-se a não pensar a respeito, aquelas que ela enterrara bem fundo dentro de si, na escuridão...

Não, disse a si mesma, Avery devia estar tão pouco disposta a remexer o passado quanto Leda. Agora ela estava com Max.

— Ela está com um novo namorado, não é? — Ilara brincou com a alça do maiô preto. — Sabe alguma coisa a respeito dele?

— Um pouco. O nome dele é Max.

A mãe assentiu. As duas sabiam que a velha Leda teria borbulhado de entusiasmo com aquela pergunta, fazendo diversas conjecturas e especulações a respeito de Max, tentando determinar se ele estaria ou não à altura de sua melhor amiga.

— E você, Leda? Não tenho ouvido você falar de garotos ultimamente — continuou sua mãe, embora ela soubesse perfeitamente bem que Leda estivera sozinha o verão todo.

— É porque não tenho nada para falar a esse respeito.

A mandíbula de Leda enrijeceu e ela afundou um pouco mais na água.

Ilara hesitou, mas aparentemente decidiu ir adiante.

— Eu sei que você ainda não esqueceu Watt, mas talvez seja hora de...

— Tá falando sério, mãe? — vociferou Leda.

— Você teve um ano tão difícil, Leda; só quero te ver feliz! E Watt... — Ela fez uma pausa. — Você nunca me contou o que aconteceu com ele.

— Não quero falar sobre isso.

Antes que sua mãe pudesse pressioná-la mais, Leda segurou a respiração e mergulhou na lagoa, sem dar a mínima para o fato de que as vitaminas esquisitas da água deixariam seu cabelo ressecado. A água era morna e agradavelmente silenciosa, amortecendo todos os sons. Ela desejou poder ficar submersa para sempre, ali embaixo, onde não havia fracasso nem dor, nem erro nem mal-entendido, tampouco decisões erradas. *Lavai-me e serei puro*, lembrou ela, da escola dominical. Só que Leda jamais seria pura, nem mesmo se ficasse ali embaixo para sempre. Não depois do que fizera.

Primeiro tinha sido aquela confusão toda com Avery e Atlas. Por mais difícil que fosse acreditar agora, Leda tinha gostado de Atlas — inclusive, trouxa, pensara que o *amava*. Até descobrir que ele e Avery estavam namorando em segredo. Leda estremeceu, lembrando-se de como ela confrontara Avery no telhado, na noite em que tudo dera terrivelmente errado.

Eris, amiga das duas, tentara acalmar Leda, apesar de Leda berrar para que ela se afastasse. Quando Eris se aproximou dela, Leda a empurrou — e sem querer fez com que ela despencasse da Torre.

Depois disso, não era de espantar que Avery quisesse dar o fora de Nova York. Olha que Avery nem sequer sabia da história toda. Somente Leda conhecia a parte mais sombria e vergonhosa da verdade.

Eris era sua meia-irmã.

Havia descoberto isso no inverno, da boca da ex-namorada de Eris, Mariel Valconsuelo. Mariel lhe contara durante a festa de lançamento da nova torre de Dubai — logo antes de drogar Leda e abandoná-la para que morresse, à beira da praia na maré enchente.

A verdade das palavras de Mariel ressoara dentro de Leda com finalidade nauseante. Fazia muito mais sentido do que aquilo que ela acreditara estar acontecendo: que Eris estava tendo um caso secreto com seu pai. Não: a verdade era que Eris e Leda tinham o *mesmo* pai; e pior, agora Leda entendia que Eris descobrira isso antes de morrer. Era isso o que Eris estivera tentando lhe contar naquela noite no alto do telhado, e que Leda entendera tão radicalmente errado.

Saber que havia matado sua própria *irmã* consumia Leda por dentro. Ela sentia vontade de socar e berrar até que o céu se abrisse. Não conseguia dormir, atormentada pelas tristes imagens de Eris no alto do telhado, olhando funestamente para ela com aqueles olhos de reflexos cor de âmbar.

Só havia uma maneira de encontrar alívio para aquele tipo de dor, mas Leda jurara que jamais tocaria nela novamente. Porém, não conseguiu se conter. Com voz trêmula, mandou um ping para seu velho traficante.

Passou a tomar cada vez mais comprimidos, misturando-os e combinando-os com imprudência espantosa. Não estava nem aí para o que mandava goela abaixo, desde que a anestesiasse. Então, como no fundo sabia que ia acontecer, Leda exagerou na dose.

Ficou desaparecida por um dia inteiro. Quando a mãe a encontrou no dia seguinte, Leda estava enrodilhada em sua cama, ainda de jeans e sapatos. Em algum momento seu nariz devia ter começado a sangrar. O sangue tinha escorrido pela blusa e coagulara em flocos grudentos por todo o peito. Sua testa estava pegajosa e úmida de suor.

— Por onde você andou? — gritou sua mãe, horrorizada.

— Não sei — confessou Leda. Havia uma palpitação na cavidade oca de seu peito, onde seu coração deveria estar. A última coisa de que ela realmente se lembrava era de ter se drogado com o traficante, Ross. Não conseguia se recordar de mais nada nas últimas vinte e quatro horas; nem ao menos sabia como tinha conseguido se arrastar até em casa.

Seus pais a mandaram para uma clínica de reabilitação, aterrorizados pelo medo de que Leda houvesse tentado se matar. Talvez, em algum nível inconsciente, ela tivesse *mesmo*. Só estaria acabando o que Mariel começara.

Então, para sua surpresa, descobrira que Mariel também tinha morrido.

Logo após aquele confronto horrível em Dubai, Leda enviara um alerta i-Net para rastrear quaisquer menções ao nome de Mariel. Nunca imaginaria que o alerta fosse apanhar um *obituário*, porém um dia, na clínica, encontrou-o à sua espera na caixa de entrada: *Mariel Arellano Valconsuelo, dezessete anos, foi ter com o Senhor. Deixa seus pais, Eduardo e Marina Valconsuelo, e seu irmão, Marcos...*

Foi ter com o Senhor. Isso era ainda mais vago do que o costumeiro *faleceu* ou *morreu subitamente.* Leda não tinha ideia do que havia acontecido com Mariel, se ela se envolvera em algum acidente ou sofrera uma doença repentina. Talvez ela também tivesse começado a se drogar — devido à dor de perder Eris, ou ao arrependimento pelo que fizera com Leda em Dubai.

Ao saber da notícia da morte de Mariel, um novo calafrio começou a inundar Leda. Aquilo, estranhamente, parecia uma espécie de sinal, como um terrível presságio do que estaria por vir.

— Preciso melhorar — ela declarou para sua médica naquela tarde.

A dra. Reasoner sorriu.

— Claro, Leda. Todos queremos que você melhore.

— Não, a senhora não entendeu — insistiu Leda, quase frenética. — Estou presa em um ciclo vicioso de mágoa e dor, e quero me libertar, mas não sei como!

— A vida é difícil, e drogar-se é fácil. As drogas protegem do mundo real, evitam que sinta qualquer coisa em profundidade — explicou a dra. Reasoner, em um tom gentil.

Leda conteve a respiração, desejando poder explicar que seu problema ia além das drogas: era o turbilhão escancarado da escuridão dentro de si que parecia atraí-la, e a todos os que a rodeavam, inexoravelmente para baixo.

— Leda — prosseguiu a médica —, você precisa romper os padrões emocionais que desencadeiam seu vício e recomeçar do zero. É por esse motivo que recomendo que seus pais a enviem para um internato depois que concluir o seu tratamento aqui. Você precisa de um recomeço.

— Não posso ir para o internato!

Leda não conseguia suportar a ideia de afastar-se das amigas e da família, estando tão frágil e despedaçada quanto estava.

— Neste caso, a única maneira de escapar desse ciclo é com uma reconfiguração completa e absoluta.

A dra. Reasoner explicou que Leda teria de amputar as partes envenenadas da vida, como um cirurgião com um bisturi, e seguir adiante com aquilo que restasse. Ela precisava cortar fora tudo o que pudesse desencadear seu comportamento problemático e reconstruir-se.

— E o meu namorado? — sussurrara Leda.

A dra. Reasoner deu um suspiro. Ela tinha conhecido Watt no início daquele ano, quando ele viera à clínica acompanhar Leda.

— Creio que Watt é o pior gatilho de todos.

Mesmo em meio à névoa cega de sua dor, Leda percebeu que a doutora tinha razão. Watt a conhecia — conhecia *de verdade*, por baixo de qualquer mínimo pedacinho de disfarce, todas as suas inseguranças e medos, todas as coisas terríveis que ela fizera. Watt também estava enredado demais na Leda que ela tinha sido, e ela precisava se concentrar em quem estava se tornando agora.

Assim, quando voltou da clínica, rompeu o namoro com Watt de vez.

Os pensamentos de Leda foram interrompidos por uma notificação brilhando em tom vermelho intenso na sua visão periférica.

— Olha! Está na hora da massagem! — exclamou Ilara, olhando esperançosamente para a filha.

Leda tentou esboçar um sorriso, apesar de já não dar mais a mínima para massagens. Massagens pertenciam à Leda de antigamente.

Caminhou pela água atrás da mãe, passando pela estação de máscara de lama e pelo bar de gelo esculpido na área isolada por cordas, reservada aos tratamentos VIP. Elas atravessaram uma barreira de som invisível e as risadas e vozes da Lagoa Azul sumiram de repente, substituídas por uma música de harpa que deslizava pelos alto-falantes.

Dois colchões flutuantes tinham sido dispostos na área coberta, cada qual ancorado ao fundo das águas com uma corda cor de marfim. Leda estacou, com as mãos sobre o colchão. Subitamente, a única coisa que conseguia ver era a echarpe cor de creme de Eris, flutuando contra o cabelo ruivo-dourado enquanto ela caía nas trevas. A echarpe que Leda havia tão drasticamente interpretado errado, por ter sido um presente do *pai* de Leda...

— Leda? Está tudo bem? — perguntou sua mãe, com o cenho franzido de preocupação.

— Claro — respondeu Leda rigidamente, e subiu no colchão de massagem. Este logo começou a se aquecer: os sensores identificaram onde ela estava dolorida, personalizando o tratamento.

Leda tentou obrigar os olhos a se fecharem e relaxar. Tudo ficaria bem, agora que a escuridão do ano anterior tinha ficado para trás. Ela não podia deixar os erros do passado pesarem sobre si.

Deixou as mãos correrem pelas águas artificialmente azuis da lagoa, tentando esvaziar a mente, mas seus dedos se abriam e em seguida se cerravam ansiosamente num punho.

Vou ficar bem, repetiu a si mesma. Desde que conseguisse se manter distante, à parte de tudo aquilo que pudesse desencadear seus antigos vícios, ela estaria a salvo do mundo.

E o mundo estaria a salvo dela.

CALLIOPE

CALLIOPE BROWN APOIOU as palmas das mãos sobre a grade de ferro fundido, olhando para a rua a setenta andares de altura.

— Ah, Nadav! — sua mãe, Elise, exclamou às suas costas. — Você tinha razão. É absolutamente perfeito para a recepção do casamento.

Estavam no terraço ao ar livre do Museu de História Natural: um terraço de verdade, exposto, com portas que se abriam para o ar dourado e açucarado de setembro. O céu cintilava com o brilho polido do esmaltado. Era um dos últimos andares onde era possível de fato ficar ao ar livre. Qualquer andar mais acima e os terraços já não eram mais verdadeiros, apenas salões com uma bela vista encerrados por vidraças de polietileno.

Livya, filha de Nadav e futura meia-irmã de Calliope, soltou um *ooh* de aprovação de onde estava, perto das portas. Calliope nem se deu ao trabalho de virar-se. Estava perdendo a paciência com Livya, embora se esforçasse ao máximo para esconder aquele sentimento.

Ela e Livya jamais seriam amigas. Livya era uma seguidora de regras insuportável, o tipo de garota que ainda enviava cartõezinhos de agradecimento em alto-relevo e soltava uma risadinha falsa aguda sempre que um dos professores contava uma piada idiota. Pior, ela era irremediavelmente dissimulada e maliciosa. Calliope tinha a impressão de que, se sussurrasse um segredo atrás da porta fechada, Livya encostaria o ouvido ansiosamente no buraco da fechadura para escutar.

Ouviu Nadav dizer qualquer coisa indistinguível às suas costas, provavelmente mais um *eu te amo* baixinho para Elise. Coitado do Nadav. Ele realmente não tinha ideia de onde tinha se metido quando pediu a mãe de Calliope em casamento na festa de lançamento da torre de Dubai dos Fuller. Não tinha como saber que Elise era profissional em ficar noiva, que aquele era o décimo quarto pedido de casamento que ela recebia nos últimos anos.

Quando Calliope era criança e morava em Londres, sua mãe trabalhara como assistente pessoal de uma mulher rica e fria chamada sra. Houghton, que jurava de pés juntos ter ascendência aristocrática. Independentemente de aquilo ser mesmo verdade (Calliope duvidava muito), com certeza não dava o direito a sra. Houghton de tratar a mãe de Calliope tão mal quanto tratava. Finalmente, a situação chegou a um ponto tão extremo que Calliope e Elise fugiram de Londres. Calliope tinha apenas onze anos.

As duas embarcaram em uma vida de nomadismo glamoroso, viajando o mundo e usando sua inteligência e beleza para, como Elise gostava de dizer, *aliviar os ricos de sua fortuna excessiva*. Uma das principais estratégias eram os pedidos de casamento. Elise fazia alguém se apaixonar e noivar com ela, depois fugia com o anel de noivado antes de o casamento se consumar. A coisa não se resumia apenas aos falsos noivados; ao longo dos anos, Elise e a filha haviam inventado os mais diversos tipos de histórias, de parentes falecidos há tempos a fraudes bancárias, histórias de lágrimas e paixões — o que fosse necessário para que as pessoas recorressem a suas contas de bitbanco. Assim que elas transferiam o dinheiro, Calliope e Elise sumiam do mapa.

Não era fácil viver desgarradas assim, não nos tempos atuais, mas elas eram muito, muito boas no que faziam. Calliope só fora apanhada uma vez, e ainda não entendia o que tinha acontecido.

Foi na noite da festa de Dubai, logo depois que Nadav e Elise ficaram noivos — depois que Elise propôs a Calliope que as duas ficassem em Nova York de vez. Que ela levasse em frente os planos do casamento e elas vivessem ali, em vez de apanharem o primeiro trem para outro lugar. O sangue de Calliope pulsou forte de animação ante aquela perspectiva. Ultimamente ela vinha sentindo uma estranha necessidade de se acomodar, de levar uma vida de verdade, e Nova York parecia o lugar perfeito para se fazer isso.

Até que Avery Fuller a confrontara.

— Eu sei de toda a verdade sobre você e sua mãe. Então agora vocês duas vão dar o fora de Nova York — Avery havia ameaçado, insuportavelmente fria e distante. Calliope sabia que precisava recuar. Não tinha escolha.

Felizmente, só durou poucas horas, pois logo viu Avery e Atlas *se beijando* e percebeu que tinha uma carta na manga contra Avery que era tão poderosa quanto a que Avery tinha contra ela.

Confrontou Avery a respeito quando voltaram para Nova York.

— Eu não vou a lugar nenhum — declarou. — E se você contar a alguém o que sabe a meu respeito, vou contar o que sei sobre você. Você pode até me derrubar, mas é melhor acreditar que, se fizer isso, vai cair junto.

Avery se limitara a encarar Calliope, com olhos exaustos e avermelhados, como se nem mesmo a estivesse enxergando: como se Calliope fosse tão imaterial quanto um fantasma.

Calliope não havia percebido, então, no que estava se metendo com aquela decisão de ficar em Nova York e levar adiante a farsa. Devia ter prestado mais atenção na narrativa de sua mãe. Elise sempre adequava a história do passado das duas de acordo com o alvo em vista — e no caso do intenso Nadav, o ciberengenheiro tranquilo, de voz macia, Elise apostara todas as fichas. Apresentara ela e Calliope como um par de filantropas doces, sérias e compassivas que tinham passado anos viajando pelo mundo, oferecendo-se como voluntárias para atuar nas mais diversas causas.

Calliope conseguiu ficar em Nova York para levar uma vida "normal" e estável pela primeira vez em anos. Porém, aquilo veio com um preço tremendo: não poderia ser ela mesma.

Por outro lado, será que alguém era de fato si mesmo em Nova York? Aquela não era a cidade das pessoas vindas do nada, pessoas que se reinventavam assim que chegavam? Calliope olhou para os rios gêmeos que fluíam por Manhattan como o frio rio Lete — como se, no momento em que os atravessasse, todo o seu passado se tornasse irrelevante, e você renascesse como alguém completamente diferente.

Era isso que ela amava em Nova York. Aquele sentimento absoluto de *vida*, um fluxo de energia furiosa, implacável. Aquela crença nova-iorquina de que ali era o centro do mundo, e Deus ajude quem estivesse em outro lugar.

Olhou resignada para seu disfarce — ela se recusava a pensar naquela roupa como um look, porque não era nada que ela teria escolhido vestir —, um vestido mídi feito sob medida e saltos baixos. O cabelo castanho volumoso estava preso num rabo de cavalo na altura da nuca, exibindo um par de brincos modestos de água-marinha. O visual era elegante como o de uma dama, e insuportavelmente enfadonho.

De início ela tentara aumentar o limite da tolerância de Nadav. Afinal, ele era o noivo de sua mãe, não de Calliope. Por que deveria se importar se ela resolvesse usar vestidos colados e ficasse na rua até tarde? Ele a vira no baile do Fundo do Mar e na festa de Dubai. Com certeza sabia muito bem que a filha de Elise não era tão bem-comportada quanto Elise — ou melhor, quanto Elise fingia ser.

Contudo, Nadav rapidamente deixara bem claro que esperava que Calliope seguisse as mesmas regras que Livya. Tudo nele era direto e rígido. Ele parecia enxergar o mundo inteiro como um problema de computação, em puro contraste preto e branco — ao contrário de Calliope e sua mãe, que operavam nas tonalidades de cinza.

Durante meses, Calliope se atirara de cabeça naquele papel. Abaixara a cabeça, levara a sério os estudos, cumprira os horários de voltar para casa. Mas já havia se passado muito tempo, muito mais do que ela jamais mantivera uma farsa, e Calliope estava começando a irritar-se por baixo daquelas restrições. Sentia como se estivesse se perdendo naquela atuação sem fim — como se estivesse se afogando nela.

Apoiou os cotovelos na grade. O vento bagunçou seu cabelo, puxou o tecido do vestido. Um estilhaço de dúvida havia se infiltrado em sua mente, e ela não conseguia desalojá-lo. Será que ficar em Nova York valia tudo aquilo?

O sol estava começando a baixar à distância, um furioso clarão dourado acima do horizonte em formato de lombo de dragão de Jersey. No entanto, a cidade não mostrava sinais de desacelerar. Os autocarros se movimentavam em filas coordenadas ao longo da rodovia West Side. Lascas do sol poente dançavam sobre o Hudson, cobrindo-o de uma camada lustrosa fina e cálida de bronze. Lá no rio, um velho navio fora repaginado num bar, onde nova-iorquinos teimosamente seguravam suas cervejas enquanto as ondas os golpeavam. Calliope sentiu uma necessidade súbita e intensa de estar ali embaixo com eles, envolvida entre as risadas e o balanço do navio — em vez de estar ali em cima como uma estátua silenciosa que respirava.

— Estava pensando que os convidados poderiam tomar o coquetel aqui fora, enquanto terminamos nossas fotos — ia dizendo Nadav. Os cantos de sua boca quase se viraram para cima em um sorriso, mas não chegaram a tanto.

Elise bateu palmas, como uma garotinha.

— Adorei! — exclamou ela. — Claro que não vai funcionar se o dia estiver chuvoso, mas…

— Já enviei o nosso pedido meteorológico para o Serviço Metropolitano de Meteorologia — interrompeu Nadav, ansiosamente. — Será uma noite perfeita, exatamente como esta.

Ele estendeu o braço, como se estivesse oferecendo o pôr do sol de presente, e Calliope supôs que era exatamente o que ele estava fazendo.

Ela devia saber que era possível comprar tempo bom no dia de seu casamento, pensou, ironicamente. Tudo em Nova York, afinal de contas, estava à venda.

Elise levantou a mão, em protesto.

— Ah, você não devia ter feito isso! Nem imagino quanto deve ter custado... você precisa cancelar o pedido e entregar todo esse dinheiro para doação...

— De forma alguma — rebateu Nadav, inclinando-se para beijar a mãe de Calliope. — Só desta vez, você será o centro de tudo.

Calliope quase não conseguiu impedir-se de revirar os olhos. Como se a mãe não fosse *sempre* o centro de tudo. Elise e suas vontades. Nadav não tinha ideia de que estava caindo em um dos truques de manipulação mais básicos do mundo: psicologia reversa. Com certas pessoas, quanto mais se implora para que não gastem dinheiro com você, mais determinadas elas se tornam em fazer exatamente isso.

O coordenador de eventos do museu entrou no terraço para informá-los de que a degustação de aperitivos estava servida. Enquanto eles se dirigiam em fila até as portas, Calliope lançou um olhar comprido sobre o ombro, para a enorme expansão de céu. Então virou as costas e entrou com passos obedientes e mecânicos.

WATT

ERA NOITE DE SEXTA-FEIRA, e Watzahn Bakradi estava fazendo a mesma coisa que fazia toda sexta. Estava no bar.

O bar daquela noite se chamava Heliponto. A clientela dos andares medianos da Torre provavelmente achava que fosse algum tipo de ironia *hipster* hilária, mas a teoria de Watt era diferente: o lugar se chamava Heliponto porque ninguém tinha se dado ao trabalho de dar-lhe um nome mais criativo.

Porém, Watt precisava admitir que o bar era bem maneiro. Durante o dia funcionava como um heliponto de verdade, em pleno funcionamento — havia até mesmo marcas de pneu feitas poucas horas antes no chão cinza de fibra de carbono —, mas, quando a noite caía, depois da partida do último helicóptero, o lugar se transformava em um bar ilegal.

O teto assomava como uma cavernosa caixa torácica de aço. Atrás de uma mesa dobrável, atendentes humanos preparavam drinques com coolers: ninguém se arriscaria a trazer um bartender robô até ali, pois um robô denunciaria todas as infrações à segurança existentes. Dezenas de jovens, trajando tops curtos ou camisetas com estampas eletrônicas mutantes, estavam reunidos no centro do espaço. O ar zunia de empolgação e atração, com o pulsar baixo das caixas de som. O mais impressionante de tudo, no entanto, eram as portas duplas do heliponto — que tinham sido abertas de modo irregular, como se um gigantesco tubarão houvesse arrancado um pedaço da parede exterior da Torre. O vento gelado noturno agitava a lateral da construção. Watt conseguia escutá-lo por baixo da música, um zumbido estranho, sem corpo.

Os jovens festeiros não paravam de olhar naquela direção, atraídos pelo céu noturno aveludado, mas ninguém se aventurava a se aproximar demais. Havia uma regra subentendida de permanecer daquele lado da faixa vermelha de segurança pintada no chão, a cerca de vinte metros da abertura do hangar.

Poderiam pensar que quem se aproximasse mais do que isso estava planejando pular.

Watt ouvira dizer que às vezes, imprevisivelmente, helicópteros pousavam ali à noite, com pacientes ou emergências médicas. Se acontecesse, todo mundo tinha que dar o fora em quatro minutos. O tipo de gente que frequentava o bar não se importava com incertezas. Fazia parte do apelo: a emoção de flertar com o perigo.

Ele transferiu o peso do corpo para a outra perna, segurando com determinação em uma das mãos uma garrafa de cerveja geladíssima. Não era a primeira cerveja da noite. Quando ele começou a sair daquela maneira, logo depois que Leda terminou com ele, escondia-se nos cantos do bar onde por acaso estivesse, tentando ocultar sua dor, o que só fazia piorá-la ainda mais. Agora, pelo menos, a ferida estava cicatrizada o bastante para que ele conseguisse ficar no meio de uma multidão, o que fazia Watt sentir-se ligeiramente menos solitário.

Os níveis de álcool de seu sangue estão mais altos que os limites permitidos por lei, relatou Nadia, o computador quântico instalado no cérebro de Watt. Ela projetou as palavras nas lentes de contato como se ele tivesse recebido um flicker, comunicando-se com ele do modo como costumava fazer em público.

Que novidade, Watt pensou, de modo mais ou menos imaturo.

Só me preocupo com você bebendo sozinho.

Não estou bebendo sozinho, observou Watt, ironicamente. *Todas essas pessoas estão aqui comigo.*

Nadia não riu da piada.

O olhar de Watt foi atraído por uma garota bonita de pernas e braços compridos e pele cor de oliva. Atirou a garrafa de cerveja no lixo reciclável e caminhou na direção dela.

— Quer dançar? — perguntou quando chegou perto. Nadia tinha caído em absoluto silêncio. *Vamos, Nadia. Por favor.*

A garota mordeu o lábio inferior e olhou em torno.

— Não tem mais ninguém dançando...

— Mais um motivo para sermos os primeiros — argumentou Watt, justamente quando a música de repente mudou para uma canção pop irritante.

A relutância da garota desapareceu visivelmente, e ela riu.

— Esta é minha música preferida! — exclamou ela, segurando a mão de Watt.

— Sério? — perguntou Watt, como se não soubesse.

Era por causa dele, ou melhor, de Nadia, que aquela música começara a tocar. Nadia tinha hackeado a página da garota nas mídias sociais para descobrir sua música favorita e em seguida sequestrado as caixas de som do bar para tocá-la, tudo isso em menos de um segundo.

Valeu, Nadia.

Tem certeza de que deseja me agradecer? Essa música é um lixo, rebateu Nadia, com tanta veemência que Watt não pôde evitar um sorriso.

Nadia era a arma secreta de Watt. Qualquer um podia pesquisar a i-Net com lentes de contato computadorizadas, claro, mas até mesmo os últimos modelos de lentes operavam por comando de voz — o que significava que, se desejasse pesquisar qualquer coisa, precisava pronunciar aquilo em voz alta, da mesma maneira como enviava um flicker. Só Watt podia pesquisar na i-Net em silêncio discreto, porque só Watt tinha um computador instalado no cérebro.

Sempre que Watt conhecia uma garota, Nadia instantaneamente escaneava as redes sociais dela e determinava o que ele deveria dizer a fim de conquistá-la. A garota podia ser uma artista gráfica tatuada, então Watt fingia amar desenhos 2-D antigos e uísque exclusivo. Ou então podia ser uma intercambista estrangeira, e Watt agia de modo urbano e sofisticado; ou uma apaixonada por causas políticas, e Watt juraria ser a favor da causa dela, seja lá qual fosse. O roteiro sempre mudava, mas em todos os casos era fácil de seguir.

Aquelas garotas estavam todas à procura de alguém como elas. Alguém que ecoasse as opiniões delas, que dissesse o que elas queriam escutar, que não as pressionasse nem contradissesse. Leda fora a única garota que Watt conhecera que *não* queria isso, que na verdade preferia que apontassem suas besteiras.

Ele forçou-se a não pensar em Leda, concentrando-se na garota de olhos brilhantes à sua frente.

— Eu me chamo Jaya — disse ela, aproximando-se e envolvendo os ombros de Watt com seus braços.

— Watt.

Nadia lhe forneceu algumas frases para puxar conversa, perguntas sobre os interesses de Jaya e sua família, mas Watt não estava a fim de papo furado.

— Preciso ir embora daqui a pouco — ele ouviu-se dizer.

Uau, você está mesmo colocando os carros na frente dos bois hoje, não? Nadia comentou secamente. Ele não se deu ao trabalho de responder.

Jaya assustou-se um pouco, mas Watt logo prosseguiu.

— Estou cuidando de um cachorrinho resgatado do abrigo e preciso voltar para ver se ele está bem — disse ele. — Tenho um desses robôs cuidadores de animais de estimação, mas mesmo assim acho estranho deixá-lo com ele. Ele é muito novinho, sabe?

A expressão de Jaya suavizou-se no mesmo instante. Seu sonho era ser veterinária.

— *Claro* que eu entendo! Que tipo de cachorrinho?

— A gente acha que é um border terrier, mas não temos certeza absoluta. Parece que ele foi encontrado sozinho no Central Park.

Por algum motivo, a mentira deixou um gosto rançoso na boca de Watt.

— Não brinca! Tenho um border terrier resgatado também! Ele se chama Frederick — exclamou Jaya. — Foi encontrado embaixo da antiga ponte de Queensboro.

— Nossa, que coincidência — Watt disse, sem a menor empolgação.

Jaya não pareceu perceber a falta de surpresa dele. Olhou-o por trás de seus cílios espessos que batiam rapidamente.

— Quer que eu vá te ajudar? Sou muito boa com animaizinhos resgatados — ela ofereceu.

Era exatamente o que Watt estava tentando conseguir, mas agora que Jaya havia feito a sugestão, ele viu-se surpreendentemente desinteressado. Teve a impressão de que nada nem ninguém jamais conseguiria surpreendê-lo.

— Não precisa, acho que eu consigo me virar — disse ele. — Mas valeu.

Jaya ficou amuada.

— Tudo bem, então — disse com frieza, e saiu andando.

Watt passou a mão pelo rosto, exausto. O que havia de errado com ele? Derrick jamais se conformaria se soubesse que Watt estava rejeitando garotas bonitas que se convidavam para ir até sua casa. Só que ele não queria nenhuma daquelas garotas, porque nenhuma conseguia apagar a lembrança daquela que ele tinha perdido. A única de quem ele realmente gostara.

Em vez de se dirigir até a saída, Watt se viu caminhando para o outro lado. Os dedos de seus pés pararam no início da faixa de segurança pintada no chão. Estrelas cintilavam lá no alto do céu. E pensar que a luz delas estava se dirigindo a toda velocidade na direção dele a trezentos milhões de metros por segundo. Mas e as trevas? Com que velocidade as trevas se dirigiam até nós depois que uma estrela morria e sua luz se apagava para sempre?

Não importa a rapidez com que a luz viaja pelo espaço, Watt pensou: a escuridão sempre parece chegar primeiro.

Inevitavelmente, seus pensamentos se voltaram para Leda. Desta vez ele nem tentou afastá-los.

Era tudo culpa sua. Ele deveria ter observado Leda com mais atenção naquelas primeiras semanas depois de Dubai. Ela havia insistido que precisava de um tempo sozinha, depois de tudo o que tinha acontecido. Watt tentou respeitar seus desejos — até descobrir que ela tinha tomado uma overdose e iria voltar à clínica de reabilitação.

Quando ela voltou para casa, semanas depois, Leda não parecia ansiosa para revê-lo.

— Oi, Watt — dissera, com voz oca, abrindo a porta de casa. Estava vestida com um suéter cinza-claro grande demais para ela e shorts pretos de tecido plastificado, os pés descalços no chão de madeira de lei do hall de entrada. — Que bom que você veio. A gente precisa conversar.

Aquelas quatro palavras encheram Watt de um tremor de pressentimento.

— Eu... eu estava tão preocupado contigo — gaguejou ele, dando um passo à frente. — Não me deixaram falar com você na clínica, eu pensei que você estivesse...

Leda o interrompeu abruptamente.

— Watt, a gente precisa parar de se ver. Não posso continuar contigo, não depois de tudo o que eu fiz.

O coração de Watt bateu com força no peito.

— Eu não ligo — garantiu ele. — Eu sei o que você fez e não me importo, porque eu...

— Você não tem ideia do que está falando! — berrou Leda. — Watt, Eris e eu tínhamos o mesmo pai. Eu matei a minha meia-irmã!

As palavras dela reverberaram no ar. Watt sentiu sua garganta se fechando. Tudo o que desejava dizer para ela agora parecia inadequado.

— Eu preciso começar tudo do zero, tá legal? — A voz dela tremia, e ela parecia decidida a não o olhar nos olhos. — Não vou conseguir melhorar se você estiver por perto. Você é um dos meus gatilhos, o *pior* dos meus gatilhos. Enquanto eu estiver com você, vou continuar reproduzindo os meus antigos comportamentos. Não posso mais me dar ao luxo de fazer isso.

— Isso não é verdade. Você e eu trazemos o melhor um do outro — ele tentou protestar.

Leda fez que não.

— Por favor — implorou ela. — A única coisa que eu quero é seguir em frente. Se você gosta de mim, me deixe em paz, para o meu próprio bem.

A porta se fechou atrás dela com um ruído definitivo.

— Ei, volta aqui! — alguém gritou. Watt se deu conta, desnorteado, de que havia atravessado os limites da faixa de segurança e que caminhava na direção da boca aberta do heliponto.

— Foi mal — murmurou, e recuou alguns passos.

Nem sequer tentou se explicar. O que, exatamente, contaria àquelas pessoas? Que havia algum consolo em olhar pela beirada do edifício? Que era um lembrete agudo do quanto ele era pequeno e insignificante, rodeado pela vasta cidade? Do quão pouco a sua dor importava no esquema maior das coisas?

Finalmente, Watt deu as costas e afastou-se do bar, exatamente da mesma maneira como havia se forçado a afastar-se de Leda todos aqueles meses atrás.

RYLIN

RYLIN MYERS ESTAVA sentada de pernas cruzadas no chão, com antigos equipamentos de armazenagem de vídeo espalhados ao seu redor. Alguns deles tinham formato de discos brilhantes, outros eram semelhantes a caixinhas quadradas. Os delicados traços do rosto de Rylin, que era meio coreana, se retorceram num cenho franzido enquanto ela analisava os itens de hardware, pausando a cada um, como se estivesse decidindo internamente os méritos deles, antes de balançar a cabeça e passar para o próximo. Estava tão entretida nessa tarefa que não ouviu os passos à porta.

— Eu não esperava que você fosse dar tão duro no último dia de trabalho.

Era a chefe de Rylin, Raquel.

— Queria organizar esta última coleção para vocês antes de ir embora. Estamos quase em 2030 — disse Rylin, animada.

Para surpresa de Rylin, Raquel ajoelhou-se no chão ao seu lado. A tatuagem de raio em seu antebraço — que estava programada para cintilar a cada sessenta segundos — surgiu, escureceu e em seguida tornou a desaparecer como fumaça.

— O que você acha que é este aqui? — indagou Raquel intrigada, apanhando um disco com estampa de floco de neve animado e um par de garotas de tranças.

— Gosto dele — disse Rylin depressa, apanhando o disco antes que Rachel pudesse descartá-lo. Ela o juntou à pilha onde estava escrito GUARDAR: POSSÍVEL ADAPTAÇÃO.

Um sorriso curvou o canto da boca de Raquel.

— Vou sentir sua falta, Rylin. Fico muito feliz por você ter se inscrito para trabalhar aqui.

— Eu também.

Rylin passara a maior parte do ano anterior, seu penúltimo ano do ensino médio, em uma escola particular de alto nível em um dos andares mais altos da Torre, com uma bolsa de estudos. Ela havia imaginado que, quando junho chegasse, faria a mesma coisa que fazia todas as férias e arrumaria um emprego qualquer nos andares de baixo para pagar as contas. Até que, justamente quando estava prestes a engolir o seu orgulho e implorar para conseguir de volta seu velho emprego numa lanchonete de estação de monotrilho, Rylin descobriu que a bolsa continuaria ao longo das férias — desde que ela arrumasse um estágio acadêmico.

Ela havia se inscrito para concorrer ao máximo de estágios que encontrara pela frente, principalmente aqueles que tinham a ver com holografia — a criação de filmes holográficos tridimensionais. Então conseguira aquele estágio como arquivista nos estúdios Walt Disney.

Rylin ficara espantada ao saber que aquele emprego se localizava ali, nas entranhas da sede principal da biblioteca pública municipal, nos andares medianos da Torre. Nunca havia ido até ali, embora ela e sua melhor amiga, Lux, costumassem passar horas na biblioteca pública mais próxima. Elas trocavam seus e-textos preferidos, depois criavam peças de teatro sobre eles e as encenavam, com direito até a trilhas sonoras barulhentas e improvisadas, para seus pais perplexos.

No primeiro dia de trabalho, Rylin entrara no lugar e vira Raquel sentada de pernas cruzadas numa cadeira giratória, rodopiando-a de um lado para o outro como uma criança distraída, seu rabo de cavalo balançando de um lado para o outro e batendo de leve no rosto.

— É você a nova estagiária? — perguntara Raquel, um tanto impaciente, e Rylin assentiu.

Raquel explicou que a Disney a contratara para vasculhar todos os títulos antigos da era pré-holografia e separar aqueles que fossem bons para possíveis adaptações.

— As holografias saturaram completamente o mercado cinquenta anos atrás — disse a Rylin. — Naquela época, todo mundo parou de produzir tanto os filmes 2-D quanto os seus equipamentos de exibição. Grande parte desse conteúdo chegou a ser adaptada nas primeiras décadas, mas ainda há muitos filmes que ninguém se deu ao trabalho de refazer.

Rylin sabia que a conversão de 2-D para 3-D era um processo caro e penoso. Era como transformar uma figurinha de palitos em uma escultura: tentava-se fazer com que uma tela plana de pixels pudesse habitar o espaço. A coisa toda exigia centenas de horas de design de computação e criatividade humana.

— Por que isso tudo não está na nuvem, em algum lugar? — quis saber Rylin, intrigada, apontando para as paredes repletas de antigas fitas e discos.

— Parte está, sim: os grandes blockbusters e todos os clássicos. Só que as pessoas perderam o interesse em tentar catalogar e fazer upload de cada coisinha que existe. É aí que nós entramos.

Para surpresa de Rylin, quanto mais tempo ela passava assistindo àqueles velhos filmes 2-D, mais gostava deles. Era impressionante o quanto os diretores conseguiam fazer com os pouquíssimos recursos que tinham nas mãos. Havia uma elegância por baixo dos celuloides planos dos filmes.

— Por falar nisso — disse Raquel agora, enquanto elas continuavam vasculhando metodicamente as caixas —, eu adorei *Starfall*.

Rylin olhou para ela, espantada.

— Você assistiu?

Starfall era um curta em holograma que Rylin tinha escrito e dirigido naquela primavera, ao longo de várias semanas de filmagens angustiadas logo depois que ela retornara de Dubai. Mostrava algumas tomadas de interiores sombrios da Torre justapostas com visões panorâmicas rodadas nos terraços e tomadas em zoom dos olhos de Lux: porque, obviamente, Lux e Chrissa, a irmã de Rylin, foram as únicas atrizes que ela havia conseguido convencer a participar do filme.

— É um filme lindo — respondeu Raquel. — Você fez sua amiga parecer quase... inconstante. Ela é assim na vida real?

— É, sim — conseguiu responder Rylin, enquanto a gratidão desabrochava em seu peito.

Raquel agia como se aquilo não tivesse muita importância — e talvez ela assistir a um filme de cinco minutos não tivesse mesmo —, mas significava muito para Rylin.

Depois de se despedir, Rylin trotou pela entrada principal da biblioteca, com seus grandiosos leões de pedra esculpidos. Embarcou no elevador expresso da linha A em direção aos andares inferiores, desembarcando no 32º. Caminhou os dez quarteirões até o centro recreativo do seu bairro, atravessou as amplas portas duplas, desceu um longo corredor e saiu à luz direta da tarde.

Rylin ergueu uma das mãos para cobrir os olhos. Olhou ao redor do deque, a estreita faixa do 32º andar que se estendia para além do piso superior. O sol parecia um beijo incandescente em sua pele depois da escuridão gelada da biblioteca, muito embora a biblioteca estivesse centenas de andares acima dali. Rylin rapidamente se desvencilhou do macio moletom verde de zíper e começou a atravessar o labirinto de quadras de basquete, procurando por uma pessoa em particular.

Várias quadras mais tarde, ela o encontrou.

Ele não percebeu sua chegada de início. Estava concentrado demais no time de garotos de quinto ano que treinava. Os meninos estavam correndo agora, indo para a frente e para trás em zigue-zague enquanto passavam a bola de um lado para o outro. Rylin reprimiu um sorriso enquanto encostava na grade para observar seu namorado, catalogando silenciosamente todas as coisas que adorava nele. As linhas fortes e bronzeadas de seus braços, quando ele demonstrava um movimento para o time. O modo como seu cabelo se cacheava ao redor de suas orelhas. A ligeireza de sua risada.

Ele olhou para cima, percebeu a presença dela, e seu rosto inteiro se abriu em um sorriso.

— Olha aí, galera! Temos plateia — anunciou, fazendo um sinal meio ridículo de joinha para Rylin.

Ela riu e balançou a cabeça, ajeitando uma mecha de cabelo escuro atrás da orelha. Depois que ela e Hiral terminaram pela primeira vez, Rylin jamais imaginou que eles fossem voltar a ficar juntos. Era prova incontestável de que não dava para prever o que a vida poderia lhe reservar.

* * *

Rylin começara a namorar Hiral Karadjan quando os dois estavam no oitavo ano. Eles moravam perto, no 32º andar, e frequentavam a mesma escola. Ela se lembrava de ter se sentido imediatamente atraída por ele: Hiral possuía uma espécie de energia efervescente, tão palpável que ela imaginava ser até capaz de enxergá-la. Com o tempo percebeu que aquilo era alegria — uma enevoada fulgurância de riso, como os rastros de luz que permanecem no céu depois da passagem de uma estrela cadente.

Hiral ria muito naquela época. Também fazia Rylin rir — o tipo de risada profunda que não se consegue conter, que só se provoca em quem conhece de verdade. Rylin amara isso em Hiral: o modo como ele parecia conseguir entendê-la de uma maneira que ninguém mais conseguia.

Até Cord.

No outono passado, Rylin assumira o antigo emprego de sua mãe como empregada dos Anderton no 969º andar. Apesar de suas melhores intenções, apaixonara-se perdidamente por Cord Anderton. Tentou romper o namoro com Hiral, porém àquela altura ele estava *na cadeia*, preso por tráfico de drogas. As coisas foram ficando cada vez piores até que Rylin traiu a confiança de Cord — e estragou tudo de vez entre eles.

Então, inesperadamente, Rylin conseguiu uma bolsa de estudos na escola particular de alto nível onde Cord estudava, e começou a pensar que talvez fosse possível os dois reatarem. Ela chegara até mesmo a ir a uma festa do outro lado do mundo, em Dubai, na esperança de reconquistá-lo: somente para fazer papel de trouxa e vê-lo beijar Avery Fuller, a garota mais rica e perfeita da face da Terra.

Rylin disse a si mesma que era melhor assim. Cord combinava mais com alguém como Avery, alguém que ele conhecia desde criança; alguém que poderia acompanhá-lo em sua vida de excursões de esqui extravagantes, festas black-tie e seja lá o que mais que eles faziam no alto da estratosfera.

Algumas semanas mais tarde, Hiral foi bater na porta da casa de Rylin. Por algum motivo — talvez por estar se sentindo tão sozinha, ou porque tinha aprendido depois de muita pancada que nem sempre as pessoas recebem a segunda chance que merecem —, ela a abriu.

— Rylin. Oi.

Hiral parecia chocado por ela ter aberto a porta. Rylin teve a mesma sensação.

— Será que a gente pode conversar? — acrescentou ele, transferindo o peso do corpo para a outra perna.

Estava com jeans escuro e um suéter de gola careca que ela não conhecia. Ele estava diferente, também, além das roupas. Parecia mais gentil, mais jovem; as sombras das olheiras haviam se dissipado.

— Beleza — decidiu ela, e abriu um pouco mais a porta.

Hiral entrou, hesitante, como se esperando que algum bicho selvagem fosse pular em cima dele e atacá-lo a qualquer momento, coisa que bem poderia ter acontecido caso Chrissa estivesse em casa. Como ela não estava, Rylin o acompanhou com passos vagarosos até a mesa da cozinha. O silêncio entre eles era tão espesso que era como atravessar um rio a pé.

Ela percebeu o olhar de Hiral vagar até a perna faltante da mesa da cozinha — fora ele quem a quebrara, num acesso de raiva, quando descobriu que Rylin estava saindo com Cord — e a expressão dele se tornar sombria.

— Eu te devo um pedido de desculpas — começou a dizer ele, desajeitadamente. Rylin sentiu vontade de falar, mas algum instinto a fez permanecer em silêncio, deixar que ele terminasse o que tinha a dizer. — As coisas que eu disse e fiz com você, quando estava preso...

Hiral se interrompeu e olhou para baixo, acompanhando com o dedo um padrão irregular entalhado na superfície da mesa. Era uma série de sulcos em forma de meia-lua, como marcas de mordida, onde Chrissa costumava bater a colher quando bebê. *Se fosse um holo*, Rylin pensou do modo mais bizarro, *essas marcas seriam importantes. Significariam* alguma *coisa*. Porém, era a vida real, onde tantas coisas não tinham significado nenhum.

— Desculpa, Rylin. Eu fui um babaca com você. A única coisa que posso dizer é que a cadeia me deixou cagado de medo — disse Hiral, abertamente. — Os caras dali...

Ele não terminou a frase, mas nem precisava. Rylin se lembrava de quando fora visitar Hiral na cadeia: uma penitenciária para adultos, e não juvenil, porque Hiral tinha mais de dezoito anos. O lugar parecia insuportavelmente desalmado, permeado por uma sensação gélida de desespero.

— Eu sei — disse ela, baixinho. — Mas isso não justifica as coisas que você disse e fez.

Hiral pareceu sofrer com aquela lembrança.

— Aquilo eram as drogas falando por mim — apressou-se a justificar. — Eu sei que não é uma desculpa, mas, Rylin... eu tava tão apavorado que continuei usando qualquer coisa em que pudesse pôr a mão na cadeia. Não tenho o menor orgulho disso e gostaria muito de ter agido diferente. Desculpe.

Rylin mordeu o lábio. Ela sabia bastante sobre fazer coisas de que se arrependia.

— Não sei se você ficou sabendo, mas correu tudo bem no julgamento. Consegui meu antigo emprego de volta.

Hiral trabalhava como técnico de manutenção nos enormes elevadores da Torre, suspenso no fosso por cabos finos a quilômetros de altura do chão. Era um trabalho perigoso.

— Que bom — disse Rylin. Sentiu-se culpada por não ter nem mesmo ido ao julgamento dele: ela deveria ter estado lá, mesmo que somente para lhe dar apoio moral, em nome da antiga amizade dos dois.

— Enfim, eu só queria vir aqui te pedir desculpas. Eu mudei, Ry. Não sou mais aquele cara que agiu tão mal contigo. Desculpe por eu ter sido esse cara um dia.

Hiral não desgrudava o olhar dela, e Rylin pôde ver o arrependimento ardendo nele. Sentiu um estranho orgulho dele por ele estar pedindo desculpas; não devia estar sendo fácil.

Pensou, de repente, no que Leda tinha lhe dito outro dia em Dubai — que Rylin não era mais a mesma garota que tinha entrado na Berkeley, na defensiva e insegura. Pode ser que Hiral tivesse mudado, mas ela também tinha. *Todos* tinham mudado. Como não mudariam, depois de tudo o que havia acontecido, depois de tudo o que haviam perdido?

Talvez isso significasse crescer. Era bem mais dolorido do que Rylin imaginara.

— Eu te perdoo, Hiral.

Não esperava dizer isso, mas depois sentiu-se feliz por ter dito.

Ele olhou para ela, com a respiração contida.

— Sério?

Rylin sabia que devia dizer algo mais, mas sentiu-se sufocada por uma enxurrada repentina de lembranças — de como as coisas tinham sido com Hiral antes. Os bilhetinhos que ele costumava deixar para ela nos lugares mais bobos, como na casca de uma banana. O aniversário de namoro em que ele serviu um piquenique noturno no parque, com direito até a velas eletrônicas. A vez em que ela tivera de fazer uma longa viagem de carro para visitar seus avós e Hiral gravou uma playlist para ela, salpicada de clipes curtos de áudio em que ele contava piadas e repetia sem parar o quanto a amava.

Quando a mãe de Rylin morreu, foi Hiral quem segurou a barra ao seu lado, firme e forte, ajudando-a a tomar todas as decisões terríveis que nenhuma filha deveria jamais ter de tomar.

Ele se levantou.

— Obrigado por ter me deixado entrar. Eu sei que você e Cord estão juntos agora, e não vou mais voltar a te incomodar. Só queria mesmo dizer o quanto eu me arrependo.

— Não — disse Rylin. — Não estou com Cord, quero dizer.

O rosto de Hiral abriu-se em um sorriso incrédulo.

— Não?

Ela balançou a cabeça.

— Rylin. — A voz de Hiral tremeu, rouca. — Você acha que a gente um dia poderia… tentar de novo?

— Não sei.

Uma semana antes, Rylin teria respondido que de jeito nenhum, mas ela estava começando a aprender que as coisas estavam em constante mudança, que nada era exatamente da maneira como achava ser, e que isso talvez fosse bom.

— Talvez — esclareceu, e Hiral sorriu.

— Talvez já tá bom para mim.

Agora, parada no centro recreativo, observando Hiral correr de um lado para o outro pela quadra de basquete, Rylin sentia-se feliz por ter lhe dado outra oportunidade.

Eles estavam juntos havia meses e Hiral não quebrara sua promessa. Ele *de fato* tinha mudado. Estava limpo: não fumava nem bebia mais, nem mesmo com os velhos amigos. Quando não estava no trabalho ou com Rylin, vinha aqui no centro recreativo jogar basquete com aquelas crianças.

— Beleza, time! Todo mundo no centro! — berrou ele, e os meninos todos se reuniram no meio da quadra num grupo ansioso, esticaram a mão para a frente e soltaram um grito.

Depois de cumprimentar o último dos garotos com um tapinha, Hiral pulou a cerca para ficar ao lado de Rylin. Enlaçou-a com um dos braços e se inclinou para beijar sua testa.

— Ei, você tá todo suado! — reclamou Rylin, fingindo se esconder por baixo do braço dele, embora na verdade não se importasse com aquilo.

— É o preço que se paga por namorar um astro dos esportes — brincou Hiral.

Viraram-se para a trilha que ladeava o deque, repleta de banquinhos de praça e sprays borrifadores de plantas, e algumas barraquinhas de hambúrgueres e frutas congeladas aqui e ali. Rylin viu uma aula comunitária de yoga reunida em um dos cantos, fazendo saudações ao sol. Como sempre, o deque estava cheio de gente fofocando, discutindo, batendo papo.

Era uma daquelas gloriosas tardes de outono de Nova York, com uma claridade bonita devido à luz baixa que cobria tudo com uma aparência de sonho. Lá embaixo, partículas de sol cintilavam sobre o trânsito da 42nd Street, e hovercars iam e vinham da Torre, flutuando como enxames de moscas preciosas.

— É a minha época do ano preferida — declarou Rylin. O outono sempre lhe pareceu a estação dos recomeços, bem mais que a primavera. Crianças riam a caminho da escola. O ar estava gelado e cheio de promessas. Os dias eram mais curtos e, portanto, tornavam-se mais valiosos.

Hiral levantou uma sobrancelha.

— Você tá ligada que moramos em um edifício de temperatura controlada, né?

— Eu sei, mas olha só para isso!

Rylin esticou o braço para mostrar o deque e a luz difusa do sol, depois girou o corpo impulsivamente e beijou-o.

Quando eles se desvencilharam, Hiral olhou-a intensamente.

— Vou sentir saudades.

Rylin sabia do que ele estava falando. Mesmo com o estágio dela, eles haviam tido a chance de passar bastante tempo juntos naquele verão. Isso estava prestes a mudar, agora que Rylin voltaria a estudar no alto da Torre e teria de se concentrar nas tarefas escolares e em se inscrever para bolsas em universidades.

— Eu sei. Também vou sentir saudades — disse ela.

Nenhum deles mencionou o fato de que Cord — o garoto que estivera entre os dois da última vez — frequentava a mesma escola que Rylin.

AVERY

— MAIS UM ANO, mais uma festa à fantasia — brincou Avery, olhando para Leda, que estava ao seu lado. A outra garota nem sequer sorriu.

Estavam no alto da escadaria, o mesmo lugar em que sempre recuperavam o fôlego durante a festa anual de volta às aulas de Cord, com a diferença de que agora tudo parecia deslocado. Ou melhor, *Leda* parecia deslocada. Normalmente Leda se sentia completamente à vontade em eventos como aquele; sua energia parecia aumentar proporcionalmente ao número de pessoas que estivessem ao seu redor. No entanto, naquela noite, estava contida, mal-humorada, até, como se ressentida por Avery tê-la arrastado até ali.

Desde que voltara a Nova York, Avery não parava de insistir em saber quando as duas poderiam se encontrar, mas Leda enrolava sem parar, dando desculpas vagas. Até que, finalmente, Avery decidiu dar um pulo na casa de Leda, a caminho da festa de Cord. Ela nem se deu ao trabalho de parar para tocar a campainha, apenas piscou no scanner de retina dos Cole; estava na lista de inscritos havia anos. A porta se abriu instantaneamente para admitir sua entrada.

A mãe de Leda estava na sala, vestindo um casaco suntuoso.

— Avery! — gritou ela, com visível alívio. — Estou tão feliz por você estar aqui! Vai fazer bem para Leda te ver.

Fazer bem para Leda?, Avery pensou, subindo as escadas em confusão. Até que chegou ao quarto da amiga e entendeu tudo.

O lugar estava totalmente alterado. Lá se foram o tapete cor de caqui brilhante, as almofadas marroquinas retrô, as mesinhas de canto pintadas à mão. As prateleiras, que costumavam conter uma mistura eclética de coisas — um vaso cinza-esverdeado lascado, uma lâmpada solar móvel, uma girafa de pelúcia engraçada que cantava "Parabéns pra você" quando alguém pressionava sua barriga —, estavam vazias. Tudo estava sombrio e absolutamente espartano. A maior mudança de todas era a própria Leda, parada de pé numa poça de sombras perto de seu closet.

Leda sempre fora magra, mas agora ela estava surpreendentemente esquálida, e novas sombras reuniam-se na base de sua clavícula. Seu cabelo fora cortado rente ao couro cabeludo, fazendo-a parecer mais masculina do que nunca. O que mais assustou Avery foi o nervosismo e os tiques.

— Que saudades! — gritou Avery, atravessando o quarto e envolvendo a amiga em um abraço.

Leda ficou parada, rígida, mal conseguindo retribuir o abraço. Quando Avery recuou, Leda cruzou os braços sobre o peito em um gesto defensivo instantâneo.

— O que está acontecendo, Leda?

Como foi que eu não vi isso? Avery lembrou-se do que dissera a Max no outro dia, que muita coisa havia acontecido durante a sua ausência. Obviamente, muito mais do que ela havia se dado conta.

— Fiz umas mudanças quando voltei da reabilitação — disse Leda laconicamente. — Os médicos queriam que eu recomeçasse sem nenhum lembrete da minha antiga vida. Dessa maneira, eu não retomaria os meus hábitos de antes.

Avery não observou que, quando disseram a Leda para recomeçar do zero, os médicos provavelmente não deviam estar falando de móveis.

— Topa sair pra jantar antes da festa de Cord? Eu espero, enquanto você se troca.

Leda se apressou a gesticular que não.

— Tô legal. Eu não estava mesmo planejando ir.

— Mas você *ama* essa festa!

— Amava — disse Leda baixinho, com os olhos encobertos. — Agora não amo mais.

Aquilo não era Leda. A pessoa à sua frente não passava de uma versão oca de Leda, um manequim de Leda, parecido com ela, mas que nem de longe poderia ser a vibrante e impetuosa melhor amiga de Avery.

Bem, se alguma coisa seria capaz de fazer Leda voltar a ser ela mesma, era uma boa festa.

— Que pena — disse Avery rapidamente, pressionando a palma da mão contra a parede do quarto para abrir o closet. — Porque você vai, nem que eu precise te arrastar até lá. Prometo não deixar você beber um único gole — falou em voz alta, por cima dos protestos gaguejados de Leda. — Eu posso até conversar com seu conselheiro de reabilitação ao vivo, se preciso for. Mas você vai. Quero que conheça Max.

Agora, enquanto as duas olhavam em torno da sala de estar de Cord, Avery se sentia atormentada pela ideia de que havia cometido um erro. Leda estava parada, distante e de olhos vidrados, totalmente desinteressada no que acontecia ao seu redor.

Duas garotas do primeiro ano subiram as escadas, usando orelhinhas de gato e caudas holográficas que balançavam preguiçosamente atrás de si.

— É ela. Avery Fuller — sussurrou uma delas. — Ela é tão linda.

— Você também seria, se tivesse sido geneticamente projetada para isso.

— Dá pra acreditar que o pai dela está concorrendo a prefeito?

— Tenho certeza de que ele vai comprar o cargo, da mesma maneira que comprou Avery...

Avery tentou não ouvir a conversa enquanto as meninas passavam, mas imperceptivelmente apertou o corrimão ainda mais. Àquela altura, ela já devia estar acostumada a esse tipo de fofoca; acontecia desde que ela se entendia por gente.

Todos em Nova York conheciam a história da criação de Avery: sabiam que seus pais a criaram sob encomenda a partir da combinação de seus DNAs em um procedimento de seleção genética caríssimo. No ano de seu nascimento, sua foto de bebê estampou a capa da revista digital *Time*, sob a manchete: "A engenharia da perfeição." Avery odiava aquilo.

— Quer que eu as expulse?

Avery olhou para cima, surpresa. A raiva estava cobrindo os traços de Leda como uma tempestade, rompendo sua superfície anteriormente fria.

Ela sentiu uma vontade estranhíssima de rir de alívio. A velha Leda ainda estava ali, afinal.

— Estamos em uma festa. Não há necessidade de provocar conflitos desnecessários... — disse Avery, rapidamente.

— E onde mais é que existem conflitos desnecessários, se não em uma festa? — perguntou Leda, e depois sorriu.

O sorriso saiu um pouco rígido, como se ela não sorrisse há algum tempo e tivesse esquecido como fazê-lo, mas era um sorriso ainda assim.

Conflitos desnecessários. De repente, Avery lembrou-se dessa mesma época no ano passado, quando ela e Leda estavam ali no alto daquelas mesmas escadas, ambas escondendo o mesmo segredo monumental — que estavam apaixonadas por Atlas.

— Cadê ele, afinal? — perguntou Leda.

— Quem?

Certamente Leda não estava pensando em...

— Esse seu Klaus von Schnitzel.

Ah, certo.

— É Max von Strauss — corrigiu Avery, esperando que Leda não tivesse percebido seu instante de hesitação. — Eu não tenho certeza. Ele desapareceu no início da tarde, dizendo que tinha que resolver um assunto urgente. Mas prometeu vir me encontrar aqui.

— Que misterioso — disse Leda, num tom quase provocador.

Avery engoliu em seco e decidiu fazer a mesma pergunta que fizera anteriormente.

— Leda. O que está acontecendo?

Leda abriu a boca como se quisesse tranquilizar Avery com uma mentira, mas se interrompeu.

— Não tive o ano mais fácil do mundo — admitiu. — Eu tive alguns assuntos para resolver.

Avery sabia exatamente contra o que Leda estava lutando: o fato de ter matado Eris.

— Ela não gostaria que você se punisse dessa maneira.

Avery não se deu ao trabalho de esclarecer de quem estava falando. As duas sabiam perfeitamente bem.

— É complicado — disse Leda, de modo evasivo.

— Eu gostaria que você tivesse me contado.

Avery sentiu o peito apertar-se com tristeza.

Será que Leda tinha se comportado assim o ano todo, evitando os amigos, escondendo-se do mundo naquele quarto vazio?

— Você não poderia ter ajudado — assegurou Leda. — Mas estou feliz por você ter voltado. Senti saudades, Avery.

— Também senti saudades.

Avery olhou para a sala e seus olhos se iluminaram ao ver Max, abrindo caminho através da multidão lá embaixo. Ele parecia alto, imponente e lamentavelmente perdido. O mundo pareceu ficar instantaneamente mais leve.

— Max chegou! — exclamou ela, e segurou a mão de Leda para arrastá-la escada abaixo. — Venha, eu estou tão animada por vocês finalmente se conhecerem!

— Só um minuto — disse Leda, gentilmente se soltando da mão de Avery. — Eu preciso de um pouco de ar fresco. Depois prometo que vou encontrar vocês dois.

Avery ia protestar, mas parou ao ver os olhos de Leda, líquidos e sérios.

— Tudo bem, então — disse finalmente, e em seguida desceu as escadas sozinha.

Quando Max a viu, todo o seu rosto — todo o seu corpo, na verdade — abriu-se em um sorriso.

— Você veio! — disse Avery, num suspiro.

Não que ela tivesse duvidado de que ele viria. Max sempre aparecia exatamente onde prometia, na hora exata em que prometia. Era a impiedosa eficiência alemã, supunha Avery, ainda que ele em geral parecesse um professor universitário atrasado para a aula.

— Foi difícil encontrar o apartamento?

— De modo nenhum. Eu escolhi o que tinha a garota vomitando em frente — respondeu Max. — Não se preocupe, eu a mandei para casa num hovertáxi — apressou-se a acrescentar.

Avery balançou a cabeça, divertida. Observou Max olhar ao redor da sala para todos os colegas de classe dela, vestidos com trajes ousados cobertos de lantejoulas e lycra neón, os cabelos temporariamente coloridos ou estendidos graças às muitas configurações personalizadas de estilização. Comparada às festas da faculdade, ela percebeu, provavelmente aquela parecia boba e um pouco afetada.

— Sinto muito. Eu me esqueci de avisar que era uma festa à fantasia.

Max olhou para sua própria roupa por um momento, como se estivesse checando se ele tinha, na verdade, se lembrado de se vestir naquela manhã.

— Nossa, você tem razão! Do que podemos dizer a todos que estou fantasiado? De mendigo?

Avery não pôde deixar de rir. Ela sentiu que todo mundo estava olhando para ela, ardendo de curiosidade em relação ao novo namorado de Avery Fuller. Ela sabia que todos estavam surpresos com o fato de ela ter acabado optando por *aquilo* depois de tantos anos de solteirice. Max não era nada parecido com os garotos com quem ela convivia desde criança, com aquela camisa verde larga e as botas pesadas e fora de moda. Ele era muito magro e de aparência europeia, graças àquele nariz predador de falcão que dominava o rosto bonito.

— Já você, é claro, está deslumbrante.

Os olhos de Max deslizaram sobre a roupa dela, um vestido preto de lantejoulas e um arranjo feito de penas que ela havia colocado nos cabelos no último minuto.

— Quem é você, Daisy Buchanan?

— De jeito nenhum — disse Avery, automaticamente.

Ela nunca gostara do *Grande Gatsby*. O isolamento de Daisy — fria e solitária, cercada por todo o seu dinheiro — lhe transmitia uma estranha sensação de apreensão.

— Tem razão; Daisy é muito frívola. Você está mais para Zelda Fitzgerald, linda *e* brilhante.

Avery rejeitou o elogio.

— Estou tão feliz que você conseguiu vir. Estou morrendo de vontade de apresentá-lo a todo mundo.

— E eu mal posso esperar para conhecer todo mundo — disse Max, com entusiasmo. — Mas preciso falar com você primeiro, a sós. Tudo bem?

As palavras dele soaram portentosas. Por acaso aquilo teria a ver com a sua tarefa misteriosa de antes?, indagou-se Avery.

— Por aqui — sugeriu ela.

Conhecia perfeitamente o lugar.

Como sempre naquelas festas, a estufa de Cord já estava lotada com um grupo de alunos de primeiro e segundo anos doidões de alucisqueiros, prendendo a fumaça no mesmo lugar: uma pesada nuvem enfumaçada pairava em torno de suas cabeças. Assim que viram Avery, eles saíram aos trambolhões do lugar sem que fosse preciso dizer nada. Ela suspirou e apertou o botão de aeração ao lado da porta, depois recostou-se enquanto o sistema interno da estufa renovava o ar.

Ela sempre adorara ficar ali. A estufa dos Anderton ficava num canto, de modo que duas de suas paredes estavam revestidas de alto a baixo com uma tripla camada de flexividro, oferecendo uma vista total do céu púrpura cheio de partículas. Diferente da estufa de seus pais, que era rigorosamente organizada e rotulada, aquela era uma explosão de cores. Rosas, bambus e girassóis cresciam juntos em um emaranhado aleatório, todos eles geneticamente modificados para florescer sob as condições da Torre. Alguns poucos equipamentos do tamanho de ervilhas estavam espalhados pelo solo — biossensores, que monitoravam os níveis de água, glicose e até a temperatura das plantas, de maneira que a estufa pudesse fazer ajustes em um micronível. Avery sabia que era exatamente assim que a mãe de Cord a havia deixado.

O ar parecia quente, como se o sangue de Avery estivesse correndo para as extremidades de seu corpo. Tinha a impressão de que eles não estavam mais na Torre, e sim em alguma selva remota e desconhecida. Ela abriu passagem em direção à janela e Max a seguiu, abaixando a cabeça para passar por baixo de uma das orquídeas avantajadas.

— Eu não quis te dizer nada antes, caso não desse certo, mas acabei de ter uma reunião na Columbia — Max começou.

Fez uma pausa, como se quisesse avaliar a reação de Avery. Quando ela não respondeu, ele seguiu em frente:

— Uma das professoras daqui, a dra. Rhonda Wilde, é a maior especialista do mundo em economia política e estruturas urbanas. Ela foi orientadora do meu professor em Oxford quando *ele* era um aluno! Eu sempre sonhei em ter a chance de estudar diretamente com ela e agora essa chance apareceu.

Max segurou as mãos de Avery e olhou em seus olhos.

— O que estou tentando dizer é que tanto Columbia quanto Oxford concordaram em permitir que eu curse minhas disciplinas aqui este ano, como estudante de intercâmbio. Isso quer dizer que eu vou passar um ano em Nova York.

Avery ficou momentaneamente confusa. Ela e Max não tinham conversado sobre o que ia acontecer depois que ele voltasse para a Inglaterra dali a alguns dias. Ela torcia para que continuassem juntos, mas não queria ter grandes esperanças. Afinal, Max estava na universidade.

— Você está me dizendo que não vai voltar para Oxford? — repetiu Avery. — Que vai ficar aqui?

— Só se você quiser — disse Max, rapidamente.

A fumaça persistente parecia quase azul na escuridão; reunia-se em torno da cabeça dele como uma auréola.

Avery soltou uma risada sem fôlego e atirou os braços em torno dele, contentíssima.

— Claro que eu quero! — exclamou, as palavras abafadas contra o peito dele. — Mas você tem certeza de que é isso o que você quer? Você deixaria de cursar o segundo ano de faculdade... todas aquelas tradições que você ama, as festas nas casas das pessoas, o banquete da aurora e a temporada de remo...

— Vai valer a pena, pela oportunidade de estudar com a dra. Wilde. E de passar mais tempo com você — garantiu Max. — Mas você tem certeza de que por você tudo bem? Nunca chegamos a conversar sobre o que ia acontecer entre a gente quando acabassem as férias. Eu sei que este é o seu último ano na escola, e entendo se quiser simplesmente ficar com seus amigos, sem o seu namorado de verão por perto.

— Max. Você sabe que é mais do que um caso de verão — disse Avery calmamente, emocionada pelo sorriso largo e animado que se abriu no rosto dele.

— Para mim você também é mais do que uma namorada de verão, Avery. Muito mais. Você faz parte da minha vida agora, e quero que continue fazendo.

Ele parou antes de dizer as três últimas palavras, palavras que se equilibraram na beira da frase como gotas de chuva.

— Eu te amo.

De alguma maneira Avery sabia que ele diria isso, mas ainda assim a declaração de Max provocou um arrepio delicioso em sua espinha. Ela deixou as palavras ecoarem por um momento, saboreando-as, sabendo que com aquelas palavras o relacionamento dos dois se transformava em algo novo.

— Eu também te amo.

Ela envolveu Max com os braços para puxá-lo para mais perto, sentindo os músculos das costas dele através do tecido de sua camisa. Ele se inclinou para dar um beijo na sua testa, mas Avery inclinou o rosto para cima, para que os lábios dele encontrassem os seus.

O beijo foi suave e terno a princípio, quase lânguido. Depois as mãos de Max começaram a percorrer o corpo dela com urgência crescente, fazendo com que pequenos formigamentos subissem e descessem pelo corpo de Avery. Era como se todo o corpo dela estivesse em chamas por baixo da pele, ou então como se sua pele houvesse se tornado pequena demais para contê-lo. A respiração de Avery foi ficando ofegante e ela se agarrou com mais força a Max, sentindo-se como as trepadeiras ao longo das paredes, como se não conseguisse mais ficar de pé sem se apoiar nele...

— Pelo amor de Deus, arrumem um quarto! — disse alguém, abrindo a porta.

Avery recuou em pânico repentino. Reconheceu a voz de Cord.

— Já arrumamos um quarto, obrigado. É este aqui — respondeu Max, despreocupado.

Avery não conseguia nem sequer falar. Apenas assistiu enquanto um ar divertido e horrorizado espalhava-se pelo rosto de Cord, quando ele se deu conta de quem tinha interrompido.

— Foi mal, Avery, eu não sabia. Vocês dois, hã, podem continuar o que estavam fazendo.

Ele deu uma pancadinha dupla esquisita na parede e começou a bater depressa em retirada, mas Avery finalmente conseguiu encontrar sua própria voz.

— Cord, eu não sei se você já conheceu meu namorado, Max?

Cord parecia não ter mudado nada, pensou Avery, largo e imponente com aquela fantasia de pirata, com uma echarpe carmesim atirada dramaticamente por cima da camisa branca aberta. Ele estava segurando um pacote de baseados; alguns outros caras, Ty Rodrick e Maxton Feld, estavam reunidos atrás dele. Era óbvio que eles tinham ido ali para fumar.

O olhar azul-gelo de Cord prendeu-se no dela por um momento significativo. Estaria ele também lembrando aquela noite — a primeira e única vez em que eles se beijaram, lá em Dubai? Tinha sido um ato imprudente e tolo, mas Avery não dera a mínima; ela estava despencando numa espiral escura e perigosa depois de perder Atlas, e nada tinha a menor importância para ela então. Nem mesmo as implicações daquele beijo e o que isso poderia provocar na amizade dela com Cord.

Ela sabia que era um sinal de covardia e imaturidade, mas ela e Cord não tinham tocado no assunto desde então. Ela mal o *vira* depois disso; pois viajou na semana seguinte para a Inglaterra e lá conheceu Max. Em parte, sentia que devia um pedido de desculpas a Cord. Porque depois, à cruel luz do dia, Avery enxergou aquele beijo como o que realmente tinha sido: uma tentativa egoísta da sua parte de tentar apagar Atlas do seu cérebro. Cord não merecia aquilo.

Ele sorriu para Max e estendeu a mão.

— Prazer em conhecê-lo, Max. Sou Cord, amigo de Avery.

Avery entendeu, sem que mais nada tivesse de ser dito, que tudo estava contido naquela única palavra, *amigo*. Ficaria tudo bem entre ela e Cord, afinal.

— Ah. Esta estufa é *sua*!

Max abriu caminho para passar por Cord, em direção à porta.

— Nesse caso, é melhor a gente encontrar outro quarto. Talvez um que tenha menos demanda. Ou que seja geograficamente mais conveniente — disse aquela última frase para Avery, porém alto o suficiente para que todos ouvissem. Ela apertou os lábios para não sorrir e o arrastou de volta para a festa.

O resto da noite se passou em um borrão de alegria. Ela apresentou Max para todo mundo — Leda ficou apenas o suficiente para cumprimentá-lo, mas Avery sentiu-se feliz quando ele conseguiu extrair dela um sorriso. Finalmente, quando a festa estava chegando ao fim, eles embarcaram num hovertáxi para casa.

— Você e Cord foram namorados, não é? — perguntou Max, abruptamente.

Avery piscou, pega de surpresa, mas Max pareceu não notar.

— É ele o cara, não é? Aquele que partiu seu coração antes de você ir para a Inglaterra?

Max parecia quase orgulhoso de si mesmo por ter descoberto.

— Eu senti uma vibração estranha entre vocês dois, por isso estou perguntando.

O coração de Avery começou a bater alucinadamente, ecoando em seus ouvidos.

— Isso, você acertou — respondeu rapidamente. — Cord e eu tivemos um lance. Só que não deu certo.

— É claro que não — concordou Max, como se estivesse observando o óbvio.

Ele passou o braço em volta do ombro dela e a puxou para perto.

— Porque você foi feita para mim — completou.

Avery adorava isso em Max: a maneira como parecia tão seguro de si, tão seguro do mundo e do lugar que ocupava nele. O jeito como ele notava coisas em que ninguém mais prestava atenção. Só que agora ela precisava que ele fosse um pouquinho menos atento, caso contrário ele poderia perceber que ela, na verdade, tinha lhe contado uma mentira.

Ela não queria mentir para Max, mas que outra opção tinha? Ele *jamais* poderia descobrir quem *realmente* havia quebrado seu coração no ano passado. Se soubesse a verdade, Max nunca mais desejaria ficar com ela.

Não importava que ela e Atlas tivessem terminado há muito tempo. Se alguém descobrisse a verdade sobre os dois, Avery tinha certeza de que a vida ruiria completamente ao seu redor.

CALLIOPE

CALLIOPE ODIAVA SEU quarto no apartamento de Nadav.

Antigamente aquele tinha sido o quarto formal de hóspedes, e ainda continha o mesmo conjunto de móveis pesados, com pés curvados e cabeças de águia de aparência zangada esculpidas em cada gaveta. As cortinas pesadas de veludo pareciam esmagar o ar do ambiente. Na parede em frente à cama havia uma antiga imagem de cães matando um cervo. Calliope a achava mórbida, mas Nadav, incrivelmente orgulhoso, a arrebatara em um leilão. Ela adquiriu o hábito de atirar um suéter sobre a pintura antes de ir se deitar, de modo que os olhos tristes do cervo não assombrassem o seu sono.

Quando Calliope se mudou para lá, instantaneamente se pôs a planejar como redecoraria o quarto. Compraria móveis leves e arejados e almofadas coloridas e pintaria a parede com uma tinta de pigmespectro, numa paleta de cores primárias fortes. Porém, quando mencionou seus planos certa noite durante o jantar, Nadav ficou tão chocado que deixou o garfo bater ruidosamente no prato.

— Essa tinta foi feita para pintar quartos de *crianças* — observou ele, claramente ofendido.

Calliope não dava a mínima que a tinta tivesse sido feita para crianças. Ela adorava a maneira como sutilmente mudava de cor ao longo do dia, indo do vermelho intenso até o roxo e vice-versa.

— Se você odiar a tinta, posso escolher outra — sugeriu ela, quando Elise lhe lançou um olhar incisivo do outro lado da mesa.

Nadav balançou a cabeça em uma negativa.

— Sinto muito, Calliope, mas você não pode redecorar o quarto. Precisamos usá-lo como quarto de hóspedes para quando minha mãe vier nos visitar.

Por que ela não podia redecorar o quarto só porque talvez um dia a mãe de Nadav dormisse lá?

— Quando sua mãe ficar hospedada no meu quarto, onde é que eu vou...?

— Você ficará no quarto de Livya, é claro.

A única pessoa que pareceu ficar mais infeliz com aquilo do que a própria Calliope foi Livya, cujos lábios se contraíram em uma linha fina e pálida.

Calliope já se acostumara com a longa ladainha de *nãos* de Nadav. Quando ela se inscreveu para atuar na peça da escola: *Não, você devia entrar no grêmio.* Quando queria ir a alguma festa: *Não, você tem que voltar cedo para casa.* Quando ela quis comprar um cachorrinho: *Não, cachorros são uma distração frívola — na sua idade, você precisa se concentrar nos estudos.* Com o passar dos meses, Nadav por fim passara a dizer não antes mesmo que ela acabasse o pedido.

Ela disse a si mesma que estava tudo bem, que na verdade nenhuma daquelas coisas tinha grande importância. A não ser, quem sabe, o cachorrinho. Pelo menos ele a faria se sentir menos sozinha.

Agora, de pé no quarto, Calliope soltou um suspiro petulante. Aquele quarto poderia muito bem pertencer a um estranho. Mesmo depois de oito meses, havia algo de decididamente temporário naquilo tudo, como se Calliope estivesse apenas acampando ali: suas caixas e malas estavam empilhadas aleatoriamente no armário, como os pertences de um criminoso que talvez tivesse de fugir da polícia a qualquer instante.

Ela caminhou em direção ao armário e passou pelas fileiras de cabides, repletos de vestidos de seda recatados e calças de cintura alta. Nem as roupas pareciam dela; antes de se mudarem, sua mãe tinha vasculhado o guarda--roupa de Calliope com olhos implacáveis, jogando fora tudo o que fosse justo, revelador ou remotamente sexy. Ainda bem que Calliope conseguira secretamente salvar algumas peças, antes daquela fogueira das vaidades.

Ela esticou o braço em direção à beira da parede, passando por um enorme casaco de lã, até que seus dedos roçaram a bolsa que procurava. Ela começou a vasculhá-la rapidamente, tirando dali uma pulseira elétrica, um par de brincos de pressão berrantes, seu brilho labial vermelho preferido: coisas que ela não usava havia meses. Quando finalmente estava pronta, Calliope olhou para a única coisa naquele quarto de que gostava: a tela--espelho que ocupava uma parede inteira.

Ela manteve as lâmpadas do quarto na configuração de intensidade máxima e deu um sorriso satisfeito. Sua beleza era tão vívida, e quase tão dura, como a iluminação intensa demais.

— É agora ou nunca — disse para si mesma, e caminhou pelo corredor sem olhar para trás.

Calliope sentiu um pequeno arrepio de aventura quando saiu do apartamento de Nadav. Porque ela não estava apenas saindo furtivamente de casa. Ela estava escapando de sua *vida*, deixando cair a antiga pele, abandonando metodicamente o papel de Calliope Brown para assumir um diferente. Um papel que ela iria inventando ao longo do caminho.

Ela sabia que era arriscado, mas Calliope havia atingido o seu limite. Não conseguiria passar nem mais uma noite naquele apartamento frio e dourado, com seus tapetes grossos e relógios barulhentos. Era o tipo de apartamento onde sempre sabia exatamente o que estava acontecendo, pois tudo funcionava com uma eficiência extrema e monótona. Naquele instante, por exemplo, Nadav estaria sentado diante da mesa modular de alumínio reciclado, revisando algum contrato ou mensagem antes de ir se deitar. Livya estaria enfiada em segurança embaixo das cobertas da cama de dossel de princesa, enquanto o computador do quarto lhe sussurrava questões do vestibular a noite inteira para promover alguma espécie de aprendizado osmótico. Era tudo horrivelmente previsível.

Quando desceu pelo elevador da Torre, repleto de clamor e conversa — todo o caos da vida real —, Calliope teve uma enorme sensação de alívio. Nova York ainda estava ali. Não tinha desaparecido, afinal.

Ela fez a baldeação para o monotrilho na estação Grand Central, saindo da Torre completamente e seguindo em direção a um bairro inferior de Manhattan conhecido como Sprawl. Era tão diferente da realidade elegante e ordenada da Torre como a noite do dia; algumas de suas áreas ainda eram radicalmente de baixa tecnologia, com pisos de madeira deformada e grades de metal retorcido. Espiras de igrejas subiam para o céu ao lado de hologramas brilhantes.

Calliope olhou para a Torre de relance ao desembarcar do monotrilho. Daquele ângulo, ela parecia brilhar mais intensamente do que de costume. A meia-lua ao lado parecia sozinha em sua glória isolada.

Ela parou na esquina da rua Elizabeth com a Prince, fechando os olhos com indiferença enganosa. Eram quase nove da noite de um dia de semana e as ruas estavam silenciosas. Porém Calliope conseguia sentir o zumbido de excitação do Sprawl — o ritmo fervilhante e excitado de tudo que era jovem, emocionante e ilícito.

Abriu uma porta marrom sem identificação e entrou.

Foi recebida pelos urros de uma muralha de som: os gritos de multidões enlouquecidas, a batida escorregadia de música eletrônica. Desceu mais uma escada e deu em um bar, todo recoberto de pulsantes luzes de néon e LED, como uma espécie de bar clandestino de videogame. O teto era revestido de prismas de vidro que refletiam a iluminação extravagante, refratando-a em um milhão de raios brilhantes e depois atirando-os novamente para baixo. As cores eram tão vibrantes que olhar para elas quase doía.

Calliope não se deu ao trabalho de pedir um drinque, embora pudesse beber; ela era maior de dezoito anos. Simplesmente permaneceu em um canto, percorrendo o ambiente com o olhar hábil. O lugar estava lotado, com uma mistura de nerds, turistas e curiosos. O espetáculo da tarde era para crianças, isso ela sabia; mas o show noturno era, supostamente, muito mais ousado... e violento.

Um gongo soou. A multidão obedientemente atravessou o bar aos trambolhões para seguir até a arena abaixo, segurando as bebidas contra o peito. Calliope se deixou levar pela onda, os cabelos caindo soltos ao redor dos ombros nus. Ela usava um vestido sem alças prateado e botas, e tinha até mesmo borrifado uma tatuagem temporária na bochecha bronzeada, apenas por diversão. A tatuagem deixaria um filme pegajoso no rosto durante vários dias, mas o efeito valia a pena.

A arena cheirava a pipoca e graxa. Calliope afundou ansiosamente em seu assento e inclinou-se para a frente, com os cotovelos apoiados sobre os joelhos, para observar melhor os ComBots — robôs de combate que aguardavam. Uma equipe de combatentes se amontoava ao redor de cada um deles, com tablets na mão, entretidos em revisões de última hora do sistema. Com o canto do olho, Calliope percebeu um movimento furtivo e sorriu. Provavelmente eram apostadores, tentando ser discretos. As batalhas de ComBots até podiam não ser ilegais, mas apostar nelas com certeza era.

As ComBatalhas eram um esporte caro e sem dúvida ilógico, da mesma maneira que as corridas de carro de antigamente: era um desperdício construir aqueles robôs elegantes e elaborados, apenas para deixar que uns destruíssem os outros. O que fazia os seres humanos gostarem tanto de destruição? Aquela era a versão moderna das lutas de gladiadores, ou das rinhas de cães, ou dos reality shows. Pelo motivo que fosse, as pessoas adoravam ver explosões.

Havia anos que ela não ia a uma ComBatalha, desde que Elise a levara para uma em Shinjuku. Não sabia ao certo por que tinha ido até ali naquela noite. Talvez o anonimato barulhento daquilo tudo lhe parecesse reconfortante. Era o mais distante que poderia chegar do mundo dos Mizrahi.

Calliope deixou o olhar se desviar para o garoto sentado ao seu lado.

— Apostou em algum? — perguntou ela. Por alguma razão, suas palavras saíram com um sotaque australiano.

Ele olhou em volta, assustado, como se temesse que ela estivesse falando com outra pessoa, uma pessoa mais interessante, sentada atrás dele.

— Ah. Hã, na cobra de três cabeças — respondeu ele, depois de um momento.

— Aquela coisa? O meu vai esmagá-lo — declarou Calliope, sabendo que seu tom de voz desculparia tal insulto.

A voz de Calliope — um ronronar suave, com aquele sotaque sedutor — sempre fora sua arma secreta. Ela lhe permitia dizer o que quisesse e se safar.

Dentes brancos brilharam contra a pele de ébano do rapaz quando ele sorriu.

— Eu nunca desconfiaria que você fosse uma apostadora.

— Por que não? Que graça têm as coisas, sem um pequeno risco para apimentá-las?

Ele assentiu, concordando.

— E você, em qual apostou?

— Meu dinheiro tá naquela coisa escamosa ali — inventou Calliope, apontando para um robô que era metade leão, metade dragão. Pequenos redemoinhos de fogo fumegavam de seu esôfago.

Os robôs de batalha eram extravagantes, apesar da crueldade. Era contra os regulamentos internacionais criar robôs parecidos com pessoas; e nos Estados Unidos, além disso, era também ilegal desenvolver robôs parecidos com animais verdadeiros. Como resultado, os ComBots eram praticamente de outro mundo. Calliope avistou um dinossauro, um unicórnio com presas e um tigre alado que soltava faíscas elétricas.

— Que acha de aumentar a aposta? — perguntou o rapaz, estendendo a mão. — Eu me chamo Endred, a propósito.

— Amanda.

Era o nome que ela tinha usado na Austrália. Fácil de lembrar.

— Qual a sua ideia, exatamente? — perguntou ela.

— Quem perder paga o jantar?

Calliope não fora até ali para aplicar um golpe. Deus sabe que ela não precisava de nada daquele cara; ela podia muito bem pagar o próprio jantar, agora que tinha livre acesso à grana de Nadav. Porém, apesar disso... para ela, os embustes tinham tanto a ver com o dinheiro quanto com a empolgação. A sensação ansiosa de viver na corda-bamba, sabendo que estava forjando o impossível. Era *isso* o que ela queria de Endred — atenção, aventura, uma noite em que ela pudesse ser outra pessoa, em vez daquela personagem insuportavelmente chata que ela vinha encenando ao longo dos últimos oito meses.

— Nunca aceito jantar sem uma rodada de drinques antes — respondeu, com um sorriso inescrutável.

— Negócio fechado.

A arena de repente se escureceu e irrompeu em gritos enlouquecidos quando os dois primeiros ComBots se enfrentaram.

Era o dinossauro contra o leão-dragão. Calliope enfiou a mão por baixo do assento para apanhar seu bastão cintilante e agitou-o no ar, berrando como o restante das pessoas até ficar rouca, observando de olhos arregalados enquanto o dinossauro e a criatura híbrida começavam a se retalhar. Eles soltavam fogo; atiravam pequenos projéteis; arremessavam-se para diante e rapidamente caíam para trás. Dois comentaristas narravam a batalha em uma mistura gutural e animada de inglês, mandarim e espanhol. Luzes estroboscópicas piscavam no alto. Ela sentiu o olhar de Endred sobre si e não resistiu a lançar a cabeça para trás num gesto orgulhoso.

A cauda farpada do dinossauro golpeou o híbrido. Calliope se pôs de pé num pulo, ainda segurando com uma das mãos o bastão cintilante verde-fosforescente.

— Pega ele! — berrou, quando as mandíbulas mecânicas do leão-dragão abriram-se, grotescamente grandes, muito maiores do que as mandíbulas de uma criatura real, e delas emergiu uma torrente de chamas. O dinossauro cambaleou; um rasgo na lateral de seu corpo expunha uma maçaroca de fios vermelho-vivos. Seus braços se debateram, como se o computador estivesse entrando em curto, e então ele vacilou para o lado e tombou imóvel.

Em meio aos urros da arena, Endred olhou para Calliope e sorriu.

— Parece que lhe devo parabéns.

— Eu sempre sei escolher o vencedor — retrucou Calliope, provocante.

Endred pediu uma jarra de bebida de limão pegajosa e ofereceu-lhe um copo. Lá embaixo, na arena, uma equipe de especialistas humanos se apressava para varrer os destroços do ComBot destruído. A equipe do robô vencedor se cumprimentava, preparando-se para mais uma rodada.

Calliope deu um gole hesitante na bebida de limão, fazendo uma careta ante seu azedume.

— Então, Endred, me conta um pouco de você. De onde você é?

Endred se aprumou, como era previsível, diante daquela atenção.

— De Miami. Já esteve lá?

Calliope balançou a cabeça, embora ela e Elise tivessem dado golpes em Miami inúmeras vezes.

Ele se pôs a descrever as ruas inundadas da cidade, que estava alagada há cinquenta anos, desde que os bancos de areia que circundavam a Flórida despencaram no oceano. Calliope não prestou a menor atenção. Como se ela não tivesse andado de jet ski naquelas ruas até dizer chega! Ela adorava Miami, adorava a sensualidade teimosa da cidade, a maneira como se recusou a admitir a derrota mesmo estando alagada e se reergueu corajosamente das águas como uma superVeneza moderna.

Porém, Calliope percebeu que Endred era o tipo de cara que podia ser facilmente conquistado desde que pudesse falar sobre si mesmo. Como a maioria dos homens.

Enquanto ela o enchia de perguntas, deixando escapar aqui e ali alguma mentira sobre si mesma, Calliope sentiu-se reviver como uma planta na água. Tinha se esquecido de como aquele jogo era empolgante. Ela estava novamente em próprio elemento e toda a autoconfiança voltou de repente enquanto ela fazia o que sabia fazer melhor: tornar-se outra pessoa.

— Ora, ora; se não é Calliope Brown.

Calliope virou-se devagar, tentando mascarar seu nervosismo. Era Brice Anderton, o irmão mais velho de Cord. Usava uma jaqueta preta e óculos escuros enormes, que ele ergueu, deixando que seu olhar percorresse descaradamente o vestido justo de Calliope. Era moreno, alto e muito bonito, e sabia disso.

— Acho que você deve estar falando de outra garota — interrompeu Endred, sem perceber a tensão entre os dois. — Esta é Amanda.

— É, você deve ter me confundido com outra pessoa — ela se ouviu dizer, com sotaque australiano.

— Ah, engano meu.

A boca de Brice se retorceu, divertida.

Endred tentou retomar a conversa de onde haviam parado, mas o sorriso de Calliope começou a sumir de seus traços congelados.

— Com licença — murmurou ela, e voltou para a escadaria estreita, indo em direção ao bar de néon, justamente quando as luzes diminuíram para o início de uma nova luta.

Brice estava apoiado de modo negligente no balcão, como se soubesse que ela viria.

— Calliope. Que surpresa inesperada — disse ele, naquela voz arrastada inconfundivelmente arrogante.

Ela se recusou a deixar a peteca cair.

— O prazer inesperado é todo meu. Não fazia ideia de que você curtia as ComBatalhas.

— Eu poderia dizer o mesmo. Nunca diria que isto aqui fosse do seu feitio.

Isto é mais próximo da Calliope verdadeira do que a versão infantiloide de mim que todos viram o ano inteiro.

— Gosto de pensar que sou um poço de mistérios — disse ela, irreverentemente.

— E eu gosto de pensar que resolvo mistérios.

O mais inteligente seria ignorá-lo e voltar para casa. Brice era a única pessoa, exceto Avery, capaz de desmascarar o disfarce de Calliope. Ela só o encontrara uma vez, em Singapura, quando tinha enganado seu amigo e depois dado o fora da cidade. Independentemente se ele sabia quem ela era ou não — coisa que ela nunca tinha descoberto ao certo —, o fato era que havia sempre algo de perigoso e ligeiramente magnético entre os dois.

Porém, em vez de ir embora, Calliope inclinou-se sobre o balcão, cruzando os pés. Sustentou o olhar de Brice.

— Faz tempo que não te vejo. Desde o Baile do Fundo do Mar do ano passado, acho.

— Andei viajando bastante. Para o Leste Asiático, a Europa, para todo lado.

— Quer dizer que Nova York é chata demais pra você?

— Não mais — disse Brice, cheio de intenções, sem tirar os olhos dela. — Mas, falando sério, o que você estava fazendo, dizendo às pessoas que se chama Amanda e usando aquele sotaque falso?

Pela primeira vez, Calliope sentiu vontade de contar a verdade.

— Eu estava entediada. Acho que só tava a fim de ser uma pessoa diferente esta noite.

— Quer ser uma pessoa diferente em um *lugar* diferente? — sugeriu Brice. — Tem um restaurante chinês maravilhoso aqui na esquina, e estou morto de fome.

Aquela perspectiva parecia estranhamente tentadora, mas Calliope sabia que era melhor não. Já tinha se arriscado demais simplesmente saindo de casa naquela noite; não podia ser vista com o infame e notório Brice Anderton. Não depois de ter se esforçado tanto e por tanto tempo para convencer todos os moradores dos andares superiores de que ela era uma filantropa de coração meigo.

— Na verdade, preciso voltar pra casa — disse ela, odiando a fala de uma adolescente proibida de ficar na rua até tarde. Parte dela torceu para que ele tentasse convencê-la a ficar.

Brice deu de ombros e recuou.

— Beleza, então — disse ele, tranquilamente. Desceu as escadas e sumiu, retornando à escuridão da arena dos ComBots e levando consigo a única faísca de empolgação que Calliope sentira em meses.

RYLIN

NO PRIMEIRO DIA de aula, Rylin desceu do quadrângulo principal da Berkeley, levando uma das mãos aos olhos para protegê-los enquanto suas lentes de contato se ajustavam para o modo de proteção contra a luz solar: uma das poucas coisas que elas eram capazes de fazer dentro do campus da escola. Os raios de sol livres de radiação UV acariciaram agradavelmente seus braços.

À sua frente erguia-se o prédio de ciências, rodeado por um espelho d'água azul-turquesa repleto de carpas multicoloridas e alguns sapos coaxantes. Rylin estremeceu ao passar. Havia dissecado um sapo na aula de biologia do ano anterior e, mesmo sabendo que o sapo não era verdadeiro — na verdade era um treco sintético semelhante a um sapo, fabricado especialmente para alunos do ensino médio evitarem a crueldade animal —, não gostou de ouvir o som dos sapos reais.

Ela não queria ter pegado nenhuma aula de ciências naquele ano, mas era obrigatório. Portanto, Rylin se decidira pela opção aparentemente mais inócua: Introdução à Psicologia. Na realidade, sua chefe do emprego de férias, Raquel, foi quem sugerira isso. "Todos os bons contadores de história estudam psicologia", proclamara ela, tamborilando os dedos distraidamente sobre as caixas de armazenamento de filmes. "Romancistas, cineastas, até mesmo atores. Você precisa conhecer as regras do comportamento humano antes de ser capaz de fazer suas personagens quebrá-las."

Aquilo soara razoável para Rylin. Além disso, psicologia parecia bem mais simpática do que as outras opções — nada de tubos de ensaio, nem bisturis, apenas pesquisas e "experimentos sociais", seja lá o que isso quisesse dizer.

Ela cruzou o corredor de dois andares do prédio de ciências, passando pelo laboratório de robótica, onde faíscas elétricas saltavam de um fio a outro como aranhas ferozes; pelo laboratório de meteorocultura, onde os alunos se reuniam em torno de um enorme globo holográfico, analisando os padrões meteorológicos que irrompiam em suaves ondas cinzentas na superfície; pela gigantesca porta de aço onde se lia LABORATÓRIO SUB-ZERO: PROTEÇÃO TÉRMICA OBRIGATÓRIA — a assim chamada "geladeira", onde os alunos de Física Avançada conduziam experimentos abaixo de zero com partículas subatômicas. Rylin não queria saber quanto custaria manter aquele tipo de temperatura.

Quando ela virou a esquina para ir até a sala 142, no fim do corredor, sentiu-se aliviada ao ver fileiras de estações de laboratório para duas pessoas, cada qual equipada com nada mais que um par de óculos holográficos. Sentou-se diante de uma das mesas vazias e acionou a função bloco de notas do seu tablet escolar... bem a tempo.

— Os seres humanos são ilógicos e irracionais. Esta é a primeira regra da psicologia.

Uma mulher chinesa glamorosa entrou na sala, atravessando todos os alunos com o olhar. Seus saltos altos faziam um leve ruído contra o piso.

— A psicologia enquanto ciência nasceu porque os seres humanos vinham tentando há milênios entender por que fazemos as coisas que fazemos. *Psiquê* significa mente, e *logos*, ciência. Estamos estudando isso desde os gregos antigos e no entanto não chegamos nem perto de conseguir entender tudo. Sou a professora Heather Wang. Bem-vindos à Introdução à Psicologia — declarou ela, estreitando os olhos. — Se estão aqui porque acham que esta é uma aula "fácil" de ciências em comparação com física ou química, é melhor pensarem duas vezes. Os elementos químicos pelo menos se comportam de maneira previsível, enquanto as pessoas são espantosamente imprevisíveis.

Rylin não podia concordar mais. Às vezes ela tinha a impressão de que não conseguia nem prever as próprias ações, que dirá as das pessoas ao seu redor.

A porta da sala se abriu e uma familiar cabeça de cabelos escuros surgiu. Rylin mal conseguiu conter um suspiro. De todas as aulas que poderia fazer, Cord precisava ter escolhido esta?

A professora Wang lhe lançou um olhar frio.

— Sei que vocês são todos alunos do último ano e que já estão com um pé para fora da porta, mas não tolero atrasos da parte de ninguém.

— Sinto muito, professora Wang — disse Cord, com seu costumeiro sorriso encantador de desculpas.

Ele seguiu diretamente até a estação de Rylin — ignorando todos os vários outros lugares vazios — e sentou-se ao lado do dela.

Rylin manteve o olhar concentrado à frente, fingindo não o ver.

— Apesar de coagido e, na melhor das hipóteses, sem convicção — continuou a professora, dirigindo-se à turma —, o que os senhores acabaram de escutar do sr. Anderton foi um *pedido de desculpas*, um exemplo perfeito dos tipos de interação social que analisaremos este ano. Exploraremos as diferentes forças que influenciam o comportamento humano, incluindo as normas sociais estabelecidas. Discutiremos como estas normas foram criadas, e o que acontece quando alguém escolhe violá-las.

Tipo violar a norma silenciosa de não se sentar ao lado da ex-namorada na sala de aula vazia?

— Hoje vamos testar o efeito Stroop, uma clássica demonstração de como é fácil enganar o cérebro humano. Nosso cérebro é o computador com o qual interpretamos o mundo, no entanto suas operações tornam-se facilmente comprometidas. Não nos lembramos direito de informações, esquecemos períodos inteiros. Convencemos a nós mesmos de coisas que sabemos não serem verdadeiras. Agora, mãos à obra.

A professora Wang bateu palmas e os tablets de todos os alunos se acenderam com o texto das instruções do experimento.

Cord inclinou-se para a frente sobre a mesa dos dois. Havia enrolado as mangas da camisa, em um desafio claro ao código de vestimenta, revelando os músculos dos antebraços.

— Quanto tempo, Myers.

Rylin se concentrou nas instruções tentando não olhar para ele. Vinha evitando Cord desde que o vira beijar Avery na festa de Dubai, no ano anterior. Na maior parte do tempo tivera êxito, até aquele dia.

— Aqui diz que um de nós precisa colocar o *headset* de realidade virtual — observou ela.

Se Cord notara que ela estava mexendo em seu tablet com uma veemência estranha, não fez nenhum comentário. Simplesmente continuou olhando para ela com aquele sorriso divertido, os lábios ligeiramente entreabertos.

— Como foram as férias?

Por que ele estava tentando puxar conversa?

— Boas — respondeu Rylin, curta e grossa. — E as suas?

— Viajei com Brice um tempo, basicamente pela América do Sul. Windsurfe, mergulho, sabe?

Não, pensou Rylin, *na verdade eu não sei.*

Cord era bastante próximo de seu irmão mais velho, Brice — até porque, tal como Rylin e Chrissa, ele era a única coisa que lhe restara. Os Anderton faleceram anos antes em um terrível acidente de avião, tornando Cord órfão, famoso e bilionário de uma tacada só. Ele tinha dez anos.

Quando a mãe de Rylin morreu, Rylin não herdou nada além de uma pilha gigantesca de despesas médicas a pagar.

— E você, viajou pra algum lugar bacana? — perguntou Cord.

Algum lugar bacana?

— Na verdade, não. Arrumei um emprego trabalhando para uma arquivista no arquivo filmográfico da biblioteca pública.

— Ah, é. Eu vi seus *snaps*. Parece que foi maneiro — concordou Cord.

Rylin ficou espantada em saber que ele a havia seguido nos feeds.

— Senti sua falta na minha festa no sábado passado — acrescentou ele. — Estava empolgado para ver do que você viria fantasiada... não consegui decidir qual das duas fantasias seria mais provável, se de Mulher-Gato ou roqueira punk.

— Eu não curto muito fantasias, na verdade.

Será que Cord pensava seriamente que ela ia dar as caras na festa na qual ela trabalhara para ele no ano anterior, a festa onde ele a beijara pela primeira vez?

— Não curte fantasias? Que graça tem isso?

— As coisas não precisam sempre ter "graça", sabe — cortou Rylin, com mais grosseria do que tencionava.

Ela sabia que não estava sendo justa, mas Cord precisava parar e *pensar* de vez em quando antes de sair dizendo o que lhe passava pela cabeça. Mais ninguém na vida de Cord era capaz de chamar sua atenção daquela maneira.

Ela apanhou o *headset* de realidade virtual e o acomodou desajeitadamente sobre a testa, isolando-se do mundo inteiro, inclusive de Cord.

— Eu vou primeiro — disse ela para o silêncio.

Iluminado à sua frente, nos óculos, havia um fundo branco vazio. Depois de um instante, Cord acionou um comando para iniciar o experimento.

— Diga que cor você está vendo.

A palavra *olá* surgiu na frente dela em um tom de verde brilhante. Rylin piscou por um momento, desconcertada, antes de se lembrar de que deveria dizer o nome da cor.

— Verde.

A palavra desapareceu e foi substituída por letras maiúsculas vermelho-escuras onde se lia *roxo*.

— Roxo — disse automaticamente, e sentiu-se corar mais uma vez. — Não, espera, quer dizer, vermelho...

Cord riu. Ela tentou não imaginar a expressão do rosto dele mais além do seu campo de visão isolado.

— Estão vendo quão facilmente seu cérebro pode ser enganado? — soou a voz rouca da professora Wang ali perto.

Rylin desligou um interruptor na lateral do *headset* de realidade virtual, e a tela evaporou-se em transparência. Olhou pelas lentes agora transparentes e viu a professora pairando próxima da estação dos dois.

— Eu li a palavra automaticamente — tentou se explicar.

— Exatamente! — gritou a professora. — Seus neurônios de identificação analítica e visual estavam empenhados em tarefas antagônicas, e foi um caos! Seu próprio cérebro te traiu!

Ela tamborilou um dedo na cabeça dela antes de rumar para outra estação.

Ele só me trai quando Cord está por perto, Rylin pensou, ressentida.

Esticou a mão para ligar o interruptor da lateral do *headset*, deixando a tela se encher novamente com o programa do laboratório.

— Beleza, tô pronta.

— Rylin...

Cord estendeu a mão como se fosse levantar o *headset* de realidade virtual do alto da cabeça de Rylin, mas ela instintivamente levou o corpo para trás. Ele não iria tocar o cabelo dela como se aquilo não fosse nada de mais. Havia perdido aquele direito há muito tempo.

Cord pareceu se dar conta de que havia cruzado um limite.

— Desculpa — gaguejou, repreendido. — Mas... estou confuso. O que tá rolando? Achei que a gente estivesse ficando amigo no ano passado, mas agora tenho a impressão de que você tá me atacando.

A gente estava ficando amigo até eu querer algo mais, e daí eu te vi com a Avery.

— Não encana com isso — disse ela, rigidamente. — Tá tudo bem.

— Obviamente não está — protestou Cord.

— Olha, será que a gente pode acabar logo esse experimento e...

— Esquece o experimento, Rylin.

Ela se espantou com o clarão de raiva que atravessou as palavras de Cord. Tirou com relutância o *headset* de realidade virtual e pousou-o sobre a mesa.

— O que foi?

— Por que você tá agindo assim?

— Não sei do que você tá falando — protestou Rylin, sem muita convicção, pois sabia exatamente do que ele estava falando e de repente sentiu vergonha de si mesma. Mexeu na alça do *headset*, pouco à vontade.

— Eu fiz algo que te chateou? — pressionou Cord.

Os olhares dos dois se encontraram, e Rylin sentiu-se corar em um tom agoniante de vermelho intenso. Contar a verdade a Cord significava admitir seus sentimentos em relação a ele no ano anterior: admitir que ela fora até Dubai atrás dele. Contudo, uma parte dela insistia que ela devia uma explicação a Cord, não importando o quanto aquilo ferisse seu orgulho.

— Eu te vi com a Avery em Dubai — disse, baixinho.

Rylin observou enquanto ele analisava as implicações daquelas palavras.

— Você viu a Avery me beijar? — perguntou ele por fim, incisivo.

Rylin assentiu, tristemente, sem confiar que seria capaz de falar alguma coisa. Embora aquilo tivesse acontecido meses atrás — e embora ela estivesse com Hiral agora e isso não devesse importar —, Rylin sentiu a vergonha daquela noite atacá-la, mais pegajosa e sufocante do que nunca.

Ela tinha ido a Dubai impulsionada pela esperança ridícula de encontrar Cord e lhe dizer o que sentia. De que eles pudessem reatar. Tinha procurado por ele a noite inteira, mas, quando finalmente o encontrou, era tarde demais. Ele estava com Avery. Aos beijos.

— Nada aconteceu entre mim e Avery depois disso — disse Cord, devagar. — Somos apenas amigos.

Rylin tinha acabado entendendo isso no fim das contas, já que Avery viajara para a Europa e começara a namorar aquele belga ou sei lá o quê. Sentiu-se meio boba.

— Você não me deve explicação nenhuma — se apressou em dizer. — Foi há muito tempo, e não tem mais importância.

— Só que obviamente tem — retrucou Cord, inescrutável. — Gostaria que você tivesse me dito — acrescentou, num tom gentil.

Rylin sentiu o sangue martelar sob sua pele.

— Hiral e eu reatamos — sentiu uma necessidade repentina de dizer.

— Hiral?

Rylin sabia o que Cord devia estar pensando. Estava se lembrando do que Hiral tinha feito no ano anterior, quando ela ainda trabalhava na casa de Cord.

— É diferente agora — acrescentou, sem saber por que estava explicando-se para Cord.

— Se você tá feliz, Rylin, então eu fico feliz por você.

— Estou feliz — concordou, e falava sério; estava feliz com Hiral. Só que alguma coisa naquela declaração saiu um pouco na defensiva.

Cord assentiu.

— Olha, Rylin, será que podemos recomeçar?

Recomeçar. Será que seria possível depois de tudo pelo que haviam passado? Talvez não fosse tanto um recomeço, e sim um começo a partir daqui. Parecia bom, mesmo assim.

— Seria legal — decidiu Rylin.

Cord estendeu a mão para ela. Por um momento, Rylin ficou espantada com aquele gesto, mas então ela estendeu a mão, hesitante, e apertou a dele.

— Amigos — declarou Cord. Depois apanhou os óculos de realidade virtual para começar a sua parte do experimento.

Rylin olhou para ele, curiosa com o que ouvira na sua voz, mas a expressão dele já estava escondida atrás da máscara avantajada dos óculos.

LEDA

AINDA NAQUELA TARDE, Leda dobrou o corredor em direção à entrada principal da Escola Berkeley. Os outros alunos moviam-se em bandos coordenados ao seu redor, como pássaros uniformizados, todos trajando as mesmas calças azul-marinho ou saias pregueadas xadrez. Leda observou-os formarem grupos apenas para trocar uma ou duas fofocas e separarem-se novamente. Os corredores estavam repletos daquele zumbido frenético de volta às aulas, enquanto todo mundo recalibrava suas relações depois de três meses de separação.

Ainda bem que *alguns* relacionamentos não mudavam, pensou, agradecida, quando Avery apareceu de uma das salas de aula do outro lado do corredor. Avery não fazia ideia do quanto Leda precisava dela.

Sentia-se estranhamente feliz por Avery ter insistido que ela fosse à festa de Cord na outra noite. Leda não tinha sido exatamente a alma da festa — tudo lhe parecera tão extravagante, ruidoso e brilhante, e ela sentira um medo constante de que a qualquer momento a escuridão se abrisse dentro de si uma vez mais, como um terremoto sem aviso —, mas nada de ruim havia acontecido. Na realidade, percebeu Leda, a sensação de beirar a normalidade tinha sido *boa*.

— Quer vir comigo pro Altitude? — convidou Avery, caminhando ao lado dela. — Tem uma aula nova de yoga de choque térmico que estou a fim de experimentar. É superquente durante o alongamento e congelante no relaxamento.

— Preciso estudar esta noite — disse Leda, ajustando a bolsa cruzada sobre seu ombro.

— No primeiro dia de aula? Não temos nem dever de casa ainda!

— É minha tutoria pro vestibular. Preciso aumentar minha nota para acima de três mil pontos.

Leda queria ir para Princeton. Sua mãe estudara lá e, nos últimos tempos, Leda vinha cada vez mais tentando ser igual a ela. Era um impulso novo, dado que passara os últimos dezoito anos de sua vida tentando ser o contrário da mãe.

— Você é mais que bem-vinda se quiser vir comigo, caso queira estudar um pouco mais — acrescentou ela, mas Avery fez que não.

— Não vou fazer o vestibular. Não adianta para entrar em Oxford.

— Ah, é. Por causa de *Max* — disse Leda em tom de brincadeira, enquanto atravessavam os enormes portões de pedra da escola e saíam sob a luz solar artificial.

Leda precisava admitir que Max fora uma surpresa agradável: ele não era nem um pouco como ela o imaginara. Ela não conseguia imaginar-se sendo atraída por ele, com seu cabelo bagunçado e seu estilo europeu eclético; a forma como sua atenção migrava da distração para um foco intenso e repentino. Mesmo assim, o achara fundamentalmente caloroso e firme. Era o tipo de cara a quem se podia confiar o coração da melhor amiga.

— Eu já queria estudar em Oxford antes de conhecer Max, lembra? — insistiu Avery, embora um sorriso bobo tenha brincado em seus lábios ao mencionar seu nome.

Leda estacou ante a visão incomum de dois policiais postados logo após a entrada da escola. Suas posturas relaxadas não a enganavam nem um pouco. Estavam observando o fluxo de alunos que ia e vinha em torno do campo da rede virtual da escola, procurando por uma pessoa específica.

O olhar de um dos policiais — ou seriam detetives? — cruzou o dela, e o clarão de reconhecimento que brilhou nos olhos do homem confirmou suas suspeitas.

— Srta. Cole? — perguntou, dando um passo à frente.

Era pálido e gorducho, com um bigode curvo e escuro e um crachá onde se lia OFICIAL CAMPBELL. Em contraste, sua parceira era uma mulher jovem chamada Kiles, alta, esguia e muito bronzeada.

— Eu mesma — disse Leda, relutantemente.

— Gostaríamos que nos acompanhasse até a delegacia, para responder algumas perguntas.

— Leda... — sussurrou Avery, e mordeu o lábio, alarmada. Leda manteve a cabeça erguida, ignorando as batidas frenéticas de seu coração. De alguma maneira ela sabia que aquele dia acabaria chegando.

Ela só não sabia por quantas transgressões precisaria responder.

— A respeito de quê?

Leda sentiu orgulho de como sua voz saiu fria e despreocupada. Afinal, Leda tinha muita experiência na arte de fingir não dar importância a coisas que na verdade importavam muito.

— Esclareceremos na delegacia — respondeu a oficial Kiles. Seus olhos se desviaram de modo significativo para Avery. Através da névoa de pânico, Leda sentiu uma pontada aguda de curiosidade. Seja lá o que fosse aquilo, era confidencial.

— Lamento, mas os senhores não podem simplesmente interrogar a minha amiga sem motivo — interrompeu Avery, com o olhar teimoso e protetor que herdara do pai. — Têm mandado judicial?

Kiles virou-se para ela.

— Avery Fuller, correto?

O fato de saberem seu nome não intimidou Avery nem um pouco. Ela estava acostumada a ser reconhecida, especialmente nos últimos tempos.

— Se pensam que vou permitir que arrastem a minha amiga sem um mandado judicial...

— Não estamos *arrastando* ninguém. Esperamos que a srta. Cole venha voluntariamente — disse Kiles com voz gentil.

— Está tudo bem, Avery — interrompeu Leda, embora estivesse emocionada por Avery ter vindo em sua defesa.

Ela sabia o que aconteceria caso se negasse a ir com a polícia. Eles simplesmente iriam atrás dos documentos necessários, o que significava que no fim das contas ela acabaria indo parar na delegacia *in*voluntariamente — e tratada com bem menos gentileza.

— Vou de bom grado — disse aos policiais, tentando projetar mais confiança do que de fato sentia.

* * *

— Como tem passado, srta. Cole?

Leda mal conseguiu se impedir de revirar os olhos. Sempre odiara aquela pergunta. Lembrava-lhe demais das perguntas de sua terapeuta.

— Bem, obrigada.

Ela sabia que a polícia não estava interessada em seu bem-estar. A pergunta não passava de uma cortesia oca ou, talvez, uma espécie de teste.

Ela cruzou os calcanhares atrás das pernas da cadeira de metal amassada e olhou impassível em torno da sala de interrogatório. Não conseguiu ver o tremor no ar, parecido com uma onda de calor contida, que entregava a presença de câmeras de segurança — mas isso não queria dizer nada, certo? Com certeza a polícia devia estar gravando a conversa, de uma maneira ou de outra. Ou precisariam da permissão de seus pais, uma vez que ela ainda era menor de idade?

Do outro lado da mesa de metal, os dois policiais piscaram, observando-a, sem revelar nada. Leda manteve os lábios cerrados, satisfeita em deixar o silêncio rodopiar ao seu redor.

— A senhorita sabe por que está aqui? — quis saber o oficial Campbell.

— Estou aqui porque os senhores pediram que eu viesse — disse Leda, com cautela.

Campbell inclinou-se para diante.

— O que a senhorita sabe a respeito de Mariel Valconsuelo?

— Quem é essa? — perguntou Leda com mais força do que deveria.

— Então não a conhece?

Campbell pousou as mãos sobre a mesa, fazendo com que uma tela instantânea de holografia ganhasse vida com um clarão. Leda virou o pescoço, mas, de onde estava, o holograma não passava de um retângulo de pixels achatado e opaco. Ele deu uma batidinha na tela para inserir uma série de comandos, e um holograma surgiu, visível para todos os presentes.

Mostrava uma garota de ascendência hispânica, mais ou menos da idade de Leda, com cabelos encaracolados escuros e olhos notáveis. Não estava sorrindo, da maneira como a maioria das pessoas não sorri nas fotos de identificação oficial.

Era o rosto que, juntamente com o de Eris, assombrara os pesadelos de Leda no último ano.

Subitamente Leda se viu de novo em Dubai, aterrorizada e impotente naquela praia, com Mariel pairando sobre ela, seu olhar penetrante de ódio. *Você matou a sua irmã, Leda*, vociferou. Uma luz das docas iluminava Mariel por trás, emoldurando as beiradas de seu vulto e fazendo com que ela se assemelhasse a alguma espécie de anjo vingador, naquele seu traje preto de *bartender*. Um anjo saído do inferno, para fazer Leda pagar caro por toda a feiura de seu coração...

— Parece que talvez você a conheça — disse Kiles, arguta.

Merda. Leda tentou controlar suas emoções.

— Talvez eu a tenha visto por aí? Ela parece familiar, mas não sei de onde.

— Mariel trabalhava como garçonete no clube Altitude — ofereceu Campbell com um tom condescendente, como se Leda supostamente tivesse de saltar sobre aquela informação e agradecê-lo por isso.

— Acho que isso explica.

Leda encolheu os ombros, mas o policial não tinha terminado ainda.

— Ela também esteve presente no evento de lançamento das torres Espelhos, em Dubai. Fazia parte da equipe do clube Altitude que foi escalada pelos Fuller para trabalhar no evento — continuou, os olhos dele, globos gêmeos de vigilância. — Segundo a família dela, ela também estava namorando Eris Dodd-Radson antes da morte de Eris.

Leda caiu em um grande silêncio e imobilidade. Tentou respirar silenciosamente, inspirando e respirando pelas narinas, respirações de yoga deliberadas. Esperou que o restante da armadilha viesse.

A policial Kiles quebrou o silêncio.

— Você não a conheceu naquele contexto? Como namorada de Eris?

— Eris não costumava exatamente se gabar de seus namoros comigo.

Essa parte, pelo menos, era verdade.

— Eu não conheci Mariel — acrescentou.

— Não *conheceu*? — repetiu Kiles. — Mas pelo visto sabe que ela está morta, não?

Meu Deus do céu, o que havia de *errado* com ela?

— Morta? — perguntou Leda, levantando as sobrancelhas, como se não se importasse em saber ou não o que havia acontecido com Mariel. — Eu só usei o verbo no passado porque Eris morreu. Como os senhores devem saber, eu estava no telhado do apartamento dos Fuller na noite em que tudo aconteceu.

O pior dia da minha vida.

Leda se perguntou, novamente, como Mariel teria morrido. Não conseguira descobrir essa informação na i-Net, e o obituário não dizia nada; eles nunca listavam a causa da morte. Presumivelmente era de mau gosto.

Campbell apoiou os cotovelos sobre a mesa, tentando mostrar a Leda quanto espaço físico ele ocupava.

— Mariel morreu afogada. Seu corpo foi encontrado no rio East.

A mente de Leda foi lançada violentamente para o lado, como se tivesse sido puxada por um fio tênue de memória, porém o fio se partiu e flutuou para longe antes que ela pudesse ter certeza da lembrança. Sentiu um frio cobrir seu corpo.

Mariel no fim tivera a mesma morte que tentou dar a Leda. Havia uma ironia sombria nisso, como se fosse uma espécie de justiça poética dos deuses.

— O que isso tem a ver comigo?

Os dois policiais olharam para Leda, se entreolharam, e olharam para ela novamente. Pareciam ter chegado a uma compreensão silenciosa, porque

Kiles inclinou-se para a frente com o que supostamente devia acreditar ser uma expressão de encorajamento.

— Talvez você não tenha conhecido Mariel, mas ela certamente conhecia você. Estava reunindo informações a seu respeito antes de morrer. Mantinha um arquivo sobre você e suas movimentações.

Claro. Mariel estivera planejando vingar-se de Leda, pelo que Leda fizera a Eris. Mas a polícia não sabia disso... certo? Se sabiam, por que não a haviam intimado a comparecer na delegacia muito tempo antes?

Leda esforçou-se ao máximo para aparentar medo, o que não foi difícil, dado que seus nervos estavam esticados ao máximo sobre o poço vazio do pânico.

— Quer dizer que Mariel estava me *perseguindo*? — perguntou ela.

— É o que parece, sim.

Pausa.

— Tem alguma ideia de por que ela estaria fazendo isso? — perguntou a policial.

— Não é óbvio? Ela estava tomada de dor pela morte de Eris e queria sentir-se mais próxima dela. Então voltou-se aos amigos de Eris.

Era arriscado, mas foi a melhor coisa que Leda conseguiu imaginar no calor do momento.

Um silêncio pesado de significações caiu entre eles, como se o ar da sala tivesse se estagnado. Finalmente, Campbell ergueu as sobrancelhas.

— Veja, até agora achávamos que a morte de Mariel tinha sido acidental. Porém, recentemente descobrimos novas provas que indicam que pode ter sido um ato deliberado. Portanto, reabrimos o caso como uma investigação de assassinato.

Mariel tinha sido *assassinada*? Quem faria uma coisa dessas, e por quê? Leda piscou, apavorada de que seus pensamentos pudessem tornar-se de algum modo visíveis.

— Estamos tentando compreender o que estava acontecendo na vida de Mariel antes de sua morte. Principalmente depois que ela começou a namorar Eris.

O policial Campbell ergueu uma sobrancelha para enfatizar a estranheza daquele fato — de que duas garotas tivessem morrido em circunstâncias inesperadas tão pouco tempo depois de começarem a namorar.

— Que espécie de novas provas? — perguntou Leda, o mais inocentemente que conseguiu.

— É confidencial.

A mente de Leda ecoou com um silêncio estranho e perturbador. Era um silêncio que vibrava com finalidade gélida, como o peso de uma lápide, como se a corrente inteira do rio East estivesse pressionando seu peito, forçando o ar de seus pulmões a escapar. *Talvez eles descubram.*

Se a polícia estava investigando o caso de Mariel, poderiam de alguma maneira descobrir a relação entre Eris e Leda — e, pior, o fato de que Leda acidentalmente a empurrara do...

— Mariel estava bastante obcecada por você — ia dizendo Kiles. — Não creio que seja apenas porque você era amiga de Eris. Sabe de algum outro motivo pelo qual ela poderia estar te vigiando?

— Não — respondeu Leda, na defensiva, desejando que pudesse colocar as mãos sobre as orelhas para bloquear o silêncio aterrador. O medo e o alarme rodopiavam enlouquecidamente pelo seu corpo.

— Talvez você...

— *Eu não sei!*

As palavras explodiram de dentro dela como balas de revólver e ricochetearam intensamente pela sala. Leda apoiou as mãos com firmeza na superfície da mesa para esconder seu tremor e levantou-se.

— Fiz todos os esforços para cooperar — disse ela, com voz clara. — Mas essa linha de interrogatório é inútil. Não conheci essa tal de Mariel e não tenho nenhuma informação sobre o que possa ter acontecido com ela. Se precisarem entrar em contato comigo novamente, por favor façam isso por meio do advogado da minha família. De resto, acredito que ficamos por aqui.

Leda saiu num rompante, quase esperando que algum dos inspetores impedisse sua saída, mas nenhum dos dois disse uma palavra.

Em frente à delegacia, ela apoiou-se em uma parede, a cabeça girando com as implicações do que havia acabado de acontecer.

A polícia tinha reaberto as investigações sobre a morte de Mariel. Já tinham descoberto a conexão entre Mariel e Leda. Quanto tempo levariam até que descobrissem o motivo pelo qual Mariel a estivera perseguindo: o fato de Leda ter empurrado Eris do alto do telhado?

Aquela não era a única coisa que Mariel descobrira antes de morrer. Havia também os outros segredos: os de Rylin, os de Avery e os de Watt. Os segredos que Leda lhe contara quando estava na névoa provocada pelas drogas. Se a polícia continuasse a cavoucar, poderia também descobrir a conexão entre eles e Mariel. Eles corriam perigo, e tudo por culpa dela.

Ela precisava vê-los novamente, percebeu. Todos eles. Inclusive Watt.

WATT

VOCÊ ESTÁ NERVOSO.
Não tô nervoso, insistiu Watt, até perceber que estava sentado na beirada do sofá de Avery Fuller. Ele recostou-se de novo nas almofadas, envergonhado.
Tá legal, disse a Nadia. *Talvez um pouco.*
Quando Leda lhe mandou um flicker na noite anterior, Watt praticamente caiu da cadeira em estado de choque. Ele quase pensou que a mensagem fosse brincadeira de Nadia. Ele não esperava ter notícias de Leda tão cedo — na verdade, não esperava *nunca mais* ter notícias dela —, dadas as circunstâncias do término do relacionamento dos dois no ano anterior.
Então Watt percebeu que era uma mensagem de grupo, e que os outros dois destinatários eram Avery e Rylin. *Precisamos conversar... pessoalmente*, Leda havia escrito. *Creio que estamos todos em perigo.*
Apesar da gravidade da situação, apesar de provavelmente dever se preocupar com o que Leda tinha descoberto, Watt não pôde deixar de sentir uma esperança frágil crescendo em seu peito. Ele veria Leda novamente.
Ele chegou cedo ao apartamento de Avery, na esperança de ficar com Leda a sós por um momento; afinal, tinha sido *ela* que convocara todos para aquela reunião em grupo. Entretanto, ela ainda não tinha chegado. Watt ficou simplesmente sentado em silêncio, ignorando os olhares diretos de Avery e tentando imaginar que diabos ele ia dizer. Como se cumprimentava a garota por quem ele era apaixonado e que não via havia oito meses — quando as últimas palavras dela tinham sido: *Se você gostar mesmo de mim, me deixe em paz?*
Ele lançou um olhar nervoso pela sala, toda decorada com tapetes de brocado, papel de parede com estampa azul e antiguidades esculpidas que pareciam ter sido enviadas diretamente de Versalhes. Até onde Watt sabia, podiam ter sido mesmo. Ele tinha esquecido o quanto era imponente sim-

plesmente *ir* até aquela altura: fazer a transferência no 990º andar para o elevador particular que se abria diretamente no patamar dos Fuller e depois atravessar a entrada gigantesca com pé-direito duplo. Ele se sentiu um pouco como Hércules subindo a escadaria dos deuses até o Monte Olimpo.

Ali estava ele, naquela lendária ilha celeste, no ninho humano brilhante encarrapitado no alto da maior estrutura do mundo. Watt espiou pelas janelas que iam do chão ao teto, o flexividro tão impossivelmente transparente que parecia não estar ali. Teve a impressão de que, se esticasse as mãos, roçaria o céu. Como os Fuller deviam se sentir não tendo vizinhos, exceto aqueles abaixo deles? Não lhes pareceria estranho que sua única conexão com o resto da cidade fosse a abertura para o elevador particular?

Sua cabeça virou-se de repente ao ouvir o som da campainha, mas então ele se deu conta de que obviamente Leda não precisaria tocar a campainha. Ela constava da lista de entradas pré-aprovadas ali.

— Pensei que isso tudo já estivesse encerrado — disse Rylin Myers, afundando na poltrona oposta.

— Eu também pensei que tivesse acabado. Há muito tempo — respondeu Avery.

A manga do vestido-suéter de Avery caiu para a frente quando ela esticou o braço para apanhar um copo de água com limão. Uma bandeja de petiscos estava na mesa de centro diante deles, completamente intocada.

Era típico de Avery oferecer tira-gostos em um momento como este. No entanto, Watt achou aquilo estranhamente reconfortante, como se a hospitalidade discreta de Avery estivesse ajudando a dissipar a tensão.

Ele tinha quase esquecido que, ao conhecer Avery, achou que havia se apaixonado por ela. Depois de namorar Leda — depois de perceber o que era *realmente* se apaixonar por alguém —, Watt entendeu que o que ele sentira por Avery não passara de atração. Ele e Avery combinavam muito mais como amigos ocasionais.

Ele ouviu passos novamente e, antes que pudesse decidir quais seriam suas primeiras palavras para ela (*Quero ser engraçado, Nadia, me ajuda!*), Leda entrou na sala de estar, roubando todo o ar dos arredores.

Ela estava ainda mais magra do que antes, vestida com um suéter preto de gola alta, e seu cabelo fora cortado curto, o que chamava a atenção para a arquitetura marcante de seu rosto.

O olhar de Leda se ergueu automaticamente para encontrar o dele. Por um momento, não havia mais ninguém na sala além dos dois. Watt engoliu em seco, lutando contra a inundação enlouquecedora de ternura, amor e frustrações antigas que tomou conta dele.

Ela estava mesmo ali. Pela primeira vez em meses, ela estava *ali*, e Watt mal podia acreditar; era como se tivesse tomado uma injeção de adrenalina, ou colado um milhão de adesivos de cafeína em cada centímetro de sua pele. Ele tinha passado aqueles longos meses sem Leda em um transe, e vê-la novamente o trouxe violentamente de volta à vida.

— Eu pediria desculpas pelo atraso, mas acho que vocês todos chegaram cedo — disse ela em voz baixa, dando um passo à frente.

Watt tinha esquecido a maneira como ela se movimentava, como se cada gesto se iniciasse nos olhos quentes e escuros e fluísse desimpedido até as sapatilhas. Ela sentou-se ao lado de Avery e cruzou uma perna sobre a outra; apenas um ligeiro balançar de seu pé traiu sua ansiedade.

— Chegamos cedo porque sua mensagem foi muito aterrorizante e vaga! — interrompeu Rylin. — Afinal, o que tá acontecendo?

— A polícia está investigando a morte de Mariel.

Houve um silêncio coletivo após a declaração de Leda. Avery retorceu as mãos no colo. Os olhos de Rylin se arregalaram, cheios de horror.

Nadia, pensou Watt, ferozmente, *o que a polícia sabe até agora? Por que não estávamos monitorando isso?*

Eu sinto muito, mas você sabe que não posso invadir o departamento de polícia. Eles fazem backup dos arquivos usando proteções de hardware específicas.

Leda explicou que havia sido interrogada por inspetores da polícia porque eles estavam reabrindo as investigações sobre a morte de Mariel — desta vez como um caso de homicídio. Os policiais tinham claramente encontrado uma conexão entre Leda e Mariel, mas ainda não pareciam entendê-la muito bem.

Avery apertou uma almofada felpuda contra o peito.

— Você contou a eles o que aconteceu em Dubai?

— Você quer saber se eu disse a eles que Mariel tentou *me matar*? Não acho que isso faria com que eu me saísse muito bem em uma investigação de assassinato. Tudo o que eu disse foi que não fazia ideia do que aconteceu com ela.

— Nenhum de nós sabe de nada! — explodiu Rylin. — Então tá tudo bem, certo? Fim da história?

— O problema é que Mariel sabia nossos segredos — disse Watt, falando pela primeira vez.

As três garotas se viraram para encará-lo. Os olhos de Avery e Rylin, de cílios espessos, estavam arregalados e assustados; mas Leda apenas sustentou o olhar dele, sem se alterar. Obviamente ela já tinha seguido aquela linha de raciocínio.

— Ela sabia nossos segredos — repetiu ele. — Existe uma clara conexão entre Mariel e nós. Agora que a polícia está investigando sua morte, é apenas uma questão de tempo antes que eles descubram isso. Afinal, eles já encontraram Leda.

Leda deu um aceno conciso com a cabeça, e seus brincos compridos roçaram a gola do suéter.

— Você tá insinuando que somos *suspeitos*? — perguntou Rylin.

Watt sabia o que ela queria dizer. Se Mariel estivesse reunindo informações sobre todos eles, poderia parecer que eles a haviam matado para encobrir o que ela sabia. Era a motivação, no mínimo.

— Sem chance — insistiu Avery. — Nós nem conhecíamos Mariel. Por que seríamos *suspeitos*?

— Porque a polícia parece estar questionando o motivo da morte, não como ela aconteceu — explicou Watt. — Eles obviamente não sabem quem a matou, portanto estão tentando descobrir quem poderia *querer* matá-la para trabalhar a partir daí. Se eles fizerem a conexão entre Leda e a morte de Eris...

Ele não precisou terminar a frase. Se a polícia descobrisse a verdade sobre a morte de Eris, o fato de Leda ter chantageado todos eles para mantê-la em segredo, então obviamente tentariam descobrir as implicações daquelas chantagens. Isso os conduziria direto para todos os segredos.

Avery arfou, assustada. O sol lançava a sombra de seus cílios sobre as maçãs de seu rosto.

— Você quer dizer que, se a polícia continuar investigando, pode descobrir o que Mariel sabia sobre todos nós — resumiu ela.

O silêncio pesou no ar. Watt imaginou que era possível vê-lo, como se todos os medos escondidos tivessem se tornado tangíveis e rodopiassem como flocos de neve.

— Agora vocês entendem por que convoquei esta reunião. Eu precisava avisar vocês — disse Leda, tristemente.

— Ainda não entendi. Se eles não têm ideia de quem poderia ter matado Mariel... se a única opção que eles têm agora é adivinhar o motivo e trabalhar a partir daí... por que raios eles reabriram o caso? — perguntou Avery.

— Eles devem ter novas provas — afirmou Rylin. — Algo que os levou a concluir que foi um assassinato, mas não lhes deu nenhuma pista de quem fez isso.

Leda mordeu o lábio.

— A polícia me contou como ela morreu — disse baixinho, e todos olharam para ela, porque essa informação definitivamente *não* constava do obituário. — Mariel se afogou no rio East.

— Ela se afogou? — repetiu Avery. — Para mim, isso parece um acidente. Que novas evidências eles poderiam ter encontrado para solicitar a reabertura das investigações?

A sala explodiu em uma tempestade de teorias.

— Será que encontraram novas imagens de segurança mostrando alguém empurrando ela, mas não conseguiram ver quem era?

— Ou talvez tenham encontrado uma arma, e descobriram que alguém a usou para atacá-la.

— Mas como eles poderiam ter certeza de que a arma foi mesmo usada contra Mariel? Testes de DNA?

— Por que eles não podem simplesmente puxar os dados de localização para saber quem esteve lá naquele dia?

— Os dados de localização não ficam armazenados por mais de quarenta e oito horas, você *sabe* disso. Foi um caso histórico da Suprema Corte que...

— Será que localizaram o registro de uma violação de segurança em algum ponto ao longo do rio, mas não conseguiram identificar quem a praticou?

— *Chega!*

Leda começou a andar de um lado para o outro, como uma leoa enjaulada. Quando chegava a uma extremidade do tapete, virava automaticamente e começava tudo de novo na outra direção. Watt tinha se esquecido desse traço dela: a maneira como ela estava sempre dobrando-se e retorcendo-se, como se fosse impossível ficar parada.

— Eu não chamei vocês aqui pra instigar pânico, tá legal? Especialmente porque pode ser até que vocês nem sequer sejam envolvidos! Mariel tava obcecada *comigo*. Esse problema é meu. Não significa que seja necessariamente de vocês também. Eu só queria avisá-los por precaução — acrescentou, um pouco menos veementemente.

— O problema também é meu, Leda. Se eles descobrirem sobre... — vacilou Avery. — Não seria bom se alguém descobrisse o que Mariel sabia sobre mim.

Rylin assentiu.

— Idem.

Nadia, já descobrimos o que Leda sabia sobre Rylin?

Ela roubou drogas, Nadia informou.

Watt não precisou perguntar o segredo de Avery, porque ele já sabia. O relacionamento dela com Atlas.

Olhou para Leda. O segredo dela — o fato de ter matado Eris, mesmo que por acidente, e depois tentado encobrir tudo — era tão perigoso quanto o dele. Talvez fosse o pior de todos.

— Estamos todos juntos nisso — disse ele, e era verdade. As três outras pessoas naquela sala um dia tinham sido estranhas a ele, mas agora suas vidas estavam inextricavelmente ligadas à sua.

— Preciso ir nessa — disse Rylin, abruptamente. — Me avisem de qualquer novidade. E tomem cuidado.

Leda continuava se recusando a olhar para Watt.

— Obrigada por ter permitido que nos encontrássemos aqui, Avery — acrescentou.

Watt acenou com a cabeça, despedindo-se de Avery, antes de ir rapidamente atrás de Leda.

— Leda! — chamou, mas ela continuou seguindo em frente pela longa entrada do apartamento dos Fuller, acelerando o passo. Seus saltos ecoavam nas lajotas de mármore branco e borda preta.

Ela está te evitando, Nadia observou desnecessariamente.

Watt começou a correr.

— Leda! — tentou de novo, mas era inútil: as portas do elevador já estavam se abrindo, e ela entrou apressadamente.

Ele mal conseguiu se espremer para entrar no elevador antes que as portas pesadas de metal se fechassem atrás dele com um clique retumbante. Não havia muito tempo. Apenas a duração de um trajeto de elevador para convencer a garota que ele amava que eles tinham de se ver novamente.

— Oi, Leda.

Ele falou com indiferença, como se não tivesse acabado de persegui-la no corredor depois de uma discussão sobre a investigação de um assassinato. Como se não fosse nada de mais eles estarem sozinhos no mesmo ambiente pela primeira vez em meses. Próximos o suficiente para se tocarem. Respirando o mesmo ar.

— Nós precisamos conversar — acrescentou.

— Não acho que seja uma boa ideia.

— Não sobre *a gente*.

Watt tentou forçar um tom de normalidade na voz, o que era praticamente impossível.

— Estou falando desse lance da Mariel — se explicou. — Eu quero ajudar.

— Obrigada, mas estou bem. Eu só quis avisar...

— Avisar a gente, tá, eu já entendi.

Watt se inclinou para a frente, apoiando o braço na parede do elevador para que efetivamente encaixotasse Leda.

— Você precisa da minha ajuda, Leda.

— Não, não preciso — insistiu ela, abaixando-se para passar sob o braço dele e recuando para o lado oposto do elevador. — Além disso, Watt, isso não é algo de que alguém pode se safar hackeando alguma coisa.

— Claro que é — respondeu Watt automaticamente, embora não tivesse a menor certeza de por onde começaria. — A menos que você já tenha contratado outro hacker? Me conte quem é, para que eu possa sabotá-lo.

Ele quis que aquilo soasse como uma piada, mas saiu tudo errado.

— Não posso me dar ao luxo de te encontrar — disse Leda, rapidamente. — É muito arriscado... pode desencadear todos os meus comportamentos problemáticos e, se eu sair do controle novamente, meus pais vão me mandar para um internato. Não quero arriscar, tá legal?

Uma veia pulsou no pescoço dela.

— Olha, me desculpe por ser uma espécie de gatilho humano. — Watt suspirou. — Mas fique sabendo que vou continuar trabalhando nesse caso, de uma maneira ou de outra. Você não é a única que tem muito a perder se esses segredos vierem à tona.

— Eu realmente sinto muito. Nunca quis te envolver nisso.

Leda parecia um pouco mais doce. Quando ele embarcou no elevador ela estava completamente arisca, mas agora parte desse comportamento tinha se amansado.

— Já estou envolvido, queira você ou não — disse Watt, tentando se concentrar nas suas palavras e não no quanto ele estava enlouquecido com a proximidade. — Nós podemos trabalhar separadamente, ou podemos unir forças. Você conhece o ditado, que dois cérebros pensam melhor do que um.

Neste caso, talvez o certo fosse dizer que *três* pensavam melhor do que dois, se contasse com Nadia.

Eles chegaram ao 990º andar e, com um clique suave, as portas se abriram. Leda não saiu de imediato.

— Tudo bem — concordou ela, tão gloriosamente orgulhosa como sempre. — Acho que podemos trabalhar juntos nisso. Você sabe ser útil quando quer.

Watt sabia que provavelmente aquele era o pedido de ajuda mais eloquente que conseguiria arrancar dela. Leda Cole *jamais* revelava vulnerabilidade e jamais pedia ajuda.

Ele sentiu uma onda de excitação ansiosa. Não importava o que ela tinha lhe dito, nem as circunstâncias em que eles passariam a se ver novamente: ele se recusava a acreditar que estava tudo terminado entre eles. Ele ainda era Watt Bakradi e ela ainda era Leda Cole; eles mereciam uma nova oportunidade.

Ele ia aproveitar cada minuto que pudesse passar ao lado dela. Ele reconquistaria Leda, jurou Watt, custe o que custar.

AVERY

— **OBRIGADA POR ME ACOMPANHAR** — disse Avery suavemente, enquanto ela e Max caminhavam pela galeria com pé-direito elevado do museu Metropolitan.
— Claro que eu viria. Senti sua falta — respondeu Max, embora ele a tivesse visto apenas dois dias antes.
Ele esticou a mão para ajeitar o cachecol de linho fino, estampado com um padrão de batik vermelho.
— Além disso — continuou —, o objetivo de ficar em Nova York era conhecer todos os lugares que são importantes para você, e este está claramente no topo da sua lista.
Avery assentiu, um pouco surpresa por Max não ter notado o quanto ela estava abalada e inquieta. Ele parecia crente que aquilo não passava de um passeio espontâneo ao museu, mas Avery tinha vindo ali para espairecer. Ainda estava se recuperando da reunião inesperada do dia anterior e da revelação de que a morte de Mariel era alvo de uma investigação policial. Agora que o acesso de sua família até o telhado estava fechado e que o alçapão da despensa fora selado, o Met era o único lugar para onde Avery sentia que era possível escapar.
O museu erguia-se ao lado da bolha do Central Park; seus pilares icônicos davam para o losango dos campos de softball e o famoso rinque de patinação no gelo rosa-pálido que ficava constantemente congelado, em qualquer estação do ano. Diziam que a pista tinha sido originalmente projetada para mudar de cor, mas congelara naquele tom de rosa na semana da abertura do parque — à típica maneira nova-iorquina, agora ninguém jamais sonharia em mudá-la.
Avery respirou fundo. Dava para sentir a diferença no ar, ali: era completamente estéril para proteger as obras de arte da oxidação ou da corrosão.

Toda a entrada do museu se parecia estranhamente com uma câmara de vácuo, como se entrasse no espaço sideral, em um universo imenso e novo de beleza artística.

— E aí, como foi sua primeira semana? — perguntou a Max, esforçando-se ao máximo para aparentar normalidade.

— Foi incrível. A dra. Wilde é uma professora ainda melhor do que eu imaginava! Ela inclusive concordou em ler minha tese, em vez de deixar isso a cargo de um assistente.

Avery sorriu.

— Que fantástico, Max.

— E ontem à noite fui a uma festa no meu corredor — continuou ele, com os olhos dançando.

Max ainda achava divertido o jeito americano de os universitários festejarem em qualquer espaço disponível, de que suas festas se espalhassem pelas salas de estudo e cozinhas dos dormitórios.

— Você vai amar meus vizinhos, Avery. Uma delas é uma estudante de escultura chamada Victoria, especialista em fios de metal.

Ele se atrapalhou com a frase, como se estivesse com medo de não saber o que aquilo significava, e em seguida declarou:

— Eu falei muito de você para ela.

Avery estendeu a mão para entrelaçar os dedos nos dele.

— Mal posso esperar para conhecê-los.

Max havia se mudado para um dos dormitórios da Columbia no 628º andar. Avery ficou secretamente feliz por ele não ter pedido para ficar hospedado no apartamento dos Fuller. Seus pais nunca permitiriam. Eles tinham três suítes de hóspede, mas *nunca* eram de fato usadas, nem mesmo quando os avós de Avery vinham visitar. Aqueles quartos eram apenas metros quadrados adicionais destinados a exibir a extensa coleção de antiguidades da sra. Fuller, e todas as superfícies eram cuidadosamente tomadas por cães de cerâmica de Staffordshire, estátuas chinesas de terracota ou castiçais de Delft azuis e brancos. Cada um daqueles quartos tinha sido destaque na *Architectural Digest* ou na *Glamorous Homes* pelo menos uma vez. Além disso, Avery pensou, seria meio estranho que o namorado morasse com ela *e* seus pais.

O histórico dela de namorar garotos que moravam no milésimo andar não era exatamente exemplar.

Para seu alívio, Max parecia absolutamente encantado por estar morando em um dormitório minúsculo. Ele não parava de falar de como aquilo era uma parte importante e autêntica da experiência de estudar no exterior, uma imersão no cotidiano escolar. Pelo visto, ele já tinha feito amizade com todos que moravam no corredor e descoberto o café e a lanchonete vinte e quatro horas mais próximos dali.

Eles caminharam pela ala dos Impressionistas. Luz derramava-se através das enormes janelas que iam do chão ao teto, iluminando as amplas telas repletas de pinceladas soltas e espontâneas. Avery sempre amara os impressionistas, mesmo que apenas pela obsessão maníaca pela cor. Nenhum de seus trabalhos tinha uma única gota de tinta branca ou preta. Se olhasse atentamente, perceberia que até mesmo as sombras, até mesmo os *cílios*, eram pintados em tons de verde, roxo ou bronze.

— Está tudo bem? — perguntou Max, gentilmente.

Estou preocupada com uma investigação sobre a morte de uma garota que eu mal conhecia, porque ela pode trazer à tona o namoro secreto que eu tive com meu irmão adotivo. Ah, e também o fato de que eu menti a respeito da morte da minha amiga Eris.

Ela não podia dizer nada disso, é claro. Max não entenderia, não a *amaria* mais, no momento em que soubesse de seu caso com Atlas.

— Estressada com as eleições? — tentou adivinhar, e ela quase riu. Em sua preocupação com a investigação policial, ela tinha quase esquecido que as eleições para prefeito seriam na semana seguinte.

— Eu enviei meu pedido de admissão para a Oxford ontem à noite. Acho que é isso que está me deixando nervosa — arriscou ela. *Entre outras coisas.*

— Você vai entrar — assegurou Max.

Avery assentiu, mas continuou nervosa. Parecia que havia mais coisas envolvidas naquele seu pedido de matrícula do que simplesmente sua futura vida universitária — pois, caso ela entrasse, ela e Max provavelmente continuariam juntos por no mínimo mais dois anos depois daquele. Quem sabe o que isso poderia significar?

— Como foi na escola hoje? — pressionou Max.

Avery pensou em Leda, que ainda tinha um ar de assombro, de vítima de perseguição, que fazia o coração de Avery se partir. Pensou em como tudo parecia vazio sem Eris.

— Ah, você sabe como é, cheio dos típicos dramas do ensino médio — disse ela, de modo evasivo.

Max sorriu.

— Na verdade, eu não sei. Eu estudei na Academia Homburg-Schlindle para meninos. Tinha pouquíssimo espaço para drama.

— Nenhum drama? — disse Avery, fingindo estar horrorizada. — Como vocês se divertiam, pelo amor de Deus?

— Caindo na porrada, principalmente.

— Certo, é claro.

Ela tentou, sem sucesso, imaginar Max brigando com alguém. Seria bem mais provável que ele desafiasse qualquer um que o incomodasse para disputar uma partida épica de xadrez.

Duas meninas, provavelmente por volta dos catorze anos, passaram por eles. Ambas usavam blusas com botões pregados por toda parte: ao longo da gola, dos punhos, até da bainha. Cada fileira de botões tinha pelo menos um botão que não combinava com os outros.

As meninas sorriram timidamente ao verem Avery, depois juntaram as cabeças para cochichar e afastaram-se rapidamente.

— Você fez isso! — exclamou Max em voz baixa.

— Eu não tenho certeza — disse Avery.

A coisa toda a fez sentir-se meio estranha.

Max riu.

— Já que foi você que iniciou essa moda do botão, talvez devesse se apropriar dela. Embora eu suponha que a musa inspiradora seja *eu* — não resistiu a acrescentar. — Que bom que meu senso de moda é tão abismal.

— Claro — respondeu Avery, entrando na brincadeira. — Caso contrário, onde eu ia arrumar inspiração?

Eles continuaram andando pelo corredor, entrando nas galerias de retratos da primeira fase modernista. O olhar de Avery deslizou sobre cada tela, parando sobre suas composições familiares. Max fingiu olhar as pinturas, mas Avery percebeu que ele na verdade estava era olhando para ela.

— Qual é seu preferido?

Ela balançou a cabeça.

— Eu não conseguiria escolher.

— Claro que conseguiria — insistiu Max. — Finja que o museu está sendo incendiado e você só tem tempo para salvar uma obra. Qual seria?

Por alguma razão, Avery não gostava daqueles jogos de hipóteses. Não era a primeira vez que Max fazia esse tipo de pergunta; ele estava sempre tentando resumir o ambiente, organizar as coisas em categorias claramente discerníveis e mantê-las ali. Ele queria saber qual o quadro preferido de Avery para que, se alguém lhe perguntasse sobre as aulas de história da arte de Avery, ele pudesse dizer: *Sim, isso é o que ela estuda, e ela ama esta obra acima de tudo.*

A história da arte não dizia respeito a classificar ou maximizar as coisas. Dizia respeito a consideração e apreciação — buscar um fio coeso entre todas as coisas maravilhosas que as pessoas haviam criado através dos séculos, no esforço de *dizer* algo, de sentir-se um pouco menos sozinhas.

— Talvez... *Madame X*.

Avery indicou com a cabeça o famoso retrato da mulher enigmática de vestido preto elegante e sensual. Havia algo de sutilmente frágil nela, como se seu verdadeiro eu não fosse nem um pouco parecido com o rosto que ela mostrava ao mundo.

— Escolha bacana. Embora ela não seja nem de longe tão bonita quanto você — disse Max.

Ele absolutamente não tinha entendido o ponto de vista dela.

Atlas teria entendido, Avery se pegou pensando, e instantaneamente repreendeu-se por aquele pensamento. Não era justo esperar que Max a conhecesse da mesma maneira que Atlas a conhecia. Max estava com ela havia menos de um ano, enquanto Atlas passara a maior parte da vida com ela.

Max enfiou a mão no bolso para apanhar o tablet, que começara a tremer. Ele ainda se recusava a usar lentes de contato — uma das muitas coisas que Avery amava nele.

— Umas pessoas do meu alojamento vão ver um holo hoje à noite — disse para ela, erguendo o olhar. — Quer ir?

— Claro — disse Avery, tranquila. Ficar sentada em uma sala de exibição escura e anônima parecia ótimo agora.

Para voltarem até a entrada principal do museu, precisaram atravessar a galeria de utensílios da Antiguidade, cujas prateleiras eram cobertas de inúmeras coisinhas quebradas, itens de joalheria ou utensílios para comer, agora reduzidos a fragmentos de argila descolorida.

— Eu nunca gostei desta sala — disse Avery, parando diante de fragmentos que tinham sido rotulados, simplesmente, como de uso desconhecido. — As pessoas criaram essas coisas, provavelmente para ajudá-las a *sobreviver*, e agora nem sabemos para que servem.

Era assustadoramente triste. O que as pessoas diriam sobre os dispositivos modernos, dali a séculos...? Se um cientista algum dia escavasse a varinha de beleza dela, será que se perguntaria para que servia?

— E que importa para que servem essas coisas? — perguntou Max, encolhendo os ombros. — É interessante estudá-las, mas não exercem nenhum impacto no presente. O mais importante é concentrar-se em tornar o mundo um lugar melhor agora, enquanto ainda estamos nele.

Por um instante, Avery ficou impressionada com o quão estranhamente o que Max falara era parecido com o que diria seu pai.

— E, claro, passar tempo com você. Esse é meu foco principal — acrescentou Max, com um sorriso que levava embora todas as hesitações.

— O meu também — disse ela, cheia de ênfase.

CALLIOPE

CALLIOPE TORCIA O CORPO para um lado e para o outro no pódio circular, completamente enojada com o que via refletido no espelho.

Ela estava usando o que devia ser o vestido de dama de honra mais horroroso de todos os tempos. Era uma combinação medonha de tule e cetim, com um decote quadrado e enormes mangas bufantes que se ajustavam na altura dos cotovelos e assim seguiam até os punhos. Camadas de tule estavam agrupadas na saia volumosa. Como se isso não fosse o suficiente, o vestido ainda tinha uma *capa*, que era amarrada em volta do pescoço com fitas.

A única parte do corpo de Calliope que não estava coberta por todas aquelas tiras de tecido era o seu rosto. Ela tinha a impressão de estar vestida com uma cortina.

No pódio ao lado estava Livya, afundando sob a mesma monstruosidade em forma de vestido. Ela parecia pálida e sem graça, como sempre, os cabelos caindo em finos e apáticos fios ao redor do rosto em formato de coração.

— O que vocês acham, meninas? — perguntou Elise.

Calliope não deixou de perceber o jeito como o olhar de sua mãe disparou ansiosamente em direção à mãe de Nadav, Tamar, sua futura sogra, que estava sentada em uma poltrona vizinha, com as mãos entrelaçadas no colo. Ela é que havia escolhido os vestidos.

— São lindos — disse Calliope, com voz fraca. Honestamente, ela não tinha ideia de que existia uma roupa no planeta capaz de deixá-la tão feia assim. Bem, tudo tinha uma primeira vez.

— Eu acho que são divinos — falou Livya, passando reto por Elise como se ela não estivesse ali e indo direto até a avó, para dar um beijo na bochecha da velha. — Obrigada, Boo Boo.

Calliope se absteve de revirar os olhos diante daquele apelido absurdo.

Elas estavam na butique de casamento da Saks Fifth Avenue, que, perversamente, não estava mais localizada na Quinta Avenida e sim na rua Serra, mais para o centro da Torre. As salas de provas pareciam um bolo de casamento trazido à vida real, com sofás de veludo cor de pêssego, tapetes brancos e até mesmo uma bandeja com docinhos decorados minúsculos disposta num canto.

O mais impressionante de tudo, porém, eram os espelhos. Eles eram onipresentes, para que uma garota pudesse se ver de todos os ângulos concebíveis — e talvez de alguns inconcebíveis também.

Normalmente, estar em lugares como aquele — butiques legais e caras, cheias de coisas bonitas — acalmava Calliope. Tinha algo a ver com a aparência orgulhosa desses lugares, com o silêncio de expectativa quando as portas se abriam e ela enxergava todas aquelas coisas lindas e caras arrumadas ali dentro. Hoje, porém, aquele ambiente parecia estar zombando da cara dela.

Livya afundou em uma poltrona ao lado da avó e começou a teclar furiosamente no seu tablet, com o rosto azedo. O vestido formava uma nuvem comicamente bufante em torno dela, fazendo-a parecer uma esponja humanizada com braços magricelas e salientes. Calliope teria rido daquela visão, mas na verdade ela sentia vontade de chorar.

— Elise — disse Miranda, a assessora de vendas. — Acha que poderíamos tomar uma decisão final em relação à cor? Os superteares são rápidos, mas estou preocupada com o prazo.

Os vestidos de mostruário que Livya e Calliope estavam usando tinham sido tecidos a partir de fios inteligentes: um material flexível de aparência barata que fora patenteado há trinta anos. Os vestidos que elas usariam no casamento seriam feitos de tecido verdadeiro, é claro, pois, afinal, quem iria querer que o vestido de dama de honra mudasse de cor? Aqueles modelos eram apenas para orientar as vendas.

Ninguém pediu para Livya sair de onde estava, mas ela se levantou, bufando audivelmente com resignação, e voltou a subir no pódio ao lado do de Calliope. Manteve os braços cruzados sobre o peito, como se quisesse deixar claro o quanto considerava aquele exercício completamente inútil.

— Vamos começar com os roxos.

Miranda pegou o tablet. Uma barra colorida na lateral exibia todas as cores do arco-íris, do vermelho ao amarelo e depois ao roxo novamente. Enquanto os dedos de Miranda se moviam lentamente pela paleta, o tecido dos vestidos de Calliope e Livya mudava de cor, aprofundando-se do lilás ao violeta e deste ao vinho-escuro.

— Eu preciso vê-lo junto com as flores — disse Elise ansiosamente, virando-se em direção a uma mesinha de mármore no canto da sala.

Estava cheia de buquês de amostra que a florista havia enviado, buquês dos mais variados tipos — desde arranjos simples em branco até buquês de folhas multicoloridas. A sala cheirava agradavelmente como um jardim.

Elas experimentaram várias combinações, trocando a cor dos vestidos para dourado, azul-marinho e até mesmo vermelho-escuro. Nas poucas vezes em que Elise esboçava um sorriso, Tamar enfaticamente balançava a cabeça. Então Elise dava de ombros como se pedisse desculpas e dizia:

— Acho que ainda não chegamos lá. Vamos tentar outra?

Finalmente Miranda soltou um suspiro.

— Por que não damos uma pausa? — sugeriu. — Precisamos fazer ajustes em seu vestido de qualquer maneira, aproveitando que você está aqui.

Tamar pigarreou amargamente.

— E no vestido da mãe do noivo também, é claro — se apressou a acrescentar Miranda.

— Está bem — concordou Tamar, levantando-se, lentamente, com as costas rígidas.

Ela estava com um vestido azul-marinho bordado e um chapéu casquete combinando, os cachos do cabelo congelados em um capacete imóvel de laquê. Elise ofereceu-se para ajudá-la, mas Tamar a afastou imperiosamente. Quando ela agitou sua garra, as joias de seus anéis — ela tinha pelo menos um em cada dedo — cintilaram ostensivamente.

Depois que todas elas desapareceram nos provadores, Calliope agachou-se para pegar o tablet de Miranda onde ela o havia deixado, na mesa mais próxima. As sobrancelhas dela se abaixaram em concentração, enquanto ela rolava a barra de cores, fazendo os vestidos irem do vermelho ardente ao roxo e vice-versa.

— Que coisa mais irritante.

Calliope experimentou amargamente mais algumas cores antes de pousar o tablet ao seu lado.

— Sinto muito — murmurou Calliope.

Ela não estava acostumada a que Livya viesse falar com ela, pelo menos não quando estavam sozinhas. Elas nunca se falavam na escola e em casa limitavam-se a um vocabulário árido de três palavras, trocando "ois" de um lado a outro do apartamento antes de se retirarem cada qual para seu quarto. Era como uma disputa silenciosa para ver qual das duas conseguia falar menos.

— Não, você não sente.

— Como é que *é*?

— Você não sente muito.

Os olhos de Livya se arregalaram sob seus cílios incolores.

— É falta de educação contar mentiras — continuou. — Não peça desculpas se não estiver sendo sincera.

— Eu não tenho ideia do que você está...

— Comigo você pode deixar de lado esse teatrinho. Não fica bem em você, de qualquer maneira — retrucou Livya, com um tom de voz sem nenhum resquício da doçura pegajosa e melosa de costume.

Calliope endireitou os ombros. Seus reflexos em todos os inúmeros espelhos fizeram o mesmo, levantando os queixos com calma, com um orgulho inconfundível.

— Eu não tenho ideia do que você está falando — disse ela, friamente.

— Claro que não. Afinal, você é apenas uma filantropa meiguinha saída do nada, não é mesmo? — Livya inclinou a cabeça para o lado. — Você e sua mãe devem ter causado *tanto* impacto ao longo dos anos, viajando pelo mundo inteiro, salvando o planeta... Só refresca minha memória novamente. Por que mesmo nenhum de seus amigos virá ao casamento?

Calliope estendeu o braço para afofar o tule da saia em forma de sino, a fim de evitar olhar para sua futura meia-irmã.

— É uma viagem muito longa para eles — recitou a mentira que ela e a mãe vinham contando diversas vezes nos últimos meses. — E a maioria não tem como pagar.

— Que pena. Eu estava ansiosa para conhecê-los — disse Livya, de modo nada convincente. — Sabe, meu pai tem muita dificuldade em confiar nas pessoas. A maioria das mulheres que o namoraram no passado só estava atrás de grana. Uma das coisas que ele mais ama na sua mãe é o fato de ela alegar ser verdadeiramente altruísta. De só se importar com salvar o mundo. De jamais ser capaz de usá-lo dessa maneira.

Calliope ouviu o desafio naquela declaração — no uso que Livya fez da palavra *alegar* —, mas decidiu que era mais seguro deixar passar. Os pelos finos e escuros das costas de seus braços se arrepiaram.

Garotas como Livya nunca entenderiam. Quando queriam alguma coisa, tudo o que tinham de fazer era estender a mão e pedir aos pais, por favorzinho. Calliope tinha sido obrigada a flertar, tramar e manipular para conseguir cada nanodólar que gastou na vida.

— Sabe — continuou Livya, quase em tom de conversa —, no início desta semana eu vi uma coisa estranhíssima em nosso apartamento. Eu poderia jurar ter visto alguém saindo tarde da noite, em pleno dia de semana, com um vestido prateado de biscate.

Calliope se repreendeu. Tinha ficado desleixada; estava encenando o mesmo papel por muito mais tempo do que seria seguro para qualquer um. Era exatamente por isso que os golpes delas geralmente tinham o prazo máximo de quatro meses. Quanto mais tempo ficasse no mesmo lugar, maior o risco de ser desmascarada. Não importa o quão convincente fosse a história criada, um dia as mentiras e as lacunas começariam a aparecer. Finalmente, acabaria escorregando.

— Melhor tomar cuidado, você está fazendo muitos simulados seguidos — respondeu Calliope, com notável autocontrole. — Parece que está começando a alucinar.

— Claro. Porque uma garota como você, que só se interessa em cavar poços, salvar os peixinhos, ou seja lá qual for o interesse seu e de sua mãe... uma garota como você jamais sairia de casa escondida — disse Livya, docemente.

— Exatamente.

Calliope havia apanhado o tablet de volta e estava rolando violentamente a barra de cores, cada vez mais rápido, alterando os tons de seus vestidos tão depressa que estava se tornando nauseante.

Nesse momento, ouviram os passos de Elise e Tamar vindos do provador. Calliope rapidamente pousou o tablet ao seu lado, deixando os vestidos em um tom claro de cinza-pombo.

— Ah! É isso! — cantarolou Tamar, enquanto abria caminho até a sala metida em um treco roxo com mangas compridas que se afunilavam em uma ponta nos punhos. Na opinião de Calliope, isso a fazia ficar mais parecida com uma bruxa do que nunca.

Tamar virou-se para Miranda, peremptoriamente.

— Os vestidos ficarão perfeitos neste tom de cinza suave. Afinal, é um casamento de outono.

— Que adorável! — exclamou Elise, bem-humorada como sempre. Ela tentou abraçar a futura sogra, que apenas ficou parada, em um silêncio rígido.

Elise deu um passo à frente e passou um braço em volta de cada uma das adolescentes, puxando-as para mais perto, como se fossem todos uma família feliz.

— Minhas duas meninas — disse ela, baixinho.

— Seu vestido é deslumbrante, mãe — respondeu Calliope. O vestido de Elise tinha mangas compridas e gola alta, mas, em vez de parecer desmazelado, era elegante e recatado: um turbilhão de rendas costuradas à mão com pequenos cristais que refletiam a luz.

Livya interrompeu, para não ser sobrepujada.

— Você está absolutamente perfeita, Elise — elogiou de modo afetado, com o tom de voz meloso de puxa-saco: nem sinal da criatura ameaçadora que estivera ali um momento antes.

Calliope olhou para onde os rostos das três estavam refletidos, pairando juntos e iluminados pela luz ambiente. Os olhos dela encontraram os de Livya no espelho. A outra garota olhava para ela com avidez, parecendo subitamente um predador, alerta e atento ao menor sinal de fraqueza.

Calliope sustentou aquele olhar, recusando-se sequer a piscar.

LEDA

LEDA SEGUIU PELA rua desconhecida atrás de Watt, tentando adivinhar em que exatamente ela tinha se metido.

Ele havia lhe enviado um flicker no início daquela tarde dizendo que precisava mostrar-lhe uma coisa, a respeito de Mariel. *Encontre-me na estação de monotrilho Bammell Lane às nove,* insistira.

Leda havia respirado lentamente, tentando acalmar os pensamentos. Ela não estava pronta para ver Watt novamente, para deixá-lo perturbar o frágil equilíbrio que ela havia se esforçado tanto para manter. Pior ainda do que o medo de enfrentar Watt era o medo do que aconteceria caso aquela investigação desenterrasse a verdade.

Honestamente, Leda já estava bastante perturbada. Desde o interrogatório na delegacia, ela voltara a ter os antigos pesadelos, porém ainda piores do que antes — porque agora as imagens da morte de Eris se alternavam com visões tremeluzentes de Mariel afogando-se, tentando alcançar Leda com mãos geladas e implacáveis. Leda ofegava, lutando contra ela, mas Mariel continuava a arrastá-la para baixo...

Beleza. Até lá, ela respondeu a Watt.

Quando o carro do monotrilho onde eles estavam se desvencilhou da cidade e se pôs a serpentear no ar, o olhar de Leda se atraiu para baixo, para a superfície do rio East. Alguns barcos cortavam a água com motores silenciosos; os Vs que deixavam para trás após a sua passagem desapareciam na escuridão.

O rio parecia terrivelmente gelado, com a luz da lua minguante quebrada e fragmentada na superfície inquieta. Leda estremeceu e aproximou-se inconscientemente de Watt, tentando não pensar nos pesadelos.

Os postes de luz acenderam-se ao redor dela, e a luz caiu em poças douradas sobre o asfalto, que cintilava com o brilho denunciador das aparas magnéticas que mantinham os hovercrafts no ar. Não que algum hovercraft estivesse disparando por ali. O Brooklyn vinha sendo lentamente abandonado ao longo dos anos, agora que ali a noite caía por volta do meio-dia, graças à sombra gigantesca lançada pela Torre.

Leda não conseguia acreditar que estivesse ali, com Watt, novamente ao lado dele depois de todos aqueles meses. Parecia estranhamente surreal, como se ela tivesse escorregado para fora das malhas da realidade apenas para se ver no mesmo local onde estava havia um ano. Ela continuou roubando pequenos olhares de relance para ele, como se quisesse comparar *este* Watt com aquele de que ela se lembrava — seus cabelos estavam um pouco mais grossos e rebeldes, seus olhos tão brilhantes como sempre.

Ele a pegou olhando para ele e sorriu. Leda mordeu o interior de sua bochecha, corando de vergonha.

— Pra onde estamos indo?

Ela sentiu uma necessidade desesperada de dizer algo, qualquer coisa, como se o silêncio estivesse se infundindo de camadas de significado que ela não sabia como interpretar.

— Ou não temos destino? Estamos apenas vagando sem rumo aqui no deserto?

— Certo, porque o Brooklyn é definitivamente o deserto — disse Watt, inexpressivo.

— Pode muito bem ser!

— Eu prometo que vai valer a pena — assegurou ele. — Confie em mim.

Confiar em Watt? Aquilo parecia difícil, dadas todas as promessas quebradas que havia entre eles. Leda virou-se para não olhar em seus olhos.

Duas garotas estavam em um pequeno caixa eletrônico à direita: uma dessas estações com tela *touch* onde as pessoas podiam verificar seus extratos ou fazer transferências, caso não tivessem lentes de contato. Leda levou um instante para perceber que na verdade as meninas não estavam usando o caixa. Estavam se arrumando e aplicando brilho labial, olhando seus reflexos no pequeno espelho de segurança curvado acima da interface. O olhar de uma delas encontrou o de Leda no espelho e a moça educadamente se afastou, para abrir espaço.

— É o último espelho antes do rolê do José — explicou ela, e depois sorriu.

— Hum, obrigada — murmurou Leda. O que diabos era o rolê do José?

— A gente se vê lá — respondeu Watt. Leda percebeu a maneira interessada que as duas meninas estavam olhando para ele. Por algum motivo idiota, aquilo a irritou.

Ela seguiu Watt até a varanda de uma casa antiga. Cortinas pesadas e escuras pendiam das janelas, fazendo a fachada da casa parecer inanimada ou mesmo sinistra, como se as janelas fossem olhos vazios. A pintura da porta estava descascando e nela havia um aviso colado, onde se lia: IMÓVEL EMBARGADO. ENTRADA PROIBIDA.

— Watt... — ia dizendo Leda, mas o protesto morreu em seus lábios quando ele empurrou a porta da frente. Ela cedeu facilmente.

Leda se espremeu para entrar atrás dele, piscando diante do papel de parede desbotado. Parado de pé no meio da minúscula entrada, diante de uma escada de madeira, estava um cara branco e alto que parecia ter mais ou menos a idade deles. Leda ouviu o inconfundível som de risos e música que descia do segundo andar. Ela lançou um olhar confuso para Watt.

— Eu te conheço? — perguntou o segurança, ameaçador.

Watt não hesitou nem um instante.

— E aí, Ryan. Somos amigos do José. Ele já chegou?

— Ele só vem mais tarde — respondeu Ryan, com um pouco menos de hostilidade, embora continuasse determinado no meio do caminho entre Watt e Leda e seja lá o que havia no alto daquela escada. — São quarenta nanos cada.

— Beleza. Confirme a transferência — murmurou Watt.

Ele olhou nos olhos do segurança e assentiu, para transferir quarenta nanodólares da sua conta de bitbanco para a de Ryan. Leda estava prestes a fazer o mesmo, mas Watt acenou com a cabeça novamente para pagar para ela, e Ryan se afastou para deixar os dois passarem.

— O que viemos fazer aqui? — sibilou Leda, enquanto subiam as escadas.

— Tentar descolar alguns esclarecimentos sobre Mariel... em relação ao que ela sabia e para quem contou — explicou Watt. — Ela vinha muito aqui.

— Claro que vinha — disse Leda, sombriamente.

Ela tropeçou em um prego saliente e soltou um palavrão em voz baixa.

— Quem não gostaria de pagar pelo privilégio de dar um rolê numa casa de demolição caindo aos pedaços? — perguntou.

— Não tem problema sentir medo — disse Watt suavemente, estendendo a mão para apoiá-la.

Leda afastou a mão dele. De repente, sentiu raiva de Watt, por conhecê-la tão intimamente.

— Quem é esse tal de José?

— José faz esse tipo de lance já há algum tempo: organiza festas em casas abandonadas e depois cobra pela entrada. Ele também é, por acaso, primo de Mariel — respondeu Watt quando eles chegaram ao topo da escada, e Leda ficou em silêncio.

A sala do segundo andar havia sido completamente transformada. Estações temporárias de bebida tinham sido montadas em ambos os lados do ambiente. Música saía de caixinhas de som ovais, e uma iluminação suave emanava de bri-lâmpadas, esferas de luz descartáveis que eram alimentadas por nanofios autônomos e duravam apenas algumas horas. *Porque a luz elétrica deve ter sido cortada com o embargo da casa*, Leda concluiu. Esperto.

O mais impressionante de tudo eram as dezenas de jovens apinhados ali.

Todos eram bonitos de uma maneira ousada e moderna, com tatuagens angulosas e apliques de pele em 3-D. Leda viu barras de calças assimétricas, microssaias combinadas com meias até o joelho, vestidos de vinil que brilhavam em cores vibrantes e ecléticas. Uma garota estava usando um vestido que consistia em nada mais que quadradinhos de plástico conectados por minúsculos aros de metal. Vários deles olharam para os dois, murmurando ante a chegada de Leda e Watt.

Leda sentiu-se comprimida por um medo repentino e pegajoso.

— Eu não vou conseguir fazer isso. Achei que iria, mas não consigo; eu *mal* consegui ficar na festa de Cord no outro dia. Não estou preparada.

Ela estremeceu, encolhendo-se sobre si mesma, mas Watt estendeu os braços e a agarrou logo acima dos cotovelos.

— O que aconteceu com a Leda Cole que eu conheci? — perguntou ele, com voz baixa e urgente. — Aquela garota não tinha medo de nada.

Aquela garota tinha medo de tudo, pensou Leda. *A diferença é que ela sabia esconder melhor.*

— Estou bem aqui com você. Não vou deixar nada de ruim acontecer, eu prometo — acrescentou Watt.

Leda sabia que era uma promessa impossível, mas lembrou-se de repente de Dubai — de como ela estava deitada, indefesa e impotente, à beira da água, e de como Watt viera salvá-la, dirigindo numa velocidade vertiginosa um hoverboard roubado. Lembrou-se de como se sentiu segura assim que percebeu que ele estava ao seu lado.

— Certo. Vamos ficar — disse ela, com relutância, e olhou novamente ao redor da sala.

Leda rapidamente levantou a blusa preta esvoaçante e a amarrou de lado com um nó, transformando-a em uma blusinha curta. Correu os dedos pelo cabelo curto e cheio para soltar os cachos. Depois enfiou a mão no bolso para apanhar o batom vermelho brilhante e o aplicou nos lábios.

— Não precisa ficar me encarando — disse ela a Watt, desconcertada.

— Estou apenas tentando me encaixar.

— Eu não... Desculpe... Quer dizer, se encarei, é só porque você é muito linda — disse Watt, hesitante.

Leda prendeu a respiração e rapidamente balançou a cabeça. Ela recusava-se a deixar Watt trazer à tona aqueles sentimentos. Eles pertenciam à *velha* Leda, e ela e a velha Leda haviam se despedido há muito tempo.

— Tô falando sério, Watt. Se você disser mais uma coisa como essa, eu vou embora — disse ela, ignorando a expressão ligeiramente provocante dele. — Tá, e agora, qual é nosso plano?

— Vamos conversar com José quando ele chegar aqui. Mariel e ele eram muito próximos; talvez ele tenha ideia do que Mariel sabia.

— E como você vai descobrir? Invadindo as lentes de contato dele? Ou roubando seu tablet?

— Pensei em tentar *falar* com ele. Uma garota inteligente certa vez me disse que nem todo problema precisa ser solucionado com uma invasão de sistema — disse Watt.

Leda corou com a lembrança. Ela tinha dito isso a Watt na primeira noite em que eles se beijaram.

— Não é um plano muito sofisticado.

— Às vezes a simplicidade é a chave do sucesso — respondeu Watt, e encolheu os ombros. — Quer fazer alguma coisa enquanto esperamos? Tipo aquele jogo de pingue-pongue com copos de cerveja? Só que o nosso vai ser com refrigerante, é lógico — emendou, e apontou para a parede do outro lado da sala, onde uma fileira de mesas do jogo era alimentada por baterias de grafeno.

Um grupo de homens mais velhos estava reunido em torno das mesas, batendo nos tampos e berrando por causa de alguma coisa que tinha acontecido no jogo.

A garganta de Leda se fechou totalmente. Ela não ia jogar nada com Watt, de maneira nenhuma. Era amigável demais, relaxado demais, e ela precisava que as coisas entre eles fossem estritamente profissionais.

— Ou então podemos ficar olhando um para o outro em silêncio — disse Watt, alegremente.

Leda sentiu seu antigo instinto competitivo subir teimosamente até a superfície.

— Não existe nada que eu adoraria mais do que acabar com você no jogo — retrucou ela. — O problema é que nenhuma dessas mesas tá vaga.

— Não é um problema — disse Watt, tranquilamente. — Pegue uma jarra e me encontre ali.

Ele começou a caminhar em direção ao grupo de rapazes antes que ela pudesse argumentar.

Dito e feito. Quando ela voltou um minuto depois com uma jarra de plástico com limonada, Watt estava inclinado com uma tranquilidade arrogante sobre uma das mesas.

— Como você se livrou daqueles playboys? — perguntou Leda, com relutância impressionada.

— Eu os assustei.

— Ah, claro, porque você é *tão* intimidante — disse, revirando os olhos. — Você deve é ter usado Nadia pra invadir as contas deles e enviado mensagens falsas das pessoas que eles gostam, isso sim.

— Um mágico nunca revela seus segredos — disse Watt, misteriosamente.

Ele derramou a limonada nos copos, feitos de metal fino, mais leve que papel. Então ele apertou um botão e os copos saltaram instantaneamente no ar, levantados pelo poderoso ímã da mesa, organizando-se em um formato triangular perpendicular ao chão. Pequenas bolhas de sucção impediam o líquido dentro deles de se derramar.

— Você sabia que quando eles inventaram esse jogo, não havia esses campos magnéticos? — Watt segurou uma das bolas brancas do jogo na palma da mão, fazendo-a ir para a frente e para trás. — Parece que as pessoas tinham que ficar correndo o tempo todo atrás das bolas de pingue-pongue quando erravam o arremesso.

— Para logo de enrolar, Watt!

Ele riu e atirou a bola em um ângulo agudo. Ela saltou para fora do campo magnético que havia ao longo da lateral da mesa e caiu na superfície.

Leda sentiu um sorriso involuntário se espalhar pelo seu rosto. Estendeu o braço para a frente e a bola de pingue-pongue flutuou até a palma da sua mão, respondendo aos poderosos sensores 3-D como que por mágica.

— Não seja muito duro consigo mesmo. Os arremessos de rebote são um movimento avançado.

Ela atirou a bola de pingue-pongue deliberadamente contra o campo magnético. A bola colidiu nele com um chiado audível, depois caiu direto em um dos copos de Watt.

— Impressionante.

Ele levantou o copo em um brinde antes de tomar tudo de uma vez. Leda arregaçou as mangas e pegou a bola de pingue-pongue novamente, sorrindo com malícia.

— Pronto pra desistir?

— Pode esquecer.

Enquanto eles jogavam, Leda sentiu que seu coração relaxava, o nó tenso no seu estômago afrouxava-se lentamente. Por mais estranho que parecesse, ela e Watt nunca haviam de fato apenas *se divertido* juntos. Ou estavam tramando um contra o outro ou tramando juntos contra outra pessoa ou esgueirando-se pelos cantos para agarrarem-se em segredo. Quando finalmente admitiram que se gostavam, era tarde demais: Leda havia descoberto a verdade sobre Eris e caído num poço profundo, só para, em seguida, perceber que não podia mais ficar com Watt.

Apesar disso tudo, era bom fingir ser uma pessoa normal. Mesmo que apenas por um momento.

O rosto de Leda imediatamente se fechou. O que ela pensava que estava fazendo? Não devia estar à vontade com Watt, deixando que ele a fizesse rir. Não podia permitir que ele se aproximasse dela novamente, não importava o quão fácil...

Watt deixou cair abruptamente a bola de pingue-pongue e passou a mão sobre a superfície da mesa, abandonando o jogo.

— José chegou.

Leda virou-se e viu imediatamente de quem Watt estava falando.

José movia-se pela sala com uma autoridade inconfundível. Parecia vários anos mais velho do que eles: atarracado, com uma barba escura rente. Tatuagens pretas e vermelhas envolviam seu bíceps e sumiam sob o tecido da camisa.

Ela apressou-se atrás de Watt, que já havia ido ficar à margem do círculo de admiradores de José. Finalmente, José voltou-se para eles com uma expressão levemente confusa, mas educada.

Watt pigarreou.

— E aí, José. A gente queria conversar com você um minuto. A sós — acrescentou ele, quando José não disse nada. — É sobre a Mariel.

José fez um pequeno gesto com a mão, e o grupo de pessoas ao redor dele instantaneamente desapareceu na festa. Ele conduziu Leda e Watt para uma sala lateral, que estava vazia exceto por uma piscininha infantil, onde umas meninas descalças, de pé, chapinhavam os poucos centímetros de água. Elas olharam de relance para José e saíram.

— Vocês eram amigos da Mari? — perguntou José, prolongando a pergunta para indicar que não acreditava neles.

Leda decidiu que seria mais seguro não mentir.

— Nós éramos amigos de Eris, na verdade — interrompeu.

— Saquei. Você é uma das que moram nas alturas — disse José laconicamente, como se isso explicasse tudo.

Seus olhos percorreram as roupas de Leda de alto a baixo, brilhando divertidos, antes de se voltarem para Watt.

— Você é — acrescentou —, mas seu namorado, não.

— Ele não é meu namorado — disse Leda, impaciente, ignorando a pontada estranha de dor que sentiu ao fazer aquela afirmação. — Estamos aqui porque queremos saber mais sobre Mariel. Ela frequentava muito essas festas, não é?

A expressão de José se fechou.

— Se você acha que eu não me arrependo daquela noite, cada minuto de cada maldito dia... eu nunca devia ter deixado ela voltar pra casa sozinha, naquele estado zoado...

Ele vacilou e desviou o olhar.

Oh, Leda percebeu. Talvez Mariel tivesse sido vista pela última vez em uma daquelas festas, antes de morrer.

— Não foi culpa sua. Tinha muita coisa rolando na vida dela antes do que... aconteceu — arriscou ela, sem saber se estava sendo ousada demais em dizer aquilo.

— Claro que tinha muita coisa rolando na vida dela. Ela tinha acabado de perder a namorada! — explodiu José, depois suspirou, mais calmo. — Ela amava Eris de verdade, sabe?

— Eu sei — disse Leda baixinho. — Sinto muito — acrescentou, mesmo sendo lamentavelmente inadequado.

— Não consigo parar de me culpar — continuou José, mais para si mesmo do que para os dois. — Eu fico pensando nela, pensando no que ela estaria fazendo agora se eu tivesse insistido em acompanhá-la até em casa naquela noite. Eu me sinto quase tentado a roubar o diário dela, só pra ler as últimas anotações. Ouvir a voz dela novamente.

Leda ergueu os olhos para ele.

— Diário?

— Nos últimos meses, Mari começou a carregar um caderno de papel pra cima e pra baixo. Nunca saía de casa sem ele — disse José, e encolheu os ombros. — Ela disse que adorava o quanto aquilo parecia antiquado.

Leda trocou um olhar significativo com Watt. Será que Mariel realmente adorava tanto assim as coisas pouco tecnológicas... ou estaria tentando esconder-se de Watt e seu computador quântico, do qual ela tinha tomado conhecimento na noite em Dubai? Se foi esse o caso, funcionou. Watt e Nadia podiam ser capazes de invadir qualquer coisa que funcionasse à base de eletricidade, mas nenhum dos dois sabia sobre aquele caderno.

— Você não chegou a ver o que Mariel estava escrevendo ali? — perguntou Watt, e Leda sentiu vontade de dar um chute nele por tanta falta de tato.

José pareceu ficar ofendido.

— Eu nunca violaria a privacidade dela desse jeito. Por que vocês estão tão curiosos sobre isso?

Os olhos dele se estreitaram, com desconfiança.

— Como vocês disseram que se chamam, mesmo? — perguntou ele.

Houve uma pausa silenciosa, quente e instável.

— A gente já estava de saída — disse Leda rapidamente, e virou as costas. Watt foi atrás dela.

No caminho de volta para a estação de monotrilho, o ar atravessava amargamente a sua jaqueta fina, e Leda se deu conta de que estava tremendo. Watt passou o braço em volta dela e, desta vez, ela não protestou.

RYLIN

— **JÁ QUE VOCÊ** vai sair, poderia trazer mais uns pacotes de café sabor caramelo? — perguntou Chrissa, interrompendo o silêncio lânguido do apartamento das duas. Ela estava deitada de bruços nas cobertas amarrotadas da cama, o queixo enfiado sob os braços cruzados e os olhos semicerrados enquanto supostamente estudava para um teste de história com suas lentes de contato novinhas em folha. Embora Rylin desconfiasse que ela na verdade estivesse navegando pela i-Net. Ou cochilando.

— De jeito nenhum. Eu me recuso a sustentar seu vício em cafeína.

Rylin agachou-se diante do closet que as duas compartilhavam, procurando seus coturnos com fivelas pela pilha de destroços no chão.

Chrissa se apoiou nos cotovelos para lançar um olhar para a irmã mais velha.

— *Meu* vício em cafeína? Você é que fica levando escondido esses pacotes para a escola!

— Só porque a lanchonete se recusa a servir qualquer coisa que não seja água orgânica "meditativa", com infusão de vitaminas — confessou Rylin, e sorriu. — Tá legal. Eu te trago outra caixa.

— Por que você e Hiral estão indo ao shopping hoje, afinal? Aquele lugar fica um verdadeiro zoológico aos domingos.

Chrissa torceu o nariz um pouco ao dizer o nome de Hiral. Não lhe agradava que Rylin tivesse reatado com ele, apesar de Hiral ter feito o possível para tentar reconquistar Chrissa: comprou sorvete de banana para ela, consertou seus fones de ouvido quando eles quebraram, ouviu sua ladainha incessante sobre a garota do time de vôlei por quem ela tinha se apaixonado. Mesmo assim, Chrissa não o aceitava.

Rylin tentou esconder sua frustração.

— Por que você não pode aceitar que estou com Hiral e parar de agir esquisito?

— Esquisito? O que é que eu estou fazendo de esquisito? Esquisita é você — disse Chrissa evasivamente, e Rylin revirou os olhos. Ela tentou lembrar a si mesma que Chrissa era jovem e imatura; mas a forma como ela deixava bem clara sua desaprovação chegava a doer.

— Eu sei que você não gosta do Hiral — disse Rylin em voz baixa. — Você ainda o culpa pelo que ele fez no ano passado, quando estava traficando. O que não é exatamente justo, já que quem sofreu com isso fui eu e eu o perdoei há muito tempo.

— Isso não é verdade — argumentou Chrissa. — É injusto da *sua* parte me acusar assim. Eu nunca usaria o passado de Hiral contra ele.

— Então por que...

— Eu achei que você o tivesse superado, só isso — disse Chrissa, com ousadia.

Ela desligou as lentes de contato, para olhar bem Rylin com seus olhos verde-claros.

— Mas, como ele obviamente te faz feliz, eu vou calar minha boca.

Rylin não soube o que responder. Ela se concentrou em calçar as botas por cima das meias estampadas com pequenas melancias.

— Seja como for, eu não vou ao shopping com Hiral, eu vou para a aula — disse ela, laconicamente.

— Pra *aula*?

— Para a aula de psicologia — admitiu Rylin, sabendo exatamente o que viria em seguida.

— *Ah* — disse Chrissa, cheia de segundas intenções. — Com Cord.

Rylin já havia dito a Chrissa que Cord era sua dupla de laboratório. Ela fez o possível para parecer despreocupada, como se não fosse grande coisa, mas Chrissa conhecia a história deles e provavelmente entendeu tudo.

— Temos que realizar um estudo de campo analisando as convenções sociais em um lugar lotado — tentou explicar Rylin. — O shopping pareceu o lugar mais fácil.

— Convenções sociais? O que é que isso quer dizer?

— Normas comportamentais. As coisas que as pessoas fazem automaticamente, inconscientemente, só porque o resto das pessoas também faz.

— Saquei.

Chrissa se absteve de comentar sobre o fato de Rylin estar indo ao shopping, no fim de semana, com o ex-namorado.

Rylin já estava se sentindo culpada o bastante sem a ajuda de Chrissa. Ela não parava de se atormentar por ter escondido tudo aquilo de Hiral.

Ela *ia* dizer a Hiral que Cord era sua dupla de laboratório; ia mesmo, de verdade. Na noite anterior, quando Hiral foi com ela à festa de aniversário de Lux, ela tinha planejado contar a ele. Só ficou adiando o momento. Quando eles estavam voltando para casa, de mãos dadas, comendo rosquinhas compradas no carrinho de comida de rua preferido deles tarde da noite, ela decidiu que era melhor não. Entre as aulas dela e o horário de trabalho dele — ele estava trabalhando de novo no turno noturno, que ia até as primeiras horas da manhã —, ela mal via Hiral nos últimos tempos. Por que estragar uma noite perfeitamente bacana mencionando seu ex-namorado?

Além disso, ela e Cord na verdade estavam começando a se dar bem durante a aula de psicologia; mais relaxados, envolvidos em algo parecido com amizade, pelo menos dentro dos limites da escola. Não era nada romântico, Rylin dizia a si mesma.

Quanto mais tempo se passava sem que ela mencionasse aquilo para Hiral, menos parecia ter importância.

Afinal de contas, ela estava guardando um segredo muito maior dele: todo o drama em relação à investigação da morte de Mariel. Mariel sabia que Rylin roubara drogas. Se esse segredo de alguma forma viesse à tona na investigação policial, não demoraria muito para os policiais perceberem que Hiral também esteve envolvido: era ele quem vendia os medicamentos para ela.

Hiral tinha se esforçado tanto para deixar tudo isso para trás, que Rylin não tinha a menor vontade de ver nada daquilo ressurgir agora. Ela sabia que não era fácil — meu Deus, na noite anterior mesmo ela tinha visto o velho amigo dos dois, V, se aproximar de Hiral na festa de Lux, atirar um braço à vontade em volta do ombro dele e sussurrar-lhe alguma coisa. Devia estar oferecendo uma dose da sua droga mais recente. Porém Hiral apenas balançou a cabeça, ignorando-o.

Quando ela chegou à entrada principal do shopping dos andares medianos de Manhattan, uma monstruosidade que abarcava todo o 500º andar, Rylin ficou surpresa ao encontrar Cord já à sua espera. Ele estava ao lado das portas, de braços cruzados, vestindo um moletom largo, shorts esportivos de malha e chinelos de borracha.

— Do que você tá vestido, de ajudante de time de basquete?

Cord deu uma risada brilhante e inconsciente.

— Ficou exagerado? Assaltei o armário de Brice. Eu não queria parecer absurdo.

— Então você deu uma bola fora *daquelas*.

Ele estaria perfeitamente bem com sua camiseta habitual e os jeans escuros, Rylin pensou, confusa. Levou um tempo até se dar conta de por que ele quis se arrumar de um jeito diferente — ou melhor, se desarrumar exageradamente.

— É a primeira vez que você vai a um andar tão baixo da Torre?

— De jeito nenhum, já estive muitas vezes no Central Park.

Rylin piscou para esconder sua consternação, mas ela devia ter adivinhado. Mesmo quando estavam juntos, Cord nunca descera até o apartamento dela. Todo o namoro tinha começado, prosperado e terminado dentro dos limites do apartamento dele, no 969º andar.

— Posso comprar outra coisa para vestir, se você estiver com vergonha de ficar ao meu lado — ofereceu Cord. — Mas você tá bonita.

Rylin riu.

— Você diz isso só porque esta é a primeira vez em meses que me vê usar alguma outra coisa que não seja o uniforme da escola — observou.

Cord franziu o cenho, como se não tivesse pensado nisso e não gostasse muito daquela ideia.

Eles entraram pelas portas duplas principais em uma loja de departamento, e Rylin foi imediatamente tomada de assalto pela sobrecarga sensorial ali de dentro. Havia *tanta* coisa de todos os tipos — pilhas de tops pretos de lycra, fileiras e mais fileiras de jeans reciclados, isso sem falar nas altas paredes lotadas de calçados femininos. Havia sapatos de salto agulha, sandálias e botas, alguns deles capazes de mudar de cor para combinar com a roupa que a pessoa estivesse usando, outros que se autoconsertavam para jamais exibir nenhuma marca de arranhão. A maioria possuía as novas solas de carbono piezoelétricas, que convertiam a energia mecânica do caminhar em eletricidade e alimentavam diretamente a planta principal da Torre.

Chrissa tinha razão: o shopping estava superlotado hoje. As conversas ofegantes dos outros compradores atravessavam Rylin como se ela estivesse em uma câmara de eco. Anúncios apareciam instantaneamente em suas lentes de contato — *Jeans apenas 35ND: só hoje!* ou *Não se esqueça de votar nas eleições municipais esta semana!* Ela desativou as lentes imediatamente, ligeiramente aliviada pela clareza redescoberta de sua visão. Ela usava aquelas lentes havia um ano, desde que começara a estudar na Berkeley, mas ainda não estava acostumada com a maneira como elas se entulhavam de informações quando em locais públicos.

— Acho que eu devia comprar isso para você.

Cord levantou uma regata verde macia onde estava escrito: NÃO DÁ PRA EU ASSISTIR AOS VÍDEOS DA ESCOLA NA MINHA CAMA?

— Acho que não combina com o uniforme da escola — brincou Rylin, embora o fato de que Cord tenha se oferecido para comprar aquilo para ela, em vez de sugerir que ela mesma o comprasse, não tivesse lhe passado despercebido. Será que ele entendia *realmente* o significado da camiseta? Provavelmente ele nunca tinha assistido a um vídeo de escola em toda sua vida. Na Berkeley, os cursos eram ministrados exclusivamente por professores ao vivo.

Eles atravessaram as portas da outra extremidade da loja de departamento e entraram no shopping propriamente dito, indo em direção ao enorme conjunto de cápsulas-elevadores situado em seu centro, que mais parecia o interior de uma catedral. As cápsulas-elevadores lembravam um colar de delicadas pérolas opacas, que se destacavam e reconectavam constantemente à medida que iam se movimentando por todo o shopping ao longo dos cabos de fibra. Elas flutuavam para o alto, paravam esporadicamente, retomavam o movimento à medida que novos passageiros entravam e saíam, e por fim retornavam ao térreo.

A tecnologia das cápsulas-elevadores não era novidade. Tinha sido inventada antes dos hovercrafts em algum momento do século anterior, mas não tivera uso em grande escala, ao menos não para a própria Torre em si. Porém, em espaços fechados, como shoppings ou aeroportos, ainda era a maneira mais barata e eficaz de transportar as pessoas por curtas distâncias.

— Preparada? — perguntou Cord, começando a seguir na direção da estação mais próxima.

Devido ao modo de funcionamento específico das cápsulas, ao longo da nanofibra, elas só se abriam em uma das extremidades. Por alguma razão, que Rylin nunca parou para questionar, todo mundo embarcava na cápsula e depois se virava de frente para a entrada, esperando ansiosamente que as portas deslizantes se abrissem de novo.

Para o experimento, Cord e Rylin embarcaram em uma cápsula lotada e depois se viraram para trás em vez de para a frente, para ver como as pessoas reagiriam. Fora ideia de Rylin, na verdade. Ela gostava de pensar que era brilhante em sua simplicidade.

Assim que eles pisaram na estação, a matéria inteligente do piso sob seus pés registrou o peso e chamou uma cápsula. Cord inseriu alguns comandos na tela para indicar o destino deles — o piso mais alto do shopping, trinta andares acima. Então, os dois entraram.

Sem pensar, Rylin começou a se virar na direção da porta curva de flexividro. Quando a cápsula se fechou e se ergueu no ar, a superfície do shopping despencou abaixo deles, fazendo os compradores parecerem um enxame de formigas.

— Não está esquecendo alguma coisa? — perguntou Cord atrás dela, divertido.

Rylin rapidamente virou-se para os fundos da cápsula, resistindo ao desejo de virar-se para olhar a vista.

— Sabe — disse ela —, quando eu e Lux éramos pequenas, ficávamos andando nessas cápsulas de um lado para o outro durante horas.

Era como um passeio de carrossel grátis, cuja novidade nunca cansava. Rylin costumava imaginar secretamente que ela era a presidente, andando em seu hovercraft particular até a Casa Branca — até ela descobrir que a Casa Branca não era nem sequer uma torre, e sim um edifício horizontal e atarracado. Até hoje aquilo ainda não fazia sentido para ela. De que adiantava ser o líder do país, se nem tinha uma vista decente?

— Que engraçado — disse Cord, mas Rylin ouviu uma nota de descrença na voz dele.

Óbvio que ele não passou a infância andando de cápsulas-elevador; provavelmente estava jogando um conjunto completo de hologames em seu caro equipamento de realidade virtual imersiva.

— Quem é Lux? — acrescentou.

Rylin piscou.

— Minha melhor amiga.

Era fácil esquecer o quão pouco Cord realmente a conhecia. Ele só a vira na escola ou em outros andares superiores.

Antes que Cord pudesse dizer qualquer coisa, a cápsula se inclinou para o lado para pegar outro passageiro. Rylin e Cord ficaram onde estavam, de frente para a inexpressiva parede dos fundos, enquanto duas mulheres mais velhas entravam.

Houve um momento palpável de silêncio. As mulheres tinham se voltado para encarar as portas dianteiras de flexividro, mas Rylin sentiu que elas viravam o pescoço e que não paravam de olhar para ela. A cápsula retomou seu movimento.

— Tanya, faz tempo que eu queria te mostrar isso — disse uma das mulheres para a outra, pegando seu tablet. Ela segurou-o de maneira tal que ele ficasse inclinado em direção à parede dos fundos, forçando tanto ela como a amiga a olharem para lá. Rylin percebeu que os pés das duas deslizaram ligeiramente para trás, e se sentiu estranhamente triunfante.

Lentamente, pouco a pouco, as mulheres foram virando o corpo para ficar de frente para a mesma parede para a qual os dois adolescentes estavam voltados. Aquilo aconteceu em minúsculos incrementos: suas espinhas dorsais foram curvando-se de modo tão sutil que seria indetectável para alguém que não estivesse observando. No entanto, quando a cápsula-elevador fez uma nova parada, perto do último andar do shopping, as mulheres já estavam completamente viradas para os fundos.

As portas se abriram novamente e um garoto, com cerca de doze anos, embarcou sozinho. Ele nem hesitou, simplesmente continuou virado para trás como se sempre agisse dessa maneira.

Rylin ergueu os olhos para encontrar os de Cord. Ele deu uma piscadela exagerada, forçando-a a reprimir uma risadinha.

Finalmente eles chegaram ao último andar, onde uma passagem em colunata circundava o centro do shopping. Rylin correu em direção a uma vitrine de pulseiras de ginástica. Estava rindo agora, uma risada encorpada que começava no fundo da barriga e revelava as covinhas em suas bochechas coradas.

— Você viu *aquilo*? As mulheres cederam totalmente à nossa pressão social!

— E o efeito claramente aumenta quando o número de pessoas aumenta. Aquele garoto não hesitou nem um instante — concordou Cord. A iluminação fluorescente refletiu a alegria em seus olhos azul-claros.

— Pense só como elas teriam se virado muito mais depressa se você não estivesse vestido com essa roupa tão sem noção — acrescentou Rylin, sem resistir.

— Tenho certeza absoluta — concordou Cord, com falsa solenidade. — Nós dois sabemos que você foi o fator de sucesso desse experimento.

— E isso torna você o fator complicador?

— Eu diria mais o alívio cômico.

Eles embarcaram novamente na cápsula e viraram-se para os fundos mais uma vez. Rylin segurou a respiração quando eles pararam mais ou menos na metade do caminho. Ela e Cord trocaram um olhar cúmplice, os dois ainda sorrindo.

— Rylin?

Ela se virou e viu Hiral parado ali, segurando uma sacola vermelha brilhante. Seus olhos dispararam dela para Cord e dele para ela novamente.

Rylin percebeu, com um sobressalto, o que aquilo devia parecer para Hiral: que ela estava saindo com Cord escondido. Ela sentiu um aperto no peito.

— Hiral! A gente tá, hã, fazendo um experimento para a aula de psicologia — gaguejou ela. — Estamos violando normas sociais e gravando as reações das pessoas. Ficamos virados para os fundos da cápsula-elevador! É absurdo, sério, o que as pessoas fazem...

— Não sei se já fomos apresentados — interrompeu Cord, estendendo a mão. — Sou Cord Anderton.

— Prazer em conhecê-lo, Cord. Eu sou o namorado de Rylin, Hiral — retrucou.

Rylin notou com consternação que ele não estava olhando para ela.

— É muito interessante mesmo, esse trabalho escolar de vocês — acrescentou ele.

O ar pareceu se condensar ao redor deles, repleto de palpitações de constrangimento. Merda. Os únicos dois garotos que ela já havia namorado — os únicos de quem tinha gostado nesta vida — estavam juntos, ali, em uma capsulazinha minúscula flutuando no ar. Rylin estava consciente de cada gesto, até do som da própria respiração, que parecia alta e chiada naquela bolha de espaço.

— Por que você não vem com a gente, Hiral? — Rylin ouviu Cord convidar. Ela olhou para ele alarmada, desejando que ele não tivesse dito isso, mas aparentemente ele estava era a fim de ver o mundo pegar fogo.

Hiral não respondeu a princípio. Não precisava. Rylin sabia ler as emoções que disparavam pelo seu rosto: sua confusão e seu orgulho ferido, mas também sua vontade relutante de entender o que diabos estava acontecendo.

Ela percebeu que Cord na verdade tivera uma ideia boa. Se Hiral ficasse com eles, veria que Rylin não estava fazendo nada de mais — que aquilo era só para a aula e não significava nada.

— Seria fantástico! A pressão social se torna cada vez mais eficaz quanto maior o número de pessoas envolvidas — disse Rylin, gaguejando. — Sua ajuda seria ótima, se você não estiver ocupado.

— Não me importo de ajudar — arriscou Hiral, cautelosamente. — O que temos que fazer?

Cord começou a explicar o experimento. Rylin assentia vigorosamente, concordando, embora seus olhos estivessem concentrados na sacola de compras de Hiral. Era da Element 12, uma joalheria de luxo. Ela sentiu-se ainda pior. Hiral tinha saído para fazer compras, provavelmente para comprar um presente para ela, e ali estava Rylin, escondendo o fato de que estava amiga do ex.

Ela percebeu vagamente que a cápsula começou a parar. Os três se viraram para os fundos. Dito e feito: um casal um pouco mais velho que eles entrou e, sem hesitar, continuou virado para a parte de trás da cápsula. Rylin deixou seus olhos dispararem em direção a Hiral. Ele parecia incrédulo.

Quando eles desembarcaram no térreo, Hiral balançou a cabeça.

— Eu nunca tinha me dado conta da rapidez com que as pessoas mudam de comportamento. Sem terem nenhuma boa razão para isso.

Ela ficou pensando se ele não estaria falando dela.

— Temos que fazer isso pelo menos mais trinta vezes, se quisermos resultados válidos. Você não precisa ficar, no entanto — acrescentou Rylin.

— Não tem problema — disse Hiral, agora a olhando nos olhos. — Fico feliz em continuar.

Rylin assentiu, sem desejar quebrar o arremedo de trégua que parecia haver se tecido em torno dos três.

CALLIOPE

CALLIOPE DEU UM sorriso para si mesma, satisfeita. Ela estava prestes a sair para um encontro com Brice Anderton.

Ou, pelo menos... ela *pensava* que era um encontro. Não tinha completa certeza, o que na cabeça de Calliope já era motivo suficiente para ir. Era raríssimo, realmente, que ela ficasse confusa com as intenções de um garoto.

Ela não esperara ouvir notícias de Brice de novo, depois de trombar com ele na ComBatalha. Para sua surpresa e inesperado deleite, ele havia lhe enviado um flicker naquele dia para perguntar se ela estava livre à noite.

— Claro — respondeu Calliope, dizendo as palavras em voz alta para enviar a resposta como um flicker.

Sua mãe e Nadav iam se reunir com um assessor de casamentos, deixando-a em casa com Tamar e Livya. Calliope tinha certeza de que seria capaz de despistar as duas.

Então veio a resposta de Brice. *Obrigado. Estou investindo em uma iniciativa comercial. Adoraria ouvir sua opinião a respeito, como cliente em potencial do público-alvo.*

Iniciativa comercial? Calliope deveria ter se sentido irritada, mas na verdade a única coisa que sentiu foi curiosidade.

Ela saiu de fininho do quarto de Livya — as duas estavam compartilhando o quarto agora, uma vez que a mãe de Nadav ainda estava na cidade — e parou para olhar para os dois lados. Tudo limpo. Ela seguiu pelo corredor com pés rápidos e silenciosos, prendendo a respiração.

— Para onde você acha que vai se esgueirando assim? — gritou Livya, emergindo da sala escurecida. Seu rosto pálido estava iluminado por uma alegria feia e distorcida. *Ai, meu Deus*, Calliope pensou, freneticamente, será que Livya só estava esperando por *aquilo*, para pegar Calliope com a boca na botija?

— Para a escola.

Calliope estremeceu por dentro. Deveria ter pensado em uma mentira melhor.

— Para a escola — repetiu Livya, com acentuado ceticismo.

— Tenho uma sessão de reforço da minha aula de cálculo. Coisas básicas. Estou tendo muita dificuldade com a matéria.

Por um momento, Calliope pensou que tinha exagerado nos detalhes; mas, para seu alívio, Livya deu um sorriso convencido. Ela claramente gostou da ideia de Calliope ter de fazer reforço em cálculo.

— Boa sorte nos estudos. Parece que você precisa.

Livya deu um sorriso afetado e se afastou.

Na esquina da rua, Calliope parou para arrancar o enorme suéter que vestia, revelando uma blusa de manga curta com apliques de bordado floral. Então ela acessou suas lentes de contato para chamar um hover, apoiando uma das mãos na parede para se equilibrar enquanto trocava as sapatilhas pretas simples por saltos altos com tachas. No mesmo instante, sentiu-se mais parecida consigo mesma novamente.

Quando ela chegou ao endereço que Brice havia lhe dado, ficou surpresa ao ver que era um distrito comercial no 839º andar. Brice estava à sua espera no final do calçadão, na frente de um edifício com fachada em estilo industrial em que Calliope nunca tinha reparado. A LOJA DO CHOCOLATE, diziam as enormes letras maiúsculas acima da entrada.

— Muito obrigado por ter vindo.

Ele abriu a porta para ela em um gesto cavalheiresco desnecessário.

— Se você tivesse me dito que iríamos comprar chocolate, eu teria vindo mais cedo — disse Calliope, em tom de brincadeira.

Ela já estivera em inúmeras chocolaterias ao redor do mundo. As aconchegantes do Oriente Médio, com mantas coloridas e café turco com especiarias; as parisienses, com louças de porcelana e chocolate quente tão espesso que mais parecia pudim. Porém, a loja de chocolates de Brice surpreendentemente parecia um laboratório de ciências. Tudo era imponente, branco e de cromo, todas as superfícies estéreis, com telas espalhadas aqui e ali. Atrás do balcão de titânio, Calliope viu tubos de ensaio e frascos rotulados com nomes como SACAROSE, EMULSIFICANTE e VANILINA.

— Vamos fazer seu pedido — disse Brice, com um sorriso lânguido.

Ele colocou a mão sobre o balcão, mas não pediu um cardápio, como Calliope esperava. Em vez disso, um compartimento se abriu no balcão e ofertou uma única pílula branca, parecida com uma pastilha de hortelã.

— Tome isso — disse ele, colocando-a na palma da mão dela.

— Ah, dá um tempo! — riu Calliope. — Você acha que eu sou boba de aceitar drogas sem saber o que é?

— Não é droga — protestou Brice, enquanto um dos funcionários da loja finalmente aparecia de trás do balcão, um jovem de cabelo ruivo e jaleco branco austero.

— Brice! Ótimo te ver, como sempre. Desculpe o atraso. — Os olhos dele se voltaram para o comprimido em cima do balcão e ele assentiu. — Estou vendo que já pegou a sua cápsula coloidossoma.

— Minha o quê? — perguntou Calliope com tom inquisidor.

— Basta colocá-la sobre a língua e ela forma um perfil de sabor do seu palato — informou o técnico de laboratório, ou quem quer que fosse aquele cara. — A cápsula em si é inofensiva, porém está revestida de nanoestruturas que registram os compostos químicos específicos de suas papilas gustativas e transmite essa informação para nosso computador principal. Com ela, prepararemos o chocolate personalizado perfeito para *você*.

— Eu não preciso disso. Eu já sei do que gosto — disse Calliope, com firmeza. — Amo caramelo e framboesa, mas *odeio* chocolate coberto com sal. Quer dizer, fala sério, sal é para margaritas e só...

Ela parou a frase pelo meio, percebendo que os dois homens a estavam observando cheios de expectativa. *Ah, que mal tem?*, ela pensou, e colocou a cápsula sobre a língua. Não tinha gosto de nada, parecia ar; antes que ela se desse conta, já havia se dissolvido. Ela estalou os lábios, intrigada.

— Interessante. Você tem menos predileção por sabores doces do que eu teria adivinhado, já que você alega gostar de caramelo — declarou o chocolatier —, e receptores de quinino incrivelmente acentuados. Vejamos...

Ele se movia de um béquer a outro, cantarolando de leve.

— *Alega* gostar de caramelo? — sussurrou Calliope, fingindo ultraje.

— Você vai ver — garantiu Brice. — Eu aposto que este chocolate vai ser o melhor que você já provou na vida.

Calliope levantou uma sobrancelha.

— Ah, é? E essa aposta está valendo o quê?

— Jantar — disse ele, suavemente. — Se este for seu chocolate preferido no mundo, você vem jantar comigo.

— E se não for o meu preferido?

— Então eu vou jantar com você.

Ele sorriu.

— Interessantes os termos da aposta — murmurou Calliope, enquanto o compartimento cuspia uma trufa perfeitamente redonda, sem nenhum tipo de desenho.

— Aqui — disse Brice, pegando o chocolate —, deixe as honras comigo.

Calliope começou a protestar, mas, antes que ela pudesse dizer qualquer coisa, ele enfiou a trufa na boca dela.

Os olhos dela se fecharam enquanto o chocolate se derretia em sua língua, dissolvendo todos os pensamentos. Ela não conseguiria dizer exatamente do que tinha gosto; não havia nem um único sabor que ela reconhecesse. A única coisa que ela sabia era que aquilo era uma felicidade absoluta, como se todas as suas papilas gustativas houvessem se ativado ao mesmo tempo.

— Ai, meu *Deus*.

Ela abriu os olhos e viu que Brice estava bem ali na sua frente.

— Pelo visto, você gostou. — Brice voltou-se para o chocolatier. — Peter, vamos precisar de mais uma dúzia deles.

— Vou incluir alguns com sua mistura personalizada, Brice — ofereceu Peter, evidentemente satisfeito com a reação de Calliope. — Ainda o tenho no arquivo.

Eles se acomodaram numa mesa perto da janela. Um momento depois, Peter apareceu com uma bandeja de chocolates e vários copos de água com gás.

— Eu não consigo acreditar nisso! — disse Calliope, apanhando outra trufa. — Quer dizer, alguns dados da minha língua são transmitidos e agora esse programa supostamente me *conhece*?

Brice se inclinou para trás e a observou.

— Tudo o que ele conhece é seu paladar. Eu, no entanto, gostaria de te conhecer.

— O que você quer saber?

— Qualquer coisa. Que tipo de música você escuta. Que poder mágico você escolheria, se pudesse escolher um. Seu maior medo.

— A coisa começou superficial e de repente ficou séria — observou Calliope.

— Bem, eu nunca sei quanto tempo vou ter ao seu lado antes de você desaparecer de novo.

Sob a aparente brincadeira no tom de Brice, Calliope percebeu uma nota de outra coisa, que a fez estremecer um pouco de expectativa.

Ela abriu a boca para inventar outra mentira... mas fez uma pausa. Estava farta de se esconder atrás de camadas e mais camadas de fingimento.

— Você vai rir, mas a minha banda favorita é Saving Grace.

— Espera aí... a banda cristã?

— Eu não sabia que eles eram uma banda cristã quando comecei a ouvir! Simplesmente curti a música deles — falou Calliope, na defensiva. — Além disso, todas as músicas são sobre amor!

— Pois é, amor *divino*. — Brice pareceu achar graça. — Eu não tinha ideia de que você era tão santa.

— Confie em mim, estou mais para herege. Quanto a um poder mágico... — Calliope pegou outra trufa.

Ela não costumava gostar de perguntas daquele tipo, que tratavam de fantasias. Talvez porque a vida dela já se parecesse tanto com uma.

— A capacidade de se transformar em um dragão — concluiu.

— Um dragão? Por quê?

— Para que eu pudesse voar e queimar coisas. Dois poderes em um.

Um sorriso apareceu no canto da boca de Brice.

— Sempre pechincha nas compras, não é?

— E você? Que poder você escolheria? — perguntou, genuinamente curiosa.

— A capacidade de voltar no tempo — disse Brice calmamente, desviando os olhos para a janela. Calliope lutou contra a vontade de esticar a mão sobre a mesa para pegar a mão dele. Ele devia estar pensando nos pais.

— Como é a sua mãe? — perguntou ele, depois de um momento. — Vocês duas são muito próximas, não é?

Calliope ficou surpresa com a perspicácia da pergunta. Ela nunca fora a um encontro em que um cara perguntasse sobre a relação dela com a mãe. Por outro lado, também nunca fora a um encontro em que ela não tivesse um objetivo oculto.

— Minha mãe é minha melhor amiga — admitiu ela, sentindo-se um pouco idiota ao dizer aquilo. — Ela é engraçada, espirituosa, otimista e mais esperta do que as pessoas acham que ela é. E tem um enorme senso de aventura!

— Parece você.

Calliope corou e continuou.

— Costumávamos ter uma tradição. Sempre que tivéssemos uma grande decisão a tomar, sairíamos para tomar o chá da tarde, não importa onde estivéssemos no mundo. Era nossa marca registrada.

— Faz sentido — respondeu Brice, entendendo no mesmo instante. — Vocês queriam continuar fazendo algo britânico, mesmo quando estavam viajando. Ter uma ligação com o lugar de onde vieram.

Calliope girou seu canudo no copo de água com gás. Aquilo tudo estava se aproximando perigosamente da verdade; no entanto, ela não sentia tanto medo quanto deveria.

— Você e Cord têm alguma tradição desse tipo?

— Paraquedismo e boates de strip-tease — disse Brice na lata, depois riu com a reação dela. — Brincadeira. Apesar do que você ouviu a nosso respeito, Cord e eu não somos assim tão babacas. Então, qual é o seu lugar preferido para tomar chá em Nova York? O Nuage?

— Não temos muito tempo para sair para tomar chá hoje em dia. Minha mãe está sempre tão ocupada, às voltas com o planejamento do casamento — disse Calliope, suspirando.

— Nossa. Você parece nas nuvens.

Calliope não conseguia mais se conter. Ela fingira empolgação com aquele casamento durante meses, assentindo e sorrindo e recitando as mesmas exclamações cansadas.

— Vai ser *horroroso* — disse ela, corajosamente. — E chato. E nenhum amigo meu vai estar lá...

— Eu estarei lá — interrompeu Brice, e Calliope se assustou tanto que caiu em silêncio. — Fui convidado — continuou, seu olhar tocando o dela. — Eu faço alguns negócios com seu padrasto. Acho que ele se sentiu obrigado a me convidar, como cortesia. Eu não estava pensando em ir... mas agora fiquei na dúvida se não deveria.

Os batimentos cardíacos de Calliope se intensificaram.

— Talvez você deva ir, sim.

— Ei — interrompeu Brice —, você não respondeu minha terceira pergunta. Qual é o seu maior medo?

Durante anos, Calliope achou que seu maior medo fosse ser pega e ir parar na cadeia. Agora ela já não tinha tanta certeza. Talvez fosse mais aterrorizante viver uma vida que não era a sua.

— Não tenho certeza — desviou do assunto. — Você sabe qual é o seu?

— Como se eu fosse te dizer e dar uma arma que você pudesse usar contra mim! — disse Brice, em tom de piada.

Calliope não riu. Era próximo demais das coisas que ela e sua mãe teriam feito não muito tempo atrás.

Ela abriu a boca para falar... justamente enquanto Brice se inclinava para beijá-la.

Ele tinha gosto de calor e daquele chocolate mágico. Sem saber direito como, Calliope já estava inclinando o corpo para a frente e agarrando o suéter dele. Ela sabia que era imprudente; que era perigoso; mas, como todas as coisas perigosas, tinha uma correnteza subterrânea profunda e emocionante, melhor, mais intensa e muito mais *viva* do que qualquer coisa segura.

* * *

Mais tarde naquela mesma noite, enquanto caminhavam ao longo do calçadão do centro comercial, Calliope parou diante de uma enorme fonte. Seus olhos se voltaram para o quiosque dos desejadores, a alguns metros de distância.

— Fazia séculos que eu não via uma dessas.

Duas crianças estavam em volta da fonte, implorando aos pais que as deixassem comprar um desejador — disquinhos redondos projetados para serem atirados na fonte, acompanhados por um desejo. Aqueles eram desejadores caros, portanto Calliope sabia que produziriam algum efeito quando colidissem com a água: uma nuvem de tinta escura, um redemoinho em miniatura, ou um efeito de luz temporário imitando um cardume.

Aparentemente, antes da moeda digital, as pessoas costumavam atirar dinheiro de verdade nas fontes. Aquilo parecia a Calliope intoleravelmente luxuoso, que somente as pessoas mais ricas da Terra fariam — pessoas tão ricas que literalmente jogavam dinheiro fora só por diversão.

— Quer um? — perguntou Brice, acompanhando o olhar dela.

— Não, tudo bem, não era minha intenção… — gaguejou Calliope, mas ele já tinha escaneado suas próprias retinas para finalizar a compra.

— Ora, vamos — incitou ele, dando um sorriso surpreendentemente infantil. — Todo mundo deveria fazer um desejo de vez em quando.

Calliope segurou o disco de metal frio, da cor do cobre. Que tipo de desejador seria aquele? Nunca dava para saber antes que o atirasse na água.

Desejo encontrar meu caminho. Sentir que sou eu mesma novamente, ela pensou, com fervor. Então, em uma espécie de desespero mudo, atirou o desejador na água. No mesmo instante, ele explodiu em uma chuva de bolhas.

— Qual foi seu desejo? — quis saber Brice.

Calliope balançou a cabeça, sorrindo ao constatar como aquilo era bobo.

— Não posso te contar! Senão, não se realiza.

— Então o desejo era em relação *a mim*! — declarou Brice, fazendo Calliope empurrá-lo num protesto fingido.

Enquanto eles viravam as costas, a corrente de bolhas continuou flutuando, alegremente, até a superfície.

AVERY

NA MANHÃ DAS eleições municipais de Nova York, o milésimo andar explodia num incêndio de energia frenética.

Pierson Fuller estava no centro de tudo aquilo, falando duas vezes mais rápido do que o normal com o grupo de assistentes e estrategistas políticos que o rodeava. Suas bochechas estavam coradas, e ele não parava de remexer no paletó de uma maneira que lembrava a Avery uma criança grande demais. Ele nem olhou quando Avery passou por ali, mas sua mãe, sim.

— Você não pode vestir isso na seção eleitoral! Vai ficar horrendo nas fotos.

Os olhos de Elizabeth se arregalaram em reprovação.

Bom dia para você também, mãe. Avery apontou para sua saia xadrez e a camisa branca, sem acreditar direito.

— É o uniforme da escola — observou ela, desnecessariamente.

— Mas não é fotogênico — disse a mãe, decidida. — Vá colocar um dos vestidos que marquei em seu closet e, quando voltar da votação, pode se trocar para ir à escola.

— Deixa ela usar o uniforme, não tem problema — disse seu pai, e virou-se para Avery. — Tudo bem para você dar algumas entrevistas depois de votar, não é, Avery?

— Acho que sim — disse ela, hesitante.

— Essa é minha menina. Você conhece minha posição em todas as principais questões, certo? — O pai esticou o braço para apanhar seu tablet. — Na verdade, eu montei uma página de resumo; vou te enviar. Bem curta e simples.

Não gostaríamos que meu pobre cérebro se visse assoberbado por nada complicado demais, certo?

— Acho que dou conta — garantiu Avery. Ela tentou lembrar que ele estava sob bastante pressão e que não era intenção dele tratá-la assim.

— Eu sei que dá. Seja encantadora, sorria o tempo inteiro e fale somente desses assuntos. Eles vão te adorar! — exclamou Pierson. Avery percebeu que a única coisa que ele não disse foi *Seja você mesma*.

Como sempre, havia um hover a postos na saída do elevador particular da família... porém, para surpresa de Avery, ele não estava vazio.

— Max! Não sabia que você ia me acompanhar.

Ela deslizou para o assento ao lado do dele e digitou o endereço.

— E perder a chance de observar o sistema democrático americano em pleno funcionamento? — exclamou ele, embora o motivo da vinda dele estivesse evidente. Ele sabia que Avery estava com medo daquele dia e quis lhe dar apoio.

Max manteve um fluxo constante de conversa enquanto o hover mergulhava em um dos corredores verticais que atravessava a Torre.

— Acho fascinante o fato de os americanos insistirem em se reunir para votar pessoalmente. Na Alemanha, sabe, votar é considerado uma atividade particular. Nós todos votamos on-line — comentou com um sorriso encabulado, o cabelo caindo sobre seus olhos. — Mas logicamente vocês, americanos, preferem votar juntos, no mesmo lugar. Da mesma maneira que as garotas sempre vão ao banheiro juntas, como animais que precisam se unir por segurança.

— Eu não faço isso! — protestou Avery, embora estivesse sorrindo.

— E esta é uma das muitas razões pelas quais eu te amo — disse Max, firmemente.

O hover emergiu no 540º andar, onde se localizava a maior seção de votação da parte mediana da Torre. Tecnicamente, Avery poderia votar em qualquer ponto da cidade de Nova York — as pessoas não eram mais encaminhadas a nenhuma seção específica, como antigamente, uma vez que todo o processo estava ligado a scans de retina e biometria. Ainda assim, a maioria das pessoas votava na seção mais próxima de casa, por conveniência. Isso queria dizer que votar era, ao menos de certa maneira, segregado por bairros.

Seu pai pedira semanas antes para Avery votar naquela seção no meio da Torre. Provavelmente fora seu chefe de campanha quem lhe sugerira isso: uma artimanha publicitária de última hora para o dia das eleições. Usando Avery como uma propaganda viva para a campanha do pai.

As pessoas já estavam fazendo fila pelo quarteirão diante do centro comunitário, e uma sensação de expectativa se reunia no ar, como uma tempestade. Avery ouviu um grupo murmurando sobre sistema de saúde, outro sobre segurança on-line, e outro ainda sobre meio ambiente. Ela se deu conta de como a política era um jogo complexo — tentar agradar a todos, quando todos desejavam coisas tão diferentes.

— É ela!

Uma garota cutucou a amiga com o cotovelo, e as duas encararam Avery enquanto ela seguia até o fim da fila. Os sussurros se multiplicaram instantaneamente. Todos de repente estavam piscando, provavelmente para tirar fotos.

— Adivinha em quem ela vai votar — disse mais de uma pessoa, sarcasticamente.

Lá vem tudo de novo, pensou Avery, o estômago se revirando com aquela atenção indesejada. Max trotava ao seu lado. Havia começado a falar alto sobre sua pesquisa, provavelmente na tentativa de distraí-la.

Ela só havia percorrido alguns metros antes que um rapaz com colete de aparência oficial se aproximasse.

— Por favor, me acompanhe. A senhorita é um caso de imprensa e não precisa entrar na fila.

— Não, obrigada. Não quero tratamento especial — garantiu Avery.

— Não seja tola. Sempre fazemos isso para as famílias dos candidatos — insistiu o mesário, segurando o cotovelo de Avery para guiá-la através da multidão. As pessoas na fila lhe lançaram olhares carrancudos.

Avery tentou manter o sorriso no rosto, mas ele estava menos intenso agora, mecânico sob os holofotes da atenção.

O mesário de votação a conduziu pelas portas principais do centro comunitário, decorado no estilo de Nova York. Do outro lado da sala, algumas janelas simuladas mostravam o frio de um dia cinzento de outono.

— Vou esperar por você aqui — disse Max. — Boa sorte.

Ele parou diante de uma parede com adesivos eleitorais, do tipo que permanecia grudado no tecido por tempo pré-determinado, muito melhores que os antigos broches que as pessoas costumavam prender nas roupas. A maioria dos adesivos dizia EU VOTEI!

— Posso escolher um desses, mesmo não tendo votado? — Avery ouviu Max perguntar e quase riu. Claro que Max queria se sentir incluído.

Na parede dos scanners de retina, ela ergueu o olhar e concentrou-se em não piscar. Houve um instante momentâneo de escuridão quando o feixe de baixa energia lambeu seu olho, reunindo todos os dados da sua pupila, que continha exponencialmente mais dados do que uma impressão digital. AVERY

ELIZABETH FULLER surgiu em uma tela à sua frente, juntamente com seu número de identificação no estado de Nova York e sua data de nascimento. Ela completara dezoito anos no verão, e era a primeira vez que votava.

Um cone de invisibilidade desceu do alto sobre Avery. Não era invisibilidade verdadeira, é claro, apenas uma simples tecnologia de refração da luz, do tipo que era usado principalmente em brinquedos recreativos ou nas escolas em dias de prova. A invisibilidade genuína estava disponível somente para os militares. Avery sabia que seu corpo continuava à vista de todos fora do cone, porém líquido e nebuloso, como se visto através de uma superfície de água ondulada.

Um holo se materializou diante dela, projetado por um dos computadores dispostos ao longo do teto. ELEIÇÃO MUNICIPAL DA CIDADE DE NOVA YORK, dizia em letras maiúsculas. Abaixo estavam os nomes dos candidatos: PIERSON FULLER, PARTIDO DEMOCRATA-REPUBLICANO, e DICKERSON DANIELS, PARTIDO FEDERALISTA, juntamente com uma série de candidatos de partidos minoritários de quem Avery mal ouvira falar. Abaixo do nome de cada pessoa aparecia a foto de seu rosto. Lá estava o pai dela sorrindo e acenando em seu pequeno quadrado de instafoto de alta resolução; e ao lado dele Dickerson Daniels, usando sua indefectível gravata-borboleta vermelha. Avery estendeu a mão para tocar com o dedo indicador no círculo marcado com o nome do pai dela.

A mão dela parecia não estar funcionando direito, porque, por algum motivo, teimava em pairar sobre o nome de Dickerson Daniels.

Ela não queria que seu pai fosse prefeito.

Ela não queria mais quatro anos daquele circo da mídia, daquele interminável escrutínio público. Não queria continuar sendo convocada para aparecer publicamente metida em vestidos pré-aprovados, a fim de sorrir e acenar quando lhe mandavam, como uma marionete. Queria ser *ela mesma* novamente.

Se Daniels vencesse, as pessoas perderiam o interesse por ela, não é? Sua vida voltaria ao normal. As pessoas parariam de encará-la em locais públicos, exceto pelo ocasional blogueiro de moda tentando registrar o que ela estava vestindo. Mais importante que tudo, seus pais voltariam ao normal. Parariam de ficar obcecados com cada pequeno detalhe da aparência de sua família e voltariam a se estressar com outras coisas, como ganhar quantias ainda mais ridículas de dinheiro.

Um suor frio começou a brotar na testa de Avery. Muitos minutos deviam ter se passado. Será que ela estava demorando muito? Teriam as pessoas percebido? Os rostos de seu pai e de Daniels continuaram sorrindo alegremente e acenando para ela, de seus quadrados de holograma. A mão dela vacilou, e ela começou a se inclinar em direção a Daniels.

No último momento, o treinamento rígido e duradouro de Avery entrou em cena e ela apertou o botão holográfico marcado com o nome do pai — num sobressalto, como se ela não estivesse totalmente segura daquela decisão e parte dela continuasse resistindo.

A caixa emitiu um brilho verde vibrante, confirmando seu voto, e depois a tela voltou a se pixelar para mostrar os candidatos à eleição para tesoureiro.

Avery se inclinou para recuperar o fôlego, com as mãos apoiadas nos joelhos. Sentiu como se tivesse acabado de travar uma batalha dentro de si mesma, e tinha a estranha sensação de que havia perdido.

Finalmente, ela se recompôs e passou aos outros candidatos: tinha de tudo, desde o conselho da cidade até escrivão e administrador da biblioteca. A cédula holográfica se enrolou com um floreio, e o cone da invisibilidade se dissolveu no ar. Avery levantou a mão para ajeitar os cabelos enquanto se afastava; deu um sorriso vago e distraído para as várias câmaras flutuantes apontadas em sua direção. Agora havia um enxame inteiro delas, obviamente enviadas por seus pais, cuja equipe de relações públicas provavelmente já devia estar divulgando as imagens em todos os feeds.

Enquanto ela caminhava em direção à fileira de membros da imprensa aguardando por uma entrevista, os olhos frios e metálicos das câmeras e os olhos orgânicos dos humanos acompanhavam cada movimento seu.

* * *

— Faltam quinze minutos! — gritou um dos assessores da campanha quando o zum-zum de excitação atingiu um nível febril.

Era naquela mesma noite e Avery estava em casa, no milésimo andar, onde seu pai montara uma sede de campanha improvisada no que ele e sua mãe chamavam de salão. Era a sala que costumavam usar para festas, com quase o tamanho de um salão de baile, sem móveis. Agora estava lotada, fervilhando de voluntários, assistentes de publicidade e amigos de seus pais. Um palco tinha sido montado numa das extremidades, com enormes telas sensíveis ao toque acima dele, representando os votos da cidade inteira em barras cintilantes, vermelha e azul. Os dados estavam sendo alimentados ao sistema em tempo real, à medida que os últimos cidadãos votavam nas sessões eleitorais.

A menos que algo drástico acontecesse nos próximos dez minutos, parecia que o pai de Avery estava prestes a ganhar.

— Avery — sibilou sua mãe próxima a seu cotovelo. — Onde você estava? Você perdeu a sessão de fotos oficiais!

— Sinto muito, mamãe.

Avery dera as caras mais tarde de propósito, seu pequeno ato voluntário de rebelião, mas agora ela estava ali, usando o vestido que sua mãe escolhera: um tubinho de tom bem vermelho, a cor do partido democrata-republicano.

— Avery, sorria! — repreendeu sua mãe. — As câmeras...

— Certo — disse Avery, cansada, rangendo os dentes em um sorriso. As câmeras, claro. Aguardando, prontas para tirar fotos, para documentar a vida perfeita da família amorosa perfeita.

— Com licença — acrescentou, e virou-se às cegas, colidindo em Max.

— Eu estava justamente procurando por você.

As mãos dele pousaram calorosamente nos ombros dela.

Avery fechou os olhos e deixou a cabeça cair contra o peito dele por um momento, recarregando-se com a força constante e inabalável de Max. Ele cheirava a sabão em pó e desodorante masculino.

— Obrigada — sussurrou em seu suéter.

— Pelo quê?

— Por tudo. Por ser você.

— Não sou muito bom em ser outras pessoas — disse Max, brincando, mas Avery percebeu que ele estava preocupado com ela.

Ela deu um passo para trás e soltou uma risada esganiçada quando viu o suéter dele. Era de um tom vermelho brilhante de Natal.

— Meus pais pediram para você usar a cor do partido?

Max não negou.

— Sou bom em seguir ordens. E, você sabe, tenho boas razões para querer que os Fuller gostem de mim — disse, ainda com as mãos pousadas nos ombros dela.

— Tem?

— Tenho. — Max sorriu. — Veja, estou apaixonado pela filha deles.

— Dez segundos! — gritou um dos funcionários da campanha. Todos no salão rapidamente se juntaram à contagem, como se fosse ano-novo. No pódio, o pai de Avery começou a ajustar a gravata, preparando-se para o discurso de vitória; sua mãe estava ao seu lado com um sorriso orgulhoso e plácido.

De repente, tudo pareceu brilhante e ruidoso demais para Avery, com uma ligeira camada reluzente de irrealidade, como se tudo fosse um show de holo visto à distância. Como se não tivesse nada a ver com ela.

A sala explodiu em aplausos e ela percebeu vagamente que seu pai tinha ganhado. Ela não deveria ter votado nele.

— Obrigado, obrigado! — ressoou a voz de seu pai. — Obrigado a toda minha equipe pelo seu trabalho incansável e fundamental nesta campanha. Eu não teria conseguido esta vitória sem vocês. Devemos lembrar que apenas algumas décadas atrás, a confiança em Nova York estava em falta. Nós éramos uma cidade deslocada, motivo de piada da comunidade global, quando retiramos todos os residentes de Manhattan de suas casas e iniciamos o projeto de construção mais ambicioso do mundo até o momento...

Claro, pensou Avery. Seu pai nunca deixava de lado uma desculpa para falar sobre a Torre e seu papel nela.

— Obrigado a todos nesta sala por seu apoio, suas doações e, é claro, pelos seus votos!

Todos riram obedientemente, e o pai de Avery pigarreou.

— Acima de tudo, gostaria de agradecer a minha amada família por seu interminável apoio.

Houve mais aplausos. Max recuou respeitosamente, criando um círculo de espaço ao redor de Avery, que sentiu o ataque total dos olhares gerais. Uma massa de zettas — as camerazinhas flutuantes usadas por paparazzi para tirar fotos de celebridades — juntou-se em uma nuvem ao seu redor. Avery resistiu ao desejo de golpeá-las; isso resultaria apenas em um monte de fotos nada lisonjeiras.

Avery sabia que seus pais a amavam, mas, em momentos como esse, era difícil sentir que ela era algo mais do que um funcionário da empresa da família, uma porta-estandarte do nome Fuller. Um acessório lindo, dourado e vivo, que seus pais tinham encomendado dezenove anos antes exatamente para esse fim.

— *Toda* a minha família — acrescentou o pai.

Algo na voz dele fez Avery olhar para cima, e então ela não conseguiu mais desviar o olhar.

Ele subiu ao palco quase casualmente, como se todos estivessem à sua espera. Estavam mesmo, Avery percebeu. Era outra manobra da equipe de relações públicas, tão elaborada e encenada quanto a votação dela mesma nos andares medianos da Torre esta manhã.

Ele parecia diferente. Claro, pensou Avery. O tempo todo, ela o estava imaginando igual a como o vira pela última vez — preservado na câmara criogênica de sua memória —, mas a vida não era assim. A vida deixa suas marcas.

Ele estava vestindo jeans escuros e uma camisa social branca, sem nenhum traço de vermelho à vista. Seu cabelo castanho-claro estava cortado mais curto do que Avery jamais tinha visto, destacando as linhas fortes e ousadas do rosto, o nariz comprido e a mandíbula quadrada, fazendo-o parecer mais velho.

Seu olhar encontrou o dela, e ele olhou dela para Max, enquanto um milhão de emoções disparava em seu rosto, rápido demais para Avery entendê-las.

— Meu filho, Atlas! — gritou Pierson Fuller. — Que, se eu não estou enganado, deu o último voto!

— Mas não o voto decisivo.

Atlas sorriu, e a sala caiu na gargalhada novamente.

Seu pai estava dizendo alguma outra coisa — que Atlas ficaria na cidade até a posse, para ajudar Pierson a tocar os negócios, já que ele não poderia mexer em nenhum de seus bens pessoais enquanto ocupasse o cargo. As palavras dele se perderam em meio ao barulho das comemorações. Todos pareciam estar vindo ao mesmo tempo para a frente, exclamando sobre Atlas, parabenizando o pai de Avery, estourando garrafas de champanhe.

— Mal posso esperar para conhecer seu irmão! — disse Max, e olhou para Avery. — Você sabia que ele ia voltar?

A boca de Avery formou a palavra *não*, mas ela não sabia ao certo se chegara a falar isso.

Ela não conseguia se mexer. Sabia que precisava fazer alguma coisa, caminhar com um sorriso no rosto e apresentar seu irmão adotivo, que por acaso também era seu ex-namorado secreto, para seu *atual* namorado. Porém, ficou plantada exatamente onde estava.

A realidade absoluta dele, de sua presença ali depois de tanto tempo, atingiu Avery com uma força cega e contundente. Todo o seu mundo parecia ter virado de ponta-cabeça.

Por que ninguém a avisara? Por que *Atlas* não a avisara? Estava na cara que aquele plano já estava sendo idealizado havia algum tempo. Teriam desejado fazer uma surpresa para ela... ou será que ela estivera certa no ano passado, quando receou que seu pai tivesse desconfiado do que estava realmente acontecendo entre os dois?

Avery não conseguia acreditar. Depois de tanto tempo — depois de finalmente conseguir superá-lo —, Atlas estava de volta.

LEDA

LEDA PÔS OS pés no sofá cor de creme que dominava a sala dos pais. Era duro e áspero, nada convidativo, mas mesmo assim era seu lugar preferido no apartamento. Provavelmente porque ficava no centro de tudo.

Ela estava em casa sozinha naquela noite, assistindo a um holo antigo e deixando que os diálogos conhecidos chegassem à sua mente tranquilos, como as ondas na praia. Naquele dia, na escola, Avery havia convidado Leda para acompanhá-la a algum evento de campanha ao qual era obrigada a ir, mas Leda recusou. Max estaria lá para fazer companhia a Avery e, além do mais, não parecia muito divertido.

Ela tentou imaginar o que Watt estaria fazendo naquela noite, depois se recriminou por estar pensando nele. No entanto... tinha *gostado* de ficar ao lado dele no outro dia. Mesmo que tenha sido numa festa aleatória no Brooklyn, investigando a morte de uma garota que conhecia os segredos mais sombrios dos dois.

Eles tinham enviado muitos flickers um para o outro desde então, discutindo o que fazer com o diário de Mariel. Os dois supunham que devia estar no apartamento dos Valconsuelo, mas não conseguiam decidir qual seria o passo seguinte. Watt queria invadir o apartamento e roubar o diário, mas Leda insistia que era arriscado demais. Que tal, em vez disso, fingirem ser amigos de Mariel, sugeriu ela, e inventar alguma desculpa para vasculhar o quarto dela?

Sempre que ela tentava tocar no assunto, entretanto, Watt inevitavelmente desviava a conversa para outro lado: perguntando a Leda se ela sentia saudades dele (*não*), se ela achava que ele devia cortar o cabelo (*também não*), em que aulas ela estava (*para de hackear o tablet da minha escola; tô tentando me concentrar*). Quando ele interrompeu a aula preparatória dela para o vestibular, ela exigiu, fingindo frustração, que ele procurasse as respostas da prova para compensar.

E privar você da alegria de saber que derrotou todo mundo sozinha? De jeito nenhum, Watt respondera. Leda balançou a cabeça, lutando para não sorrir.

Pelo menos ela não tinha mais receio de dormir. Ainda tinha pesadelos, mas eles andavam mais superficiais, mais fáceis de despertar; principalmente agora que, quando acordava, tinha uma série de flickers de Watt à sua espera. Era reconfortante saber que ele estava ao seu lado. Pela primeira vez em muitos meses, Leda já não se sentia sozinha.

Uma campainha soou pelo apartamento e Leda levantou a cabeça de repente. Não podia ser o pedido que ela tinha feito na Bakehouse, pois este teria sido entregue diretamente na cozinha. Ela prendeu o cabelo em um coque bagunçado e foi abrir a porta.

Watt estava ali, segurando uma enorme sacola de alças duplas com o logo da Bakehouse.

— Entrega para a srta. Cole?

Ela deu uma risada contida.

— Você hackeou o meu *robô de entrega*?

— Eu estava passando pela região — respondeu Watt, o que ambos sabiam ser mentira. — Não se preocupe, já hackeei coisas bem piores.

Leda percebeu tarde demais que estava usando o moletom enorme da escola e leggings de artech.

— Desculpe. Eu teria me arrumado melhor, mas não estava esperando visita. Mas, nem sei se é possível contar como visita alguém que chega sem ser convidado.

— Em algumas culturas, é falta de educação insultar as pessoas que aparecem na porta da sua casa trazendo comida.

— A menos que elas estejam fazendo o papel de um robô de entrega humano, trazendo a comida que *eu mesma* pedi.

— Está me chamando de robô de entrega humano? Outra falta de educação.

Os olhos escuros de Watt brilharam com seu riso.

— Se é verdade, não é falta de educação.

Leda esticou o braço para apanhar a sacola de comida, mas parou, tentando fazer suas próximas palavras parecerem sem importância:

— Pode ficar se quiser, já que você está aqui mesmo. Eu sempre peço comida a mais.

— Eu adoraria — disse Watt, afetando surpresa, embora Leda soubesse que era exatamente aquilo que ele estava esperando.

Watt a seguiu até a sala de estar e deixou a sacola da Bakehouse sobre a mesa de centro, espalhando as caixas descartáveis sobre a superfície que imitava mosaico. Seu olhar se desviou para o holo e ele sorriu.

— Você está assistindo *A loteria*? — provocou.

Leda fez menção de desligar, mas Watt ergueu a mão em protesto.

— Ah, dá um tempo! Pelo menos espere até eles ganharem!

— Mas isso é só no finalzinho — lembrou ela, meio surpresa por ele já ter assistido àquele holo. Ela e sua mãe costumavam assistir quando Leda era bem pequenininha.

— Que bom que temos a noite inteira — respondeu Watt, e Leda não entendeu o que ele quis dizer com aquilo.

Ela esticou o corpo por cima da mesinha de centro para apanhar um pedaço de pizza, mas franziu a testa, confusa.

— Esta pizza não é a minha.

— Eu arrumei o pedido. De nada — disse Watt, brincalhão.

— Mas...

— Não se preocupe, sua pizza vegetariana esquisita está aí ainda.

Ele deslizou uma caixa na direção dela.

— Mas, sério. Quem é que pede pizza sem pepperoni? — perguntou, insistindo.

— Você não tem jeito mesmo. Sabe disso, não sabe?

— Só os semelhantes se reconhecem.

Leda revirou os olhos e deu uma mordida em sua pizza preferida, de aspargo com queijo de cabra. Sentiu-se estranhamente feliz por Watt ter resolvido ir até ali naquela noite, seja lá por que motivo. Era bom tê-lo por perto. Como amigo, é claro.

Ela mudou de posição para olhar para ele, subitamente intrigada.

— Como você faz isso? Hackeia as coisas, quero dizer?

Watt pareceu surpreso com a pergunta.

— Boa parte eu devo a Nadia. Eu não seria capaz de fazer isso com tanta rapidez sem ela.

— Você *construiu* Nadia — lembrou-o Leda. — Portanto, não tente dar o crédito a ela. Como você faz, de verdade?

— Por que você quer saber?

— Porque sim.

Porque ela queria entender aquela parte da vida de Watt, aquilo em que ele tinha tanto talento. Porque era importante para ele.

Watt deu de ombros e limpou as mãos em um dos guardanapos sintéticos, depois empurrou as caixas de comida para abrir espaço na mesa de centro. Deu uma batidinha em sua superfície e o mosaico falso desapareceu, revelando uma tela.

— Posso entrar no sistema de computação do seu quarto?

— Eu não... você não precisa hackear nada agora — gaguejou ela, confusa.

— E perder a chance de me exibir pra você? Jamais.

— Conceder acesso — disse Leda, ligeiramente corada, e o computador de seu quarto automaticamente admitiu Watt no sistema.

Ele levantou uma sobrancelha, os dedos pairando sobre a tela.

— E aí, quem vai ser esta noite? Um de seus amigos? Aquele alemão com quem Avery está namorando?

Leda imaginou pedir a Watt para hackear a página de Calliope nos feeds, ou a de Max, ou mesmo a de Mariel, que ainda estava armazenada nos autocaches da i-Net. Não muito tempo antes, ela teria pulado sem hesitar em cima da oportunidade de conhecer mais segredos. Era assim que ela e Watt tinham se unido no início: espionando as pessoas.

Porém Leda tinha aprendido do jeito mais difícil o que acontecia quando se ia atrás de segredos que jamais deveriam ser revelados.

— Mostre como você acessou o meu pedido na Bakehouse — disse ela, em vez disso.

Watt arregaçou as mangas da camisa. Leda pegou o seu olhar se demorando nos antebraços nus dele.

— Essa é fácil — se gabou Watt.

O monitor holográfico diante deles dançou rapidamente de uma tela para a outra enquanto sincronizava o sistema de computador da família com seja lá o que ele utilizava.

— Não há muitos certificados de autorização, por isso eu nem preciso recorrer a canais alternativos.

Leda observou fascinada enquanto os dedos dele voavam pela superfície da mesa. Havia algo de cativante em vê-lo ali, sentado, relaxado e brilhantemente confiante.

Ela tinha se esquecido do quanto Watt era sexy quando estava hackeando coisas para ela.

— Como você ficou tão bom em computação? Quer dizer, é uma linguagem completamente diferente — perguntou, com admiração relutante.

— Honestamente, a linguagem de computação faz muito mais sentido do que a linguagem verbal. Pelo menos o significado é sempre claro. As pessoas, por outro lado, nunca dizem o que pensam. Poderiam estar falando em hieróglifos.

— Hieróglifos não era uma linguagem falada — disse Leda, com voz fraca, embora tivesse sido pega de surpresa com aquela perspicácia.

Watt encolheu os ombros.

— Acho que sempre tive esperança de que, se estudasse computação, pudesse fazer uma diferença; pudesse tornar o mundo melhor, ainda que apenas um pouco.

Tornar o mundo melhor, pensou Leda, espantada com a sinceridade dele. Talvez a dra. Reasoner estivesse errada quando insistiu que estar com Watt poderia fazer renascer a velha e sombria Leda.

Talvez ele não fosse esse tipo de gatilho, no fim das contas.

O olhar de Watt encontrou o dela e ela corou, depois abaixou a mão para alisar o guardanapo em seu colo. Ela teve a impressão de ser pura energia, um feixe de movimento cru, inquieto, como se seu corpo estivesse lançando faíscas reais e ardentes.

Seu pulso se acelerou. Watt estava tão próximo que ela seria capaz de traçar a linha arqueada de seus lábios... aqueles lábios que ela tinha beijado tantas vezes. Não pôde deixar de se indagar, um pouco invejosa: quantas garotas o teriam beijado desde então?

Watt se aproximou dela. Algo estava se desenrolando no espaço entre eles, e Leda não sabia mais como lutar contra aquilo, ou talvez nem quisesse mais lutar...

Quando ela inclinou a cabeça para perto, Watt se afastou.

Leda recuperou o fôlego. Sentiu-se dividida ao meio entre o alívio e uma louca sensação de desapontamento.

— Leda.

Watt estava olhando para ela de uma maneira que fazia seu sangue pulsar junto à superfície de sua pele.

— O que você quer, na verdade? — perguntou ele.

Uma pergunta tão simples, mas que ao mesmo tempo não era nem um pouco simples. O que ela queria, *de verdade*? Leda imaginou que abria o próprio cérebro e retirava de lá todos os seus pensamentos emaranhados, como meadas de fios de tecido, para tentar entendê-los.

Durante boa parte da vida, ela desejara ser a melhor. A mais inteligente e a mais bem-sucedida, porque obviamente jamais poderia ser a mais bela, não com Avery por perto. Não fora por este motivo que ela havia contratado Watt, afinal? Para poder subir no degrau seguinte da escada, sempre ascendente, em direção a seja lá o que fosse que ela estava perseguindo?

Agora, tudo o que Leda desejava era se livrar da escuridão dentro de si. Isso significava afastar-se de Watt. Ou, pelo menos, era o que ela pensava.

— Melhor eu ir — disse Watt, antes que ela pudesse responder.

— Watt...

Leda engoliu em seco, sem saber ao certo o que ia dizer, e talvez ele soubesse disso, pois balançou a cabeça.

— Tudo bem. A gente se vê.

Os passos dele ecoaram ao longo do caminho até a porta da casa dela.

Leda desabou de novo em seu sofá, com um suspiro derrotado. Seu olhar vagou em direção à sacola de comida, e ela esticou a mão para apanhá-la, com apatia. Só então percebeu que havia mais uma caixa no fundo, ainda fechada com o selo. Ela retirou a caixa, colocou-a sobre o colo e a abriu.

Era uma fatia de bolo de chocolate com uma espessa cobertura de cream cheese. Seu preferido de todos os tempos, o bolo que os pais de Leda encomendavam todos os anos no seu aniversário. Ela, porém, não o havia pedido.

Watt. Leda balançou a cabeça e apanhou o minúsculo garfinho dobrável, sorrindo consigo mesma.

RYLIN

ASSIM QUE O sinal de três toques bateu ao final das aulas, os corredores da Berkeley se inundaram de alunos. Todos rumaram até os portões principais da escola, onde se enfiariam em hovers à sua espera ou estacariam nos limites da rede de dados da escola, murmurando enlouquecidamente para suas lentes de contato enquanto respondiam à fila de mensagens recebidas. Ali, parados, pareciam estar na beirada de uma bolha humana ondulante.

Rylin penetrou a maré crescente de alunos e seguiu na direção do prédio de ciências. Tinha faltado à aula de psicologia e precisava repor o conteúdo no laboratório, para não levar bomba na matéria.

Naquela manhã ela enviara uma mensagem para a escola dizendo que não estava se sentindo bem. Já tinha sua varinha médica a postos — ela e Chrissa a fraudaram anos antes, para que indicasse que elas estavam doentes sempre que fosse escaneada —, mas os diretores da Berkeley não requisitaram nenhum atestado de sua suposta doença. Simplesmente acreditaram na palavra dela, o que acendeu um sentimento de culpa em Rylin que ela não tinha previsto sentir. Ela esforçou-se ao máximo para afastar aquela culpa e concentrar-se em Hiral.

Ela não o via desde aquele dia no shopping — que no fim das contas tinha sido bem melhor do que Rylin imaginara. Hiral ficara com ela e Cord até o fim dos experimentos, depois os três foram tomar milk-shake juntos na famosa lanchonete da praça de alimentação. Para surpresa e satisfação de Rylin, aparentemente Hiral e Cord tinham se dado bem. Ou pelo menos fingiram se dar bem para agradá-la.

Porém, desde aquele dia, Hiral se ausentara misteriosamente. Dizia que estava ocupado, que tinha de "resolver" uns "assuntos", mas não adiantava nenhum detalhe, e Rylin não o pressionava também. Não tinha a impressão de que ele estava bravo com ela por causa de Cord. Na verdade... aquilo lembrava a Rylin, dolorosamente, o comportamento de Hiral da última vez em que eles namoraram, quando ele começou a traficar drogas com V.

Ele não estava mais fazendo isso, ela lembrou a si mesma. Ela *sabia* que não. O que Chrissa disse na semana anterior estava deixando-a abalada, só isso.

Portanto, naquele dia, Rylin decidiu tirar a manhã para roubar umas horinhas com Hiral antes de ele sair para o trabalho. Preparou tacos para o café e se aninhou com ele na cama, o braço atirado pelo peito dele, a cabeça aconchegada junto a seu ombro. Apesar de ele ter sorrido e dito as coisas certas, Rylin ainda não conseguia afastar a sensação de que ele estava distante, e não completamente ali ao seu lado, naquele momento.

Ela dobrou a esquina para entrar na sala de psicologia. A professora Wang estava de pé atrás da mesa, guardando algumas coisas dentro da bolsa verde-floresta.

— Oi, professora. Desculpe por ter perdido sua aula de manhã cedo. Eu não estava me sentindo muito bem.

O olhar de Rylin percorreu os equipamentos organizados sobre sua estação de laboratório, onde havia fios e adesivos com pequenos corações — indicando que eram equipamentos médicos.

A professora não quis ouvir a desculpa.

— Outro aluno também perdeu a aula de hoje, portanto você não terá que realizar este experimento sozinha. É muito melhor que as perguntas venham de um ser humano em vez de um programa de computador.

Ela assentiu rapidamente.

— Ah, ele acabou de chegar — acrescentou.

Cord entrou na sala e seu sorriso se alargou quando ele viu Rylin na estação de trabalho deles.

— Rylin. Parece que nós dois teremos que fazer reposição de aula hoje.

A professora Wang fechou a bolsa com um clique decidido.

— Não me passou despercebida a ironia que vocês dois tenham faltado à aula no mesmo dia — disse ela, com frieza.

— Sorte a nossa — disse Cord, brincando. — Acho que deve ser verdade o que dizem: o momento certo é tudo.

A professora olhou impassível de Rylin para Cord, e Rylin teve a impressão de que naquele único momento ela captou a história inteira dos dois. Afinal de contas, ela ganhava a vida estudando o comportamento humano.

— Vocês dois já conhecem o protocolo. Quando terminarem, submetam os resultados eletronicamente. Vejo vocês na aula amanhã.

Ela cruzou a sala e fechou a porta atrás de si.

Cord imediatamente pressionou Rylin.

— Então, Myers, desembucha. Onde você esteve de manhã?

— Eu passei mal.

Ela não queria dizer a Cord que tinha passado a manhã na cama com Hiral.

— E você... estava matando aula? — tentou usar a expressão que Cord sempre usava, mas não conseguiu imitar muito bem o ar blasé.

— Estava — disse ele, inexpressivo, com os olhos fixos nos dela. — Você devia vir comigo da próxima vez; faz tempo que você não vem.

Rylin ruborizou-se e digitou rapidamente no tablet para não ter de responder. "Matar aula" era como Cord chamava ir até a antiga garagem do seu pai em West Hampton e correr com carros ilegais que ele próprio dirigia na rodovia expressa de Long Island. Ele havia levado Rylin até lá no ano anterior para lhe mostrar o quanto aqueles carros eram velozes. Os dois acabaram indo para a praia e fazendo castelos de areia como duas crianças.

Depois dormiram juntos pela primeira vez — bem ali, na praia, no meio de uma tempestade, porque não conseguiam esperar nem mais um minuto para se agarrar.

Será que Cord estaria se lembrando daquele dia também?, pensou Rylin, mas em seguida ela se lembrou de que *ela* não deveria estar pensando nisso. Os dois eram apenas amigos, nada mais.

Amigos que, por acaso, tinham um passado romântico.

— Experimento de detector de mentira — leu Rylin em voz alta, deixando o cabelo cair na frente do rosto, para escondê-lo. — "Os alunos usarão feedback somático e biossensores para determinar quando o outro está contando uma mentira. Em média, uma pessoa..."

Rylin interrompeu a frase aí, e talvez Cord estivesse lendo a mesma coisa ao mesmo tempo, porque não pediu que ela continuasse.

Em média, uma pessoa mente pelo menos duas vezes ao dia. Enganar os outros — para nos proteger, não ferir os sentimentos alheios ou promover nossos próprios interesses — é tão comum que existe até um ditado: "Mentir é humano." No entanto, a maioria das pessoas só é capaz de detectar falsidades com menos de 30% de precisão. Neste experimento, vamos recriar uma versão das condições utilizadas pela polícia em procedimentos de detecção de mentiras...

— Eu te nomeio a vítima número um — declarou Cord.

Rylin não protestou. Sentiu um pavor gelado revirar a boca de seu estômago, como se uma criatura escamosa estivesse ganhando vida dentro dela. Se fosse chamada para um interrogatório sobre a morte de Mariel, será que a polícia usaria um procedimento semelhante? Não importava; ela não sabia o que tinha acontecido com Mariel.

Mas... e se descobrissem o que Mariel sabia a seu respeito, que ela traficara drogas? Talvez ela pudesse negar tudo, Rylin pensou, desvairada; afinal, era sua palavra contra a de uma garota morta.

No mínimo, aquele experimento permitiria que ela treinasse mentir sob pressão.

Ela estendeu os punhos, deixando que Cord os limpasse com um lenço antisséptico, evitando deliberadamente fazer contato visual com ele. Ele retirou os papéis protetores dos sensores adesivos antes de colá-los nos pulsos e na testa dela. O toque dele em sua pele era bastante preciso e metódico.

Em média, uma pessoa mente pelo menos duas vezes ao dia. Quantas vezes Rylin já mentira hoje: para Hiral, para a escola, para Chrissa? E aquelas eram apenas suas mentiras mais recentes. À medida que ia somando todas as suas inverdades e semiverdades, Rylin sentia-se meio enojada.

Ela mentira a Hiral sobre Cord, e a Cord sobre Hiral, e à polícia sobre o que tinha acontecido com Eris. Mentira para Chrissa também, tentando protegê-la. Acima de tudo, mentira para si mesma, quando se absolvera de tudo aquilo, dizendo que não tivera escolha. Será que não?

Os biossensores foram ativados, e os sinais de Rylin subitamente apareceram na tela do tablet diante deles: linhas amarelas e cor-de-rosa indicavam seus batimentos cardíacos elevados, a dilatação de seus vasos capilares e os níveis de sudorese. As máquinas oficiais do governo eram exponencialmente mais precisas do que aquela, Rylin sabia; monitoravam também os movimentos rápidos dos olhos e os disparos neurológicos no cérebro.

— Seus batimentos cardíacos já estão um pouco elevados — observou Cord, com um tom de curiosidade. — Vamos começar com algumas perguntas de controle. Qual o seu nome?

— Rylin Myers.

As linhas permaneceram na horizontal.

— Onde você mora?

Ela teve a impressão de que ele queria que ela dissesse *Em Nova York* ou *na Torre*, mas Rylin não resistiu:

— No 32º andar.

Cord assentiu, e seus lábios se curvaram ligeiramente.

— Em que universidade vai tentar entrar no ano que vem?

Rylin tentou sentar-se aprumada, para ver as perguntas escritas no tablet, mas Cord tinha deixado a tela em um ângulo tal que ficasse distante de Rylin. Será que aquela pergunta tinha sido mesmo uma das oficiais?

— NYU — disse, devagar. — Vou tentar outras universidades também, mas a NYU é a minha primeira escolha. Eles têm o melhor curso de holografia do país. Além disso, não quero ir embora de Nova York, uma vez que Chrissa ainda tem mais dois anos de ensino médio pela frente.

Ela não mencionou Hiral, embora ele fosse outro motivo pelo qual ela não desejava sair da cidade. Ele estava sempre repetindo o quanto sentia orgulho de Rylin por ela querer cursar uma faculdade e estudar o que ela amava, apesar de se ensimesmar um pouco quando ela tocava no assunto.

Entretanto, ainda que Rylin conseguisse entrar na NYU, não tinha certeza de como pagaria os estudos. Secretamente ela vinha pleiteando bolsas de estudo de holografia, liderança, qualquer coisa, mas não queria dizer isso a Cord, que jamais enfrentara uma dificuldade financeira na vida. Ele nunca entenderia.

— Você vai entrar na NYU — declarou Cord. — Quando os diretores acadêmicos assistirem *Starfall*, vão te aceitar na hora.

— Você viu *Starfall*?

Ela não tinha contado a ninguém na escola sobre seu filme. Como Cord ficara sabendo?

— Claro. E adorei — disse ele, e Rylin sentiu-se estranhamente emocionada. — Mas preciso lhe perguntar uma coisa. Qual dos personagens era baseado em mim? O vizinho ou o cara novo do fim do filme?

Rylin revirou os olhos, reprimindo um sorriso. Óbvio que Cord acharia que tinha sido retratado no filme.

— E você, em que universidade vai tentar entrar no ano que vem?

— Não sei ainda. Acho que vou apenas entrar com o pedido convencional em uma série de lugares e ver qual me aceita.

Ele encolheu os ombros, sem muita certeza.

— Ainda tenho tempo para definir isso — acrescentou.

Rylin sentiu um ligeiro aperto no peito, pois reconhecia a confusão de Cord: era a sensação de não saber o que fazer, qual passo dar em seguida, sem ter pais para guiar. Era a sensação aterrorizante de ter de tomar uma decisão de vida monumental e saber que, quer fracassasse ou se desse bem, estaria completamente sozinho.

— Desculpe, vamos continuar.

Cord deslizou o dedo na tela para revelar a pergunta seguinte.

— Quantas vezes você já se apaixonou? — perguntou ele.
— *O quê?* Que pergunta é essa? — explodiu ela.
— Sei lá, Rylin, está bem aqui nas instruções!

Cord ergueu o tablet como prova. Dito e feito, ali estava a pergunta, escrita com as letras em negrito que eram a marca registrada do curso.

— Provavelmente Wang estava tentando tirar sarro dos alunos — acrescentou ele, mas Rylin tinha uma teoria diferente.

— Ou então ela escreveu uma série específica de perguntas só para nós dois. Para nos punir por termos faltado à aula.

— É a cara dela. Ela tem um jeitinho meio sádico.

Rylin soltou uma meia-risada. Não conseguiu se conter: aquilo tudo era tão bizarro, estar ali com Cord, tentando ser *amiga* dele independentemente dos lembretes constantes da história complicada e esquisita dos dois.

— Ela deve estar nos filmando neste exato momento! — disse ela.

Para alívio de Rylin, Cord também explodiu na risada.

— Tem razão. Provavelmente somos cobaias de algum experimento dela!

A risada pareceu relaxar a tensão entre os dois, e o aperto no peito de Rylin diminuiu um pouco. Contudo, ela não havia respondido a pergunta, e o programa de computador só deixaria que os dois avançassem depois que ela o fizesse.

— Duas — ouviu-se dizer, quase num sussurro.

Cord virou a cabeça de repente, surpreso.

Ela não precisou esclarecer por quem. Tinha se apaixonado duas vezes: por Hiral e por Cord.

— Rylin... — disse Cord baixinho, e inclinou-se para afastar uma mecha de cabelo da bochecha dela.

Ela não se mexeu. Sabia que deveria se afastar, dizer a Cord que parasse...

A porta se abriu de repente com um estrondo violento, e Rylin se afastou. O ar entrou depressa em seus pulmões. Era apenas um dos robôs da limpeza.

— Escuta, Rylin — recomeçou Cord, com uma espécie de desespero. — Eu não estava brincando quando disse à professora Wang que o momento certo é tudo. Nosso momento nunca esteve certo.

— E você acha que está certo *agora*? Cord, estou namorando outro cara!

— Eu sei! Mas estou errado ou ainda tem um clima rolando entre a gente?

— Você está errado — disse Rylin, ofegando depressa. — Não tem nada rolando entre nós.

Cord olhou para a mesa, onde as linhas indicativas de Rylin continuavam flutuando, em um tom errático de vermelho intenso.

Ela não disse nada. Simplesmente arrancou os adesivos da pele e correu em direção à porta. Não precisava ser nenhuma especialista em psicologia para interpretar aquelas linhas enlouquecidas e intensas.

Elas indicavam que Rylin tinha mentido quando disse que nada estava rolando entre ela e Cord.

* * *

Mais tarde, naquela noite, Rylin inclinou-se diante da mesa da cozinha, com a cabeça apoiada entre as mãos. Chrissa estava no treino de vôlei, por isso Rylin estava sozinha em casa, com um prato de espaguete e seus pensamentos recriminatórios. Que diabos tinha passado pela sua cabeça para se comportar daquela maneira com Cord, permitindo que ele quase a *beijasse*? Por que o tablet indicou que ela dissera uma mentira, quando ela tinha certeza de ter dito a verdade?

Estaria mentindo para si mesma? Em algum nível, será que ela acreditava que ainda tinha algo rolando entre ela e Cord?

Rylin estava tão perdida que quase não ouviu as batidas na porta.

— Oi — disse Hiral quando ela abriu. — Você está ocupada?

— Para falar a verdade, não.

Rylin entrou em casa e Hiral a seguiu.

— Eu só queria dizer o quanto foi legal hoje de manhã.

— Eu sei, foi demais — disse Rylin, depressa.

Levou a mão até o seu colar, que Hiral havia comprado para ela na Element 12 na semana anterior. Parecia impossivelmente pesado contra sua pele, como uma promessa quebrada. Aquela manhã, quando os dois ficaram aninhados na cama — antes daquela reposição de aula esquisita e do momento de empolgação com Cord —, parecia impossivelmente distante.

Hiral respirou fundo.

— Eu queria conversar contigo sobre o ano que vem.

Pela maneira como ele disse aquilo, hesitante e vacilante, Rylin adivinhou o assunto.

Ela deu um passo à frente, segurando as mãos dele entre as suas.

— Você está preocupado com a NYU, não é? Acha que se eu entrar no curso de holografia, vou me envolver demais e não terei mais tempo para você.

Ela estremeceu, sabendo que aquilo já estava bem próximo da verdade, uma vez que ela tivera de faltar à aula para ficar com ele.

— Hiral, prometo que isso não vai acontecer.

— Eu sei, Ry. Estou muito orgulhoso de você por estar tentando cursar uma faculdade. Mas... — disse, fazendo uma pausa. — Eu estava pensando... você ainda nem mandou seu pedido de admissão pra NYU, não é?

— Não.

Rylin não tinha certeza de aonde ele queria chegar.

— E se a gente se mandar depois que você se formar? Podemos dar o fora de Nova York, como conversamos tantas vezes! Ir para a América do Sul, ou talvez o sudeste asiático... qualquer lugar bem longe daqui, sem muita tecnologia. Onde poderíamos ficar juntos, nos curtindo, e curtindo o sol e o ar puro, como sempre sonhamos.

Será que ela tinha dito que queria aquilo mesmo? Rylin mal se lembrava das coisas de que ela e Hiral conversavam antes, anos atrás. Tentou imaginar-se fazendo o que ele dissera — saindo de Nova York, recomeçando em outro lugar —, mas não conseguiu.

Tanta coisa tinha acontecido naquele último ano que ela havia mudado. Rylin descobrira novas profundezas dentro de si mesma, novos objetivos, graças à Berkeley e à holografia... e a Cord. Ela tinha se permitido ter *esperanças* novamente, coisa que não acontecia desde a morte de sua mãe, porque, se não tivesse esperanças nem se importasse com nada, não poderia se machucar.

Porém, ter esperança também aumentava a alegria quando aquilo que se espera se tornava realidade.

— Hiral, fico feliz por você estar pensando sobre o futuro...

— Por quê? Não esperava que eu fizesse isso?

Rylin estremeceu: não queria ter parecido condescendente.

— Desculpe — disse Hiral, erguendo o queixo dela com uma das mãos, a fim de que Rylin o olhasse nos olhos. — A única coisa que eu quero é ter um futuro com você. Mas ficar em Nova York é duro pra mim, por causa de tudo o que aconteceu. Por causa de quem eu fui no passado.

Havia uma corrente de significado nas palavras dele que causou um frio na barriga de Rylin.

— O que está acontecendo, Hiral? Você quer me contar alguma coisa?

— Não — respondeu Hiral, depressa demais.

Rylin olhou diretamente em seus cálidos olhos castanhos, os olhos que conhecia tão bem. Ela não precisava de biossensor para saber que ele estava mentindo.

— E você, Ry? — retrucou ele, voltando a pergunta de Rylin contra ela. — Tem alguma coisa que *você* queira me contar?

Rylin ficou na dúvida se Hiral suspeitava de algo entre ela e Cord — se ele seria capaz de enxergar a culpa escrita no rosto dela. Talvez ela devesse confessar tudo, desanuviar os segredos entre eles dois. Em vez disso, ela sussurrou:

— Não.

Não conseguiu contar-lhe sobre Cord. O que quer que estivesse incomodando Hiral já era preocupação o suficiente para ele. Aquele momento com Cord não significava nada; tinha sido apenas um quase-beijo. Não havia *nada* para contar.

Entretanto, bem no fundo, Rylin sabia que esta era mais uma mentira a acrescentar no seu rol, que não parava de aumentar.

CALLIOPE

PARA UMA GAROTA de dezoito anos, Calliope tinha ido a muitos casamentos. Dezenas, na verdade, em todo o mundo, relacionados a um golpe ou outro. Ela pensou com carinho no ano em que ela e Elise deram golpes quase que exclusivamente em casamentos. "As pessoas tendem a baixar a guarda nas festas de casamento", sua mãe havia explicado com animação palpável. "As emoções estão à flor da pele, todo mundo exagera na bebida, e os super-ricos, especialmente, competem uns com os outros com joias exageradas." Isso fazia das festas de casamento ótimos lugares para os furtos de alta classe.

Hoje, porém, Elise estava quieta. Ela mal falou durante todos os compromissos intermináveis das duas de cabelo e maquiagem, ou ao longo de todo o tempo que as pessoas passaram vestindo-a em seu enorme vestido branco, fechando pacientemente cada botãozinho forrado de seda em sua casa correspondente. Calliope se perguntou se ela estaria indecisa. Se estaria arrependida de ter ido até o fim naquele golpe.

Estavam no templo Brith Shalom, no 918º andar. Uma enorme chupá fora montada ali: um gazebo com teto florido, em que rosas entrelaçadas se derramavam do teto em uma profusão gloriosa. Calliope sabia que as flores seriam todas doadas ao hospital assim que o casamento terminasse. Praticamente tudo naquele casamento seria doado: as rosas, os restos de comida; até o vestido de Elise iria a leilão para beneficiar as noivas menos favorecidas. Secretamente, Calliope torcia para que as sobras de bebida fossem doadas aos estudantes do ensino médio que tivessem pais rígidos — os adolescentes que não contavam com um armário de bebidas para assaltar nas festinhas.

Elise e Nadav estavam sob a chupá diante de um rabino roliço, que estendia a mão para eles em bênção silenciosa. Calliope estava ao lado de Livya, ambas metidas em seus enormes vestidos de dama de honra repletos de camadas e segurando um buquê de flores brancas. Centenas de rostos os olhavam dos bancos da sinagoga, seus sorrisos de expectativa desfocados em um borrão indistinguível. Calliope não parava de olhar para eles, tentando, sem sucesso, encontrar Brice naquele mar de gente. Ela não pudera vê-lo desde o encontro na loja de chocolates; a família tinha ficado às voltas com o estresse do casamento a semana toda. Isso não a impediu de mandar mensagens para ele sempre que sabia que Livya não estava de olho.

Ao pensar em Brice — na maneira como ele a beijou, quente, decidido e com gosto de chocolate —, um sorriso secreto brincou em sua boca. Livya percebeu e lançou-lhe um olhar sombrio. Calliope rapidamente abaixou a cabeça, tentando fazer com que seu rosto se compusesse em uma expressão mais piedosa.

— Sejam bem-vindos. Estamos reunidos aqui hoje para testemunhar os primeiros passos de Nadav e Elise em sua nova vida juntos — entoou o rabino.

Ele não estava usando um microfone-robô, Calliope percebeu, mas apesar disso a voz retumbante projetava-se por todo o templo. Muito à moda antiga.

— O amor que eles compartilham é um amor para a eternidade, um amor construído sobre o altruísmo. Nadav e Elise foram unidos pelo amor mútuo pela filantropia. Ambos colocam as necessidades dos outros à frente de suas próprias necessidades.

Que adorável, Calliope pensou com tristeza. Se ao menos fosse verdade.

— Antes que eles entrem na chupá, eu gostaria de convidar Nadav e Elise para participar da cerimônia do *bedeken*, ou velamento, em que o noivo cobre o rosto da noiva. Isso simboliza que o amor dele é pela beleza interior dela, e não pela aparência exterior.

Livya pigarreou baixinho, uma única vez. Calliope fingiu não ouvir.

Nadav ergueu timidamente o véu sobre a cabeça de Elise. O tecido flutuou em dobras opacas diante dela. Calliope sentiu uma pontada estranha de pânico, vendo sua mãe assim sem rosto. Poderia ser qualquer pessoa ali, casando-se.

— Agora o *hakafot*. A noiva andará em torno do noivo sete vezes, como um símbolo do novo círculo familiar que está criando com ele.

Calliope observou o vulto fantasmagórico de sua mãe começar a contornar as extremidades da plataforma da chupá, com as saias farfalhando atrás dela. Nadav sorria radiante, cheio de uma alegria esfuziante e ansiosa.

Um novo círculo familiar. Calliope lançou um olhar para Livya. O lábio superior da menina estava curvado em um sorriso de escárnio, e suas narinas dilatadas, exibindo o tipo de expressão que uma pessoa faz quando cheira um fedor rançoso.

— Agora, vamos estender uma bênção a este amado casal — entoou o rabino, antes de iniciar uma oração judaica tradicional em hebraico.

Todos pareciam estar recitando aquelas palavras; Calliope fingiu murmurá-las também.

Ela lembrou-se do último casamento em que tinha ido — em uma propriedade familiar em Udaipur, com convites banhados a ouro e milhares de velas pairando no ar como se por magia, deixando um cheiro pesado no ar. *Aquele* casamento, sim, tinha sido divertido. Calliope lembrou-se de vagar pelo enorme terreno, com uma flor entremeada nos cabelos, fingindo ser uma pessoa e depois outra, ativando e desativando seus vários sotaques conforme necessário, como uma torneira. Realmente, não havia nada como a emoção do anonimato. Entrar em uma festa como uma lousa em branco e deixar que a situação dite quem poderia se tornar.

Agora, ali de pé, olhando para o mar de rostos que a observava, a única coisa em que ela conseguia pensar era no quanto tudo aquilo parecia surreal.

Calliope tinha uma vaga consciência de que sua mãe estava deslizando um anel no dedo de Nadav e recitando as palavras do voto do casamento:

— Com esta aliança, você se torna meu marido e eu te amo como minha alma.

Então Nadav disse a mesma coisa, deslizando uma enorme aliança pavê no dedo de Elise; eles se beijaram, e o templo explodiu em aplausos.

— Uma última tradição! A quebra da taça — proclamou o rabino, erguendo a mão para pedir silêncio.

Um assistente entregou ao rabino uma taça de vinho envolvida em veludo: uma taça do tipo antiquado, quebrável e não de flexividro.

— A quebra da taça é um lembrete de que o casamento pode conter tristeza e alegria. Representa o compromisso do casal de ficar um com o outro para sempre, mesmo durante os tempos difíceis.

Calliope sentiu um arrepio de premonição. Para sempre era muito tempo para qualquer promessa. Ela e Elise já haviam quebrado tantas promessas antes...

Elise e Nadav puseram a taça na base da chupá e cada um pousou um pé sobre ela. Então, ao mesmo tempo, os dois transferiram seu peso para os calcanhares, quebrando a taça em incontáveis pedacinhos.

* * *

— Calliope! Eu estava procurando por você.

Calliope se virou lentamente, afastando-se da pista de dança. Eles estavam finalmente na recepção, no Museu de História Natural, onde ela havia aguardado com uma espécie de ansiedade semidolorosa que Brice a encontrasse.

— Pelo menos, acho que é você. Você tá aí, embaixo desse vestido que mais parece uma nuvem-cogumelo? — acrescentou ele, e fingiu que não estava conseguindo enxergar direito, piscando.

Ele não havia se barbeado, em um flagrante desrespeito pela etiqueta das festas black-tie, mas a sombra da barba escura lhe caía bem. Calliope percebeu que seu olhar se demorava ao longo da mandíbula dele, e desejou poder estender a mão e tocá-la.

— Eu não tive muita escolha. Fui... convencida a usar este vestido. De forma bastante incisiva — explicou para ele.

— Eu prefiro convencê-la a tirá-lo.

— Depois que você fizer isso, vamos queimá-lo.

— Não faça isso! Onde mais encontraremos uma barraca de camping inflamável?

Enquanto ela ria, com aprovação, Brice enganchou o braço em seu cotovelo e a conduziu sem palavras em direção à pista de dança.

A famosa baleia holográfica do museu deslizava em círculos preguiçosos acima deles. No palco, uma banda de dezoito peças tocava um jazz suave. Uma trilha de antigos candelabros de ferro levava até o terraço, onde lâmpadas de calor flutuavam como sóis em miniatura.

Calliope sabia que era melhor ela se afastar. Sentira o olhar de Livya sobre si a noite toda, apenas desafiando-a a dar um passo em falso, a cometer um erro capaz de desmascará-la. Livya nunca conversaria com um garoto como Brice, que dirá dançar com ele.

— O casamento está sendo tão chato quanto você achou que seria? — perguntou ele, enquanto os dois caminhavam em direção ao meio da pista de dança. Brice dançava do mesmo modo como falava, com movimentos ousados e confiantes.

— Agora não mais — murmurou Calliope, e sorriu. — Estou feliz por você ter vindo, Brice.

— Eu também.

Suas mãos deslizaram para baixo, para brincar com o enorme laço costurado nas costas do vestido de Calliope.

— Para! — sussurrou ela, batendo nas mãos dele. — Você vai acabar me arrumando encrenca.

— Espero que sim. Quando a maioria das pessoas fala em encrenca, geralmente estão falando de algo emocionante — respondeu Brice, mas subiu as mãos.

— Eu sei — disse Calliope, impotente. — Mas eu não devia estar...

— Dançando?

Brice tentou girá-la, e as dobras farfalhantes do vestido dela quase o fizeram tropeçar. Ele gargalhou.

— Quem desenhou este vestido de dama de honra não queria que você dançasse, isso é certeza.

A música de repente aumentou de volume, quando a banda começou a tocar uma daquelas músicas pop desvairadas, que todos adoravam. Calliope arriscou um olhar para Nadav, que estava conversando com alguém que ela não reconheceu. A mandíbula dele se contraiu; provavelmente ele havia instruído a banda a não tocar nenhuma música como aquela, mas eles estavam tocando mesmo assim. Ao lado dele, Livya parecia uma gigantesca e pálida coluna, inspecionando com seu olhar crítico a pista de dança.

Calliope sabia que ela não poderia se juntar às pessoas que dançavam, pelo menos não da maneira como gostaria. Pois a garota que ela deveria ser — a doce e recatada Calliope Brown — jamais dançaria uma música assim, com os cabelos esvoaçando e os peitos saltando para cima e para baixo. Não que alguém fosse perceber se seus peitos estivessem saltando agora, enterrados como estavam embaixo de um milhão de babados.

— Venha! — exclamou Brice, pulando para cima e para baixo com o resto das pessoas.

Calliope desconfiou secretamente de que ele é que tivesse pedido aquela música — talvez até subornado a banda a tocá-la, porque ele desconfiava que aquilo faria Calliope abandonar seu papel rígido e forçado.

Ele tinha razão.

Ela inclinou a cabeça para trás, permitindo que os cabelos se soltassem do penteado alto e caíssem ao redor do seu rosto, e deixou-se dançar. Dançou como se estivesse sozinha, descaradamente, com um sorriso tão largo que sua mandíbula doía. Brice segurou as mãos dela e se pôs a pular ao seu lado, enquanto os dois gritavam a letra da canção...

— Calliope!

Livya estava abrindo caminho através da pista de dança, vindo em sua direção.

— Sua mãe está te procurando. Ela vai cortar o bolo.

Calliope imediatamente parou de pular. Respirou fundo, uma única vez, e prendeu o cabelo solto atrás das orelhas.

— Obrigada por ter vindo me chamar — disse ela. — Vamos.

Ela lançou um olhar de desculpas para Brice, que assentiu, compreensivo.

— Quando voltar, me traga uma fatia — disse ele, com um tom malicioso.

Calliope notou que Livya se recusou a olhar na direção de Brice. Simplesmente continuou voltada para a frente do salão, onde Elise estava ao lado de um bolo enorme com muitos andares.

— Calliope — disse a outra garota enquanto caminhavam —, eu sei que você é nova por aqui e não se pode esperar que saiba tudo sobre todos.

Pergunte para ver, Calliope pensou, *aposto que sei cinquenta vezes mais do que você.*

— Mas Brice Anderton é uma furada — acrescentou ela.

Ainda bem que não era você que estava flertando com ele.

— Furada? — repetiu Calliope, toda inocente.

— Eu só quero que você tome cuidado. Uma garota legal como você deveria ficar longe de garotos assim. Garotos de má reputação.

Era aí que Calliope deveria recuar, mas parte dela sentiu-se profundamente ressentida. Quem era Livya para dizer o que ela podia ou não podia fazer?

— Ele não me parece tão ruim — protestou ela.

Livya deu um sorriso presunçoso.

— Estou apenas cuidando de você. Quando você desapareceu na outra noite...

— Desapareceu? — perguntou Calliope, com a cara mais lavada do mundo.

— Eu conferi com a professora de cálculo e ela disse que não tinha nenhuma aula de apoio naquela noite. Para onde você *realmente* foi? — pressionou Livya.

Calliope não respondeu. Toda a alegria esfuziante e sem fôlego que ela sentira ao lado de Brice pareceu se esvaziar, restando apenas uma raiva amortecida.

Livya entrelaçou os dedos deliberadamente nos de Calliope. Para um observador de fora, provavelmente devia parecer meigo, as duas meninas de mãos dadas. No entanto, as unhas de Livya se enfiaram na carne macia da palma da mão de Calliope como uma fileira de garrinhas minúsculas.

Calliope nunca odiou tanto um papel quanto aquele: meu Deus, nem na época em que teve de trabalhar como enfermeira e lavar penicos para a mãe entrar escondida naquele hospital belga. Naquela época, pelo menos, ela podia *dizer* o que queria.

Sentiu vontade de gritar, de puxar a mão violentamente do aperto de Livya. Em vez disso, porém, ela se obrigou a engolir em seco. *Isto não é real*, Calliope disse a si mesma. *Eu na verdade não sou essa pessoa fria e insensível. Estou apenas representando um papel. Isto não é real.*

— Obrigada pelo conselho — disse ela, secamente.

— Imagine. Eu sou sua meia-irmã, Calliope. Agora sou da família — brincou Livya, com aquele sorriso feio ainda grudado em seu rosto. — E eu faria *qualquer* coisa para proteger minha família.

Calliope não podia deixar uma ameaça como aquela sem resposta.

— Eu também — respondeu ela, e retribuiu o sorriso de Livya.

AVERY

— **OBRIGADA NOVAMENTE** por hoje à noite — disse Avery a Max, demorando-se no patamar do elevador particular de sua família. Ela não se sentia exatamente preparada para entrar.

Não queria arriscar ver Atlas.

Avery ainda não conseguia acreditar que ele voltara para o apartamento da família. Ele tinha desfeito as malas no antigo quarto e estava saindo para trabalhar todos os dias com o pai, voltando despreocupadamente para a antiga vida como se não tivesse se passado nenhum tempo desde sua partida para Dubai. Como se nada tivesse mudado.

Só que tudo tinha mudado, pensou Avery, furiosa. *Ela* tinha mudado. Não era justo que agora ele estivesse ali de repente, quando ela se esforçara tanto para esquecê-lo.

— Tá tudo bem, Avery? — perguntou Max, sentindo a hesitação.

— Eu só queria poder ficar esta noite com você — disse ela, e era a verdade. Avery havia passado as últimas noites no dormitório de Max. Gostaria de poder ficar lá indefinidamente... mas sua mãe fizera um comentário direto sobre o assunto naquela manhã, e Avery não queria arriscar.

— Eu também.

Max a puxou para um abraço, pousando o queixo acima da cabeça dela.

— Lamento que esse lance eleitoral tenha sido tão intenso — acrescentou ele. — Nunca imaginei o quanto isso te afetaria. Nós não somos tão obcecados com as famílias dos candidatos na Alemanha.

— Parece legal. — Avery sorriu. — Da próxima vez, meu pai podia concorrer a prefeito de Würzburg.

Na semana após a eleição, seus pais tinham se comprometido mais do que nunca a manter a imagem de primeira família de Nova York. "A realeza de Nova York", os feeds os chamavam sem parar. Pior, tinham apelidado Avery de princesa de Nova York.

A caixa de entrada dela agora estava lotada de pedidos de entrevistas — o que ela achava ridículo, já que ela não era uma autoridade em nada, exceto, talvez, em ser adolescente. Ou em esconder um namoro ilícito dos pais.

No entanto, de repente os blogueiros queriam que ela revelasse tudo, do seu creme de rosto preferido às tendências de moda que ela mais esperava. Quando Avery tentou recusar as entrevistas, seus pais ficaram horrorizados. "Você é o rosto jovem da minha administração! Diga a eles tudo o que eles querem saber!", gritou o pai dela, e determinou que ela desse entrevistas a quem quisesse ouvi-la.

Enquanto isso, o número de seguidores de Avery nos feeds disparava de alguns milhares a meio milhão. Ela tentou tornar a sua página privada, mas seus pais se recusaram inflexivelmente. "Podemos contratar um estagiário para você, para fazer os posts e responder as mensagens", ofereceu a mãe dela. Avery pensou que ela estivesse brincando.

— Te vejo mais tarde — murmurou ela, e deu um último beijo em Max. Então entrou no elevador que subia em direção ao saguão de sua casa, prendendo a respiração.

Quando a porta se abriu, Avery percebeu, com uma sensação de pavor, que ela não tinha esperado o suficiente. Atlas estava em casa.

Ele saiu da cozinha, as sombras caindo suavemente sobre os planos de seu rosto, tão familiares e ao mesmo tempo diferentes. O silêncio flutuava entre eles como uma cortina.

— E aí, Aves — arriscou ele.

— E aí.

Tudo o que ela estava disposta a dizer para ele eram essas palavras.

Avery tinha plena consciência de que era a primeira vez que ela e Atlas estavam a sós desde que ele voltara para casa. Já o tinha visto, é claro, mas sempre com a presença dos pais ou de Max servindo como um amortecedor.

— Eu vou fazer macarrão. Quer um pouco? — ofereceu Atlas, em meio ao silêncio.

— É quase meia-noite — disse Avery, rouca, percebendo que aquilo não era uma resposta. Ela se sentia como um recém-nascido, descobrindo as cordas vocais pela primeira vez.

— Eu fiquei no trabalho até tarde.

De repente, Avery ficou na dúvida: será que ele tinha ficado no trabalho até tarde de propósito? Estaria fugindo de casa pela mesma razão que ela? Porque não queria esbarrar com ela?

Ela o seguiu cautelosamente até a cozinha, demorando-se perto da porta como se pudesse querer escapar a qualquer momento.

— Desde quando você cozinha?

Atlas sorriu, o velho meio-sorriso que Avery costumava amar, mas o sorriso não alcançou os olhos dele.

— Desde que eu moro sozinho em Dubai e fiquei enjoado de delivery. Mas macarrão não é nada complexo.

Ela observou enquanto Atlas rapidamente cozinhava o macarrão, picava tomates e ralava um pedaço de queijo. Havia uma graça forte e esguia em seus movimentos que parecia nova para ela. Avery teve a mesma impressão da última vez em que ele voltou para casa — era como se ele tivesse viajado para alguma distância desconhecida, visto e feito coisas que o separariam para sempre dela.

Como da última vez, sentiu um desejo instintivo de aproximar-se dele. Como se, chegando perto o suficiente, pudesse entender um pouco do que ele havia feito.

— Como foi?

Avery se inclinou para a frente no balcão, puxando as mangas do suéter em direção aos pulsos.

— Caótico. Movimentado. Não é tão diferente de Nova York, mas é muito mais quente fora das torres.

— Não estou falando de Dubai.

Ela balançou a cabeça.

— Eu quis dizer... estar longe — se explicou.

— Você também esteve longe, se bem me lembro — observou Atlas.

— Não é a mesma coisa.

Quando Avery viajou, ela levou sua identidade consigo; nunca deixou de ser Avery Fuller. Ela estava com inveja, percebeu, do anonimato de Atlas.

— Falando nisso... Estou para te dar um presente há algum tempo — disse Atlas abruptamente, limpando as mãos sob os raios UV desinfetantes. Antes que Avery pudesse reagir, ele desapareceu pelo corredor em direção ao seu quarto.

Momentos depois, estava de volta, segurando algo volumoso por trás das costas.

— Desculpe não ter embrulhado para presente — disse, e entregou para Avery um rolinho multicolorido.

Ela o desenrolou diante de si, e sua respiração ficou presa.

Era um tapete quadrado feito em tear manual, mais ou menos do tamanho da mesa de centro da sala de estar. Um redemoinho vibrante de cores, com fios azuis, amarelos e cor de laranja entremeados em um padrão intrincado que revelava cada vez mais detalhes quanto mais se olhava para ele. Avery viu pavões, árvores em miniatura, explosões ardentes de sol e, no centro, uma flor de lótus branca radiante flutuando contra uma poça azul-turquesa. As bordas estavam tecidas com fios dourados.

— Atlas — disse baixinho —, é de tirar o fôlego. Obrigada.

— Eu sei que não é um tapete mágico de verdade, mas foi o mais próximo que consegui encontrar.

Ela o olhou bruscamente.

— Você se lembra disso?

Avery costumava pedir todo Natal um tapete mágico ao Papai Noel. Era tamanho o seu desejo que seus pais acabaram contratando um engenheiro para construir-lhe um tapete tamanho infantil, feito com um tecido de fios metálicos, capaz de erguer Avery quatro centímetros acima do solo, como um hover. Eles nunca entenderam por que Avery odiara aquele treco.

Aquilo era muito mais parecido com um tapete mágico.

Atlas estava observando-a atentamente.

— Para onde você iria, se este tapete fosse realmente mágico?

— Eu não sei — admitiu ela, e sorriu; suas fantasias de passear no tapete mágico nunca haviam passado da parte em que ela saía do milésimo andar. — Acho que o que mais me empolgava era a ideia de voar, e não o destino.

— Entendo o que quer dizer.

Avery olhou novamente para o tapete, para a bela riqueza tecida de suas fibras.

— Obrigada — repetiu, dando um passo inconsciente à frente, mas percebeu, um instante tarde demais, o quanto o rosto dele estava próximo do dela.

Foi quando ele se inclinou para beijá-la.

Parte dela sabia que isso aconteceria e, no entanto, Avery não conseguiu se afastar. Seu corpo parecia ter se congelado momentaneamente. Ela não conseguia se mexer, não conseguia pensar, não conseguia fazer nada, exceto ficar onde estava e deixar que Atlas a beijasse. O toque da boca dele na dela tocou algo profundo dentro de Avery, como um sino.

Por um único momento proibido, Avery sentiu que retribuía o beijo.

Então seus nervos voltaram violentamente à vida, e ela afastou-se atabalhoadamente, com a respiração ofegante.

— Atlas! O que você está fazendo?

Ela sentiu vontade de gritar, mas seus pais estavam em casa, então de alguma forma, usando o que restava de sua força de vontade, ela manteve a voz baixa.

— Você não pode fazer isso, tá legal? Estou com Max agora!

Avery sentiu que o próprio ar estava carregado, como o antigo ar da torre antes que os níveis de oxigênio fossem ajustados; como se uma única faísca pudesse causar uma explosão e destruir tudo.

— Eu sinto muito. Acho que eu... Deixa pra lá. Finja que não aconteceu nada.

— Fingir que não *aconteceu*? Como você espera que eu faça isso?

— Eu não sei — respondeu Atlas, mordaz —, mas é o que você tem feito de forma fantástica até agora.

— Isso não é justo.

Avery percebeu, com um tipo maluco de histeria, que ainda estava segurando o tapete em uma das mãos. Ela o brandiu diante de si como uma arma.

— Foi você que terminou o namoro *comigo*, lembra? — acusou.

— Só estou dizendo que você está fazendo um ótimo trabalho fingindo que nada aconteceu entre nós. Convenceu todo mundo, inclusive a mim.

Ele manteve o olhar fixo no dela, firme e sem piscar.

— Quando eu te vi com Max, quase achei que tudo aquilo tinha sido coisa da minha cabeça. Um sonho qualquer.

— Não é justo — disse Avery novamente, lágrimas ardendo nos cantos dos seus olhos. — Você não pode fazer isso, Atlas. Você literalmente me destruiu. Eu estava tão arrasada que pensei que levaria uma vida inteira para me recompor. E então eu conheci Max... — Parou, respirando fundo. — Você não pode se ressentir de mim por eu estar feliz com ele.

Ele estremeceu.

— Aves, me desculpe. Claro que eu quero que você seja feliz. Eu não vim aqui para terminar seu namoro com Max.

— Então por que raios você acabou de me beijar?

Atlas segurou a borda do balcão da cozinha com mais força.

— Eu já disse, esqueça. Pensa nisso como um erro idiota, tá legal? Eu prometo que não vai acontecer novamente. O que mais você quer que eu faça?

— Quero que você esqueça que houve alguma coisa entre nós um dia, tá bem? Porque eu já esqueci!

Ele deu um passo para trás, recuando devido à distância que as palavras dela tinham criado.

— Pode deixar.

De volta ao quarto, Avery não resistiu e desenrolou o tapete perto das janelas. Uma coisa era certa: seu quarto precisava daquilo — todos os tons ali eram neutros: marfim, cinza e um ocasional azul suave. O tapete era um oásis de cores glorioso no meio de um mar de tédio.

Conte com Atlas para lhe trazer o presente mais atencioso do mundo e em seguida estragá-lo, virando suas emoções de ponta-cabeça.

Ela se sentou no tapete mágico e fechou os olhos, desejando que ele a levasse embora para qualquer lugar, desde que bem longe dali.

WATT

LEDA NÃO PARAVA de olhar, nervosa, por cima do ombro enquanto eles dobravam a esquina na rua de Mariel.

— Não acredito que estamos fazendo isso. Pra falar a verdade, não acredito que *você* está fazendo isso. Eu não tenho escolha, mas você...

Ela olhou para Watt, parecendo desconcertada.

— Não há motivo pra você fazer isso por mim — acrescentou.

Watt achava bastante óbvio o motivo para estar ali: ele aproveitaria qualquer oportunidade para ficar ao lado de Leda, em qualquer contexto. Mesmo que isso significasse fazer perguntas sobre o assassinato de uma garota.

Ele não via Leda desde a noite em que apareceu sem avisar no apartamento dela levando o pedido da Bakehouse. Eles tinham mandado flickers um para o outro a semana toda, discutindo o que fazer com o diário de Mariel — evitando cuidadosamente fazer qualquer menção ao quase-beijo entre eles no sofá de Leda. Watt estava tão feliz por Leda ainda estar falando com ele, que até concordou com a ideia inicial dela — de irem ao apartamento dos Valconsuelo e pedir para entrar.

— É aqui — reparou ele, parando na porta marcada 2704.

O apartamento dos Valconsuelo ficava no 103º andar, em uma rua chamada Baneberry Lane. Eram apenas 140 andares abaixo de onde a família de Watt morava, mas a diferença era palpável. Ali embaixo, as ruas se pareciam menos com ruas e mais com corredores largos que por acaso tinham sido revestidos com composto de carbono e ladeados por pregos de metal. As luzes acima eram fluorescentes e implacáveis. Até Watt, que não tinha conhecido Eris direito, sentiu dificuldade em imaginá-la ali. Isso o fez estremecer ao pensar em como devia ser a vida de Rylin, lá no 32º andar.

— Beleza — disse Leda, com um tom estranhamente hesitante.

Ela pousou o dedo na campainha... e deixou-o ficar ali, insegura. Watt entendeu sua relutância. Era muito mais sério do que entrar de penetra em uma festa.

Sem dizer nada, ele juntou a mão à de Leda para ajudá-la a apertar a campainha. Eles a ouviram soar do outro lado da porta de entrada, ecoando pelo apartamento. Leda retirou a mão de baixo da de Watt, mas ele percebeu que ela se demorou. Aquilo o fez sorrir, apesar dos pesares.

A porta se abriu e revelou uma mulher com um vestido púrpura aconchegante. O cabelo dela formava uma ponta no meio e seus olhos castanhos tinham rugas nas laterais, o tipo simpático de rugas de quem passara a vida inteira sorrindo. Só que ela não estava sorrindo.

— Sim? Em que posso ajudar?

— Olá, sra. Valconsuelo. Somos amigos de Mariel — disse Watt, rapidamente.

Por um momento, a sra. Valconsuelo simplesmente ficou olhando para os dois, como se estivesse tentando lembrar quem eram.

Ela não está acreditando em você, Nadia disse a Watt. *Suas narinas estão abertas, as mãos tensas: sinais clássicos de desconfiança.*

Nadia tinha razão; eles deviam ter pensado duas vezes antes de tentar mentir para uma mãe. Era difícil passar pelo detector de mentira típico das mães.

— Desculpe, eu me expressei mal. Devia ter dito que éramos amigos de Eris. Eu só vi Mariel uma vez — consertou Watt, e cutucou a lateral do corpo de Leda bruscamente. Ela piscou, parecendo retornar à vida.

— Sentimos muito por incomodar a senhora. Eris... — Leda vacilou por apenas uma fração de segundo ao pronunciar o nome dela. — Eu emprestei uma coisa para Eris, e eu venho tentando descobrir onde pode estar. Parece que Eris o emprestou a Mariel. Eu não insistiria em encontrá-lo, se não fosse importante.

— E o que é? — perguntou a sra. Valconsuelo.

O queixo de Leda inclinou-se imperceptivelmente para o alto, na expressão que ela fazia quando estava prestes a mentir. Leda parecia tão trêmula, tão vulnerável, que Watt se espantou com o fato de a sra. Valconsuelo não perceber nada.

— Uma echarpe — decidiu Leda, e Watt sentiu uma pontada de compreensão, pois sabia exatamente em qual echarpe ela estava pensando.

Naquela que seu pai deu a Eris, e que iniciou toda a cascata de mal-entendidos.

— Ela tem valor sentimental para mim, caso contrário eu não a procuraria — acrescentou.

— Compreendo.

A sra. Valconsuelo se afastou para deixá-los entrar.

Um silêncio opressivo pairava no apartamento. Watt percebeu que ali normalmente não era tão quieto; era o tipo de apartamento que devia estar sempre repleto de risadas. O silêncio era um intruso ali, espreitando cada canto com passos pesados — tão inesperado e indesejável como ele e Leda.

Eles seguiram a mãe de Mariel pelo corredor até uma porta coberta de adesivos berrantes e coloridos. A sra. Valconsuelo evitou deliberadamente olhar para o quarto da filha.

— Podem procurar à vontade. Tudo está do jeito que ela deixou, exceto por uma ou outra coisa que a polícia possa ter mudado de lugar quando veio aqui.

Dito isso, a sra. Valconsuelo saiu apressada pelo corredor, como se não conseguisse fugir das memórias dolorosas rápido o suficiente.

Quer dizer então que a polícia já estivera ali. O que quer que Watt e Leda encontrassem agora, caso descobrissem alguma coisa, provavelmente já fora visto antes pela polícia. Pelo menos eles saberiam o que a polícia já sabia.

Os dois se entreolharam e entraram no quarto da menina morta.

As luzes do teto, sentindo seu movimento, acenderam-se. Havia poeira suspensa no ar. O quarto era bem parecido com o que Watt imaginara: uma cama estreita com uma colcha colorida; uma mesinha com tampo cor de creme e controles de toque incorporados, de longe a coisa mais cara por ali. Uma cadeira tinha sido afastada para um canto e era apenas ligeiramente visível sob a montanha de jaquetas arremessadas casualmente sobre as costas. Parecia estranhamente como se Mariel tivesse acabado de sair e pudesse retornar a qualquer momento.

— Vamos dividir o quarto ao meio? — sugeriu Watt, usando a ideia de Nadia como se fosse sua.

— Bem pensado. Vou começar pelo armário.

Eles se moveram rapidamente pelo quarto, procurando sob o colchão, dentro das gavetas, no armário. Watt percebeu que Leda não tinha pressa. Ficava passando a mão sobre o acolchoado, ou apanhava uma peça de roupa e em seguida a deixava onde estava.

Eu gostaria que pudéssemos descobrir como se deu a morte de Mariel, ele pensou para Nadia, em uma explosão de frustração. Watt não conseguia afastar a sensação de que ele tinha todas as peças do quebra-cabeça nas mãos, mas não importava quantas vezes pensasse no assunto — que a resposta para a morte de Mariel estivesse de alguma forma bem na sua frente —, ele simplesmente não conseguia enxergar. Teria sido realmente um assassinato? Se tinha, quem a matara e por quê? Que provas a polícia possuía de que a morte dela fora proposital?

Você não veio aqui para desvendar o assassinato, lembrou Nadia. *Veio apenas descobrir o que ela estava fazendo antes de morrer. E se a polícia pode ter descoberto a conexão entre ela e você.*

Nadia tinha razão, é claro, mas parte de Watt ainda desejava desvendar o mistério. Talvez, se ele descobrisse quem matou Mariel, pudesse contar à polícia e fazer com que eles suspendessem a investigação.

— Isso é esquisito — disse Leda, finalmente, segurando uma instafoto emoldurada.

— Eu sei.

Watt pensava em Mariel apenas como a garota que atacou Leda em Dubai, mas, ali em seu quarto, cercados por toda a confusão acumulada de sua vida, Mariel parecia muito menos uma deusa da vingança e muito mais uma adolescente. Uma garota confusa que estava desesperadamente magoada com a morte da pessoa que amava.

— Não, você não sabe. Não é *sua* culpa — respondeu Leda, com a voz entrecortada.

Watt olhou-a, surpreso. Ela ainda estava segurando a instafoto emoldurada, encarando-a loucamente, como se pudesse revelar algum novo segredo. Watt percebeu que era uma foto de Mariel e Eris.

— É tudo culpa minha — repetiu ela, enlouquecida. — Se eu não tivesse empurrado Eris, nada disso teria acontecido! Mariel e Eris ainda estariam juntas, Mariel nunca teria nos seguido até Dubai, *você* e eu ainda estaríamos juntos...

Leda encolheu-se um pouco, ainda segurando firmemente a moldura. Watt apressou-se e a abraçou. Ela não se aninhou no corpo dele, mas também não o afastou.

— Não é sua culpa que Mariel tenha tentado realizar algum tipo de vingança do Antigo Testamento conosco — disse ele. — Pare de tentar carregar toda a culpa do mundo nas costas. Tem culpa para todo mundo, eu garanto.

Um suspiro estremeceu o corpo magro de Leda. Watt lutou contra o desejo de abraçá-la com mais força.

— Por que você insiste nisso? — perguntou ela, incisiva.

— No quê?

— Em ser tão legal, agindo como se ainda gostasse de mim.
— Porque eu ainda gosto de você. Você sabe disso.
— Bom, não devia — disse ela laconicamente, dando um passo para trás. — Eu não sirvo pra você, Watt.
— Para de dizer isso. Eu te conheço, Leda, conheço quem você é de verdade...
— Por isso mesmo! Você me conhece muito bem! Você conhece quem sou de verdade, como ninguém mais conhece. Você é a única pessoa a quem já contei que eu e Eris éramos parentes — acrescentou ela, em voz baixa.

Watt ficou estranhamente emocionado com aquilo.
— Eu te conheço, Leda — disse ele, baixinho. — Eu gosto de pensar que te conheço de uma maneira que ninguém mais conhece. Que eu consigo enxergar um núcleo de bondade dentro de você que o resto do mundo está muito apressado ou descuidado para ver.

Leda ergueu o olhar. Havia uma nova suavidade no canto de seus lábios e olhos. Então seu olhar foi além de Watt e ela gritou, numa empolgação repentina.
— Watt, olhe!

Leda se adiantou para puxar um caderno de uma prateleira atrás dele. Tinha uma capa preta e branca esfarrapada, como a dos cadernos que Watt usara na escola.
— O que vocês dois ainda estão fazendo aqui?

A mãe de Mariel estava diante da porta, com a mão em um quadril.
— Querem ajuda para encontrar sua *echarpe*? — perguntou ela, afetadamente.

Estava na cara que os dois haviam abusado de sua hospitalidade.

Leda deu um jeito de esconder o caderno atrás das costas.
— Eu não consegui encontrar minha echarpe. Talvez Eris não a tenha emprestado para Mariel, no fim das contas. Perdão por ter incomodado a senhora.
— Obrigado — murmurou Watt, e saiu apressado com Leda do apartamento dos Valconsuelo.

Assim que dobraram a esquina, Leda começou a folhear o caderno. Nadia enviou alarmes para a mente de Watt (não que ele precisasse). Ele rapidamente alcançou Leda e fechou o caderno em espiral.
— Aqui não! — sussurrou ele, o coração disparando. — Não em público!

Leda assentiu com relutância.

— Será que é melhor a gente ir para minha casa? — perguntou ela, impaciente.

— A minha está mais perto.

Eles foram embora, correndo em direção ao elevador que seguia no sentido dos andares superiores e depois disparando pelos dois quarteirões que iam do elevador até o apartamento de Watt. Ele ouviu barulhos abafados vindos da cozinha, mas passou direto, arrastando Leda até o quarto e fechando a porta atrás deles.

Mesmo no meio de tudo aquilo, Watt se sentiu estranhamente aliviado pelo quarto dele estar limpo, ainda que bagunçado. Sua mesa estava cheia de peças de hardware de computador espalhadas, que se viam refletidas no monitor de tela plana preso na parede. Roupas em cabides flutuantes se agrupavam perto do teto como uma nuvem de tempestade de tecido.

Leda desabou no colchão de Watt com uma familiaridade descontraída, abrindo espaço para ele. Ele sentou-se cautelosamente ao lado dela, na beira da cama, sentindo um medo estranho de assustá-la. Então ele olhou, com o coração batendo forte, enquanto Leda começava a ler.

O diário acompanhava os movimentos de Leda — obsessivamente. Leda virou página após página da letra apertada de Mariel, que narrava para onde Leda estava indo, quando e com quem. Mariel obviamente a estava perseguindo.

Não é de admirar que a polícia tenha interrogado Leda, se tinham visto aquele caderno.

Watt lutou contra uma sensação de horror. Ele devia ter *protegido* Leda daquilo; mas como poderia saber? Ele e Nadia não conseguiam acessar nada que não fosse baseado em tecnologia. Registrar as coisas dessa maneira, manualmente e no papel, fornecia mais segurança do que qualquer *firewall*.

Leda apertou os lábios e virou as páginas em direção ao final do caderno. Watt congelou ao ver ali seu próprio nome.

— Isto foi escrito depois de Dubai — ofegou Leda, obviamente aterrorizada.

Ali, Mariel havia escrito sobre todos eles, e não apenas sobre Leda. A seção sobre Avery era a maior — o que não era nenhuma surpresa, dado que Eris morreu no apartamento de Avery. Watt franziu a testa, enquanto lia como Mariel tinha rastreado minuciosamente os movimentos de Avery desde a morte de Eris. Ela fizera anotações sobre a campanha do pai de Avery, as aparições públicas da própria Avery e até mesmo as poucas fotos que Avery havia postado do semestre que passou em Oxford.

Havia menos anotações sobre Rylin e Watt, mas, enfim, havia muito menos informações sobre os dois em domínio público.

Não há nada aqui capaz de incriminá-lo, garantiu Nadia, e Watt percebeu, atordoado, que ela tinha razão. Seu peito se encheu de esperança enquanto Leda virava até a página final.

Parecia uma espécie de painel de inspiração: Mariel havia escrito os nomes dos quatro com um marcador de ponta grossa e espalhado setas pela página, conectando os nomes uns aos outros. As linhas se sobrepunham e se retorciam como cobras, com comentários mordazes escritos ao longo de cada seta, como ATLAS ligando Leda e Avery; ou DROGAS conectando Rylin a Leda.

Então Watt viu a seta que o conectava a Leda e sentiu-se tonto. Ali estava escrito NADIA, com os garranchos raivosos de Mariel.

Não é tão ruim assim, Nadia interrompeu, rastreando os movimentos das pupilas dele. *Fica parecendo que Nadia é apenas o nome de uma garota entre você e Leda.*

Leda olhou para Watt. Suas mãos seguravam firmemente as margens do diário.

— Isso está me assustando. Todas essas anotações obsessivas, essa especulação sobre como estamos conectados... parece que Mariel estava procurando um ponto fraco. Tentando planejar como poderia nos separar!

— Isso é exatamente o que ela estava fazendo — concordou Watt. — Mas não importa, Leda... estamos bem.

— Bem? Nossos nomes estão por *todo* este caderno e sabemos que a polícia já o viu!

— E daí? Não há nada aí que possa nos incriminar. É só um monte de anotações codificadas. Tudo o que eles sabem é que Mariel estava nos perseguindo.

Watt agarrou Leda pelos ombros e olhou diretamente nos seus olhos.

— Ela não anotou nossos segredos, ou o fato de você ter empurrado Eris. Isso é que importa. Mesmo que eles queiram nos questionar sobre a morte de Mariel... e daí? Nenhum de nós está envolvido. Eles não vão encontrar nada.

— Ela não anotou nossos segredos — repetiu Leda, hesitante. — Você tem razão. Não há nada aqui que possa nos incriminar.

— Estamos fora de perigo, Leda. No fim das contas, estamos fora de perigo.

Ela inclinou a cabeça, pensativa. Seu cabelo recém-cortado curto se cacheava ao redor das orelhas, cachos em que Watt costumava envolver as mãos, quando inclinava a cabeça de Leda para trás para beijá-la. Então, para surpresa dele, ela começou a rir — uma risada alegre e aliviada, mais grave e com mais intensidade do que seria de se esperar, dado o tamanho de Leda. Watt sentia saudades daquela risada.

Ele teria se apaixonado por ela naquele momento, novamente, se já não a amasse com todos os átomos de seu ser.

— Nós realmente estamos fora de perigo — disse ela, pensativa.

A voz de Leda fez Watt hesitar. Ela estava diferente, ele pensou, tentando identificar exatamente o que havia mudado. Então ele percebeu — ela tinha abaixado seu campo de força.

Todo o tempo, Leda estivera mantendo-se a distância, a uma distância rígida e segura do mundo e, acima de tudo, de Watt. Agora seu escudo estava abaixado, sua cerca elétrica desligada, e as últimas barreiras entre os dois desapareceram no nada. Ele sentiu como se estivesse olhando para Leda pela primeira vez em muitos meses.

Watt prendeu a respiração quando ela se inclinou para beijá-lo.

O beijo foi como uma dose de nitrogênio e eletricidade, fazendo cada terminação nervosa do corpo dele agitar-se. As mãos dela agarraram seus ombros e deslizaram por baixo de seu suéter, e os pontos onde sua pele nua tocou a dele tornaram-se de alguma maneira significativos, como se a mão dela estivesse deixando uma impressão, para sempre tatuada nele. As batidas do coração de Leda eram tão erráticas quanto as de Watt.

Watt ficou surpreso como tudo, de repente, parecia *certo*. Por que ele desperdiçara todos aqueles meses girando loucamente como um pião, tentando desesperadamente esquecer Leda, quando o simples fato de tocá-la fazia o mundo parecer tão simples?

Quando ela finalmente se afastou, Watt sentiu-se atordoado.

— Eu pensei que...

— Eu mudei de ideia. As garotas fazem isso às vezes, sabia?

Leda deu um sorriso doce e inclinou-se para beijá-lo novamente.

RYLIN

— **CAIXA DE ENTRADA** — murmurou Rylin mais uma vez, enquanto se dirigia com cautela até o ponto do monotrilho. Suas lentes de contato obedientemente descarregaram suas mensagens, mas, como antes, não havia nenhuma de Hiral.

Era quinta-feira à noite, quando Hiral normalmente estaria no trabalho. Porém, ele havia enviado uma mensagem enigmática naquela tarde, perguntando se Rylin poderia encontrá-lo ali.

Ela não conseguia afastar a sensação de que Hiral estivera estranho na semana passada. Ele esquivara-se das mensagens dela, mal a olhara nos olhos quando ela lhe levou seus bolinhos preferidos certa manhã, antes de ir para a escola. Seja lá o que andava passando pela cabeça dele, obviamente ele não desejava compartilhar com ela.

Embora ela também não estivesse exatamente compartilhando tudo com ele naqueles últimos tempos.

Ela virou-se para a plataforma e o viu ali, vestindo um moletom cinza simples e uma calça jeans, com uma mochila pendurada descuidadamente sobre um ombro. Talvez ele tivesse trazido um piquenique, planejado algum tipo de excursão surpresa aos bairros externos, Rylin tentou convencer a si mesma, mas não acreditava nisso.

— Oiê.

Ela se levantou para beijá-lo.

— Obrigado por vir — disse Hiral rispidamente e enfiou as mãos nos bolsos. — Estou feliz que você veio.

— Claro que vim — respondeu ela, mas Hiral não retribuiu seu sorriso.

Os olhos de Rylin dispararam para o painel das partidas e um novo medo retorceu-se em seu estômago. Aquele monotrilho seguia apenas para o aeroporto.

— Hiral — disse ela, lentamente —, o que está acontecendo?

— Estou indo embora.

Ele parecia estar falando tão poucas palavras quanto possível, como se cada sílaba lhe causasse uma dor impensável.

— Embora? Como assim?

— Eu não ia te contar nada, mas precisava me despedir.

— Se despedir?

Rylin recuou um passo, em direção a uma máquina de venda automática iluminada com um ícone de café. O aroma amargo do café moído emanava de sua superfície. Seu pressentimento tinha se ampliado, se tornado muito maior, e Rylin sabia que não seria capaz de dar um jeito nisso.

— Estou indo embora de Nova York para sempre. Consegui um emprego em Undina, colhendo algas. Meu voo parte daqui a duas horas — disse Hiral em voz baixa.

— Como *assim*? — gritou Rylin, a garganta rouca. — Você decidiu ir embora, sem conversar comigo? Nós nem sequer vamos discutir isto?

Hiral franziu a testa em confusão.

— Nós discutimos, e você deixou claro que não queria ir embora.

— Aquilo nem chegou a ser uma conversa de verdade!

Isso não podia ser verdade. Hiral, o garoto que ela conheceu a vida *inteira*, estaria realmente virando as costas para tudo?

— Desculpe não ter avisado, mas achei que era a coisa certa a fazer.

O monotrilho parou, em meio a uma lufada de ar repentina e violenta, levantando o rabo de cavalo de Rylin. Hiral virou-se para assistir a sua chegada, seus olhos acompanhando o progresso do veículo ao longo da pista, antes de se voltar para ela.

— Então você está desistindo — disse Rylin lentamente. — Você nem me deu uma chance de lutar por nós.

— Rylin — respondeu ele —, você *quer* lutar por nós?

— Claro que eu quero!

As portas se abriram e as pessoas desembarcaram do monotrilho, passando por Rylin e Hiral em direção a seja lá onde estivessem indo. Rylin mal prestou atenção, nem mesmo quando esbarraram nela. Seu olhar estava fixo no de Hiral.

— Não acho que isso seja verdade — disse ele, gravemente. — Eu acho que você sabe que tudo acabou entre nós, assim como eu sei.

— Não! Você não pode simplesmente *decidir* que acabamos! — gritou ela, atraindo alguns olhares dos transeuntes. Por que Hiral estava simplesmente ali parado, olhando para ela com tamanha resignação?

Rylin estava farta de os garotos de sua vida tomarem decisões sem se preocupar em consultá-la. Eles vinham beijá-la quando ela não queria ser beijada, ou *não* a beijavam quando isso era tudo que ela queria; davam em cima dela e depois terminavam tudo; obrigavam-na a roubar e vender drogas e depois a perdoar a coisa toda; puxavam-na para lá e para cá até ela estar insuportavelmente exausta. Quando é que Rylin teria *algum* poder de decisão, para variar? Quando teria uma maldita palavra em alguma coisa?

Hiral não iria simplesmente tomar o namoro dos dois nas próprias mãos, sem pensar nela.

— Você não pode fazer isso. Você não pode simplesmente ir embora depois de tudo pelo que passamos! — insistiu ela, com menos veemência.

— É *por causa* de tudo o que passamos que eu preciso ir embora. Porque você merece mais do que isso! — exclamou Hiral. — Desculpe eu não ter te contado meu plano, tá legal? Mas eu tive medo de que você tentasse me convencer a ficar... e, se você fizesse isso, eu sabia que seria difícil dizer não.

Ele soltou um longo suspiro.

— Eu realmente preciso ir embora — acrescentou.

— Por quê?

Os passageiros começaram a entrar no monotrilho, trazendo consigo suas malas ou bebês, seus arrependimentos ou esperanças. A maioria deles estava sorrindo com empolgação visível, como se mal pudessem esperar para chegar ao seu destino, onde quer que fosse.

Hiral hesitou.

— Eu tô encrencado. No ano passado, antes de ser preso, arrumei umas dívidas, com V e seu fornecedor, que nunca cheguei a pagar.

Mesmo ferida e magoada, Rylin sentiu seu sangue ferver em nome de Hiral.

— Nunca pagou? Como assim? *Você* foi preso e eles não! Como isso é justo?

— Quem disse que alguma coisa nisso tudo foi justa? — interrompeu ele, incisivo, e Rylin percebeu que ele odiava ter de admitir aquilo para ela. — Eu devia muita grana a esses caras. Tentei pagar aos poucos, mas não era rápido o suficiente para eles. Eles ficaram me pressionando pra voltar pro tráfico. Disseram que, se eu não arrumasse a grana, iriam armar uma contra mim, me mandariam de volta para a cadeia e que, dessa vez, eu não seria considerado inocente. Eu ficaria preso por muitos anos, talvez.

— Ai, Hiral.

Rylin respirou fundo e pegou as mãos dele.

— Por que você não me contou nada?

— Eu queria desesperadamente ser digno de você, Rylin. Mais do que qualquer coisa, queria manter a promessa que te fiz quando reatamos. Eu jurei que nunca te machucaria novamente.

O monotrilho continuava aguardando, quieto e expectante, suas luzes misteriosas refletindo-se em torno da superfície interior curva. Rylin sentiu uma pontada de pânico. Aquelas portas só ficariam abertas por mais um minuto.

— Nós podemos dar um jeito — disse ela, impulsivamente.

Hiral balançou a cabeça, soltando com doçura as mãos dela.

— Seu lugar é aqui, Ry. Com Chrissa, fazendo faculdade, estudando holografia. Tornando-se a pessoa que você merece ser.

Rylin sabia que ele tinha razão, não importava o quanto aquilo doesse.

Ele deu um sorriso corajoso.

— Além do mais, acho que vou gostar de Undina.

Rylin tentou imaginar Hiral lá, naquela enorme cidade modular flutuante localizada na costa da Polinésia: na moradia para funcionários, passando os dias raspando algas de redes enormes, seu cabelo desgrenhado e clareado de sol. Fazendo amizade com todos os outros jovens — havia milhares deles; Undina tinha grande demanda de trabalho. Era uma nação soberana, que não exigia nenhum requisito para cidadania: o destino natural para quem queria começar de novo.

Para quem queria deixar a antiga vida sem olhar para trás.

Ela percebeu, com uma pontada de arrependimento, que ele não ia mudar de ideia.

— Eu te amo — sussurrou ela.

— Eu sei que ama. Eu também te amo. Mas sei que não sou o suficiente para você.

As luzes do trem começaram a piscar; ele estava prestes a sair da estação. Hiral lançou um olhar angustiado para Rylin.

— Espero te ver de novo algum dia — disse ele, depressa. — Mas, mesmo que não te veja, sempre vou pensar em você.

— Hiral, eu... — gaguejou ela, quando ele a puxou para perto para beijá-la pela última vez. Então ele correu para entrar pelas portas do trem, que já se fechavam.

A visão de Rylin ficou embaçada. Ela observou Hiral acenar para ela através do flexividro enquanto o monotrilho disparava noite adentro, até ele se tornar apenas mais uma silhueta na janela. Então ele desapareceu.

Demorou muito tempo até que Rylin finalmente decidisse voltar para casa.

WATT

— **ESTOU MUITO FELIZ** por você ter ficado.

Watt se apoiou na porta, relutando em se despedir de Leda. Ele não queria que ela fosse embora, não queria que aquele momento encantado entre eles terminasse.

— Eu sei. Mas eu realmente tenho que ir nessa — disse ela, e sorriu.

Havia uma nova cor em suas faces, um brilho líquido, translúcido através de sua pele. Quando ela estava assim — quando estava feliz — Leda era mais magnética e bonita do que qualquer pessoa no mundo.

— Leda...

Ela se virou para ele, esperando, e Watt engoliu em seco. A garganta dele estava seca.

— Obrigado por confiar em mim novamente. Por me deixar voltar.

Leda suspirou e afundou de novo na cama. Ela puxou uma perna para cruzá-la sobre o tornozelo, parecendo perdida em pensamentos.

— Eu já te contei por que meus pais me mandaram para a reabilitação? — murmurou ela.

Watt fez que não.

Leda mordeu o lábio e olhou para baixo, encolhendo os ombros para a frente como se quisesse amparar um golpe.

— Depois que eu descobri que Eris era minha meia-irmã, fui parar no fundo do poço, até que tive uma overdose. Eu nem lembro o que tomei... na verdade, eu nem achei que fosse uma dose assim tão grande, mas, de qualquer maneira...

A voz de Leda parecia assombrada com a lembrança.

— Quando eu finalmente acordei, estava na minha cama, completamente vestida. Acho que devo ter me ferido em algum momento, porque havia sangue por toda a minha camisa e nas minhas mãos. Eu não me lembrava de nada, Watt.

Ela ficou olhando para baixo, decidida a evitar olhar para ele.

— Eu não fazia ideia de onde tinha passado as últimas vinte e quatro horas — acrescentou.

— Leda. Eu sinto tanto.

Watt lembrou-se do olhar vazio e assombrado de Leda quando ela voltou da reabilitação e rompeu o namoro com ele. Ele nunca tinha percebido o quão drasticamente ela tinha escapado do fundo do poço.

Watt, as palavras de Nadia atravessaram sua consciência. *Você precisa descobrir quando isso aconteceu.*

Ele estava tão profundamente chocado com a história de Leda que nem sequer questionou Nadia.

— Quando foi isso, Leda?

— Eu não sei. Alguns dias antes de eu ir para a clínica de reabilitação. Na primeira semana de fevereiro, eu acho?

Mariel morreu naquela semana, Nadia lembrou a Watt, muito gentilmente. *Existe um intervalo de tempo de que Leda não consegue se lembrar — e no qual ela acordou coberta de sangue — que coincide com os mesmos dias em que Mariel foi morta.*

Um zumbido repentino soou nos ouvidos de Watt, como se todo o mundo tivesse girado descontroladamente em seu eixo e depois parado de forma abrupta.

— Watt? O que foi?

Leda tinha entrado em uma terrível espiral alimentada por drogas depois de descobrir que Eris fora sua meia-irmã... e essa espiral tinha acontecido mais ou menos na época em que Mariel morreu.

Talvez Watt já soubesse daquilo, de uma maneira inconsciente e cega, como se a verdade estivesse à espera na dobra de uma esquina que ele tivesse se recusado a dobrar. Ele pensou em todos os momentos em que havia hesitado ao refletir sobre a morte de Mariel — em todos os momentos perturbadores em que a história não batia, em como sua mente insistia em entender, em juntar as peças. A resposta estivera ali o tempo inteiro, mas Watt jamais a vira, porque não *queria* ver.

Não, ele disse a si mesmo, novamente. Ele não tinha visto porque era impossível. Leda era muitas coisas: cruel, voluntariosa e apaixonada... mas não era uma assassina de sangue frio. Ele viu Leda empurrar Eris; sabia que ela não quis matá-la, que tinha sido um acidente.

Mas agora que a dúvida já estava em seu cérebro, ele não conseguia evitar que ela se entranhasse ali de modo ainda mais profundo. Leda não faria qualquer coisa para proteger as pessoas que amava? Se pensasse que Mariel ia perseguir seus amigos... se pensasse que ela ia destruir Avery, Rylin e Watt... ela poderia ter matado Mariel no meio da viagem alucinada de drogas e depois apagado tudo da consciência, protegida do que havia feito pela própria mente.

Nadia, pensou em silêncio. *Você está me dizendo que Leda pode ter matado Mariel e não se lembrar disso?*

Estou apenas apontando as pistas, Watt. Não estou tirando conclusões.

Watt sentiu náuseas, mas tinha de perguntar.

— Leda. Você acha que pode ter matado Mariel?

LEDA

— DO QUE VOCÊ está falando?

Ela devia ter ouvido mal.

— Mariel morreu na mesma semana em que você esteve... em que esteve desaparecida — disse Watt, hesitante. — Quando voltamos de Dubai, quando você comprou todas aquelas drogas.

— Você acha que eu fingi uma overdose pra poder *matar* Mariel? Você acha que menti sobre isso esse tempo todo? — gritou ela, se levantando com raiva.

— Não, não — se apressou a dizer Watt. — Não tô sugerindo que você *planejava* matá-la. Só que talvez você estivesse tão confusa que nem tenha percebido o que estava fazendo. Você pode ter trombado com ela fora da Torre e lembrado o que ela tentou fazer contigo, então ter sentido tanto medo que a empurrou pra água. Ou, quem sabe, ela te atacou — acrescentou ele, seus olhos se iluminando; ele parecia preferir essa ideia. — Ela pode ter se aproximado de você, tentando acabar o que começou, e você a matou em legítima defesa! E só não se lembra de nada porque apagou.

Não, Leda pensou, loucamente. Não podia ser.

Cada um de seus nervos estava tinindo em seu tom mais alto e agudo. Ela pousou as mãos nos joelhos, sentindo-se tonta. Um horrível monstro ctônio se remexeu nas profundezas de sua mente, um medo horrível, sem rosto... E se Watt tivesse *razão*? Ela não queria pensar nisso agora; não podia, senão começaria a gritar. Ela enfrentaria aquilo mais tarde, quando não pudesse ver os olhos de Watt.

— Leda, tá tudo bem. O que quer que tenha acontecido, vai ficar tudo bem.

Watt tentou tocá-la, hesitante, mas Leda virou-se. Ela nunca era tão feroz ou cruel quanto quando se sentia encurralada.

— Como você se atreve? — disse ela, sem ar. — Você, de todas as pessoas!

— Leda, só estou tentando ajudar!

— Você me disse hoje cedo que enxerga uma bondade dentro de mim que o resto do mundo é descuidado demais pra ver — lembrou ela, sua voz falhando. — Mas, apesar disso, acha que sou capaz de *matar* alguém!

— Eu só queria perguntar se era possível — disse Watt, impotente.

Leda levantou as mãos.

— Por que você está *me* perguntando? Eu obviamente não tenho ideia; segundo você, eu me esqueci de tudo. Pergunte ao computador que você guarda no cérebro. É assim que você resolve todos os problemas, mesmo!

Watt se encolheu ao ouvir isso, mas Leda mal percebeu; ela estava tremendo.

— Não se preocupe. Já estou de saída — anunciou ela, em um tom de voz distante e gélido que não lhe pertencia.

Uma parte sua, pequena e tola, esperava que Watt viesse correndo atrás dela, mas ele apenas a deixou fugir, em silêncio.

De alguma forma, Leda chegou em casa e enfiou-se na própria cama. Sentia frio no corpo inteiro, como sentiu em Dubai quando Mariel a abandonou para que se afogasse, como se dedos de gelo estivessem subindo pela sua espinha. Sua respiração era rasa e irregular.

Tudo começou a girar em sua cabeça de uma só vez, e ela fechou os olhos, tentando entender.

Será que ela realmente tinha matado Mariel e apagado tudo?

Leda tentou pensar naquela noite. Ela tinha ficado tão arrasada depois de Dubai, que tudo o que queria era esquecer que tinha matado sua meia-irmã. Apagar brutalmente esse conhecimento de sua mente e começar de novo.

Que coisa imprudente e estúpida para se fazer, pensou Leda. Esquecer nunca resolvia nada. Ela se lembrou de algo que Eris costumava dizer quando bebia até desmaiar. *Se você não se lembra, é porque a coisa não conta.*

Aquilo não era um jogo de bebida nem um beijo melado na pista de dança, de que daria risada no dia seguinte, envergonhada. Se tivesse acontecido mesmo, fora um assassinato.

Seria ela capaz disso... de *matar* uma garota a sangue frio? Mesmo sendo uma garota que a odiava e que tentara abandoná-la à própria morte?

O que quer que tenha feito naquele dia, Leda só se lembrava de pedaços. Lembrou-se de estar na aula, os pensamentos sobre Eris rodopiando desesperadamente em sua cabeça... de fugir para o parque para encontrar seu traficante, Ross... do olhar oco em seus próprios olhos num espelho em algum lugar, enquanto ela procurava outro comprimido dentro da bolsa... de luzes pulsando, intensas, como se ela estivesse numa boate... Todo o resto era um borrão pegajoso e escuro.

Todos os instintos de Leda gritavam para ela não ir mais longe. Tinha medo das verdades que poderia encontrar enterradas. Mesmo assim, tentou escavar em sua mente as lembranças que faltavam.

Ela imaginou que via Mariel do lado de fora, perto do rio. Que gritava com Mariel, empurrando-a para a água. Leda enfiou as unhas na carne macia de sua perna até lágrimas saltarem de seus olhos, *desejando* recordar, mas sua mente teimosa permanecia em branco.

Ela queria desesperadamente que fosse impossível, mas querer acreditar nas coisas não era o suficiente para torná-las realidade.

Leda gostaria de poder chorar. Era quase pior daquele jeito, como se sua tristeza estivesse jazendo em alguma terra estrangeira, muito além das lágrimas. Uma tristeza sem fundo, aberta como um vão escuro dentro dela. Continuou piscando os olhos, sem saber ao certo se estavam secos.

Ela desabou sobre a manta leve de sua cama e ali deixou-se ficar, olhando apaticamente para a escuridão pelo que pode ter sido uma hora ou um minuto, pois o tempo se distorce de estranhas maneiras em meio ao sofrimento. A casa parecia absolutamente silenciosa, e aquela quietude acomodou-se sobre Leda como uma névoa fina e fria, que a congelou até os ossos. Ela se sentia a quilômetros de distância de qualquer outra coisa viva, quente; muito embora seus pais provavelmente devessem estar no apartamento, a poucos metros dali.

O que mais doía era o fato de aquela acusação ter vindo de Watt. Justamente quando Leda mudou de ideia, decidiu dar uma nova chance para ele, ele provara que todos os medos dela tinham fundamento.

Ele sabia do que ela era capaz e não hesitou em imaginar o pior vindo dela. Sinceramente, será que ela poderia culpá-lo por isso?

Ela ouviu uma batida suave na porta.

— Leda, meu amor, você está acordada? — chamou sua mãe do corredor. Leda teve a impressão de que a voz da mãe emanava de outro mundo, um mundo onde Leda não era uma assassina odiosa.

Se ao menos sua mãe pudesse transportá-la até esse mundo, para que ela pudesse escapar do horror que estava vivendo agora!

— Onde você estava? — perguntou Ilara.

— Por aí. Acho que estou ficando doente — respondeu Leda, sendo propositadamente vaga.

Sua mãe fez menção de entrar, mas Leda levantou a voz, afiando-a como uma arma.

— Por favor, *vá embora.*

Para seu alívio, Ilara não fez mais perguntas e se foi.

Era melhor assim, Leda disse a si mesma. Enfrentar o monstro dentro de si mesma era uma tarefa que só podia ser feita a sós.

CALLIOPE

CALLIOPE ESTAVA SENTADA alegremente no chão do closet de sua mãe, observando através de olhos semicerrados Elise fazer as malas para a lua de mel.

Ela sempre achou estranhamente relaxante ver a mãe arrumar uma mala. Podia ser pelo jeito como Elise apanhava itens diversos — uma saia esvoaçante de crepe-da-china, uma calça jeans curta, um par de brincos compridos — e os separava em pilhas cuidadosas. O modo como os embrulhava, em fino papel delicado, e como cada sapato era cuidadosamente guardado em um saquinho acolchoado. Havia algo de reconfortante e ritualístico naquilo tudo, especialmente porque arrumar uma mala em geral significava que o golpe das duas estava chegando ao fim. Era o último marco antes de deixarem a cidade para sempre.

Calliope bocejou e esticou as pernas à sua frente. Havia um banco forrado de linho disposto ao longo do comprimento do closet, mas ela não quis se sentar nele; o carpete cor de ostra era tão macio e fofo. Descobriu-se surpreendentemente feliz por Elise e Nadav terem decidido esperar alguns dias antes de partirem em lua de mel. Era bom ter um momento a sós com a mãe.

Calliope só não estava acostumada a ver sua mãe *casar de fato*. Embora tivesse noivado catorze vezes, Elise costumava dar o fora da cidade muito antes da cerimônia, levando consigo o anel de noivado e quaisquer outros presentes que conseguisse carregar. Apenas uma vez antes daquela Elise chegara a casar-se de fato — com um lorde polonês, com documentos legítimos de nobreza —, e Calliope tinha certeza de que sua mãe só fizera aquilo para poder intimamente chamar a si mesma de *lady* pelo resto da vida. Era o f*da-se definitivo para sua antiga patroa, sra. Houghton.

— Não se esqueça dos maiôs — lembrou Calliope, tentando ser útil.

— Eu não vou precisar de maiô, querida.

— Não existe nem banheira de hidromassagem no deserto de Gobi?

— É o norte da Mongólia — corrigiu Elise. — Vamos visitar o centro de readaptação dos mamutes. Seremos voluntários nas estepes, ajudando a desenterrar o permafrost que obstrui seus locais de pastagem.

Deus do céu, sua pobre mãe havia feito esse discurso tantas vezes que ela praticamente acreditava em seu próprio golpe.

— Sinto muito por você não ter conseguido convencer Nadav para levá-la a Bali ou às Maldivas.

Se sua mãe iria realmente se casar com aquele cara, pelo menos ela deveria ganhar umas férias na praia.

— Ah, eu não me importo. Depois nós vamos passar alguns dias no Japão para relaxar.

— No Japão, para *relaxar*? Você odeia aquele lugar!

— O Japão pode ser relaxante. Todos aqueles jardins zen e cerimônias do chá.

Calliope se surpreendeu com o quanto se sentiu magoada em imaginar a mãe tomando chá sem ela.

— Você nos fez sair do Japão antes do previsto na única vez em que fomos para lá — lembrou a Elise. — Você disse que era ruidoso e caótico e impossível de andar pelas ruas, a menos que se falasse japonês.

— Nadav fala japonês.

Era estranhíssimo, mas sua mãe parecia *animada* com aquela lua de mel. Talvez ela apenas sentisse alívio por se ver livre de toda a loucura do casamento... e da rainha de gelo que era sua sogra. Calliope não a culpava.

Novamente, se sentiu culpada pelo sacrifício que pedira à mãe: concordar em ficar ali em Nova York, trocando a vida nômade por uma vida familiar, estabelecida. Certamente àquela altura Elise já devia estar ficando inquieta. Ela não estava contando os dias até tudo aquilo acabar?

Calliope não estava fazendo o mesmo?

Pensou brevemente, com saudade, em Brice... mas então lembrou-se de Livya e da ameaça aterrorizante que ela fizera na festa de casamento. Não havia como Calliope namorar Brice de fato, não com a nova meia-irmã respirando em seu cangote.

Não importa, ela disse a si mesma, tentando não se sentir decepcionada. Seu flerte com Brice tinha sido exatamente isso: um flerte. Não significou nada.

Calliope se levantou e caminhou até a cômoda com tampo de mármore onde sua mãe estava organizando uma pilha de pijamas branco-marfim.

Ela pigarreou.

— Mãe, eu não sei se isso ainda vale a pena.

— Como assim, querida?

— É minha culpa estarmos aqui. Fui eu quem quis ficar e morar em algum lugar pela primeira vez na vida, levar adiante esse golpe por mais um ano. Mas tudo isso está ficando ridículo. Nova York não vale tanto esforço. Nenhum lugar vale. Nós nem estamos nos divertindo aqui! Estamos confinadas, fingindo ser recatadas, adequadas e chatas, apenas para que você possa manter seu relacionamento sem sentido com Nadav!

— Não é sem sentido — disse Elise calmamente, embora de início Calliope não a tenha ouvido.

— Você não deveria ter que aguentar essa lua de mel horrorosa. Por que não damos no pé? Além do mais, está ficando muito arriscado. Eu acho que Livya...

Elise segurou as mãos de Calliope entre as suas.

— Eu não quero ir embora — disse ela, calmamente.

Calliope piscou, aturdida, enquanto a verdade inevitavelmente a atingia. Não podia ser.

— Não me diga que... quer dizer... — gaguejou.

— Eu o amo.

Calliope lembrou-se de todos os gritinhos exultantes de sua mãe, da maneira como ela olhou para Nadav durante o casamento. Aqueles sorrisos tinham sido reais?

— Depois de todas as vezes que você me avisou para *nunca* me permitir gostar de um alvo?

Ela tinha elevado demais o tom de voz, mas Elise não a repreendeu.

— Eu amo Nadav — declarou ela, simplesmente. — Este casamento é de verdade. Não é mais apenas um golpe para mim.

Isso é puramente profissional, a mãe dela costumava dizer, num tom frio e contido. *É um trabalho temporário e imprevisível. Gostar dos caras só vai te machucar. Não deixe que isso aconteça.* Agora Elise, sem dúvida a maior vigarista do mundo, estava violando sua própria regra principal... e para ficar com quem? Com um engenheiro cibernético nerd.

Calliope olhou espantada para a mãe, percebendo de repente quão drasticamente Elise havia mudado.

É claro que Elise havia se modificado muitas e muitas vezes ao longo dos anos. Sempre que elas se mudavam de um lugar para outro, para aplicar seus vários golpes, ela era forçada a alterar sua aparência: alargava e depois voltava a afinar o nariz, mudava a cor do cabelo e dos olhos, fazia ajustes na curva do queixo. Sempre ficava linda, mas cada vez que sua mãe saía da sala de cirurgia com um novo rosto e íris novas, Calliope precisava se acostumar com ela novamente.

Aquilo, porém, era completamente diferente. Desta vez, Elise realmente tinha se tornado uma pessoa nova.

— Como...? Quer dizer, quando...?

Elise afundou no banco com um suspiro, puxando Calliope para sentar ao lado dela.

— Eu não sei — confessou.

De repente, ela parecia infantil e inocente, a luz refletindo em seus brincos de pérolas.

— Talvez seja por eu estar com ele há muito tempo, muito mais do que já estive com outra pessoa, mas o fato é que eu realmente gosto dele — se explicou.

— Apesar de ele achar que você é uma filantropa boazinha?

— Sim, apesar de ele achar que eu sou uma filantropa boazinha — repetiu Elise, em um tom tão prosaico que Calliope não pôde deixar de rir.

Ela riu da loucura improvável de tudo aquilo e, depois de um momento, Elise começou a rir também.

— Eu não entendo — disse Calliope, finalmente. — Como pode amar esse cara quando você nem sequer é você mesma quando está com ele? Quer dizer, ele pensa que você *realmente* quer passar sua lua de mel fazendo trabalho voluntário, limpando cocô de mamute!

— Eu já passei muitas férias na praia em minha vida. Não preciso de mais uma — disse Elise, parecendo de fato não se importar.

Isso deve ser amor de verdade, pensou Calliope, intrigada... ser capaz de anular seus próprios desejos pela pessoa de quem gosta. Será que alguma vez ela também sentiria isso por alguém? O rosto de Brice surgiu teimosamente em sua consciência, mas ela o enxotou depressa.

— Para você realmente vale tanto esforço? — perguntou ela. — Ficar em Nova York vale o esforço de encenar esse papel para sempre?

— Nadav vale o esforço — corrigiu Elise. — Nova York sempre foi coisa sua. Eu gosto daqui, mas na verdade não me importo com o lugar onde eu esteja, desde que eu esteja com ele.

Era tão estranho que tinha de ser verdade. *Uau*, Calliope pensou novamente, em choque silencioso. O doce e desastrado Nadav: tão bem-intencionado, mas áspero. Quem imaginaria que Elise ia acabar se apaixonando por ele?

— Se você realmente o ama, fico feliz por você — decidiu ela, e ficou satisfeita ao ver o sorriso de sua mãe.

Então Calliope lembrou-se do que Livya havia dito a ela na Saks e mais uma vez no casamento. Seu coração gelou.

Ela olhou para as suas mãos, entrelaçadas no colo, as unhas bem lixadas em formato de meia-lua e totalmente desprovidas de esmalte — porque obviamente os esmaltes, mesmo nos tons nude, não casavam com sua personagem.

— Desconfio que Livya suspeita de algo.

— O que você quer dizer com isso? — perguntou Elise, com cautela.

— Ela me confrontou quando a gente estava provando as roupas e depois na recepção do casamento. Insinuou que somos aproveitadoras e que não somos quem dizemos que somos.

Calliope fez uma pausa para permitir que sua bem treinada memória eidética entrasse em ação.

— Ela disse que a maioria das mulheres que namorou Nadav no passado só foi atrás dele pelo dinheiro, e que um dos motivos pelos quais ele te ama é pelo quanto desinteressada você diz ser.

Sua mãe recebeu isso com uma calma surpreendente.

— Qualquer garota diria isso sobre uma desconhecida que se casa com seu pai rico. Não me parece que Livya realmente saiba de alguma coisa.

Calliope estremeceu.

— Ela me pegou saindo escondida. Duas vezes.

Calliope não mencionou o fato de que tinha saído para ver Brice.

— Então você não pode fazer isso de novo — advertiu Elise. — Não com Livya de olho em nós. Não podemos nos dar ao luxo de fazer qualquer coisa suspeita.

Elise não precisou explicar mais para que Calliope entendesse exatamente o que ela queria dizer. O código moral de Nadav era severo e intransigente. Se ele descobrisse a verdade sobre elas — que eram golpistas de alta classe que deixavam um rasto de corações partidos atrás de si; que Elise de início, na verdade, mirou Nadav por causa de seu dinheiro —, ele não iria colocá-las para fora de casa. Poderia muito bem colocá-las na cadeia.

— Prometa que você vai se comportar. Não coloque tudo a perder só por causa de um garoto — implorou Elise.

Muito embora Calliope andasse dizendo a si mesma que aquele relacionamento não significava nada, que não passava de um flerte, ela irritou-se com as palavras da mãe.

— Ele não é apenas um garoto.

— Sinto muito, querida. Mas chega de escapadelas, chega de ser sarcástica e cheia de opinião. Mantenha a cabeça baixa e se comporte como a garota doce e altruísta que eu disse a todos que você é — pediu Elise. — Tudo isso vai terminar em menos de um ano, quando você se formar na escola. Então você pode ir embora e ser quem quiser. Por favor, por mim, me prometa isso.

Calliope suspirou em resignação, observando enquanto seu reflexo no espelho fazia o mesmo. Pela primeira vez, aquela visão não a fez sorrir.

— Por que você disse a Nadav que éramos filantropas, mesmo?

— Porque era obviamente o tipo dele — disse Elise em voz baixa, e suspirou. — Perdão por esta bagunça toda. E pensar que, de todas as pessoas que nós enganamos, foi com ele que eu acabei ficando!

— Mais do que isso: de todos os papéis que encenamos, foi com este que acabamos ficando! — exclamou Calliope. — Por que você não disse que éramos alguma outra coisa? Herdeiras excêntricas de uma fortuna, ou artistas boêmias? E que me diz da nobreza francesa? Adorei aquela época em que éramos condessas.

— Você era uma péssima condessa — declarou Elise, e as duas sorriram melancolicamente com a lembrança.

— Pobre Nadav, apaixonado por uma personagem inventada.

— Talvez eu possa mudar — disse Elise, com um vigor surpreendente. — Talvez eu possa me *tornar* a pessoa por quem ele se apaixonou, se eu me der tempo o suficiente.

Calliope achava que aquela não era a melhor base para um relacionamento, mas o que sabia ela dessas coisas? Nunca se relacionara de verdade com ninguém.

— Além disso — continuou Elise —, se você for para a faculdade no ano que vem, você terá um lugar para onde voltar.

— Faculdade?

Calliope nunca realmente considerara essa ideia.

— O que mais você vai fazer, começar a aplicar golpes sozinha? — perguntou Elise, balançando a cabeça. — Eu não quero isso para você.

Calliope também não queria isso. No entanto, ela não conseguia imaginar-se na faculdade, pelo menos não nas aulas. Relaxando em um café e explorando garotos, talvez. Frequentando festas e partindo corações, definitivamente. Juntando-se a uma república de mulheres, subindo até o topo de sua hierarquia e governando-a com mão de ferro, com toda certeza.

Mas frequentar as aulas e estudar para se *tornar* algo? Calliope nem saberia por onde começar.

— Vou pensar na ideia da faculdade — disse ela vagamente.

— Toc, toc — disse Nadav, abrindo a porta do closet.

Calliope mal conseguiu conter-se para não revirar os olhos. Claro que Nadav era o tipo de pessoa que dizia *toc, toc* em vez de apenas bater na porta.

— Você está acabando de fazer as malas? Ah, oi, Calliope — acrescentou ele.

— Eu vim apenas dar uns conselhos de moda à minha mãe — disse ela, levantando-se rapidamente.

— Que bom. Fico feliz que alguém esteja fazendo isso, já que eu definitivamente não sou qualificado.

Outra piada boba de tiozão. O olhar de Nadav desviou-se para Elise, e ele deu um sorriso indulgente.

— Eu só queria lembrar que nosso avião sai às seis — acrescentou.

— Mal posso esperar — disse Elise, calorosamente.

Ela estava olhando para Nadav com tanto carinho que a intensidade de seu olhar quase derrubou Calliope para trás.

Ela e sua mãe haviam vivido muitas vidas ao longo dos anos, eliminando as identidades usadas a cada vez que se mudavam, como se fossem roupas descartadas da última estação, mas Nadav havia trazido à tona outro lado de Elise: seu lado mais feliz, talvez até o melhor. Se era isso o que sua mãe queria, Calliope faria tudo que estivesse a seu alcance para ajudá-la.

Ela nem conhecia Brice assim tão bem, portanto não sabia por que se sentia tão decepcionada por perdê-lo. Não tinha importância. Ela nunca mais o veria novamente.

Tinha de desistir dele, pelo bem de sua mãe.

AVERY

AVERY ESTAVA CHOCADA com a multidão que apareceu para assistir ao confronto dos irmãos Fuller. Embora tecnicamente, supunha ela, o confronto fosse deles apenas pela metade.

Ela nunca havia competido no torneio de tênis anual dos jovens membros do Altitude antes. Sempre achara a coisa toda vistosa e falsa, tendo muito mais a ver com exibição do que com tênis propriamente dito. Era tudo saias plissadas brancas, rabos de cavalo altos e saltitantes e bebida — uma desculpa para os jovens membros usarem suas raquetes nunca utilizadas em uma falsa demonstração de atletismo. No entanto, algumas semanas antes, no brunch do Altitude, Max vira um anúncio do torneio nas telas.

— Duplas mistas! Vamos nessa, somos uma ótima equipe.

— Eu não estou muito a fim — disse Avery.

Lembrou-se com saudades das tardes douradas de verão em Oxford, quando ela e Max jogavam contra seus amigos nas quadras cor de esmeralda bem aparadas do parque público. Os jogos eram soltos e despreocupados. Eles nem sequer marcavam pontos — a única coisa que contava era o número de Pimm's que eles consumiram — e, quando cansavam de jogar, se acomodavam no gramado com uma cesta de queijos e baguetes, para banquetear-se sob o glorioso sol líquido.

— Você adora jogar tênis — insistiu Max. — O que nós ganhamos se vencermos?

— Nada! Apenas nossos nomes em uma placa ao lado do vestiário.

— Você está me dizendo que tem a chance de conquistar a glória *eterna* e que vai deixá-la passar? Francamente, estou chocado — professou ele, arrancando um sorriso de Avery.

— Tá bem, tá bem — declarou ela, lançando as mãos para cima e fingindo render-se.

Ela sabia que Max estava apenas tentando distraí-la de todo o estresse da eleição e das inscrições em faculdades. Era meigo da parte dele, embora equivocado.

Pelo menos ela iria para Oxford em breve. Avery fora chamada para uma entrevista pessoal, o que era um bom indício; apenas os melhores candidatos eram convidados a ser entrevistados no campus. Max a acompanharia até lá para lhe dar apoio moral.

Seria um fim de semana só para os dois, ela repetia a si mesma, assim como nos velhos tempos. Ela precisava disso. Seria bom lembrar-se de como as coisas eram entre ela e Max no verão, antes de ele vir para Nova York com ela — antes das eleições, antes de Atlas voltar para casa. Antes de ele a beijar.

Ela não sabia que Atlas planejava participar do torneio também, mas foi o que ele fez, formando dupla com sua velha amiga Sania Malik, a mesma garota que ele levara para o baile do Fundo do Mar no ano anterior, quando estava tentando esconder seu namoro secreto com Avery. Era uma situação estranha: Sania estava na mesma turma de Max na Columbia, e os dois eram *amigos*, o que tornava tudo mais esquisito ainda.

Avery ficou torcendo para que Atlas e Sania fossem desclassificados e saíssem do torneio. Entretanto, para surpresa e deleite de todo o clube, as duplas dos Fuller seguiram vencendo as partidas, galgando posições em suas chaves separadas, e iam se enfrentar na final.

De pé na linha de base, Avery levantou a mão para proteger os olhos do sol. Ela nunca vira as arquibancadas da quadra principal do Altitude tão lotadas; mas, enfim, as pessoas adoram uma boa rivalidade em família. Especialmente quando essa rivalidade vinha da família do prefeito recém-eleito.

Ela viu muitos de seus colegas de classe, embora não houvesse nem sinal de Leda. Ultimamente, sempre que Avery tentava encontrá-la, Leda dizia estar ocupada. Avery só torcia para que *ocupada* significasse *feliz* ou *com Watt*. Se sim, Avery pararia de incomodá-la, de bom grado.

Ela apertou as palmas das mãos com mais força ao redor de sua raquete. Max olhou por cima do ombro e piscou para ela.

— Vai que é sua! — disse ele, baixinho.

Eles tinham vencido o primeiro set por 6–4, mas este estava muito mais disputado. Atlas e Sania pareciam ter finalmente encontrado seu ritmo de jogo.

Avery assentiu e olhou para o outro lado da quadra — diretamente para os olhos de Atlas. Algo neles a fez prender a respiração. Um olhar, um apelo, tão fugaz que Avery não conseguira nem começar a entender o que era quando a bola colidiu abruptamente no chão da quadra aos pés dela. Ela piscou, assustada. Havia perdido o set.

O locutor declarou o início do período da troca de lado, de cinco minutos. Do outro lado da quadra, Max já estava tomando sua bebida de reposição de eletrólitos, conversando descontraído com Sania. Avery assistiu com fascínio atordoado enquanto eles se inclinavam para tirar uma selfie juntos, como se tudo aquilo não passasse de uma diversão relaxada e casual.

Ela caminhou até a estação de hidratação daquele lado da quadra e pegou uma água. Atlas deu um sorriso triste, acenando para onde seus pais estavam sentados, na fileira inferior das arquibancadas, cercados por simpatizantes ansiosos.

— Mamãe e papai obviamente acham isso hilário — observou ele.

O comentário irritou Avery.

— Mas *é mesmo* hilário — disse ela, cortante. — Você aqui, me enfrentando na quadra de tênis, como se fôssemos um irmão e irmã normais que por acaso tivessem ido parar na final de um torneio. O confronto épico dos filhos do novo prefeito. Que piada mais hilária! — vociferou ela, virando furiosamente a tampa da garrafa de água.

Atlas pareceu ficar entristecido com aquela explosão.

— Você é que disse pra fingir que nada tinha acontecido entre nós. Agir como irmãos normais.

Irmãos normais. Como se eles pudessem voltar a ser isso!

— Desculpe, é que... — disse ela, impotente, enquanto soava o sinal.

Não era *justo* que Atlas fizesse isso com ela. Ela estava bem antes de ele voltar à cidade e jogar sua vida de pernas para o ar. Por que ele não podia ter ficado no canto dele?

Só que a verdade é que ela *não* estava bem, sussurrou uma vozinha dentro dela. Ela não estivera bem desde o momento em que pôs os pés em Nova York e todos os seus velhos problemas vieram correndo para recebê-la.

Um leve zumbido soou perto da cabeça de Avery enquanto ela se alinhava na linha de base. Outra câmera zetta, esperando conseguir uma boa foto para quem estava assistindo ao jogo pelos feeds. *Beleza*, pensou, subitamente com raiva. Se eles queriam ver a famosa e impecável Avery Fuller, ela poderia muito bem dar-lhes um show.

Avery jogou a bola no ar e a incinerou com seu saque. A bola passou por Sania antes que a pobre garota pudesse reagir. Avery sentiu-se estranhamente feliz com a expressão assustada no rosto de Atlas.

Ela continuou jogando assim, estimulada por uma adrenalina quente e intoxicante. Jogava com tamanha ferocidade que não pensava mais em nada, nem em Atlas, nem em Max, nem no riso de seus pais, nem nos rostos borrados da multidão. Era bom desligar o cérebro daquela maneira, tornando-se apenas um feixe de terminações nervosas de contração rápida envolvido em uma embalagem vistosa.

Ela venceu um game após o outro quase sem ajuda de Max, que tentou algumas vezes dar um ou outro saque, mas apenas interferiu na violência da campanha de guerra de Avery. Por fim, ele se pôs de lado e deixou Avery jogar sozinha. No outro canto da quadra, Sania tinha feito o mesmo.

Era isso que ela desejara o tempo todo, não era? Uma partida individual, ela contra Atlas?

Ela venceu os games restantes, um após o outro, acumulando-os ordenadamente, até que de repente veio o match point. Quando a bola veio em sua direção, Avery a enviou pela quadra a toda velocidade. Atlas mal conseguiu segurar sua raquete, fazendo a bola colidir direto na rede.

Avery forçou seus lábios a se curvarem em um sorriso. Ela caminhou até a rede para cumprimentar Sania e Atlas, tentando ignorar os gritos enlouquecidos e calorosos da multidão.

Atlas não disse nada quando eles apertaram as mãos um do outro. Ele mal a tocou.

— Caramba, você realmente esquentou o jogo! Acho que eu nunca tinha visto esse seu lado antes — disse Max, atirando um braço em volta dos ombros de Avery e se inclinando, sua respiração quente no ouvido dela. — Foi meio excitante, ver você tão competitiva.

Avery assentiu e sorriu mecanicamente. Max provavelmente ainda achava que a ajudara a esquecer as coisas. Ela não teve coragem de confessar que agora só estava se sentindo ainda pior.

As pessoas começaram a invadir a quadra para cumprimentá-los; milhões de rostos sorridentes pareciam observá-la. Uma barraca branca fora montada nas proximidades — somente no Altitude sentiam necessidade de armar uma barraca em um ambiente coberto —, onde champanhe rosé era servido em bandejas decoradas.

Avery não conseguiu evitar olhar para Atlas.

Quando os olhares deles se encontraram, ele deu um sorriso triste, e aquela visão reduziu a cinzas o gosto da vitória na boca de Avery. Diferente de todos ali, Atlas a conhecia. Ele *sabia* o que aquela exibição na quadra queria dizer, quão estranhamente perturbada Avery estava se sentindo. Sabia que ele era o motivo.

Avery não conseguiu mais sustentar o olhar dele. Ela se ergueu na ponta dos pés para beijar Max, deixando sua raquete cair dramaticamente no chão enquanto o abraçava bastante publicamente, alongando o beijo por muito mais tempo do que seria necessário.

Quando ela finalmente se afastou, seu olhar disparou num reflexo para Atlas. Ele estava recuando em direção à saída do Altitude. Ela percebeu, com um rubor de vergonha, que essa tinha sido exatamente sua intenção.

— Pronta para entrar? — perguntou Max, bem-humorado, fazendo um sinal com a cabeça em direção à festa.

Avery assentiu, segurando a mão dele com firmeza, como uma boia salva-vidas. *Precisava* de Max, para garantir-lhe de que ela continuava ali, que continuava sendo ela mesma. Que ela ainda era a Avery Fuller que ele conhecia e amava, e não a garota arrasada que meses antes Atlas havia deixado para trás.

LEDA

TUDO PARECIA ERRADO para Leda nos últimos tempos.
 Ela seguia aos tropeços pelo mundo, envolvida em uma nuvem de erros que parecia permear tudo e apertar os dedos furtivamente ao redor de sua garganta. O chão parecia instável a seus pés, como o piso de um navio, como areia movediça se abrindo.
 Tinha sido exatamente assim no ano anterior, quando ela voltou de Dubai sabendo que Eris era sua meia-irmã... com a diferença que, desta vez, era ainda *pior*, porque Leda não tinha a menor ideia do que havia feito. Seria possível que ela realmente tivesse matado Mariel e apagado tudo da cabeça? Por que o mundo continuava fazendo isso com ela, acumulando uma revelação brutal em cima da outra, até ela não conseguir mais suportar?
 Tudo o que ela desejava era esquecer. Combater aquela nuvem sombria com uma nuvem própria.
 Portanto, no almoço de segunda-feira, em vez de sentar com Avery na lanchonete da escola, Leda se retirou para o jardim secreto.
 O jardim não era mesmo secreto; aquele era apenas o apelido que as crianças do ensino fundamental lhe haviam dado. Escondido ao longo dos limites internos do campus, ele se estendia por um extenso trecho atrás da lanchonete da escola, alimentado por enormes lâmpadas solares no alto. O lugar tecnicamente fizera parte do projeto de sustentabilidade da Berkeley, para manter a escola em concordância com as regulações de entrada e saída de oxigênio. Leda havia descoberto que ali era também o lugar mais fácil do campus para se isolar — especialmente quando queria fumar.
 O outono sempre fora sua estação do ano preferida no jardim. Na primavera o lugar tinha tons pastel demais, e no inverno era ainda pior, com todas aquelas azedinhas-listradas brancas e vermelhas e bonequinhos de gengibre holográficos correndo por toda parte para agradar as crianças

pequenas. Agora o jardim era uma rica explosão de cores outonais, não apenas castanho, mas também vermelho, laranja e, ocasionalmente, tons esfumaçados de verde-floresta. As folhas estalavam agradavelmente sob seus pés. Balões de abóboras — que tinham sido geneticamente modificados para serem menos densos que o ar — flutuavam na altura da cintura, presos ao chão por seus talos verdes retorcidos. As abóboras balançaram, suavemente, à passagem de Leda.

Ela virou a esquina, passou pela enorme colmeia dourada e por uma fonte borbulhante e posicionou-se sob uma abertura de ventilação. Ali do chão, a abertura era quase imperceptível, já que o teto tinha nove metros de altura — era preciso saber realmente o que estava procurando para perceber que estava lá em cima.

As mãos de Leda tremiam enquanto procuravam na bolsa o alucisqueiro branco, o cachimbinho compacto com o qual era possível fumar praticamente qualquer coisa. Seu peito parecia um feixe de fios elétricos em espasmos. Ela pressionou o cachimbo na almofada de calor que havia na extremidade da sua varinha de beleza para tostar suavemente a erva ali dentro. Não era nada de mais, apenas a mistura simples de maconha e serotonina, porque, pelo amor de Deus, bem que ela precisava de uma dose de felicidade agora.

Leda tragou profundamente, deixando a fumaça se enovelar com delicadeza em seus pulmões e inundá-la com um calor instantâneo. De repente, desejou que alguém estivesse ali com ela. Não Watt — ela ainda estava magoada com a acusação dele, e não respondera a nenhum de seus pings desde que fugiu de seu quarto. Ela não sabia quando seria capaz de enfrentá-lo.

Ainda assim, não seria nada mal ter *alguém* ali, apenas para ouvir outra voz. Ela estava sempre insatisfeita ultimamente. Quando estava sozinha, queria estar com outras pessoas; quando estava com outras pessoas, só queria ficar sozinha.

Ouviu passos se aproximando nas lajotas. Leda rapidamente levou o braço atrás das costas para esconder o alucisqueiro, xingando, porque o cheiro definitivamente continuava ali.

Então ela viu quem era e soltou uma risada incrédula.

— Desde quando *você* não almoça pra vir aqui fumar? — perguntou para Rylin, com um tom desafiador na pergunta.

Rylin se aproximou e pegou o alucisqueiro da mão de Leda. Ela tragou lentamente, com a compostura fria de alguém que já havia feito isso várias vezes na vida, e soltou indiferente a fumaça em um O verde perfeito. *Toda fodona*, pensou Leda de má vontade.

— Não sei se dá pra dizer que não almocei, porque na verdade eu vim aqui foi para comer — respondeu Rylin, mostrando uma sacola reciclável da lanchonete da escola. Ela se acomodou no degrau mais baixo da fonte, fazendo sua saia xadrez espalhar-se ao redor do colo, e desembrulhou um sanduíche do papel ceroso.

Leda sorriu contra a vontade. Mesmo estudando na mesma escola, ela não vira Rylin com frequência naquele ano, exceto, é claro, na reunião de emergência na casa de Avery. Ela se pegou desejando que as duas tivessem mantido amizade depois da breve trégua em Dubai. Leda nunca admitiria em voz alta, mas enxergava algo de si mesma na atitude direta de Rylin, no seu temperamento profundamente reservado, na sua falta de paciência com as convenções do mundo.

Ela sentou-se ao lado de Rylin com as pernas dobradas de lado, na postura da sereia, ainda segurando o alucisqueiro em uma das mãos. Quando Rylin silenciosamente ofereceu-lhe metade do sanduíche, Leda o aceitou com um aceno de agradecimento. Não tinha percebido o quanto estava faminta.

Elas ficaram sentadas assim por algum tempo, o silêncio quebrado apenas pelo barulho do triturar do pão crocante de pretzel e uma ou outra baforada apática no alucisqueiro esquecido de lado. Leda ofereceu o cachimbo para Rylin novamente, mas, para sua surpresa, a outra garota balançou a cabeça.

— Fumar não é mais minha onda, depois que...

— Depois que o Cord terminou com você por roubar os remédios dele? — completou Leda, mas em seguida se encolheu com a insensibilidade de suas palavras. — Eu não quis dizer isso...

Rylin fez um gesto para dispensar o pedido de desculpas.

— É, por isso. Também depois que meu ex-namorado foi pra cadeia por tráfico.

— Desculpe. Eu não fazia ideia.

Leda girou o alucisqueiro entre as mãos.

Rylin olhou-a.

— Tá tudo bem, Leda?

A simplicidade da pergunta quase quebrou o autocontrole de Leda. As pessoas não faziam isso com muita frequência; olhar uma para a outra e perguntar se estava tudo bem.

— Você não passou no vestibular, sei lá? — tentou adivinhar Rylin.

— O vestibular?

Os processos seletivos da faculdade pareciam estranhamente distantes de Leda, como se nunca tivessem sido dela. Boa parte do que ela desejara antes na vida parecia assim agora. A revelação de Watt aparentava ter dividido seu mundo em dois universos: aquele onde ela era apenas Leda, e aquele onde ela podia ser uma assassina.

Não, ela se corrigiu, "podia ser uma assassina" não era a maneira correta de dizer as coisas. Ela já *sabia* que era uma assassina. Tinha matado Eris.

Porém, em vez de enfrentar o que havia feito, Leda tinha tentado enterrar aquilo de todas as maneiras possíveis — chantageando as pessoas para que guardassem segredo, usando drogas até apagar. Tinha dado as costas à verdade com todas as suas forças, mesmo quando a verdade literalmente a arrastara à beira da morte.

— É por causa da investigação de Mariel? — tentou Rylin novamente.

Leda olhou para ela. Estranhamente, não tinha medo de discutir aquele assunto com Rylin. Elas já estavam tão inextricavelmente ligadas, cada qual de posse do segredo da outra. Rylin — mais que Avery, com sua vida perfeita; mais que Watt, que tinha um computador instalado no *cérebro* — seria capaz de entender o que era estar perdida.

— Mais ou menos — admitiu Leda, e atirou o cachimbo de lado. — Eu fiz umas merdas bem grandes, você sabe.

— Corrigindo, Leda: todos nós fizemos.

— Mas os meus erros são do tipo que não dá pra voltar atrás! Não dá pra consertar! Como você suporta continuar vivendo depois de fazer algo assim?

— Você suporta porque precisa.

Rylin olhou fixamente para a superfície azul refratada da fonte.

— Você se perdoa pelo que fez — continuou. — O que quer que seja, só pode te matar se você tentar fugir. Se você simplesmente encarar, aquilo se tornará parte de você, e não poderá mais machucá-la.

Leda olhou para baixo. Ela dobrara o papel ceroso vazio repetidamente, em um pequeno triângulo.

— Você tem uma irmã, né? Como é?

— Ter uma irmã?

— Isso.

Rylin mordeu o lábio.

— Uma irmã é uma melhor amiga embutida. Ela me conhece melhor do que eu conheço a mim mesma, porque viveu a vida ao meu lado e me ajudou a lidar com os momentos ruins e os bons — disse ela. — Nós brigamos, mas, não importa o que eu diga, eu sei que Chrissa vai sempre me perdoar.

As palavras de Rylin despencaram na mente de Leda e queimaram os pontos onde a atingiram. Era assim que ter uma irmã *devia* ser. Em vez disso, Leda havia matado a dela.

— Preciso ir — disse Leda, abruptamente. Precisava cuidar de um assunto importante.

Antes de chegar à entrada do jardim secreto, Leda parou.

— Mais uma coisa — acrescentou. — Por que você veio se esconder aqui, em vez de almoçar com Cord?

— Eu... tem muita coisa rolando na minha vida... — gaguejou Rylin.

— Eu vi vocês dois dando voltas em torno um do outro o ano todo. Por favor, dá pra dar uma chance? Por mim, se não for por nada mais.

Leda sorriu.

— Seria ótimo ter alguma coisa pela qual torcer — acrescentou.

* * *

Naquela mesma tarde, Leda foi de monotrilho até o cemitério Cifleur, em Nova Jersey.

Estava frio, e a Torre pairava sobre as águas como uma sombra escura. Leda fez uma pausa para espiar o que havia na máquina de venda de flores localizada perto dos portões do cemitério, mas tudo ali dentro parecia banal demais — só grinaldas brancas amarradas com laços de cetim. Leda rapidamente acessou suas lentes de contato e pediu algo que fosse muito mais Eris: uma profusão de flores vivas de grandes dimensões, incluindo algumas incandescentes, que brilhavam como vaga-lumes. As flores foram entregues por drones em questão de minutos.

Leda estivera no túmulo de Eris apenas uma vez: no dia em que Eris foi enterrada. Ela percebeu, com uma pontada de dor e constrangimento, que estava devendo aquela visita havia muito tempo.

— Oi, Eris — começou a dizer, com a voz rouca.

Aquele tipo de coisa não lhe vinha facilmente.

— É a Leda. Mas, hã, talvez você já saiba disso.

Um holograma ganhou vida diante dela, e Leda recuou um passo, desajeitadamente. Era uma imagem de Eris, diante de sua lápide, acenando e sorrindo como uma rainha do baile de formatura cumprimentando seus súditos. Leda supôs que aquele holo fosse ativado por voz, ao reconhecer o nome de Eris.

Ela respirou fundo, tentando superar a estranheza de ver um holograma de Eris ali.

— Trouxe flores — disse, pousando o buquê no chão.

Tinha um perfume inebriante e almiscarado que Eris teria gostado. Na verdade, conhecendo Eris, ela teria arrancado um botão de rosa do arranjo, colocando-o atrás de uma orelha e depois prontamente se esquecido do buquê.

Teria sido o aniversário de Eris naquela semana. Leda desejou fervorosamente que ela ainda estivesse ali. Leda teria lhe dado uma festa, completa, com direito até àquelas bolhas de champanhe que Eris tanto adorava — ah, que se dane, com direito a um *zepelim* cheio de champanhe.

Ajoelhou-se desajeitadamente diante da lápide, como se estivesse numa igreja. Seu olhar percorreu todos os detalhes da Eris holográfica, desesperada para encontrar algo em comum entre elas, alguma prova do DNA compartilhado.

Lembrou-se do dia em que conheceu Eris. Foi no sétimo ano, quando Leda ainda era silenciosa e invisível, antes de reunir a confiança necessária para abordar Avery. Leda e Eris estavam no clube de teatro infantil, que estava encenando *A pequena sereia*. Eris, claro, tinha sido escolhida para ser a sereia.

Meia hora antes da estreia, Leda estava conferindo a mesa de figurino nos bastidores quando ouviu a voz de Eris emanando de um camarim.

— Tem alguém aí fora? Eu preciso de ajuda!

— O que foi?

Leda abriu a porta e viu Eris ali, de pé, completamente nua da cintura para cima.

— Não consigo fechar isso.

Eris estendeu-lhe o sutiã brilhante, totalmente desinibida. Mesmo naquela época, ela era toda curvas e sorrisos. Às suas costas cintilava uma cauda holográfica, projetada a partir de um feixe de luz fixado na parte de trás de uma faixa para a cabeça.

— Vou encontrar um insta-adesivo para você.

Leda saiu correndo do closet, dolorosamente consciente de seu traje volumoso de anêmona-do-mar.

Com o passar dos anos, as duas garotas passaram a se ver mais, unidas pelo laço comum da amizade com Avery, mas Leda nunca entendeu Eris muito bem. Eris parecia esvoaçar pelo mundo como um vaga-lume, sempre às voltas com ideias loucas e impraticáveis, arrastando os amigos em aventuras das quais somente ela voltava ilesa. Ela se apaixonava e desapaixonava descuidadamente, ria quando estava feliz, dissolvia-se em lágrimas na frente de todos quando estava mal. Aquilo costumava parecer tão tolo para Leda, que sempre fazia todo o possível para *esconder* seus sentimentos. No entanto, agora ela entendia que era um ato de coragem, à sua maneira — expor seu coração à flor da pele assim.

Como seriam as coisas se Eris não tivesse morrido? E se, em vez de empurrá-la, Leda tivesse segurado sua mão e realmente *escutado* o que ela tinha a dizer? Talvez elas tivessem se unido e ido conversar juntas com o pai. Talvez agora eles estivessem fazendo todas aquelas coisas mencionadas por Rylin — apoiando-se, confiando uma na outra, compartilhando seus medos e segredos.

Acidente ou não, Leda havia matado sua meia-irmã e depois obrigado todas as testemunhas a ajudá-la a encobrir aquilo. Que tipo de irmã fazia isso?

— Eris. Eu sinto muito. Eu nunca quis te machucar. Não acredito que estou aqui e você não. Eu queria...

Leda vacilou, porque eram tantas as coisas que ela desejava, que nunca seria capaz de enumerar todas.

— Queria que pudéssemos começar de novo.

Ela havia tentado tanto, por tanto tempo, evitar pensar no que fizera com Eris — amputar essa parte de si mesma e começar do zero. No entanto, o dano ainda estava ali, enterrado profundamente dentro dela como uma cicatriz. A verdadeira tristeza deixava esse tipo de marca.

A única maneira de curar-se dessa dor era com muita dificuldade: passo a passo, desajeitadamente, enquanto tentava recuperar alguma espécie de paz, ou redenção, ou perdão, se tivesse sorte o suficiente para obtê-los.

Leda não seria capaz de mudar o que aconteceu, não conseguiria trazer Eris ou Mariel de volta à vida. Ela só poderia fazer o melhor que pudesse agora. Seja lá o que fosse.

O holograma pareceu piscar por um momento, quase como se estivesse assentindo. Leda não suportava mais olhá-lo; agitou a mão através dele para dissipá-lo. Agora estava sozinha, no silêncio das sombras que avançavam pelo cemitério. Era bem-feito para ela.

Leda fechou os olhos e se ajoelhou diante da lápide de Eris, com a cabeça inclinada em uma oração. Fazia muito tempo que não rezava assim.

Se tinha alguém que precisava de uma oração agora, era ela.

CALLIOPE

— **ESTAMOS COM SAUDADES,** meninas! — exclamou a imagem holográfica de Elise sobre a mesinha de centro, onde estava sendo projetada como um fantasma... se fantasmas aparecessem em trajes de safári de alta resolução. Ela e Nadav estavam no acampamento de assistência aos mamutes na Mongólia, metidos em lenços e chapéus sujos e sorrindo de orelha a orelha.

Ao menos aqueles pings diários do casal feliz terminariam em breve. Calliope já não aguentava mais.

— Estamos com saudade também! Parece um trabalho muito gratificante.

Livya afastou-se imperceptivelmente de Calliope no sofá, envergando seu uniforme escolar e o mesmo sorriso pegajoso de sempre.

— É muito legal vocês usarem a lua de mel como uma oportunidade de retribuir, em vez de celebrarem sozinhos — elogiou Calliope, que nunca foi de ficar por baixo em uma competição.

— Eu sei. Foi tudo ideia da sua mãe.

Nadav trocou um sorriso com Elise.

— Ela é dona do maior coração que eu já conheci — acrescentou ele.

Só se seu coração for proporcional ao seu decote, Calliope pensou, tentando se animar. *Então com certeza é grande.*

— Livya — continuou Nadav —, sua avó está aí?

— Ela está bem aqui ao lado! Diga oi, Boo Boo. — Livya deu um sorriso afetado, esticando o braço para segurar a câmera de vídeo e inclinando-a na direção da mãe de Nadav.

— Olá, Nadav. Espero que você não fique doente nesse frio — disse Tamar, implacavelmente. Ela nem se dignou a reconhecer a presença de Elise.

Tamar ficaria ali, morando no quarto de Calliope, até Nadav e Elise voltarem — ela estava literalmente dando uma de babá para as duas meninas de dezoito anos. Calliope achava aquilo tudo ridículo. Pior ainda era o fato de agora ela ser obrigada a compartilhar o quarto com sua meia-irmã. Naquela primeira noite, Calliope olhou para a cama queen size de Livya e decidiu inflar o instacolchão, murmurando que roncava e não queria incomodar. Nem se o inferno congelasse ela dividiria a *cama* com Livya. Provavelmente acordaria um dia com uma faca nas costas.

Apesar de estarem no mesmo quarto, Calliope e Livya mal tinham se falado desde o dia do casamento. Elas se comportavam como rainhas de reinos em guerra morando em um palácio conjunto.

— Tenham uma ótima noite, meninas! — disse Nadav, enfiando o rosto diante do projetor, de forma que, de onde as garotas estavam, ele parecia pairar à frente delas como uma cabeça sem corpo.

— Se cuidem! — se despediu Calliope, acenando no momento em que um flicker surgiu nas suas lentes de contato.

Você ainda tá em prisão domiciliar?

Era de Brice.

Calliope rapidamente afastou-se de lado e fez login no tablet. Nem pensar em responder aquilo como um flicker. Livya a ouviria sussurrando a resposta para as lentes e saberia exatamente o que ela estava aprontando.

Infelizmente, ela digitou de volta.

Brice havia lhe enviado alguns flickers desde o casamento e, todas as vezes, ela fingira que estava de castigo. Aquilo a fazia parecer completamente imbecil, como uma menininha de ensino médio, mas era basicamente a verdade.

Calliope não conseguia arrumar a coragem para responder da maneira que sabia que Elise esperava que ela respondesse: dispensando-o sarcasticamente, fazendo Brice pensar que não gostava mais dele. Porque ela *gostava* dele.

Mesmo que não pudesse vê-lo, ao menos poderia continuar *conversando* com ele.

Você tá me devendo um jantar. Não se esqueça da nossa aposta, respondeu Brice.

Calliope reprimiu um sorriso, o que certamente a teria entregado. *Tecnicamente nunca apostamos. Não me lembro de termos selado o acordo com um aperto de mãos.*

Um acordo verbal basta no estado de Nova York.

Se é verdade, então devo um monte de coisas a várias pessoas, ela não resistiu em responder.

Não mude de assunto, ele repreendeu. *Sua mãe e Nadav estão viajando. É só um jantar. O que você tem a perder?*

Calliope hesitou, puxando o tablet para perto do peito. Ela sabia que estava jogando um jogo perigoso. Se não tomasse cuidado, alguém postaria uma foto deles — ou pior, contaria a Nadav que ela tinha saído com Brice. Mas como isso seria possível, se Brice e Nadav não tinham amigos em comum? Que mal faria, desde que Livya e Nadav nunca descobrissem nada?

Ela se levantou e foi em direção à porta da sala.

— Você vai sair.

A voz de Livya era mordaz e acusadora.

Calliope atirou o cabelo por cima de um ombro, despreocupadamente.

— Estou indo ao hospital para ler histórias na ala infantil. Você é mais que bem-vinda a vir comigo — acrescentou. Era arriscado, mas Calliope sabia que Livya teria aula particular de violino naquela noite.

— Talvez da próxima vez. Se houver uma próxima vez — respondeu Livya em um tom que indicava sua clara descrença. Calliope não se deixou desanimar.

* * *

Ela nunca estivera no bar Captain's do Mandarin Oriental antes. O que era incomum, já que Calliope se orgulhava de conhecer todos os bares de hotel de todas as cidades que visitara em sua vida. Porém, aquele não era o tipo de bar que ela costumava frequentar. Ela lançou um olhar baixo e inquisidor ao redor, para os sofás de couro e as canecas de prata polida do lugar, envolvidos por sombras cálidas. Num canto, uma mulher de vestido preto cantava uma balada gutural, comovente e melancólica.

Era tudo sofisticado e caro, mas definitivamente nada jovem nem glamoroso. Era o tipo de bar destinado a conversas sérias ou bebedeiras sérias, ou quem sabe ambos.

Ela apoiou os cotovelos sobre a superfície envernizada do balcão e tomou outro gole da taça de champanhe, aguardando Brice. Ele havia lhe enviado um flicker avisando que se atrasaria alguns minutos. Não que Calliope se importasse: era divertido ficar sentada sozinha no bar — a maneira como seus pés balançavam sobre a borda da banqueta, como se ela estivesse flutuando. As camadas macias de barulho, a dança coreografada dos barmen que iam e vinham atrás do balcão. As bolhas na taça de champanhe subiram em um fluxo ávido até a superfície, lembrando as bolhas do desejador. Ela se sentiu disfarçada de uma maneira agradável e excitante.

— Desculpe pelo atraso.

Brice deslizou para a banqueta ao lado da dela.

— Eu não me importo. Para falar a verdade, eu gosto de ficar sozinha em bares de hotel.

— Porque é excelente para observar os passantes?

Brice fez um sinal com a cabeça para indicar o ambiente quase vazio.

Calliope encolheu os ombros.

— Ninguém espera nada de você em um hotel... ninguém liga a mínima para quem você é ou de onde você veio. Sempre enxerguei os bares de hotel como embaixadas estrangeiras em miniatura. Um lugar onde você pode buscar asilo, se for preciso.

— Não consigo imaginar você precisando fugir de nada — brincou Brice, e Calliope ficou em silêncio. Ela havia fugido de todos os lugares que visitara, não é?

Brice acenou para chamar um barman.

— Dois *ginger smashes* — pediu, e empurrou o champanhe de Calliope para o lado. — Já que você está no Captain's, tem que fazer a coisa certa.

Calliope balançou a cabeça, fazendo seus brincos oscilarem.

— Creio que foi Napoleão quem disse que champanhe nunca é uma má ideia.

— Você está citando um ditador famoso. Por que não estou surpreso? — brincou Brice, e Calliope riu.

Os drinques chegaram em enormes canecas de prata. Eram de uma cor âmbar profunda, com gelo picado e um palito de gengibre preso na borda. Calliope se inclinou para a frente para provar um gole. Era doce e picante ao mesmo tempo.

— Você sabia que essas canecas são de um tesouro afundado? — ela se ouviu dizer. — Aparentemente ficaram durante séculos no fundo do oceano antes que o Mandarin as recuperasse dos destroços de um galeão espanhol.

— Que história fantástica. Seria ainda melhor se fosse verdade.

Brice levantou uma sobrancelha.

— Você é muito boa em inventar histórias — acrescentou.

Calliope se sentiu instantaneamente tola. Ela não deveria estar fazendo isso, deixando sua compulsão de mentir dominá-la. Ela era uma profissional.

— Eu estava pensando em jantarmos no Altitude, se estiver tudo bem para você — continuou ele, depois de um momento.

Calliope mordeu o lábio. O Altitude era um dos lugares que ela e Brice definitivamente não podiam ir. Muitas pessoas ali conheciam os Mizrahi — pessoas que podiam em algum momento comentar com Nadav ou Livya terem visto Calliope com Brice.

Ela abriu a boca para dar uma desculpa, dizer que já tinha estado no Altitude duas vezes naquela semana e estava enjoada do lugar. As palavras congelaram em sua garganta.

— Na verdade, melhor não.

Brice bateu levemente os dedos na mesa. As mãos dele pareciam fortes e surpreendentemente calejadas.

— Tudo bem, então — disse ele, sem se alterar.

— É que minha família não quer que eu saia com você. Na verdade, eles não querem que eu faça nada disso — acrescentou ela, indicando com um gesto a sua roupa, um vestido preto decotado e um espantoso batom vermelho. — Querem que eu seja mais parecida com minha meia-irmã.

— E desde quando você é o tipo de garota que faz o que te dizem para fazer?

— É complicado.

— Eu simplesmente não entendo por que motivo você está se esforçando tanto em ser alguém que não é — insistiu.

— Você não entenderia.

Você não sabe como é estar constantemente fingindo. Como é estar sempre trocando falsidades — identidades falsas, alarmes falsos, falsas esperanças — para ganhar algo que nem sequer tem certeza se realmente quer.

— Explique para mim, então.

Brice a observou com atenção, seus olhos azuis profundos atravessados pela sombra de um questionamento, e Calliope percebeu, com espanto, que talvez ele de fato gostasse dela. Ela se sentiu ao mesmo tempo felicíssima e aterrorizada.

— Minha mãe se apaixonou por Nadav, e acontece que ele é extremamente rigoroso. Eu não quero que ele perceba que eu não sou a garota que ele pensa que sou e se arrependa de ter se casado com minha mãe — disse ela, hesitante. — Eu só quero que eles sejam felizes.

— Mas ele é tão rigoroso que não deixa você nem sair com garotos? — perguntou Brice, incrédulo.

— Não com você — disse Calliope, temendo imediatamente ter falado demais.

— Mais uma vez, minha reputação me precede — brincou Brice, mas, por baixo, Calliope ouviu um tom de tristeza. — Para onde você disse que iria esta noite, resgatar filhotes em um abrigo de animais?

— Quase. Ler para crianças no hospital.

Calliope percebeu, ao dizer aquilo em voz alta, o quanto parecia ridículo. Mas de que outra forma teria conseguido sair do apartamento?

— Sua mãe não namorou mais ninguém, antes de Nadav? — perguntou Brice.

Você não tem ideia.

— Algumas pessoas — desconversou Calliope. — Ninguém muito sério.

— O que aconteceu com seu pai?

Ela olhou para seu drinque, mexendo preguiçosamente a superfície com o palito de gengibre.

— Nós nunca falamos sobre ele. Ele saiu de casa quando eu era bebê.

— Você não sente curiosidade em saber mais sobre ele?

— Não — disse ela, defensivamente, depois suspirou. — Mas costumava sentir. Quando eu era pequena, minha mãe e eu fazíamos uma brincadeira: toda vez que eu perguntava a ela onde meu pai estava, ela dava uma resposta diferente. Um dia ela dizia que ele era médico e estava ocupado descobrindo a cura para uma doença terrível. No dia seguinte, ele era um astronauta que morava em uma colônia na Lua, ou então um ator famoso, muito ocupado rodando seu próximo filme.

— Agora eu sei de onde vem o seu talento para o drama — comentou Brice, com falsa leveza.

— Sempre havia uma resposta diferente, não importava quantas vezes eu fizesse a mesma pergunta. Mas nenhum desses milhões de respostas eram verdadeiros. Acho que no final eu parei de me importar. Que importância tinha, afinal? Éramos perfeitamente felizes sem ele, apenas nós duas. Só que agora não somos mais apenas nós duas — acrescentou, com um tom mais baixo.

— Eu conheço essa sensação — disse Brice, calmamente. — Estou muito acostumado a sermos apenas nós dois... só eu e Cord. Foi por isso que eu me recusei a deixar nossos tios do Brasil nos adotarem depois que meus pais morreram.

— Se recusou?

Calliope não sabia disso.

— É — disse Brice, rispidamente. — Eles queriam que deixássemos tudo para trás e nos mudássemos para o Rio. Mas não precisávamos deles, sabe? Mesmo naquela época, eu tinha certeza de que Cord e eu saberíamos nos cuidar.

Claro que os Anderton poderiam se dar ao luxo de cuidar de si mesmos financeiramente. No entanto, o coração de Calliope se solidarizou com eles: dois meninos tentando viver por conta própria, sem a orientação de adultos. Nenhuma quantidade de dinheiro poderia compensar isso.

— Eu não quis deixar você chateada por causa de Nadav — desculpou-se Brice. — Eu acho ótimo que você se importe tanto com a felicidade da sua mãe.

— Obrigada.

Calliope sentiu um medo súbito de ter falado demais. Ela estava toda hora tendo reações reais e sem rodeios com Brice, permitindo que uma parte perigosamente grande de seu verdadeiro eu aparecesse por trás do disfarce. Era um alívio inesperado abaixar o escudo pesado de sua persona pública e falar a verdade, para variar.

— Acho que eu não entendia por que você estava se esforçando tanto em ser anônima, quando poderia ser Calliope Brown, a única.

Brice deu um floreio verbal ao nome dela, como um apresentador de esportes, e ela abriu um sorriso.

— De onde veio o seu nome, Calliope, afinal?

— Eu... minha mãe queria que eu fosse uma deusa — respondeu Calliope, quase se entregando, porque *Calliope* era o nome que ela havia escolhido para si mesma. Seu nome verdadeiro ela mantinha em segredo, como se imbuído de algum poder intrínseco e místico.

— Nesse caso, você se encaixa perfeitamente.

Eles beberam por mais algum tempo, deixando os sons do bar se acomodarem sobre eles, falando sobre assuntos um pouco menos carregados — o trabalho de Brice e a eleição recente para prefeito. Finalmente, Calliope percebeu que sua caneca estava vazia.

— Certo, o Altitude está fora de questão — declarou Brice. — Onde devemos ir jantar então? Talvez no Revel?

Calliope começou a assentir, mas algum instinto perverso a fez hesitar.

— Na verdade, eu queria experimentar o Hay Market.

Brice riu.

— O Hay Market tem uma lista de espera de dois meses. Eu acho que não vamos conseguir entrar, mesmo se eu tentar subornar o maître.

Calliope sabia disso. O Hay Market era o novo restaurante mais badalado da Torre, e exatamente por isso ela o escolheu. Queria entrar em um restaurante glamoroso e exclusivo de braços dados com um rapaz perigosamente bonito — um garoto de quem ela estava começando a gostar um tanto demais.

Ela estava com vontade de se exibir um pouco.

— Você vai entrar porque está comigo — prometeu ela.

Brice abriu a boca para protestar, mas Calliope levou um dedo até os lábios, já fazendo um ping para o restaurante.

— Gostaria de uma mesa para dois, imediatamente. Em nome de Alan Gregory — disse, encaixando-se no papel do golpe com uma facilidade familiar. Sua voz assumiu instantaneamente um tom algo ríspido e profissional, totalmente diferente de seus típicos tons graves e roucos.

Ah, era tão bom contar aquelas mentirinhas, dançar ligeiramente em torno dos limites da verdade, para forçar o mundo a se curvar diante de sua vontade, só um pouquinho.

— Ele precisa do menu de degustação completo, é claro — disse ela, ante os protestos gaguejados da hostess. — Não, na janela não. A mesa junto à lareira. Obrigada.

Brice balançou a cabeça, e seus olhos brilharam de admiração.

— Você nunca faz nada pela metade, não é?

— E você ainda estaria aqui se eu fizesse?

— Posso ousar perguntar quem é Alan Gregory?

— O crítico de gastronomia do *London Times* — declarou Calliope com um sorriso satisfeito.

Brice ficou intrigado o suficiente para deslizar de sua banqueta e segui-la em direção à porta.

— E o que acontece quando o chef vier e perceber que não sou Alan Gregory?

— Acho que ele terá que se contentar com Brice Anderton — respondeu Calliope, enquanto o velho sorriso teatral surgia em seu rosto. — Eu me contento.

AVERY

— **SINTO MUITO** que nossa noite romântica tenha se transformado em um desfile de moda, no fim das contas — desculpou-se Avery, enquanto provava mais um vestido... o décimo quinto, se não tivesse perdido as contas.

— Acredite em mim, ver você vestir e tirar a roupa dezenas de vezes é muito romântico.

Max olhou para ela com aprovação descarada, e uma descarga de calor subiu da base da coluna vertebral dela até suas bochechas.

— Pode fechar o zíper?

Ela gesticulou às costas, e Max obedientemente fechou o zíper.

Eles estavam no quarto de Avery, completamente tomado por araras de vestidos de gala: suas várias opções para o baile da posse, que seria no final daquele mês. Quase todo estilista dos Estados Unidos e um bom número de estilistas estrangeiros haviam enviado um vestido de amostra para ela experimentar.

Avery não estava acostumada a "provar" vestidos dessa maneira. Normalmente, quando fazia compras, projetava modelos de roupas em um escaneamento holográfico de seu corpo; se a roupa lhe agradasse, era confeccionada sob encomenda. Aquilo era diferente, pois ela não tinha encomendado nem um único daqueles vestidos. Os estilistas os haviam criado sob medida para ela movidos por pura especulação, cada qual esperando que o seu fosse o vestido escolhido.

Avery precisava se decidir agora, porque no dia seguinte um fotógrafo iria ao milésimo andar para fotografá-la. Ao que tudo indicava, ela seria a principal imagem do download da *Vogue* do mês seguinte.

Ela virou-se para a parede do quarto, que havia sido transformada em modo espelho, e analisou o dramático vestido longo de gala que agora se derramava ao seu redor. Era de um tom de laranja brilhante e fluorescente.

— Tô parecendo uma placa de trânsito.

Avery soltou uma risada estrangulada.

— A placa de trânsito mais bonita da história dos cruzamentos.

Max passou os braços em volta dela para abraçá-la por trás. Seus olhos estavam calorosos e refletiam a luz dispersa.

— Obrigada, Max. Por tudo — disse ela, baixinho. Ele tinha sido seu apoio durante todo o turbilhão da campanha.

Ela sentiu-se feliz ao lembrar que ele estaria ao seu lado na próxima semana, quando ela fosse entrevistada em Oxford. Seria ótimo aproveitar um pouco da calma imperturbável dele.

— Eu te amo — disse impulsivamente, e se virou para beijá-lo.

Beijou suas bochechas, sua testa e o local na fenda do queixo que estava escurecido pela sombra da sua barba por fazer: uma chuva de beijinhos, no começo. Depois se pôs a beijar sua boca, e os braços dele a envolveram pelas costas, e a coisa passou a não ser mais tão leve assim.

O som de passos do lado de fora da porta de Avery os obrigou a se separarem depressa.

— Mãe? — perguntou, hesitante.

Os passos pararam.

— Você estava precisando de algo? — ouviu Atlas dizer, e seu peito se apertou, porque a última coisa que pretendia era convidar Atlas a entrar.

— Está tudo bem. Desculpe, mas eu...

Porém, Max deu um pulo, abrindo a porta do quarto de Avery com um sorriso ansioso.

— Atlas! — exclamou, alheio à tensão entre os dois. — Eu não sabia que você já tinha voltado! Como você está?

Atlas parecia claramente pouco à vontade. Ele fora para San Francisco no início daquela semana, supostamente a trabalho, embora Avery tivesse certeza de que fora para fugir dela. Ela não o via desde o confronto nas quadras de tênis do Altitude.

Avery deu meia-volta lentamente em direção à porta, as volumosas saias laranja balançando ao seu redor enfunadas, como um sino.

— E aí, Max — disse Atlas uniformemente; e porque ela o conhecia desde que eram crianças, porque sabia ler cada minúsculo fragmento de emoção no rosto dele, Avery sabia a mensagem que Atlas estava tentando transmitir com aquelas palavras. Eram um tratado de paz com ela.

Max olhou novamente para Avery.

— Você se importa se eu for para casa agora, Avery? Eu tenho muita coisa para estudar antes das provas. Não que eu não tenha gostado do desfile de moda, mas nós dois sabemos que sou péssimo nisso. Você está em melhores mãos com Atlas.

— É claro que eu entendo. Boa sorte.

Ela se inclinou para a frente para dar um beijo no canto da boca de Max, ignorando deliberadamente Atlas.

— Avise se quiser que eu vá mais tarde, quando der uma pausa nos estudos — acrescentou.

Havia um gigantesco número de insinuações na maneira como Avery pronunciara *pausa nos estudos*.

— Parece ótimo — disse Max, com um sorriso malicioso. Então ele se foi, e Avery e Atlas ficaram sozinhos no quarto dela.

— Você não precisa ficar — disse ela rapidamente. — Tenho certeza de que você tem coisas mais importantes para fazer agora.

— Tudo bem, não tem problema — respondeu Atlas. Avery imaginou ouvir um tom de desafio naquela declaração, mas não tinha certeza.

Ela desviou o olhar. Seu reflexo florescia na tela-espelho, extravagante e repulsiva, coberta por todos aqueles metros de pesado tecido laranja. De repente, ficou desesperada para tirar o vestido, como se ele a estivesse literalmente esmagando. Avery levou as mãos para trás das costas, procurando o zíper, mas não conseguia torcer o braço para alcançá-lo. Soltou um grito de desespero...

— Ei, pode deixar — murmurou Atlas, abrindo o zíper, com muito cuidado para não permitir que sua pele roçasse a dela.

Ao se virar, Avery viu algo cor-de-rosa na parte interna do braço de Atlas e reprimiu um gritinho de susto.

— O que foi? — perguntou ele.

— O que aconteceu?

Sem pensar, Avery estendeu a mão para tocar a cicatriz, uma meia-lua de um tom vermelho intenso perto do cotovelo de Atlas. Ele ficou imóvel enquanto os dedos dela roçavam a cicatriz.

Ela conhecia o corpo dele perfeitamente, mesmo depois de todo aquele tempo. Há muito tempo o memorizara — todas as cicatrizes e sardas, em cada centímetro de pele. Mas não reconhecia aquela.

— Eu me queimei — disse Atlas, calmamente.

De repente, Avery percebeu o que estava fazendo, tocando Atlas daquela maneira íntima. Ela se recompôs e recuou. O vestido dela ainda estava aberto atrás; ela cruzou os braços sobre o peito.

— Não existem reparos dermatológicos em Dubai?

— Pode ser que eu tenha deixado essa de propósito. Fico parecendo mais fortão — disse Atlas, brincando.

Avery entrou no closet para tirar o vestido ofensivo e vestiu um robe e uma calça de moletom antes de voltar para o quarto. Atlas ainda estava ali.

— Está tudo bem, Aves?

Ouvir o apelido familiar a deixou estranhamente triste. Ela engoliu em seco.

— Você se lembra das cabanas que costumávamos construir quando éramos pequenos?

Ela e Atlas costumavam construir cabanas elaboradas na sala de estar, juntando os móveis e cobrindo-os com pilhas de travesseiros e lençóis. Caso a mãe deles os pegasse, surtava: "Vocês sabem quanto custam essas almofadas de seda? Agora vou ter que mandar todas para a lavagem a seco!" Avery e Atlas se entreolhavam e riam. Quando eles entravam naquelas cabanas, tinham a sensação de serem capazes de fugir de qualquer coisa.

— O que fez você lembrar disso?

— Eu só queria poder me esconder em uma das nossas cabanas agora, para fugir de tudo isso.

Avery estendeu os braços para indicar as fileiras de vestidos de alta--costura. Todos tinham sido projetados especificamente para seu corpo, mas, apesar disso, pareciam insuportavelmente sufocantes.

Atlas encontrou o olhar dela no espelho.

— Acho que não percebi o quanto você odeia o fato de papai ser o novo prefeito.

Avery lutou para encontrar as palavras certas.

— É muita exposição. Sinto como se estivesse presa em um limbo, como se existisse um buraco constante em meu estômago. Ninguém mais enxerga quem eu sou de verdade, nem mesmo nossos pais — disse ela, impotente. — Às vezes acho que vou me partir em duas.

— Você sabe que é muito mais forte que isso — disse Atlas, bem baixinho.

— É que às vezes penso na versão de mim que mamãe e papai enxergam, brilhante e perfeita, e gostaria de poder *ser* essa garota, e não a pessoa cheia de defeitos que realmente sou.

— Suas chamadas imperfeições são a melhor parte de você.

Avery não sabia como responder, então não disse absolutamente nada.

— Nossos pais também nunca me viram como eu realmente sou — continuou Atlas, depois de um momento. — Ao longo dos anos, enxergaram em mim um monte de coisas... uma jogada de marketing, uma maneira de fazê-los felizes, talvez até mesmo um trunfo para os negócios... mas não *eu mesmo*, como realmente sou. Acredite em mim quando digo que sei como é querer corresponder à versão que mamãe e papai construíram nas suas cabeças. Pode ser até que eu deseje isso mais do que você — acrescentou ele, e os ângulos de seu rosto mudaram, tornaram-se mais nítidos —, porque nem sempre esta foi minha vida.

Avery ficou tão espantada que caiu em silêncio. Atlas raramente falava sobre sua vida antes de ser adotado.

— Quando mamãe e papai me trouxeram para casa, eu pensei que era o garoto mais sortudo do mundo inteiro. Tinha medo de que eles pudessem acordar um dia, decidir que não me queriam mais, e me devolverem como um par de sapatos.

— Eles nunca fariam uma coisa dessas.

O coração de Avery doeu ao pensar em Atlas, pequeno e inseguro, com medo de uma coisa dessas.

— Eu sei. Mas, ao contrário de você, lembro-me de uma época *anterior* a ser amado por eles. É por isso que eu odeio decepcioná-los. Eles esperam muito de mim, mas por outro lado também me deram tudo — suspirou. — Isso foi parte da razão pela qual fiquei tanto tempo afastado no ano passado... só para saber como era ser eu mesmo, em vez de um Fuller.

— E como foi?

Avery não conseguia imaginar quem ela poderia ser caso não fosse Avery Fuller. Caso pudesse andar pelo mundo despercebida, como qualquer outra pessoa comum.

— Foi como se uma névoa tivesse se dissipado. Como se tudo tivesse se tornado muito mais claro — disse Atlas, e sorriu. — Aves, prometa que você não vai se preocupar com mamãe e papai. Que fará o que for certo para você. Quer dizer, para você e Max — acrescentou, sem jeito; e o momento entre eles foi abruptamente quebrado. — Desculpe, melhor eu ir — disse Atlas, correndo uma das mãos pelos cabelos, bagunçando-o em ângulos engraçados. — Eu não estou ajudando em nada. Além disso, você sabe que o que veste não tem importância. Você poderia aparecer nessa festa numa caixa de plástico que mesmo assim continuaria perfeita.

Antes que ela pudesse encontrar uma resposta, ele se foi. As emanações de sua presença pareceram atravessar o quarto como ondas, colidindo contra ela.

Por que Avery tinha de lutar para se fazer entender por todo mundo em sua vida, mas Atlas sempre parecia compreendê-la em um nível instintivo e elementar? Por que ela não conseguia fazer o resto do mundo enxergá-la da mesma maneira que Atlas a via?

Ela desabou na cama de dossel e olhou inexpressiva para o teto, decorado com um holograma do seu mural italiano favorito. Seus pixels mudavam constantemente, lenta e imperceptivelmente, pincelada por pincelada; como se um artista invisível estivesse suspenso lá em cima, repintando-o sempre de uma nova maneira.

Como seria bom se ela ainda estivesse brava com Atlas. Porque aquilo que sentia agora, seja lá o que fosse, parecia imensamente pior.

RYLIN

RYLIN INCLINOU-SE PARA trás na cadeira giratória e esticou as pernas, franzindo a testa diante do holo que estava editando, lentamente juntando trecho a trecho. Tinha passado a tarde toda ali na ilha de edição da escola. Naquele momento, era o único lugar em que ela poderia tentar entender todas as questões não resolvidas de sua vida.

Ela ainda estava surpresa pela partida abrupta de Hiral. Sentia saudades dele. Como namorado, claro, mas também como pessoa em sua vida. Entristecia-a que, depois de tudo o que haviam passado — a morte da mãe de Rylin, Hiral abandonando a escola, a prisão dele e sua soltura subsequente —, as coisas tivessem terminado *assim*, com uma despedida breve e sem cerimônia no monotrilho.

Ela não parava de pensar que Chrissa estivera certa todo o tempo. Rylin tivera tanta certeza de que ela e Hiral poderiam ter a chance de um novo começo, mas os segredos e mentiras deles os haviam alcançado mais uma vez.

Naquele fim de semana, enquanto tentava resolver a confusão dolorida de seus pensamentos, Rylin se viu pegando sua holocâmera prateada. Antes que se desse conta do que estava fazendo, já tinha começado a filmar.

Filmou Chrissa e a família de Hiral. Digitalizou instafotos deles desde os primeiros dias do namoro — um processo meticuloso, adaptando-os a imagens holográficas em 3-D; viu-se obrigada a pegar emprestado o transmutador de Raquel na biblioteca. Sorrateiramente filmou casais de jovens no shopping e casais de velhos no Ifty. Foi até o deque do 32º andar e filmou o pôr do sol, as vibrantes nuvens alaranjadas rodeadas por um tom de roxo escuro, como um suspiro silencioso.

Enquanto ela examinava toda a sua matéria-prima no conforto da escuridão da ilha de edição, Rylin começou a enxergar aquele filme de improviso como o que ele de fato era. De certa forma, ela estava elaborando um documentário de memórias, ou talvez uma homenagem ao tempo que havia passado com Hiral. Aquele holo era seu jeito de chorar pelo relacionamento deles, tanto os momentos bons quanto os ruins.

Ela não parava de se lembrar de coisas, pequenos incidentes em que não pensava havia anos. Como a primeira vez que tentou preparar um bolo para Chrissa e queimou-se no fogão, e Hiral embalou sua mão no peito dele com uma compressa fria enquanto lhe dava massa crua com uma colher. A vez em que eles ficaram presos no monotrilho juntos, durante o primeiro e único apagão da Torre, e seguraram firmemente as mãos um do outro até a luz voltar.

De alguma forma, parecia mais fácil entender o namoro deles assim — como vinhetas, uma série de momentos desconectados e altamente visuais — do que confrontá-lo em sua totalidade. Talvez, quando acabasse o holo, ela o enviasse a Hiral. Ele entenderia o que significava.

Ela ainda estava repassando as tomadas quando a porta da ilha de edição se abriu.

Rylin piscou com a luminosidade. De alguma forma, não ficou totalmente surpresa ao ver Cord — como se ela tivesse pressentido sua presença antes mesmo de ele entrar, tal qual se faz com uma ligeira mudança de temperatura.

Ele tinha tirado a gravata e desabotoado a gola da camisa, o que o fazia parecer desarrumado, desleixado e tão descaradamente sexy que Rylin prendeu a respiração.

— O que você está fazendo no campus tão tarde?

Ela não estava acostumada a ver Cord ali na ilha de edição.

— Na verdade, Myers, eu estava atrás de você. Eu tentei te mandar um ping algumas vezes, só que caiu direto na caixa de mensagens, o que significava que ou você ainda estava dentro da rede protegida da escola ou fora do planeta. Imaginei que isto fosse mais provável.

Rylin não respondeu. Seu coração tinha dado um salto engraçado para o lado, e a expectativa subia e descia ardente pelo seu corpo. Ela havia se esforçado muito para não pensar em Cord depois daquele rompimento com Hiral. Precisava de tempo para processar tudo o que havia acontecido, para se concentrar em si mesma. Fazia um tempo que Rylin não ficava solteira. Talvez aquele tempo sozinha lhe fizesse bem. Ela com toda certeza não queria ser aquele tipo de garota que passava instantaneamente de um garoto para outro, como uma bola de pingue-pongue.

Cord aproximou-se um passo e cruzou as mãos atrás das costas, adotando o tipo de pose formal com que as pessoas estudavam obras de arte. Seu olhar foi para o holo que cintilava diante deles.

— Lux está estrelando este também? O que é isso? — perguntou ele.

Apenas um memorial para meu namoro recém-terminado. Rylin levantou-se devagar, para ver do ângulo dele.

— Um novo projeto. É sobre... términos — explicou ela, enquanto o holograma dava um zoom nas mãos entrelaçadas de um casal.

— Términos?

— Hiral e eu terminamos. Ele se mandou de Nova York, na verdade.

Cord lentamente atravessou a distância entre eles. Ficou distraidamente próximo dela, tão próximo que Rylin podia se ver refletida no azul pálido de suas íris, traçar a sombra tênue ao longo de sua mandíbula.

— Eu não acredito muito em términos — disse ele, laconicamente. — Ou, pelo menos, não acredito em chamá-los de términos. É uma ideia de final deprimente demais.

— Como você os chamaria?

— Oportunidades. Uma mudança de valores. O início de algo novo.

Os olhos de Rylin se fecharam. Ela sentiu tremores de calor e frio ao mesmo tempo.

— Rylin — disse Cord —, não vou te beijar.

Ela recuou um passo, rígida, com o orgulho ferido, mas a expressão de Cord a fez parar um instante.

— Eu quero... quero de verdade — disse ele, com voz rouca. — Mas eu me recuso a ser o babaca que dá em cima de você quando você acabou de terminar um namoro.

Seus olhares se encontraram por um momento longo, escuro, quente. Os sons pareciam dissolver-se em silêncio. Os pensamentos de Rylin, seu sangue, pareciam mover-se com uma lentidão pungente.

Ela ficou na ponta dos pés para beijá-lo.

Espantou-se com o terno desejo que sentiu quando a boca de Cord tocou a dela. Tentou beijá-lo levemente, mas fazia tempo demais; os dois lançaram-se com tudo no beijo. Rylin puxou-o instintivamente para mais perto. Sentia-se tonta com aquilo, bêbada com aquilo, com o fato de Cord estar ali, real, seu.

Seria isso uma coisa boa?

Ela já fizera isso antes e as coisas terminaram mal; por que diabos esperava que desta vez fosse diferente?

Mesmo que isso custasse cada gota de sua determinação, Rylin afastou-se brutalmente do beijo.

— Cord... — sussurrou, tentando ignorar a sensação em suas mãos, que ainda enlaçavam com força as costas dele. — O que estamos fazendo?

— Nos agarrando, até que, por algum motivo inexplicável, você nos obrigou a parar — disse ele, e começou a abaixar a boca em direção à dela. Rylin deu um passo para trás.

— Você e eu, juntos de novo? Isso é loucura.

Por mais que ela o desejasse, Rylin sabia que não poderia passar por aquilo uma segunda vez: todas as incontáveis pequenas feridas que eles haviam infligido um ao outro, todos os mal-entendidos, as mágoas e perdas. Não era essa a definição de insanidade, fazer a mesma coisa repetidamente e esperar um resultado diferente?

— Claro que é loucura. Eu sou louco por você, Myers. Sou louco por você desde aquele primeiro dia em que você invadiu meu apartamento no outono passado.

Quando ela não sorriu com aquela frase, ele soltou um suspiro.

— O que foi? — perguntou ele. — Do que você tem medo?

Ela encostou a testa no peito dele para evitar olhar em seus olhos.

— De estarmos sendo trouxas. De nada ter mudado e de nos machucarmos novamente.

— Nós dois cometemos erros da última vez, Rylin. Agora eu sei que eu devia ter lhe dado a chance de se explicar naquela noite. Devia ter percebido o quanto eu te amava antes que fosse tarde demais.

Ele conteve um suspiro.

— Eris me disse pra fazer isso, sabia? — acrescentou.

A mente de Rylin disparou ao ouvir isso.

— Eris?

— Na noite em que ela morreu. Ela me disse que você era a pessoa que eu estava procurando... que eu deveria lutar por você.

— Ela nem me conhecia — protestou Rylin fracamente.

— Eris fazia muitos julgamentos rápidos — disse Cord, como se isso explicasse tudo. — Ela disse que conseguia saber o que você significava para mim somente pelo jeito como eu olhava pra você.

— Ah — ofegou Rylin, espantada.

Provavelmente ela devia estar se sentindo estranha ao ouvir aquilo, mas, por algum motivo, era bom saber que Eris, uma garota que Rylin nem sequer conhecera, acreditara nela e em Cord.

Leda acreditava neles também. Rylin lembrou o que ela dissera no outro dia, sobre precisar torcer por algo bom. Por mais estranho que fosse, aquele pensamento também aqueceu Rylin.

— Rylin, juro que, se você me der outra chance, eu não vou cometer os mesmos erros imbecis. Não posso prometer que não vou cometer *outros* erros igualmente imbecis — acrescentou Cord, com tristeza —, mas vou me esforçar ao máximo para dar meu melhor.

Rylin deu um sorriso cauteloso.

— Parece justo. Desde que a gente não repita os erros antigos.

— Meu Deus, como eu senti sua falta.

Cord começou a beijá-la novamente, uma chuva de beijinhos quentes, cada qual pontuado com uma frase.

— Senti saudades da sua risada.

Beijo.

— Do jeito que você chama a minha atenção quando tô fazendo besteira.

Beijo.

— Daquele sutiã turquesa que você usa escondido sob suas roupas pretas, só porque assim ninguém vai notar.

Rylin abriu a boca para protestar, mas não pôde dizer nada, porque Cord já a estava beijando novamente e listando mais coisas; então ela desistiu e inclinou a cabeça para trás. Seu pulso estava descontrolado, seu corpo inteiro retinindo bruscamente, voltando à vida.

— Senti falta daquele olhar que aparece em seu rosto quando você está filmando, do seu nariz todo enrugadinho.

Beijo.

— Da maneira como seu cabelo se solta do rabo de cavalo e flutua em torno de seu rosto, assim, quando eu te beijo.

Rylin fez menção de levar a mão para ajeitar o cabelo, mas Cord sacudiu a cabeça.

— Não, deixa assim. Você tá linda.

Ela sorriu para ele nas sombras.

— Ah, vindo me encontrar sozinha em um quarto escuro e me enchendo de elogios? Se eu não te conhecesse, Cord Anderton, diria que você está tentando me seduzir.

— Está funcionando? — perguntou ele, e Rylin riu, envolvendo os ombros dele alegremente com seus braços.

Eles se beijaram mais devagar desta vez, enquanto os fiapos de luz do holograma cintilavam sobre eles.

WATT

— **VIRE À ESQUERDA AQUI** — sussurrou Nadia nas antenorelhas de Watt.

Normalmente ele a deixaria direcioná-lo visualmente inserindo setas brilhantes em seu campo de visão, mas ele queria mergulhar em todos os detalhes do campus do MIT. Edifícios altos de pedra elevavam-se em ambos os lados das ruas pavimentadas, que ainda eram para uso exclusivo de pedestres; Cambridge se recusara a destruí-las e incorporar os fragmentos magnéticos necessários para manter os hovercrafts pairando no ar. O sol brilhante do inverno dançava sobre a cúpula branca do edifício principal, cujas fileiras de pilares elegantes davam para o pátio. Watt ficou surpreso com o quanto gostou da arquitetura clássica e antiquada. A ordem brutal o interessava. Era ali, pensou, que o verdadeiro aprendizado acontecia.

O convite para a entrevista no MIT chegara apenas dois dias antes. Até então fora a única coisa capaz de retirar Watt de seu estado atordoado — depois que ele, de alguma maneira inexplicável, ferrou as coisas com Leda mais uma vez.

Enfim, ele queria estudar no MIT muito antes de saber quem era Leda.

Ele havia tomado o Hyperloop naquela tarde na Penn Station. Watt nunca estivera em um dos trens maglev de alta velocidade antes, e passou a maior parte do caminho olhando pela janela para as laterais desfocadas do túnel, maravilhado com o trem. Eles estavam viajando a quase dois mil quilômetros por hora, mas não havia solavancos, turbulências ou mudanças perceptíveis de velocidade. A verdade é que não pareciam sequer estar se movendo.

Certo, vamos nessa, ele pensou, subindo os degraus do edifício da administração para entrar em uma sala de espera comum. Uma dezena de olhos imediatamente dispararam em sua direção, avaliando-o.

Os outros candidatos pareciam-se *exatamente* com ele, observou Watt com pânico repentino, com a diferença de que todos estavam de terno, até as meninas. Watt olhou para a roupa que escolhera para a entrevista, um paletó de lã sintética, uma camisa social e calças cáqui, e sentiu-se imediatamente constrangido.

Eu sou o único cara daqui sem gravata!, pensou freneticamente para Nadia. Devia ter perguntado a Leda o que vestir. Só que, é claro, Leda não estava mais falando com ele. Talvez nunca mais falasse com ele, depois do que ele a acusara.

Leda vai me perdoar de novo, né?

Não sei, Watt, respondeu Nadia. *Eu não tenho dados para analisar isso.*

Watt assentiu, percebendo tarde demais que, para alguém de fora, ele provavelmente parecia estar balançando a cabeça sem motivo. Prometeu a si mesmo que não pensaria mais em Leda, pois isso apenas o deixaria ainda mais inquieto e ansioso do que já estava.

A tensão na sala estava esticada a um nível impossível, como um fio prestes a romper-se a qualquer momento. Watt sentou-se em um canto desocupado do sofá e olhou em torno furtivamente, observando seus rivais. Os outros alunos tinham todos aparência voraz e olhares desconfiados, exalando a confiança implacável que nasce de ser sempre o melhor da turma — de ser o maior peixe da própria lagoa pessoal, de sempre *vencer*.

Watt já não se sentia mais tão confiante.

Esperou enquanto outros nomes eram chamados — Anastasia Litkova, Robert Meister —, transferindo nervosamente o apoio do corpo no sofá e puxando fios do forro. Nadia se ofereceu para ensaiar algumas perguntas com ele, mas Watt achou que isso só pioraria as coisas. Finalmente, um jovem de colete marrom olhou pela sala e anunciou:

— Watzahn Bakradi?

— Sou eu! — disse Watt rapidamente, tropeçando graças à ansiedade de levantar-se. Uma garota de terninho azul-marinho feito sob medida revirou os olhos para ele e voltou a murmurar baixinho algum tipo de mantra de concentração.

Watt seguiu o cara de colete por um corredor sombrio, seus passos amortecidos pelo carpete espesso, e emergiu em uma sala bem iluminada e austera. Ficou aliviado ao ver uma única mesa de madeira com duas cadeiras. Pelo menos aquela não seria uma entrevista com banca, em que vários membros da universidade o interrogariam ao mesmo tempo.

— Watzahn. Devo admitir que eu estava ansiosa por esta entrevista — disse Vivian Marsh, chefe de admissões do MIT. Ela tinha olhos profundos e cabelos castanhos lisos na altura dos ombros. Watt já a encontrara uma vez, no ano anterior, depois de uma sessão de apresentação da universidade realizada em sua escola.

A porta atrás deles fechou-se quando o assistente saiu da sala, deixando Watt e Vivian a sós.

Watt puxou a cadeira e sentou-se. A superfície da mesa estava vazia, exceto por um lápis e papel colocados ao lado de sua cadeira — será que esperavam que ele fizesse anotações? — e um instrumento curioso ao lado de Vivian, um recipiente que era largo dos dois lados, mas estreito no meio, com areia em seu interior.

Isto é uma ampulheta. Uma maneira antiquada de marcar a passagem do tempo, Nadia informou, justamente no momento em que Vivian apanhava a ampulheta e a virava. A areia começou a fluir de volta, derramando-se do outro lado.

— Apenas para garantir que eu não vou exceder nosso tempo-limite de meia hora — explicou ela, mas Watt reconheceu o que aquela ampulheta era na verdade: uma técnica de intimidação.

Ele se empertigou um pouco mais na cadeira, tentando ao máximo não se deixar intimidar.

— Suas notas são muito impressionantes — começou Vivian, sem preâmbulos.

Watt estava prestes a dizer *obrigado*, mas, antes que o fizesse, ela continuou.

— Você não estaria aqui caso não fossem, logicamente. Certo, e o que mais?

— O que mais? — repetiu Watt, perdido. *Nadia! Socorro!* Ele e Nadia não haviam praticado nada vago como aquilo, com respostas em aberto. Ele tinha se preparado para responder a todas as perguntas habituais, tais como *Por que você quer estudar no MIT?* ou *Quais são seus pontos fortes?* Mas *o que mais?*

Vivian se inclinou um pouco para a frente.

— Watzahn, milhares dos nossos candidatos têm notas iguais às suas. A maioria desses candidatos são líderes de diversas atividades extracurriculares, ou pelo menos participam delas... o que significa que possuem experiência em delegar tarefas e trabalhar em equipe para desenvolver um produto final. Mas tudo o que vejo aqui é que você participou do clube de matemática no ano passado — disse, desfocando os olhos ligeiramente para rever o arquivo dele. — O que você faz no seu tempo livre? O que te *motiva*?

Ah, você sabe, o que todos fazem. Opero um computador ilegal, arrumo uns trabalhos de hacker para descolar uma grana extra, investigo a morte de uma garota que eu mal conhecia. Tento reconquistar a garota que amo.

— Tenho um enorme interesse em engenharia da computação — arriscou.

— Sim, você escreveu isso em seu ensaio — disse Vivian, impaciente. — Mas por que *você*? O que torna *você* especialmente qualificado para construir um computador quântico?

Watt olhou para suas lentes de contato, onde Nadia foi prestativa, listando todos os seus pontos fortes.

— Sou capaz de me aprofundar no código sem perder de vista o quadro geral. Sou criativo, mas também analítico. Sou paciente, mas sei quando ser rápido e espontâneo.

— Por que não vemos esse pensamento rápido em ação? Vou lhe dar um probleminha de matemática mental — decidiu Vivian. — Você está pronto?

Watt assentiu, e ela continuou.

— Uma bola de golfe padrão tem quarenta e oito milímetros de diâmetro. Um elevador de Nova York mede vinte metros de altura por três metros de largura por quatro metros de profundidade. Quantas bolas de golfe... você não quer anotar esses números? — parou ela, apontando para o papel e o lápis.

Ah, certo. Pessoas normais provavelmente precisavam fazer isso. Watt considerou fazer o que ela dizia; mas de que adiantava ser normal? O MIT não estava ali atrás de alguém *normal*.

— Três milhões duzentos e trinta e nove mil e noventa e nove — disse ele, em vez disso. — Era isso o que você ia me perguntar, certo? Quantas bolas de golfe cabem no elevador?

Obrigado, Nadia, ele pensou com alívio. Finalmente, uma pergunta da entrevista que ele sabia exatamente como responder.

Watt levou um instante para perceber que Vivian não parecia muito impressionada.

— Quem te contou? — inquiriu ela, autoritária. — Alguém te informou a pergunta com antecedência. Quem foi?

— O quê? N-ninguém — gaguejou Watt. — Acabei de fazer a conta de cabeça.

— Ninguém é assim tão rápido — retrucou Vivian, e Watt se sentiu um idiota completo, porque é claro que ela tinha razão. Nenhum ser humano era tão rápido.

— Aqui — disse ele —, vou mostrar como faço cálculos de cabeça.

Ele esboçou todos os números para ela. Era um problema de multiplicação simples, na verdade; o truque era lembrar de subtrair as bolas de golfe que você tivesse contado duas e três vezes, nas laterais e cantos do cubo imaginário. Mesmo assim, Vivian ainda parecia lívida.

— Temos tolerância zero com trapaceiros no MIT. Se você tivesse a chance de trabalhar com computadores quânticos, veria o quanto são incrivelmente poderosos. — *Você não faz ideia*, ele sentiu vontade de dizer. — Suas capacidades de processamento desafiam verdadeiramente a compreensão. Você sabe para que os computadores quânticos são usados no mundo de hoje? — terminou ela, abruptamente.

— No Departamento de Defesa, na NASA, nas instituições financeiras...

— Exatamente. O que significa que eles circulam em locais onde estão informações extremamente confidenciais: números de previdência social das pessoas, códigos bancários, questões de defesa nacional. Dados que não podem ser colocados em risco de maneira nenhuma. Percebe por que as pessoas que trabalham com eles precisam ter uma integridade impecável? Eu nunca permitiria que alguém que trapaceia chegasse perto de um computador quântico...

Vivian balançou a cabeça.

— Eu não trapaceei — disse Watt novamente, embora obviamente não fosse verdade. Ele trapaceara simplesmente por trazer Nadia para aquela entrevista. — Eu sou de fato muito bom em fazer contas de cabeça. É por isso que entrei no clube de matemática — acrescentou, impotente, lutando para conter a sensação de desespero.

— Espero que sim. Porque, se eu pensasse que você tivesse feito algo moralmente questionável, eu não o teria convidado para vir ao campus hoje.

Watt tentou não se contorcer. Ele havia feito muitas coisas moralmente questionáveis: mentido sobre a morte de Eris, invadido os arquivos da polícia relativos a Mariel, isso sem falar na construção de Nadia. Ele esperava que seu rosto não denunciasse o quanto seu coração estava acelerado. De repente, tudo o que ele conseguia ouvir era o som suave e inevitável do assobio da areia caindo pela ampulheta, cada grão marcando um momento a menos daquela entrevista única e crucial.

— Agora, continuando — disse Vivian, tranquila. — Qual é seu livro preferido?

Livro preferido? Watt não lia um texto completo por prazer desde os treze anos. Ele apenas mandava Nadia compor resumos para ele.

Orgulho e preconceito, sugeriu Nadia, e Watt vagamente se lembrou de que deveria ter lido aquela obra para a aula de inglês em algum momento, então claramente era uma boa opção. Ele foi em frente e disse o nome do livro.

— É mesmo? — respondeu Vivian, secamente. — Jane Austen.

Nadia compôs uma sinopse da obra, mas Watt teve a sensação repugnante de que as instruções de Nadia não estavam ajudando muito. Ele tentou superar o medo novo e não formulado que estava entupindo sua garganta, fazendo seu cérebro desacelerar.

— Eu amo esse livro, amo o jeito como Darcy é tão orgulhoso e Elizabeth é preconceituosa — murmurou, mas espere, estava errado, né? — E é claro que ela também é orgulhosa e ele preconceituoso — acrescentou ele, completamente perdido.

Vivian olhou para ele por mais um instante. A decepção era evidente em seus olhos.

— Acho que terminamos aqui — declarou ela calmamente, apanhando a ampulheta. — Pode ir.

Watt finalmente conseguiu falar.

— Isso não é justo. Estou atrás de uma vaga para estudar ciências da computação. Por que se importa com o que eu *leio*?

— Sr. Bakradi, metade dos estudantes que vêm aqui me diz que *Orgulho e preconceito* é seu livro preferido. Você acha que é porque se trata de uma indicação precisa da população, ou acredita que seja porque eu o listei como meu livro favorito, no alto do meu perfil público nos feeds?

Ah, merda.

— Não quero saber qual o *meu* livro favorito, eu quero saber qual o *seu*! — disse ela, soltando um suspiro frustrado. — Para mim é mais do que evidente que você é inteligente e bom com números, porém isso não basta para trabalhar com computadores quânticos. O objetivo da entrevista era conhecê-lo como pessoa. Gostaria de encontrar alguma individualidade, alguma *textura*. Quero alguém que saiba se colocar no mundo, em vez de cortar caminho e tentar me dizer o que eu desejo ouvir. Lamento por não ter funcionado, mas você encontrará o lugar certo. — Ela abriu um sorriso fino e aguado, a primeira vez que sorria durante toda a entrevista. — Poderia pedir para Harold mandar entrar o próximo candidato?

Watt não se mexeu. Não conseguia se mexer. Talvez ele não tivesse ouvido corretamente. Certamente a entrevista não devia ter acabado.

Watt, Nadia cutucou. Quando ele, mesmo assim, não reagiu, ela emitiu um zumbido de eletricidade ao longo de sua espinha e forçou-o a agir.

De alguma forma, em meio ao grande rugido do mundo inteiro que ruía em destroços ao seu redor, Watt conseguiu reunir forças para agradecer a Vivian. Na sala de espera, as cabeças de todos os outros candidatos levantaram-se ansiosamente, contando os minutos, percebendo que ele devia ter falhado. Seus olhares se prenderam nele enquanto ele passava, como se fossem predadores perseguindo uma presa ferida, vendo-a deixar um rastro sangrento para trás.

Watt encontrou a saída às cegas e achou um banco lá fora, onde afundou a cabeça entre as mãos. Seu peito estava estranhamente contraído. Era difícil respirar.

Sinto muito, Watt. Eu pensei que essa era a abordagem certa... algo amplamente consolidado nas pesquisas é o fato de que as pessoas preferem se ver refletidas no outro, que a semelhança gera apreciação...

Não é culpa sua. Watt dificilmente poderia culpar Nadia por aquele desastre de entrevista.

Não, Watt sabia que era culpa dele, e só dele.

Quero alguém que saiba se colocar no mundo, Vivian tinha dito. *Não alguém que me diga o que eu quero ouvir.* Era assim que Watt sempre se dera bem — burlando o sistema e dizendo às pessoas aquilo que elas queriam ouvir, fossem professores, garotas ou até mesmo seus pais. Era por esse motivo que ele usava Nadia. O que havia de tão errado nisso, afinal?

Será que Nadia tinha se tornado uma muleta excessiva? Ele estava acostumado demais com ela; era a lente através da qual ele observava, analisava e reagia ao mundo. Watt se deu conta de que mal conseguia se lembrar da última vez que teve uma conversa sem a presença de Nadia ajudando-o discretamente, indicando o que ele devia dizer ou pesquisando referências para que ele não parecesse um idiota. A não ser, talvez, com Leda.

Talvez ele devesse parar de se apoiar tanto em Nadia e abrir um maldito livro.

Watt ficou ali por um longo tempo, sob o sol frio do inverno, assistindo às nuvens perseguindo umas às outras pelo céu azul lustroso. Ele sabia que devia voltar para Nova York, mas não se sentia preparado. Porque, tão logo deixasse o campus, teria de se conformar com o fato de o estar vendo pela última vez.

Estudar no MIT fora seu sonho durante a maior parte da vida. De alguma forma, devido à própria tolice, Watt perdera a chance de realizar aquele sonho, que tinha durado menos de trinta minutos de areia em uma ampulheta.

Talvez existisse mesmo isso de ser inteligente demais para o próprio bem.

AVERY

O REITOR DE Oxford sorriu, alegre e com o rosto corado, enquanto abria a porta de sua sala.

— Srta. Fuller. Obrigado por compartilhar suas reflexões sobre a influência românica nas supertorres do século XXI. Devo dizer que esta foi uma das entrevistas mais animadas que eu já tive em anos.

— O prazer foi todo meu, reitor Ozah — assegurou Avery.

Ela virou-se, ajeitando o casaco xadrez para que envolvesse melhor seus ombros. Quando ela avistou o vulto à espera logo depois da porta do escritório do reitor, deu um pequeno sorriso discreto.

A luz solar intermitente era filtrada através dos galhos e cintilava no rosto de Max, destacando suas maçãs do rosto arrojadas, seu nariz proeminente. Com aquele casaco escuro desleixado e os cabelos bagunçados pelo vento, ele parecia uma sentinela saída de algum romance histórico. Bastara uma única manhã, ela pensou ironicamente, para que Max voltasse ao seu eu desmazelado de Oxford.

— Avery! Como foi? — exclamou, correndo até ela. Ele a olhava tão intensamente que era como se estivesse tentando ler a transcrição da entrevista em seu rosto.

— Não querendo me gabar, mas acho que arrasei.

Max segurou as mãos de Avery para rodopiá-la em um passo de dança desajeitado.

— Claro que arrasou! — proclamou, tão alto que Avery teve de pedir que ele falasse mais baixo. — Eu sabia!

Avery deixou ele levantá-la no ar e girá-la, de modo que o capuz do casaco dela caiu sobre seus ombros. Ela desabou sobre o peito dele, rindo. Max colocou uma mecha solta do cabelo dela atrás de sua orelha, fazendo Avery se sentir bonita e agitada pelo vento.

— Estou muito orgulhoso de você — acrescentou, e enfiou a mão no bolso da jaqueta, sorrindo. — Ainda bem que eu trouxe um presente para comemorar.

Ele pegou um saco de papel amassado da padaria favorita dela.

— Abóbora ou creme?

— Creme — decidiu Avery, apanhando o bolinho. Seus cristais de açúcar brilharam como diamantes na luz fria da tarde. Era tão carinhoso e típico de Max.

— Eu te amo — disse ela rapidamente, mastigando um bocado farelento.

— Você está falando comigo ou com o creme? — brincou Max. — Na verdade, não precisa responder.

Enquanto voltavam para a cidade, Avery contou a Max mais detalhes sobre a entrevista. Ela estivera em seu elemento, falante, entusiasmada e um pouco provocadora; e o reitor tinha absolutamente adorado. Eles conversaram sobre tudo, do futuro do trabalho acadêmico até iluminuras medievais, passando por onde se encontrava o melhor *tandoori* de cordeiro em Oxford. Avery tinha certeza de que poderia estudar em Oxford, se quisesse.

Se quisesse? De onde viera esse pensamento perdido? Claro que ela queria.

O pôr do sol bronzeava o ar, lançando um brilho alegre sobre a cidade. Avery tentou afastar seu inexplicável incômodo. A entrevista finalmente acabara e ela estava ali com Max, comendo bolinho em uma cidade que ela amava. O melhor de tudo era estar longe de Nova York, dos preparativos da posse, da perspectiva de ver Atlas constantemente. Não havia câmeras zettas zunindo ao redor de seu rosto, ninguém a parava na rua para pedir entrevista. Então, por que ela ainda se sentia tensa?

— Para onde vamos? — perguntou, achando que talvez, se continuasse se movendo, afastasse aquela estranha inquietação. — Quer se encontrar com Luke e Tiana?

— Pode ser — disse Max, indiferente. — Mas tem um lugar onde quero levar você primeiro.

Ele a conduziu pela agitação da rua principal até uma avenida mais tranquila que Avery nunca tinha notado. Um silêncio mágico pareceu cair sobre eles. A rua era ladeada por uma série de prediozinhos de cores encantadoras. Os paralelepípedos eram tão brilhantes que pareciam cantar sob os pés dela.

Max a conduziu por um único lance de escada até uma porta pesada e esculpida, ladeada por um par de luminárias de metal.

— Depois de você — disse.

Avery tentou não parecer saber o que ia acontecer quando começou a subir os degraus. Um dos amigos deles devia ter se mudado para cá, e Max devia ter lhe pedido para ajudar a organizar uma festa surpresa para ela. Um pouco presunçoso, dado que ela não tinha sido tecnicamente admitida em Oxford, mas Max estava sempre pronto para comemorar coisas que não haviam acontecido ainda.

Ela fez uma pausa para compor seu rosto em uma expressão adequadamente surpresa e empurrou a porta da frente, que se abriu facilmente ao seu toque.

O *Surpresa!* que ela esperava não veio. Avery piscou, confusa, e deu um passo para dentro.

Era um apartamento encantador e antigo, com pisos de madeira e paredes amarelas desbotadas. Havia alguns móveis aqui e ali, um tapete pesado e uma estante coberta por uma fina camada de poeira. Ela passou pela cozinha estreita e seguiu até um pequeno pátio nos fundos, onde uma única mesa dobrável e cadeiras combinando estavam arrumadas.

— O que você acha?

Max a seguiu até lá fora.

Avery se virou devagar, absorvendo tudo.

— Quem mora aqui?

— Nós dois. Quer dizer, claro, isso se você quiser — corrigiu Max, apressadamente. — Eu fiz uma oferta esta manhã.

Avery sentiu-se repentinamente tonta. Ela afundou o corpo em uma das cadeiras dobráveis de metal.

— Max — disse ela, impotente —, nem sabemos se vou mesmo entrar...

— Você não acabou de dizer que arrasou na entrevista? Você vai entrar — declarou. — Achei que fazia sentido comprar um apartamento em vez de pagar aluguel; ficaremos em Oxford no mínimo pelos próximos quatro anos, enquanto você estiver cursando a universidade. Talvez mais, se eu entrar no programa de doutorado ou se você decidir fazer pós-graduação.

— Não tenho certeza se quero fazer pós — protestou Avery.

— Por que não? Você é inteligente o suficiente para isso — declarou Max. — Este é um ótimo lugar para nós, Avery.

— É — disse ela baixinho, olhando em volta.

Aquele apartamento era a cara do *Max*. Ela só não tinha certeza se era a cara dela.

— Eu sei que está um pouco mal-acabado. Precisa de tapetes e obras de arte. É aí que entra você — disse Max, e sorriu. — Mas... consegue imaginar nós dois aqui, enrodilhados na sala de estar corrigindo trabalhos de alunos? Recebendo amigos para jantar? Lá fora, em uma noite de verão gostosa, para ver os vaga-lumes? Se você olhar para aquele lado, quase consegue ver parte do rio — acrescentou ele, apontando animado.

Avery sentiu como se o ar em seus pulmões estivesse preso. Max era apenas dois anos mais velho que ela, mas era muito mais seguro de si. Tinha toda sua vida — ou melhor, a vida dos dois — completamente planejada.

Ele pareceu irritar-se com o silêncio dela.

— A menos que você não queira morar aqui. Quer dizer, se você ainda não se sente preparada para...

Apesar de se sentir congelada por uma inexplicável sensação de pânico, Avery recuou diante da perspectiva de magoar Max. O rosto dela se desdobrou em um sorriso.

— É claro que quero morar aqui — garantiu, e fez uma pausa quando outra ideia lhe ocorreu. — Você disse que comprou este lugar? Max, por favor, pelo menos me deixe pagar a metade.

— Fique tranquila. Eu tenho algum dinheiro economizado. Eu *quis* fazer isso, por você. Por nós.

Max se inclinou para a frente com uma intensidade silenciosa.

— Eu te amo, Avery Fuller — começou ele, e, apesar de os dois estarem sentados, apesar de ele não estar ajoelhado, Avery teve a sensação que o que ele estava prestes a dizer seria parecido com um pedido de casamento. — Esse último ano ao seu lado foi tão perfeito. *Você* é perfeita. Você é como um sonho pelo qual eu esperei toda minha vida e nunca pensei que fosse encontrar. Agora que eu te encontrei, a única coisa em que consigo pensar é no quanto eu quero estar sempre ao teu lado.

Avery sentiu aquela vibração de pânico novamente.

— Eu não sou perfeita, Max.

Não era justo ele exigir isso dela, transformá-la em um ideal insustentável em sua cabeça e em seguida, inevitavelmente, se decepcionar quando ela não conseguisse corresponder a ele. Nenhum relacionamento seria capaz de suportar esse tipo de pressão.

Atlas sempre soube que era melhor não usar a palavra *perfeita* com ela.

— Certo, ninguém é perfeito. Mas você está tão perto da perfeição quanto é humanamente possível — respondeu Max, sem entender o que ela queria dizer; e, por alguma razão perversa, Avery precisava que ele entendesse. Da maneira como Atlas sempre entendeu.

Ela também sabia que não deveria estar pensando em Atlas justamente agora.

— Eu não sou perfeita — repetiu.

Algo nos olhos de Max assustou-a, embora ela não tivesse certeza do porquê.

— Sou impaciente, defensiva e mesquinha, e não sou digna desse tipo de devoção cega. Ninguém é.

O rosto dele ficou pálido.

— O que você está dizendo? Está me dizendo para não te amar?

— Não é isso, eu só...

Ela abaixou a cabeça entre as mãos, sem saber como descrever o medo sem nome que tomara conta dela.

— Eu não quero te decepcionar — concluiu.

— Eu também não quero te decepcionar, Avery. Mas tenho certeza de que vou, mil vezes, e tenho certeza de que você também me decepcionará. Poderemos superar qualquer coisa, desde que sejamos honestos um com o outro.

Desde que sejamos honestos um com o outro. Avery enxotou a voz distante que a lembrava de todas as coisas que ela não tinha contado a Max: a verdade sobre a morte de Eris. A investigação sobre a de Mariel. O namoro dela com Atlas.

Nada disso importava mais, ela lembrou a si mesma. Todos aqueles segredos pertenciam à velha Avery, e ela tinha deixado a velha Avery em Nova York. Estava começando uma vida nova.

Max enfiou a mão no bolso.

Por um único e paralisante momento, Avery pensou que ele ia retirar dali um anel, e seu coração pulou e derrapou loucamente em seu peito, porque ela não tinha ideia de qual seria sua reação caso aquilo acontecesse.

Então ela soltou a respiração, porque era somente um conjunto de antiquadas chaves-chip para entrada automática na casa. Max olhou para cima e encontrou os olhos dela. Teria ele percebido o alívio no suspiro de Avery?

— Eu te amo — disse ele, simplesmente. — Tudo que eu quero é te fazer tão feliz quanto você me faz. Quero ver seu primeiro sorriso do dia quando acorda e o último antes de dormir. Quero compartilhar meus medos, minhas esperanças e sonhos com você. Quero construir uma vida ao teu lado.

Ele deslizou um dos pares de chaves na direção dela, por cima da mesa de ferro forjado.

— Eu também te amo — sussurrou Avery, porque de fato era verdade.

— Você está *chorando*?

Max levou a mão ao rosto dela, apanhando a única lágrima que escapara e escorria por sua bochecha.

— Desculpe, eu sei que o apartamento está meio acabado e precisa de reforma. Se você não gostar dele, nós podemos escolher outro — se apressou em acrescentar, e Avery sacudiu a cabeça.

Ela não sabia ao certo por que estava chorando. Ela amava Max. Eles se davam tão bem, era tão fácil estar com ele, tão sem conflitos, atritos ou obstáculos. Ele trazia à tona em Avery a melhor versão de si mesma. Então, por que o amor dela por ele não era tão livre e desimpedido quanto o dele por ela?

Por que ela não tinha tanta certeza do que queria, como ele parecia ter?

— Estou chorando porque estou muito feliz — disse ela, e se inclinou para beijá-lo, desejando que as coisas fossem assim tão simples.

LEDA

NA MESMA NOITE, Leda estava esparramada em sua cama, navegando preguiçosamente pelos feeds nas lentes de contato, quando apareceu um flicker de sua mãe. Era dirigido a Leda e seu pai. *Estou presa no trabalho, não me esperem para jantar!*

A mãe de Leda, advogada corporativa, vinha trabalhando bastante nos fins de semana. Com o irmão mais velho de Leda, Jamie, fazendo faculdade em outra cidade, Leda e seu pai frequentemente jantavam sozinhos — e, desde a morte de Eris, não estavam no maior dos amores. Os dois adquiriram o hábito de afirmar ter "muito o que fazer" e devorarem sua comida o mais rápido possível, antes de fugirem em direções opostas.

Isso entristecia Leda. Houve uma época, não muito tempo antes, em que ela se sentia incrivelmente próxima do pai — quando, em noites como aquela, ele a teria olhado com um sorriso culpado e perguntado se ela não queria ir ao restaurante italiano preferido dos dois, ali na esquina, em vez de ficarem em casa. Eles se demorariam numa sobremesa dupla, trocando histórias do dia, criando estratégias para o problema que na época estivesse incomodando Leda.

Após a morte de Eris, Leda não sabia como encarar o pai. O relacionamento deles ficou tenso e eles se afastaram cada vez mais. Agora, quando se encontravam, conversavam com o desinteresse cortês e impessoal de desconhecidos que se cruzavam na rua.

Desta vez, Leda não ignoraria a mensagem de sua mãe, como sempre fazia.

Pode ser que ela não tivesse descoberto a verdade a tempo de reparar seu relacionamento com Eris, mas ainda não era tarde demais para Leda e seu pai.

Ela seguiu pelo corredor até o escritório dele e parou diante da porta. Um coro de vozes falava do outro lado; ele devia estar em uma videoconferência. Ela bateu na porta, de qualquer maneira.

— Leda? — ouviu o pai dizer, interrompendo a ligação. — Entre.

O escritório de Matt Cole era deliciosamente aconchegante, com cores fortes e móveis de madeira de lei. Um tronco de sequoia envernizado, suspenso no ar, servia de mesa. Diante do *étagère* antigo tremulava uma holotela dividida em oito quadradinhos, cada qual contendo a cabeça sem corpo de alguém do outro lado da ligação. Quais deles estariam na Ásia, Europa ou América do Sul, perguntou-se Leda?

— Preciso de um deque revisto amanhã de manhã. Muito obrigado, pessoal — concluiu o pai, e fatiou horizontalmente o ar para encerrar a videoconferência. — Oi, Leda — disse ele, virando-se hesitante em sua direção. — Eu só tenho mais algumas coisas para resolver antes do jantar.

— Na verdade, eu queria falar com você sobre um assunto.

Leda olhou para a elegante cadeira preta diante da mesa, mas a dispensou, achando-a profissional demais, o tipo de lugar onde ela teria sentado caso fosse uma das clientes de seu pai. Em vez disso, ela seguiu para o par de poltronas aninhadas em um canto do escritório.

Seu pai a acompanhou com passos cautelosos. Leda sentou-se, enrodilhando os pés descalços no tapete aquecido e apanhando uma instafoto emoldurada na mesa próxima. Era o retrato do casamento da mãe dela.

Ilara estava incrível em seu vestido de noiva, um tubinho minimalista de crepe de seda cor de marfim que tinha um decote em V dramático, mas ela podia usar aquilo. Era magra e de seios pequenos, como Leda. Sua mãe parecia tão feliz naquela foto, Leda pensou, seu olhar dançando com uma alegria leve, quase brincalhona.

— O que foi, Leda?

Ela deixou a foto de volta na mesa, com o coração batendo alucinado. Apesar de saber que era a coisa certa a fazer, sentia-se receosa. Uma vez que dissesse aquelas palavras, nunca mais poderia desdizê-las.

— Quero falar sobre Eris. Eu sei que ela era minha meia-irmã.

Seu pai pareceu ficar totalmente sem palavras. Seus olhos haviam se desviado de Leda à imagem de sua mãe, ainda sorrindo alegre e inconsciente no quadro de estanho martelado.

— Ah, Leda — disse, finalmente. — Eu sinto tanto. Eu nunca quis machucar você.

Mas machucou, pensou Leda, embora parecesse desnecessariamente cruel dizer isso. *Você machucou todos nós.* Era sempre assim que acontecia, não era? Ninguém machucava as pessoas queridas de propósito, mas acabava machucando assim mesmo.

— Como você descobriu? — perguntou ele.

Leda lembrou-se de estar deitada na areia em Dubai, tremendo e tonta; do rosto de Mariel estranhamente recortado contra a escuridão enquanto declarava que Eris fora irmã de Leda.

— Não importa — disse ela. — Mas só descobri depois que Eris morreu. Eu gostaria de ter sabido antes. Teria... mudado as coisas, entre nós.

O pai dela se inclinou para a frente e segurou firmemente os próprios joelhos.

— Eu fiquei anos sem saber, Leda. Eu tinha acabado de descobrir; a mãe de Eris me contou poucos meses antes de Eris morrer.

Ele falava com uma urgência rápida, como se fosse crucial que Leda acreditasse nele.

— Você devia ter me *contado*, antes que...

Antes que eu interpretasse mal as coisas e empurrasse Eris, com força demais. Antes que eu perdesse a chance de realmente conhecê-la... como uma irmã.

— Sinto muito — repetiu ele, impotente. Leda viu a dor em seus olhos. Era verdadeira.

Sua garganta contraiu-se.

— Sinto saudades dela — disse Leda em voz baixa. — Ou, pelo menos, sinto saudade da chance que nunca tive com ela. Eu queria poder me lembrar de algo mais pessoal do que o seu sorriso, mas não me lembro de muito mais. Então é nisso que eu tento me concentrar. Eris sorria o tempo todo, não um sorriso falso como a maioria das pessoas, mas um sorriso de verdade.

Leda olhou para o pai. Ele estava muito imóvel e quieto.

— Ou o jeito como ela dançava. Eris dançava muito mal, você sabe, atirando os braços e os cotovelos pra todo lado, uma desajeitada completa, sem ritmo. Era pra ser engraçado, mas não era, porque era Eris. Quando ela estava na pista de dança, ninguém conseguia desviar os olhos.

O rosto de seu pai estava pálido, seus olhos marejados brilhavam.

— Eu me apego a essas lembranças — se forçou a continuar. — As fáceis, superficiais, porque são tudo o que tenho. Isso, e a lembrança de como ela morreu.

— Leda — disse o pai dela, abrindo os braços; e Leda avançou para o abraço. Os dois ficaram assim por um tempo, inclinados para a frente, num silêncio espesso de arrependimento. Leda sentiu as lágrimas do pai, o que a assustou; não tinha certeza se já tinha visto seu pai chorar. Isso a atingiu profundamente.

Ela o deixou chorar, as lágrimas dele encharcarem seu suéter, sentindo como se tivesse se tornado mãe dele, como se ela é que estivesse cuidando dele. A sensação estranha de haver um problema dissolveu-se de seu peito. Pelo menos eles já não estavam mais fingindo estar bem quando não estavam.

— Sua mãe sabe? — perguntou seu pai, finalmente.

— Eu não disse nada a ela, se é isso que você quer saber. Não sou eu que tenho que contar — respondeu Leda, olhando com firmeza nos olhos do pai. — Mas eu acho que você devia.

— Por quê? Vai machucar sua mãe e não mudará nada. Eris se foi. E Caroline e eu... terminamos há muito tempo — se apressou a explicar, dizendo o nome da mãe de Eris.

Leda entendeu aquele impulso. Era devastador, mostrar o pior de si mesmo para as pessoas de quem gosta. Saber que elas nunca mais o veriam da mesma forma. No entanto...

— Não é pesado para você guardar um segredo desses?

— Há momentos, Leda, em que a verdade pode fazer mais mal do que bem. Em que revelar um segredo é muito mais egoísta do que o guardar — insistiu o pai. — Eu sei que não é justo te colocar assim no meio, e peço desculpas. Algum dia, quando você fizer algo que gostaria de poder desfazer... algo de que se arrepende, algo que te mude para sempre... você entenderá o que eu quero dizer.

Leda sabia exatamente o que seu pai queria dizer, muito mais do que ele poderia adivinhar.

CALLIOPE

ERA MUITO CEDO de uma manhã de segunda-feira, mas Calliope já estava saindo do apartamento dos Mizrahi.

Não conseguiria passar nem mais uma manhã ali. Elise e Nadav tinham voltado de mãos dadas da lua de mel na semana anterior, em meio a um espetáculo de afeto meloso. Calliope estava feliz por sua mãe ter encontrado o amor, honestamente, mas isso não significava que quisesse ser testemunha desse amor o tempo todo. Nadav, porém, era obcecado com a ideia de união da família, ainda mais agora que oficialmente *eram* uma família. Cada refeição, cada conversa, cada atividadezinha escolar de repente se tornara um evento familiar, ou seja, Calliope precisava ficar ali, sorrindo que nem uma idiota. Ela se sentiu sufocada com tudo aquilo.

Sua única fuga era sair com Brice. Calliope sabia que não deveria mais vê-lo, mas não *conseguia* não o ver. Ela disse a Elise e Nadav que continuaria trabalhando como voluntária no hospital. Até então a desculpa parecia estar colando, apesar de Nadav ocasionalmente insistir em lhe dar uma carona até lá. Calliope simplesmente sorria, entrava e alguns minutos depois dava o fora de fininho.

Sempre que voltava para casa depois de sair com Brice — depois daquelas breves horas em que podia ser realmente ela mesma —, Calliope retornava aos Mizrahi, ao papel que ela odiava tanto. Felizmente agora estava dormindo em seu próprio quarto novamente, ainda que tivesse de suportar aquele quadro assustador do cervo morto pendurado na parede.

Naquela manhã, ao acordar horas antes do despertador, Calliope sentiu um desejo repentino, quase uma urgência, de sair. Precisava de uma manhã para si mesma, e que se danassem as consequências. Ela mandou uma mensagem para sua mãe e Nadav dizendo que tinha que encontrar um colega de classe de manhã cedo para fazer um projeto da escola, depois vestiu um jeans cor de framboesa, uma regata preta fina e brincos compridos, e teceu os cabelos em uma trança bagunçada. Nem sonhando ia vestir seu uniforme escolar.

Pegou a linha E direto até a Grand Central e se sentiu melhor assim que atravessou o enorme arco esculpido.

Calliope sempre amou estações de trem. Tinham uma capacidade tranquilizadora, especialmente de manhã cedinho, quando eram habitadas por um silêncio estranho, quase refreado. Os robôs de limpeza moviam-se pelo chão em imponente isolamento. Muffins quentinhos começaram a sair das padarias, e seu odor flutuava pelos corredores. Calliope foi até uma cafeteria e pediu um café com leite gelado de avelã; seus passos ecoaram pelo amplo espaço.

Tal como na Grand Central original, os pisos eram de travertino italiano cor de creme e aparência distinta. Colunas dóricas subiam nos cantos do pátio. Hologramas direcionais cintilavam por toda parte, ajudando os viajantes a encontrar o caminho para as inúmeras linhas de elevadores, monotrilhos, helipontos e trens Hyperloop submarinos que se encontravam ali, em um emaranhado impiedosamente eficiente. Aquele era o centro da teia de aranha cujos fios uniam a cidade — não, o mundo *inteiro*.

Calliope percebeu que estava bem na hora do nascer do sol. Sentou-se no corredor Metro-North, virando-se com expectativa em direção às enormes janelas ao longo da parede leste. Fazia muito tempo que não via o sol nascer, e ainda mais tempo que não acordava cedo somente para isso. Em geral, quando Calliope testemunhava o amanhecer de um novo dia, era porque o dia anterior ainda não tinha chegado ao fim.

Ela se recostou na cadeira, observando o nascer do sol como se fosse uma performance particular, encenada apenas para ela. Por um momento, sentiu que era mesmo: que o sol, ou talvez a cidade, estava se exibindo para Calliope, lembrando-a como era maravilhoso ser jovem e estar viva em Nova York. Era delicioso estar acordada enquanto a maior parte da cidade ainda estava dormindo. Como se somente Calliope presidisse os mistérios sagrados da cidade.

A estação começou a se agitar ao redor dela. Os primeiros trens da costa europeia estavam chegando: trens para pessoas que desejavam aproveitar até as últimas horas dos fins de semana passados em Paris ou Londres. Os comunicados dos alto-falantes passaram a aumentar de volume e de frequência, criando uma sensação de excitação contínua. Uma indefinível magia parecia agarrar-se a tudo — afinal, o transporte não era a única verdadeira magia que ainda restava na Terra? A capacidade de ir para qualquer parte, tornar-se qualquer pessoa, simplesmente por comprar uma passagem.

Talvez Calliope adorasse tanto as estações de trem porque, durante a maior parte de sua vida, elas tinham sido seu mecanismo de fuga.

Ela assustou-se ao ver uma figura familiar na multidão. Era Avery Fuller, andando de mãos dadas com aquele seu namorado alemão magrelo. Pareciam estar voltando de um fim de semana no exterior, a tempo de irem para a aula. Calliope viu Avery abraçar o namorado antes de eles caminharem para direções opostas, aparentemente seguindo para diferentes linhas de elevador.

Calliope percebeu com um sobressalto que Avery estava vindo bem na sua direção. Rapidamente se arrumou, como se estivesse em uma vitrine: o café gelado casualmente em uma das mãos, a perna dobrada sobre a outra, o perfil angulado para o nascer do sol. Achou que Avery passaria por ela sem dizer nada, ou então que diria algo sarcástico.

O que ela não imaginava era que Avery faria uma pausa.

— Posso? — perguntou, apontando para o assento vizinho.

Calliope deu de ombros, com ar despreocupado. Ela nunca fora de recuar de um confronto, ou seja lá o que fosse aquilo. No entanto, por trás de sua fachada de aço, seu coração batia forte. Ela e Avery não se falavam propriamente desde o ano anterior, quando Calliope a confrontara após a festa de Dubai, dizendo a Avery que sabia sobre ela e Atlas.

— Você está indo para algum lugar? — perguntou Avery, sua mala estampada de couro sintético pairando incerta atrás dela. Seu cabelo, que caía solto pelos ombros, como em um anúncio de xampu, emitia uma luz intensa. Ela parecia rica e descolada com a camisa branca simples e a calça jeans, sem nenhum vinco ou amassado, com a mesma aparência que Calliope tinha depois de uma viagem. Calliope ressentiu-se dela por isso, mesmo que apenas um pouco.

— Eu só vim aqui para pensar.

Talvez fosse por causa do horário tão cedo, ou pelo fato estranho de Avery Fuller ter decidido sentar e conversar com ela sem nenhum motivo aparente, mas Calliope estava se sentindo honesta.

— Eu na verdade curto estações de trem — continuou. Todas essas pessoas indo a lugares diferentes, correndo em direção a destinos que nunca vou conhecer... — deixou a frase no ar. — Isso me acalma quando estou agitada.

Avery olhou para ela com curiosidade flagrante.

— É a sua Tiffany.

— Minha o quê?

— O lugar que você vai para se acalmar — explicou Avery. — Nunca leu *Bonequinha de luxo*? Ou viu o holo?

— Nunca nem ouvi falar — disse Calliope, com desdém.

Para sua surpresa, Avery riu. Era uma risada clara, segura de si, o tipo de risada que faz você querer se empertigar e rir também.

Calliope lançou um olhar confuso na direção de Avery.

— De onde você está vindo? — arriscou perguntar.

— Eu fui para Oxford para uma entrevista na faculdade. Meu namorado me acompanhou. Mas eu tive que voltar porque esta semana...

Ah, é. Calliope lembrou que o baile de posse seria naquele fim de semana.

Enquanto a estação de trem lotava, mais e mais pessoas pareciam perceber a presença de Avery. Calliope notou os sussurros se reunindo e espalhando-se, espiralando como um furacão, tendo Avery em seu epicentro. Viu o olhar duro e impassível que se instalou no rosto de Avery e chegou a uma compreensão surpreendente.

Avery Fuller não gostava de ser o centro das atenções.

— Deve ser libertador — disse Avery baixinho, como se estivesse lendo sua mente.

— O quê?

— Poder fazer o que você quiser, ser quem você quiser.

Avery virou-se abruptamente em direção a Calliope, suas bochechas suavemente coradas.

— Como é viajar pelo mundo dessa maneira? — perguntou.

Avery Fuller, a garota do milésimo andar, estava mesmo lhe perguntando como era ser uma *vigarista*?

— Tenho certeza de que você já viajou o mundo inteiro — respondeu Calliope, desconcertada. — Quer dizer, você acabou de voltar de um fim de semana na Inglaterra.

Avery fez um gesto para dizer que aquilo não tinha importância.

— Viajo como eu mesma, geralmente com meus pais. Com isso vem um conjunto próprio de expectativas. Como é se tornar uma nova pessoa sempre que vai a algum lugar novo?

Todos os sentidos de Calliope estavam em alerta máximo. Ela nunca, *jamais* conversava sobre isso com ninguém. Era tão tabu que parecia blasfêmia.

Limpou as mãos na calça jeans.

— Por que você quer saber?

— Só curiosidade — disse Avery, e Calliope ouviu o tom sob suas palavras.

Nem mesmo Avery Fuller sabe sempre o que quer, pensou maravilhada. Até mesmo Avery Fuller ocasionalmente sentia-se dividida entre dois caminhos diferentes, duas versões diferentes dela mesma.

Calliope pigarreou, não querendo falar nada errado.

— É libertador às vezes, mas também solitário. Sempre que vou a algum lugar novo, tenho que deixar de lado quem eu fui da última vez e me tornar a pessoa que a situação exige. Estou constantemente apertando o botão de reiniciar em mim mesma.

— Nunca ninguém te reconhece?

Calliope ergueu os olhos bruscamente, imaginando se Brice teria falado com Avery, mas a pergunta não parecia ter sido incitada por nada em particular.

— Desculpe — disse Avery, com a respiração entrecortada. — Eu acho que o que eu quis dizer é: o que você muda em si mesma? Apenas o sotaque?

Calliope lembrou-se repentinamente de todas as horas de treino de sotaque com sua mãe. Ela ficava diante de Elise, com as mãos cruzadas, como uma atriz em uma audição. *Conta uma história,* Elise ordenava, e Calliope dizia alguma historinha inconsequente sobre o que tinha comido no café da manhã ou como queria cortar o cabelo dela. *Toulouse!*, exclamaria Elise, e depois *Dublin! Lisboa!* Cada vez que ela dizia o nome de uma cidade, Calliope precisava mudar para o sotaque correspondente sem pausa, sem quebrar o passo da narrativa.

— O sotaque, com certeza. Mas a confiança e como você se comporta são tão cruciais quanto. Você, por exemplo, tem a postura de uma garota que costuma estar no centro das atenções, em todos os ambientes onde você já esteve. Sem querer ofender — acrescentou rapidamente.

Avery assentiu lentamente.

— E se eu quisesse me comportar de um jeito diferente?

— Ande curvada. Não faça contato visual com as pessoas, use sua visão periférica. Encolha-se e não enfatize a aparência física — sugeriu Calliope.

— É surpreendentemente fácil fazer as pessoas não te olharem. Aposto que você nunca tentou de verdade.

Avery pareceu pensar nisso por um tempo.

— Você é muito corajosa — disse ela finalmente, e Calliope ficou tão chocada quanto se Avery tivesse começado a tirar todas as suas roupas bem ali, na estação de trem. Corajosa? Ela era egoísta e impulsiva, mas nunca se considerara corajosa.

— Eu acho que só é corajoso se você se dá bem. Se fracassa, é imprudência.

— Mas quando você já fracassou? — perguntou Avery.

Calliope piscou. *Eu fracassei em Nova York, fingindo ser alguém que eu não sou*, ela quis dizer, mas depois pensou em Brice e se animou um pouco. Ele conhecia a verdadeira Calliope, seja lá quem ela fosse, enterrada sob tantas camadas de mentiras.

— Eu tive meus momentos — deixou escapar, mas Avery não parecia mais estar prestando atenção. Ela estava olhando novamente para o nascer do sol, pensativa.

— Te vejo na aula mais tarde — disse Avery abruptamente, levantando-se. — Tenho certeza de que ambas estaremos exaustas.

— Eu já tive noites que acabaram mais tarde... e manhãs que começaram mais cedo. E me arriscaria a dizer que você também.

Calliope ficou satisfeita ao ver que tinha conseguido arrancar um sorriso de Avery. Por um momento, parecia que elas eram quase amigas.

Enquanto a outra garota se afastava, Calliope deu as costas à aurora para assistir ao mar anônimo de pessoas andando pela estação de trem: todos os cumprimentos e despedidas, risos e lágrimas, os passageiros tagarelando em vários pings, os viajantes em pé em poças de isolamento. Ela estava muito acostumada à solidão, mas de repente percebeu quantas outras pessoas havia naquela vasta cidade, também sozinhas.

RYLIN

— **VOCÊ ESTÁ AUTORIZADO** a me levar para sair em Nova York, sabia?

Rylin afastou a cortina do deck privativo dos dois para olhar a vista.

— E que graça isso tem? — riu Cord, parecendo despreocupado.

Eles estavam no cruzeiro noturno da *Skyspear*: a mais luxuosa e mais famosa das naves de turismo espacial atualmente em operação. Embora isso mal pudesse ser chamado de espaço, Cord insistiu. Eles permaneceriam a uma altitude de trezentos quilômetros o tempo todo, nunca deixando a faixa reconfortante da órbita baixa da Terra.

— Quer dizer, você não precisa estar sempre fazendo grandes gestos românticos comigo — insistiu Rylin.

No ano anterior, ele a levara para Paris, e agora isso?

— Talvez eu goste de grandes gestos românticos — respondeu Cord.

— Eu sei. Mas no próximo fim de semana, vamos cozinhar tacos e assistir a um holo. Um encontro menos... grandioso — concluiu ela, sorrindo. — Eu acho que me sinto meio boba em um voo pra lugar nenhum.

Eles haviam decolado de Nova York alguns minutos antes, no final da tarde, e estariam de volta em apenas duas horas, depois de circum-navegarem o globo inteiro. Tecnicamente já estavam orbitando, o que significava que não estavam mais queimando combustível. O *Skyspear* funcionava como um satélite de alta velocidade, impulsionado pelo efeito estilingue da gravidade da Terra.

A "suíte de visualização", uma das várias dezenas da primeira classe, era essencialmente uma sala de estar particular, com um sofá cor de pedra e duas poltronas. Nenhuma cama, Rylin notou no mesmo instante, numa combinação confusa de alívio e decepção.

O verdadeiro destaque de tirar o fôlego era o flexividro que revestia a maior parte do chão e uma parede inteira. Rylin mal conseguia desviar o olhar. Era aterrorizante, mas maravilhoso, acompanhar a vista se desenrolar a seus pés. O mundo inteiro parecia um segredo, indomável e cheio de promessas, revelando-se apenas para ela.

Na borda daquela colcha de retalhos brilhante, uma fatia dourada de sol em forma de quarto crescente tombava logo além da curva do planeta. Esse era um dos destaques daquele cruzeiro noturno: voar em linha reta rumo ao amanhecer e sair do outro lado. Rylin se arrependeu de não ter trazido a câmera de vídeo.

— O importante aqui não é o destino, Rylin. É a jornada.

Cord ficou atrás dela, envolvendo-a com os braços e apoiando o queixo em seu ombro.

Rylin tinha a impressão de que o mais importante durante a maior parte de sua vida tinha sido a jornada, em vez do destino. Agora que finalmente tinha um senso de propósito, não queria fazer nenhum movimento a menos que fosse na direção certa. Ela não precisava desacelerar e aproveitar o trajeto. Queria chegar ao seu destino e depois curtir o fato de ter chegado lá.

— Além disso, eu queria que a noite hoje fosse especial. Não é bom, estar assim tão longe de Nova York?

Cord apontou para a cidade, que já era um pequeno vaga-lume pulsante, recuando atrás deles.

— Isso bota tudo em perspectiva — concluiu ele.

— O mundo parece pequeno daqui de cima — concordou ela.

— O mundo *é* pequeno.

— Talvez para você!

Rylin girou, sem fôlego por causa da proximidade de Cord. Era como se seu sangue tivesse corrido para a ponta de seus dedos, para seus lábios.

— Para mim, é enorme — acrescentou.

— Por enquanto. Meu objetivo é mudar isso.

Rylin hesitou. Ela sabia que provavelmente devia dizer algo, observar que Cord estava tentando jogar dinheiro no namoro deles novamente, como fizera da última vez, mas não queria destruir o momento. Ela gostava de Cord por *Cord*, não por causa das coisas caras que vinham com ele.

— Você tá com aquele olhar de nariz enrugadinho, reflexivo — disse Cord, sorrindo. — Seja lá qual for o motivo, não precisa levá-lo tão a sério.

— Talvez você não leve as coisas suficientemente a sério.

Rylin queria que aquilo saísse como uma piada, mas seu tom ficou esquisito. Cord pareceu magoado.

— Eu levo *você* a sério — respondeu.

— Desculpa.

Rylin olhou de novo para a vista, ainda pensativa.

— Eu gostaria que minha mãe estivesse aqui — comentou. — Ela adoraria ver isso.

— Sério?

Cord parecia cético, como se não pudesse imaginar a mãe de Rylin ali em cima — e provavelmente não podia mesmo, ela percebeu. Ele nunca conheceu a mãe dela como outra coisa que não sua empregada.

Ela tentou não parecer defensiva.

— Ela adorava aventuras. Ela é que sempre sonhou em conhecer Paris.

Cord pareceu não ter nada a dizer sobre isso. Era o que sempre parecia acontecer, Rylin pensou decepcionada, quando a conversa ficava pesada como agora. Para alguém que tinha sofrido muitas perdas na vida, ele era péssimo em falar sobre o assunto.

Ele se sentou no sofá, deixando-a observar a vista em silêncio. Finalmente, Rylin foi se sentar ao lado dele, apoiando a cabeça em seu ombro.

— Conte tudo o que eu perdi no ano passado — pediu ela.

— Por onde devo começar?

— Pelo começo — brincou Rylin, e Cord sorriu.

— É justo. Eu acho que a primeira história foi o que aconteceu com Brice a caminho de Dubai...

Rylin inclinou a cabeça para trás, ouvindo o monte de histórias de Cord do ano anterior: a viagem que ele e Brice fizeram para a Nova Zelândia, a vez que seus primos vieram do Rio, de visita, e foram ficando, sem data para voltar, a pegadinha que Cord fez com o amigo Joaquin. Ela ouviu, sem dar a mínima por ter perdido aquelas coisas.

Cord tendia a se concentrar nos grandes momentos épicos, em coisas como este cruzeiro na *Skyspear*, mas um namoro não se formava ou se rompia com base nas histórias dramáticas. Era construído no restante do tempo, nas conversas sonolentas da madrugada, nas risadas quando se dividia um saco de pretzels, nas silenciosas sessões de estudo depois da aula. Era *isso* o que Rylin amava.

Ela percebeu que Cord tinha acabado de falar e estava olhando para ela de uma maneira que a fez corar.

— Eu senti sua falta, Myers. Pode parecer estranho, mas eu senti falta de ter você para conversar, mais do que qualquer outra coisa. Havia muitas coisas que eu só conversava com você.

Rylin pegou sua mão. Ela sabia o que ele queria dizer — que além de namorados, eles também tinham sido amigos.

— Senti saudades de conversar com você, também.

Ela realmente sentira falta dele, pensou, mesmo quando estava com Hiral.

Como Hiral estaria agora? Quem sabe? Talvez sua cidade flutuante fosse grande o suficiente para ser visível lá do alto.

— Veja — disse Cord, chamando sua atenção para a janela, onde chamas douradas lambiam o horizonte.

Rylin ficou espantada. Eles estavam voando direto até a aurora.

Faixas de fogo rodopiavam na escuridão. Era deslumbrante, ofuscante; Rylin queria desviar os olhos, mas não conseguia, porque lá estava o sol, a estrela mais próxima do seu alcance. Todo o seu ser pareceu inundar-se com uma onda de leveza gloriosa. Ver a face do sol, ela percebeu, parecia-se muito com se apaixonar.

— Sabe de uma coisa? — disse Cord com um sorriso travesso. — O estado natural da órbita baixa é na verdade gravidade zero. A gravidade aqui dentro é opcional.

— É?

Rylin sentiu um delicioso arrepio percorrer sua espinha. Ela já adivinhava aonde isso ia parar.

— Eu nunca beijei ninguém em gravidade zero — disse ela.

— Nem eu, mas há uma primeira vez para tudo.

Cord alcançou o painel na parede e pressionou os comandos para desativar os controles de gravidade.

Rylin só percebeu o quanto estava segurando firmemente o braço da poltrona quando a gravidade sumiu e ela flutuou para cima. Rapidamente se soltou. Que ridículo ela estar nervosa. Aquela não era exatamente sua primeira vez com Cord, mas não conseguiu evitar o sentimento.

Ela flutuou para cima, seus cabelos oscilando e pairando sobre ela em uma nuvem negra, como se erguidos por seus batimentos cardíacos. Cord tinha manobrado para ir para seu lado; estendeu a mão, alcançou a dela, e, quando os dedos dela se entrelaçaram nos dele, ele a puxou para o peito.

Eles ficaram atrapalhados e estranhos no começo, acostumando-se com a falta de gravidade. Quando ela levantou a camisa de Cord sobre a cabeça dele e tentou atirá-la para o lado, a camisa não ficou no lugar como aconteceria normalmente, mas continuou pairando ao lado deles como um mosquito problemático.

Rylin deu um tapa nela. De repente, ela começou a rir, e Cord também; e ela soube com uma certeza inabalável que aquilo tudo estava certo.

Então eles já não estavam mais rindo, porque suas bocas tinham se unido, e todo o constrangimento entre eles se dissipado. Por que ela um dia tinha duvidado deles?, perguntou-se Rylin. Como podia duvidar, quando sua pele estava pegando fogo, quando a pele de Cord era sua própria pele e eles estavam entrelaçados assim, de forma ao mesmo tempo quente e lenta e elementar?

A nave continuou orbitando mais para perto do nascer do sol, e a aurora banhou seus corpos com um brilho dourado e quente.

LEDA

LEDA NÃO PARAVA de pensar em Watt.

Era estranhíssimo, mas a raiva dela estava diminuindo. Parecia um artefato de antigamente, que pertencera a uma Leda mais dura e mais amarga, a Leda que ainda brigava com os pais. Que nunca tinha visitado o túmulo de Eris.

Leda não acreditava mais que Watt fosse algum tipo de gatilho humano do lado mais sombrio dela. Não mais. Talvez porque ela tivesse enfrentado sua escuridão — a tivesse olhado diretamente na cara e lutado contra ela — e agora não havia mais nada ali a temer.

Ela queria conversar com Watt, dizer que havia confrontado o pai sobre o caso dele com a mãe de Eris. Que sua família estava se renovando, inteira. Que, se havia esperança para sua família, então talvez houvesse esperança para a própria Leda.

Ela queria contar tudo isso para Watt, compartilhar suas vitórias e suas derrotas com ele — porque, a menos que ele soubesse delas, nenhuma pareceria verdadeira.

Em algum momento Leda passou a confiar em Watt, e não podia suportar a ideia de perdê-lo novamente.

Portanto, sexta à noite, um dia antes do baile da posse, Leda decidiu mandar-lhe um ping. Watt não atendeu. Ele não respondeu aos flickers também.

Quando Leda tocou a campainha do apartamento de Watt, a mãe dele atendeu. Ela piscou, incapaz de esconder sua surpresa.

— Oi, Leda. Desculpe, mas Watzahn não está aqui.

Leda enfiou as mãos nos bolsos, espantada pela mãe de Watt lembrar-se dela. Ela se sentiu subitamente nervosa.

— A senhora sabe onde ele está?

— Eu não tenho certeza — admitiu Shirin. — Eu aviso que você veio.

Quando ela se virou, Leda lembrou-se de algo que Watt tinha lhe dito uma vez — que, quando ele se sentia muito triste, ia sempre a um mesmo lugar, para ficar sozinho. Ela acessou suas lentes de contato para encontrar o endereço e deixou o computador incorporado calcular a rota mais rápida. Então Leda partiu, seguindo as instruções sobrepostas na sua visão.

O Território dos Games era um local eclético alguns andares mais acima da Torre.

Era decorado como um fliperama antigo, com piso de azulejo brilhante e luzes de tubo de néon serpenteando ao longo do teto. Um rock nostálgico explodia pelos alto-falantes. O lugar era repleto de uma coleção aleatória de consoles antigos de videogame, jogos de tiro e de invasores do espaço, e até aquelas garras metálicas que apanhavam bichinhos de pelúcia. Ao longo da parede oposta ficavam as holossuítes mais caras: os quartinhos para aluguel, onde havia fones de ouvido e luvas hápticas de realidade virtual. Leda viu alguns homens grisalhos sentados com cafés, jogando xadrez 3-D em um tabuleiro de tela touch.

Ela desceu por um corredor e depois pelo seguinte, sabendo exatamente o que estava procurando. Quando encontrou, sorriu de alívio involuntário.

Watt estava instalado em um console de videogame de espuma plastificada que tinha a forma de um velho navio pirata de madeira, com direito até à típica insígnia de caveira com ossos cruzados. Debruçado sobre o leme cravejado de joias, acionava furiosamente uma série de comandos, enquanto a holotela diante dele mostrava uma fileira de canhões inimigos. Leda achou engraçado que o avatar de Watt fosse uma mulher com longos cabelos ruivos, metida numa roupa muito imprecisa historicamente, composta de um vestido e botas compridas.

— Jogando de rainha pirata, hein? — comentou ela, deslizando para o assento ao lado do dele.

Watt largou os controles, em choque.

— Grace O'Malley tem as melhores armas — respondeu, rouco, depois de um momento. — É tudo uma questão de estratégia.

Ele a encarou com curiosidade, quase cautelosamente. As luzes do jogo brincavam em seu rosto, dando a impressão de que ele estava embaixo d'água.

— Como descobriu que eu estava aqui?

— Você me disse no ano passado que *Armada* era seu jogo preferido — lembrou Leda.

Watt não parecia muito bem. Estava com jeans rasgados e um moletom velho, mas não era só a roupa. Havia nele um desânimo, como se fosse uma versão silenciosa e arrasada dele mesmo.

— Watt — começou a dizer, mas ele já estava falando, as palavras caindo desajeitadamente sobre as dela.

— Eu lhe devo um pedido de desculpas. Eu nunca deveria ter te acusado de... eu só...

— Não vamos falar sobre isso — implorou Leda.

Seu peito palpitava com emoção confusa, e ela se aproximou de Watt.

— Andei pensando muito ultimamente — continuou. — E finalmente estou começando a...

Consertar as coisas, era o que ela queria dizer, mas parecia não ser exatamente isso.

— Superar as coisas.

— Fico feliz, Leda.

Watt segurou timidamente a mão dela e Leda entrelaçou os dedos nos dele. As ondas holográficas batiam sobre os dois, quase relaxantes em suas repetições.

— Não passei no MIT — disse Watt, depois de um momento.

Leda levantou a cabeça rapidamente.

— Você não passou no *MIT*?

Pudera ele parecer tão derrotado.

A mandíbula de Watt se enrijeceu, seu olhar nublou-se.

— Estraguei tudo na entrevista. Eles me mandaram embora.

— Ah, Watt. Que pena.

Leda sabia que as palavras eram inadequadas; mas o que poderia dizer para alguém que acabou de perder a chance de concretizar o sonho de uma vida inteira?

— O erro foi meu. Eu me esforcei demais para ser algo que não sou — suspirou Watt. — Eu já estava arrasado por te perder. Era mais do que eu era capaz de lidar, ter estragado tudo da minha vida graças à minha própria tolice.

— Watt, você não me perdeu — assegurou Leda. — Eu só precisava de um tempo. Estou com medo de mim mesma... do que eu posso ter feito. Mas não quero te afastar.

Ela olhou para ele. O sangue subiu para a pele fina que recobria os ossos do peito dela; ela sentiu as batidas do coração ecoando no espaço entre suas costelas. Não havia segredos entre eles, ela percebeu, atordoada. Nada entre ela e Watt, exceto o espaço.

Então os braços dele a envolveram e ela pressionou a boca na dele, certa de que nunca se cansaria daquilo.

Eles caíram sobre o holoconsole, que explodiu em uma dúzia de telas de uma só vez, como se fossem fogos de artifício. Watt se afastou.

— Desculpa — murmurou, mas Leda apenas riu.

Ela não se importava. Percebeu que tudo o que queria era ficar a sós com Watt, longe de tudo. Onde pudessem se isolar do mundo, mesmo que por pouco tempo.

— Vamos sair daqui? — perguntou Leda, torcendo um cacho de cabelo, subitamente nervosa. — Meus pais não estão em casa. Quer dizer, se você quiser...

— Vamos. Claro — gaguejou Watt, como se estivesse com medo de que ela pudesse mudar de ideia.

— Tá.

Leda pegou a mão dele novamente e apertou-a. Viu aquele sorriso travesso que ela amava curvando-se nos cantos da boca dele.

Quando eles chegaram à porta da casa dela, mais acima na Torre, e subiram as escadas para o quarto dela, Leda fechou a porta.

Pensar que, nessa mesma época no ano passado, Watt não era mais nada além da pessoa que hackeava coisas para ela. Agora ele era seu coconspirador, seu parceiro no crime, o garoto que ela amava. Watt entrou em sua vida e dentro dela mesma, e Leda sentia-se muito feliz com isso, mesmo sabendo que era o que ele pretendia durante todo esse tempo.

Bem, se era para ser assim, melhor mergulhar de cabeça com tudo.

WATT

WATT NÃO IA ao quarto de Leda havia quase um ano.

Estava diferente, pensou ele — mais vazio, com novos espaços em branco nas paredes e prateleiras. Leda estava falando sério quando disse que tentou varrer todos os detritos da vida anterior.

Mas ela continuava sendo Leda, a garota que ele amava, bem ali diante dele — leve e trêmula, mas nem um pouco frágil. Watt conhecia a implacabilidade de sua força, como uma lâmina fina, mas com a precisão de um chicote.

— Leda — disse Watt suavemente. — Nós não precisamos, hã...

Em resposta, Leda pegou a camisa de Watt para puxá-lo para mais perto e o beijou.

Eles caíram para trás na cama em um emaranhado febril. Leda abriu desajeitadamente os ganchos e fechos da jaqueta de Watt, e depois jogou-a de lado. Ele levou as mãos às costas dela para abrir o zíper do vestido.

— Deixa que eu faço — disse Leda, impaciente, afastando-se dele apenas o tempo suficiente para sair do vestido, que caiu no chão com um farfalhar.

Então ela ficou de frente para ele, usando só seu sutiã e calcinha finos. Watt sentiu os próprios batimentos cardíacos ecoarem no espaço entre os dois.

Ele estendeu a mão timidamente para traçar o sorriso dela. Adorava a boca de Leda, a plenitude ansiosa dela. Adorava tudo nela: a curva do pescoço, a suavidade dos braços, a maneira como ela se encaixava tão perfeitamente em seu peito. Todo lugar que eles tocavam parecia explodir em uma fricção ardente.

Watt se arrependeu de todos os momentos do ano anterior que não havia passado com ela. Ele se arrependeu de cada beijo que dera em alguém que não fosse Leda, porque agora sabia o quanto um beijo podia significar.

Ele amava Leda — por sua selvageria, seu fogo interior e seu orgulho feroz e teimoso. Ele adorava que ela fosse mais cruelmente viva do que qualquer pessoa que ele já conhecera. Queria desesperadamente contar-lhe que a amava, mas não se atrevia, porque estava morrendo de medo de que isso pudesse fazê-la fugir. Em vez disso, ele continuou beijando-a, sem parar, de novo e de novo, tentando derramar seu amor naqueles beijos.

Torcia, desesperadamente, para que ela também o amasse.

* * *

No início da manhã seguinte, Watt se apoiou em um cotovelo, olhando para Leda com admiração autêntica.

Ela se mexeu no travesseiro, que estava quente e levemente perfumado onde ela tinha dormido. A luz fraca brilhava em seus brincos, que, Watt percebeu, tinham o formato de duas minúsculas luas crescentes. Teriam algum significado? Teria Leda os comprado em uma viagem, ou teriam sido um presente? Ele sentia fome de saber todos os detalhes sobre qualquer coisa que importasse para Leda.

Lutou contra o desejo de estender a mão e tocá-la, para ter certeza de que ela realmente estava ali. De que a noite passada não tinha sido apenas um sonho.

Watt percebeu com um sobressalto que ela estava acordada; seus olhos tremularam e se abriram na escuridão como os de um gato.

— Watt — ofegou, e ele se inclinou para beijá-la.

— Eu odeio dizer isso, mas tenho que ir pra casa.

— Nunca imaginei que você fosse do tipo que foge — murmurou ela, provocando-o.

— Acredite em mim, a última coisa que quero é ir embora. Eu só não gostaria de ser o cara que vai te colocar em uma fria com seus pais.

— Você tem razão.

Leda soltou um suspiro e sentou-se, deixando os lençóis escorregarem de seus ombros.

— Watt?

Ele parou na porta para olhar para ela.

— Sim?

— Quer ir ao baile da posse comigo hoje à noite? — convidou ela, com um sorriso hesitante. — Eu sei que tivemos nossos altos e baixos em eventos formais, mas pensei que desta vez...

Watt sorriu, fingindo deliberar.

— Não sei, não. Quer dizer, da última vez você só me convidou porque queria ter acesso a Nadia.

Leda revirou os olhos.

— Você sabe que não foi assim que...

— Mas não consigo dizer não a você, Leda — concluiu Watt. — É claro que eu vou.

Durante todo o caminho de volta para casa, ele manteve Nadia desligada. Ela tinha se desligado enquanto ele estava com Leda, como sempre fazia quando Watt estava com uma garota, e por algum motivo ele não se sentiu pronto para quebrar aquele silêncio.

Foi por isso que não recebeu nenhum aviso de que havia policiais em seu apartamento.

* * *

— Como eu disse, meu filho está na casa de uma amiga.

A mãe de Watt estava plantada, robusta, na porta de casa, falando cheia de indignação. Diante dela havia uma dupla de policiais: um homem atarracado de bigode e uma mulher de olhos brilhantes que não poderia ser muito mais velha do que Watt.

Ligar computador quântico, Watt pensou furiosamente, e assistiu enquanto Nadia fazia um escaneamento de reconhecimento facial dos dois. Ela rapidamente abriu caixas de identificação com os nomes de ambos abaixo dos rostos: Harold Campbell e Lindsay Kiles.

— Pelo jeito, ele já voltou — disse a policial Kiles, enquanto Watt aproximava-se da porta. Ela levantou uma sobrancelha, como se perguntasse por que ele estava chegando tão cedo em uma manhã de sábado, parecendo nitidamente amarrotado e cansado.

O policial Campbell se intrometeu.

— Sr. Bakradi, gostaríamos que nos acompanhasse até a delegacia para responder algumas perguntas.

— De jeito nenhum! — repetiu a mãe de Watt. As mãos dela estavam plantadas nos quadris, e sua mandíbula era uma linha sombria.

Watt ficou perplexo e com um pouco de medo. *Nadia, o que está acontecendo? Eu pensei que a polícia não tinha nenhuma prova concreta.* A única coisa que sabiam era que Mariel os estava seguindo, o que não provava nada.

Nadia parecia tão nervosa quanto ele. *Estou tentando ver do que isso tudo se trata, mas, como eu já disse, não posso invadir o sistema da polícia sem estar no local.*

Será que Rylin e Avery também seriam interrogadas?, perguntou-se Watt. Ou a questão ali seria somente ele... e sua atividade de hacker? Ou pior ainda... Nadia?

— Tudo bem. Fico feliz em acompanhar os senhores, se isso for de alguma ajuda — disse Watt com o máximo de educação possível, ignorando os protestos furiosos de sua mãe. Ele passou a mão pelos cabelos rebeldes antes de seguir os policiais pela rua principal.

Sentiu uma pontada de preocupação ao ver o hover azul da polícia parado na esquina. Por alguma razão, ele achou que iriam de transporte público. Não era exatamente animador ser obrigado a seguir no banco traseiro do hover, onde as portas não se abriam por dentro. Parecia que as coisas de repente tinham avançado rápido demais, como se ele já tivesse sido julgado e considerado culpado.

Watt levou a mão até a protuberância onde Nadia estava localizada, para reassegurar-se de que ela continuava ali — um gesto arriscado, que ele tentou disfarçar, fingindo que estava coçando a cabeça. Pelo menos teria Nadia ao seu lado durante o interrogatório, pensou, com uma sensação de gratidão intensa.

Entretanto, assim que Watt se pôs a seguir os detetives até a sala de interrogatório da delegacia, Nadia disparou um alarme na mente dele. *Há um sensor infravermelho aqui para detectar tecnologia ativa.*

Isso é para tablets e lentes de contato! Não tem problema, supostamente meu cérebro teria naturalmente de aparecer como quente no sensor, Watt garantiu, porque a ideia de passar pelo interrogatório sem Nadia lhe dava ânsia de vômito.

Não é seguro. Vou me desconectar, ela disse, e com isso desligou-se.

Ah, não, que merda. Watt realmente teria que passar por aquilo sozinho.

Ele sentou na cadeira dobrável de metal do outro lado da mesa, em frente aos detetives. Seria melhor sentar-se ereto ou desleixado? Talvez apoiar um cotovelo sobre a mesa? Ele precisava encontrar o equilíbrio exato entre nervosismo e confiança; porque um cara inocente seria um pouco blasé numa situação dessas, não é, sabendo que não tinha feito nada de errado? Ou uma pessoa inocente tremeria de medo?

Por que ele não conseguia nem sequer tomar uma decisão sobre sua postura sem a ajuda de Nadia?

O policial Campbell falou primeiro.

— Sr. Bakradi. Você conheceu uma garota chamada Mariel Valconsuelo?

— Não, eu não sei quem é — respondeu Watt, talvez com um pouco demais de ênfase.

Se havia sensores infravermelhos ali, não haveria também detector de mentiras? Mas os detetives não conseguiriam determinar mentiras de fato sem acoplar biossensores nele, não é?

Campbell acenou com a cabeça para sua colega, que tocou uma tela, fazendo com que um holograma de Mariel ganhasse vida diante deles. Ela parecia zangada e intransigente, a cabeça inclinada para cima, como se o fato de ter de tirar uma foto de identificação fosse uma terrível imposição.

— Mariel estava namorando Eris Dodd-Radson antes de Eris morrer — disse o policial Campbell, insistente.

Watt não respondeu.

A policial levantou uma sobrancelha.

— Você nunca viu Mariel? — Kiles também perguntou.

— Não que eu me lembre.

— Antes de morrer, Mariel estava coletando informações sobre você.

Watt fez o possível para parecer chocado com essa revelação. O policial Campbell inclinou-se mais para a frente na mesa, como se determinado a ocupar mais espaço.

— Você não tem a menor ideia do motivo?

— Talvez ela tivesse uma queda por mim, sei lá.

Quando viu a expressão no rosto dos policiais, Watt percebeu que irreverência não era a melhor estratégia.

— Posso lhe garantir que não — interrompeu Kiles secamente.

Watt mordeu o interior de sua bochecha. Nadia o teria impedido de dizer uma coisa dessas.

A policial fez um gesto e o holograma perdeu definição e sumiu rapidamente, como neve se dissolvendo.

— De onde você conhece Avery Fuller? — continuou ela, mudando abruptamente de assunto.

— Avery é uma amiga — disse Watt, cautelosamente.

— Só uma amiga?

Será que eles sabiam que ele a levara para aquela festa do clube universitário, no ano passado?

— Eu queria que fosse mais que amiga, mas sabem como é, Avery é basicamente inatingível — brincou Watt, e podia jurar ter visto a sombra de um sorriso no rosto de Campbell.

Já a policial Kiles pareceu achar menos graça.

— E quanto a Leda Cole? Vocês também são "só amigos"?

— O que minha vida amorosa tem a ver com isso, exatamente?

A jovem policial olhou para ele com firmeza.

— Estou tentando entender como você foi parar nessa história de maneira tão marcante.

Watt entendeu o subtexto. Como é que Watt, um cara aparentemente comum dos andares mais baixos da Torre, tinha entrado na vida de garotas que moravam do 103º ao milésimo andar?

— Sei lá... acho que simplesmente aconteceu — disse Watt, de um jeito totalmente inadequado.

Os detetives trocaram um olhar cansado. Por fim, a policial Kiles levantou a mão, com a palma para cima, em um gesto ambíguo que poderia significar tanto que ele estava dispensado como simplesmente implicar uma falta de confiança, como se ela não tivesse caído na história de Watt.

— Obrigada, sr. Bakradi. Pode ir. Por enquanto — acrescentou, ameaçadoramente.

Watt não precisou ouvir aquilo duas vezes. Levantou-se tão rápido quanto foi capaz e correu em direção à porta. Antes que ele pudesse alcançá-la, porém, a policial Kiles lhe fez mais uma pergunta.

— A propósito, sr. Bakradi... conhece alguém de nome Nadia?

Watt sentiu um abismo repentino se abrindo dentro dele, um buraco negro de medo tão imenso que parecia ter uma gravidade própria.

Por um único momento sem fôlego, ele pensou em confessar tudo. Tentar fazer um acordo em troca de contar tudo à polícia: que Mariel estava perseguindo todos eles, que Leda acidentalmente matou Eris, que ela talvez também tivesse matado Mariel, mas disso ele não tinha certeza; ele não tinha mais certeza de nada. Antes de se envolver em tudo aquilo, o mundo parecia tão simples para Watt, tão *binário*, dividido nitidamente em preto e branco, uns e zeros. Agora ele já não sabia de nada ao certo.

Tudo dentro de Watt se encolheu ante a ideia de machucar Leda. Ele recuou um passo, desajeitadamente, esperando que seu rosto não parecesse tão aflito quanto ele se sentia.

— Eu não conheço ninguém chamado Nadia.

Assim que eles se viram fora da delegacia, ele ligou Nadia abruptamente e contou-lhe tudo o que tinha acontecido. *Estamos encrencados*, ele concluiu, com pesar e desânimo.

Eles não sabem de nada, exceto que o nome Nadia estava rabiscado naquele caderno, ela o lembrou.

Mas e se houver outras provas? Estou morrendo de medo de que eles continuem cavando sem parar, que não descansem até encontrarem alguma coisa. E nós dois sabemos que há muito o que encontrar, ele pensou, impotente.

Desculpe, respondeu Nadia, o que era ridículo, já que nada daquilo era culpa dela, mas sim dele.

Watt sabia o que tinha que fazer.

Só havia uma maneira de descobrir com certeza o que a polícia sabia ou por que o interrogaram naquela manhã.

Vou invadir o sistema da delegacia, decidiu.

A resposta de Nadia foi um rápido *NÃO*, escrito em letras vermelhas piscantes, tão grandes que obstruíram a visão de Watt. Ele a ignorou.

Fazia muito tempo que Watt não precisava dar uma de James Bond e enfiar Nadia em algum lugar para hackear um sistema *in loco*. Na verdade, a última vez que precisou fazer isso foi no dia em que conheceu Avery — quando ele estava trabalhando para Leda, tentando descobrir de quem Atlas gostava. Parecia ter sido um milhão de anos atrás.

No entanto, Watt não se sentiria seguro até ter certeza do que a polícia sabia. A única maneira de descobrir isso era de dentro da infraestrutura de uma delegacia.

De jeito nenhum, Watt! É muito perigoso, respondeu Nadia, e ele ouviu-a gritando silenciosamente na sua cabeça. *Isto não é um posto de pedágio. Estamos falando da sede do Departamento de Polícia de Nova York!*

Watt não aguentava mais esse estado de incerteza.

É a única maneira de descobrirmos a verdade, ele insistiu, tentando ignorar que os pelos da parte de trás de seus braços se eriçavam de medo só de pensar.

Eu me recuso a aprovar isso! Se você for pego, pode ir preso!

Ele contraiu a mandíbula, determinado. *Mas, se eles souberem da verdade a seu respeito, eu* definitivamente *vou preso*.

Ela parou de discutir depois disso, porque ambos sabiam que Watt estava certo.

AVERY

— EU ATENDO! — gritou Avery, quando a campainha do milésimo andar tocou.

— Avery, *não*! É o repórter — advertiu sua mãe, sacudindo a cabeça decepcionada. — Calce seus sapatos de novo.

Certo, porque Deus nos livre que alguém descubra que andamos dentro de casa com os pés descalços.

— Não é o repórter; é Max — argumentou Avery, porém obedientemente calçou os saltos baixos que sua mãe tinha escolhido. Eles combinavam com o vestido cor de ameixa, de cintura ajustada e mangas curtas. Que sua mãe também tinha escolhido.

— Você convidou *Max*?

Elizabeth deu um suspiro alto.

— Avery, era para ser um brunch familiar íntimo. Com cobertura fotográfica.

Avery sentiu uma pontada de ressentimento. Ela sabia exatamente por que sua mãe não queria Max ali. Seus pais gostavam dele, de verdade, mas tinham feito o possível para afastá-lo de qualquer coisa relacionada à eleição. Porque Max, com seu cabelo desgrenhado, suas roupas descombinando e seu senso de humor, não se encaixava na imagem que os pais de Avery estavam tentando construir da família perfeita americana.

— Sim, eu convidei Max — disse Avery secamente. Ela passara a semana toda com medo daquele brunch e não queria enfrentá-lo sem Max.

O convidado do brunch era um repórter da *Modern Life*, uma das fontes de notícias mais seguidas nos feeds. Ele estava escrevendo um perfil sobre o pai de Avery, uma daquelas reportagens acolhedoras sobre como era a vida do novo prefeito eleito de Nova York em casa, "nos bastidores". O perfil seria postado nos feeds no mesmo dia, bem a tempo do baile da posse.

Avery sabia que ela deveria ficar ali sentada sorridente, como a filha bem-comportada e fotogênica que todos pensavam que ela era. Contar algum caso encantador para ajudar a tornar o pai alguém com que as pessoas pudessem se identificar de alguma forma. Comportar-se de forma elegante, mas acessível.

Ela caminhou rapidamente pelo hall de entrada, seus reflexos multiplicados flutuando nos espelhos ao seu lado. Seus passos ecoaram nos pisos recém-encerados. A governanta, Sarah, estava preparando uma refeição "caseira" de omeletes e panquecas, e a mãe de Avery havia deliberadamente deixado a porta da cozinha aberta, de modo que tudo cheirava levemente a açúcar e domesticidade.

— Oi! — exclamou quando abriu a porta de entrada para Max.

Avery havia oferecido várias vezes para colocá-lo na lista de entradas pré-aprovadas da casa, mas ele se recusou, obviamente. *E negar a mim mesmo o prazer de ver seu lindo rosto toda vez que você vem atender?*, rebatera ele, ao que Avery não teve resposta a não ser sorrir.

Ele estava ali agora, metido em uma camisa social e calça cáqui, os cabelos escuros um pouco menos bagunçados do que o normal e um buquê de lírios frescos estendido para ela. Quando Avery fez menção de apanhá-lo, Max, rindo, balançou a cabeça.

— Não é para você; é para sua mãe — explicou.

Era a cara dele aquele tipo de atenção.

— E para mim, você não trouxe nada? — brincou Avery.

— Só isso.

Max se inclinou para beijá-la, enviando arrepios ao longo de todo o corpo de Avery.

— Obrigada. Eu estava precisando disso.

— Lembre-se — ele murmurou em seu ouvido enquanto atravessavam o apartamento de mãos dadas. — Você não vai ter que lidar com nada disso no ano que vem. Vai fugir comigo para Oxford e deixar tudo para trás.

— Eu sei — disse Avery, sem sua convicção habitual.

Não era culpa de Max, ela disse a si mesma, mas ela era jovem e tinha o direito de mudar de ideia sobre as coisas... como ir morar nos dormitórios da universidade, por exemplo...

— Max!

Seu pai entrou na sala, seguido de perto pela mãe de Avery, que deu um sorriso tenso e afetado. Atlas já estava esparramado no sofá, com um café na mão. Ele levantou-se para cumprimentar Max, sem olhar nos olhos de Avery.

— Sr. Fuller. Muito obrigado por me convidar esta tarde — disse Max educadamente, e estendeu o buquê de lírios. — Estas flores são para a senhora, sra. Fuller.

— Obrigada, Max. Estamos muito felizes por você ter vindo — disse a mãe de Avery.

Avery se espantou mais uma vez com a habilidade de sua mãe de mentir, porque até ela, que a ouvira reclamando de Max apenas dois minutos antes, quase acreditou na sinceridade. Elizabeth entregou os lírios a Sarah, que rapidamente os depositou em uma mesa qualquer.

A campainha tocou novamente.

— Agora sim, deve ser o repórter — disse o pai de Avery, olhando para cada um deles como um general inspecionando suas tropas antes de um grande desfile. — É a maior cobertura jornalística de nossa família até o momento. Vamos garantir que seja positiva, está bem?

O nome do repórter era Neil Landry. Ele tinha uns vinte e muitos anos, cabelos escuros e um sorriso entusiasmado. Era muito charmoso e elegante, exatamente o que se esperaria de alguém cuja carreira consistia em criar e compartilhar vídeos constantemente.

— Sr. Landry. Obrigado por se juntar a nós em um dia tão importante e emocionante.

O pai de Avery apertou a mão do repórter com empolgação característica.

— Por favor, me chame de Neil.

Seu sorriso era quase tão ofuscante quanto o do pai de Avery.

— Só se você me chamar de Pierson.

O pai de Avery foi para trás do bar enorme, feito de uma laje de mármore de Carrara que, para seu deleite, viera da sede da agência reguladora da Lei Seca da cidade de Nova York, do século XX. Ele abriu uma garrafa de champanhe para preparar mimosas.

— Vamos comemorar! — exclamou, com um humor exuberante.

Avery sorriu, assentiu e tentou entrar no clima. Todos pareciam estar se saindo bem, até mesmo Max, que estava claramente fazendo um esforço corajoso pelo bem de Avery. Todos riram, agradaram o repórter, fizeram piadinhas inofensivas sobre o pai de Avery. Era tudo uma dança perfeitamente coreografada, e Avery conhecia bem o seu papel. Simplesmente não o estava encenando.

Finalmente, foram para a sala de jantar, situada em um canto do apartamento, para tirar proveito das dramáticas janelas que iam do chão ao teto em ambos os lados. Naquele momento o sol estava parcialmente escondido atrás das nuvens brancas e macias.

No centro da mesa, onde o buquê de lírios de Max deveria estar, havia um pequeno vaso contendo uma única rosa. Uma rosa absolutamente perfeita, cada linha de suas pétalas belamente curvada, sua cor se aprofundando em gradações precisas desde as bordas até seu centro. Era a Avery Fuller das rosas, o tipo de rosa que tinha sido geneticamente criado para essa exibição. O tipo de rosa que nunca poderia existir na natureza. Avery imaginou a florista solicitando essa rosa enlouquecedoramente perfeita, pensando de maneira presunçosa que ela refletia a realidade.

Ela teve uma súbita vontade de destruir aquela flor. Ou, melhor ainda, de colher dezenas de rosas deformadas, torcidas e manchadas, e arrumá-las em um vaso enorme para seus pais, como um presente. Um lembrete de que nada no mundo é perfeito. Que a imperfeição pode ser celebrada também.

Quando Sarah trouxe os primeiros pratos, a mãe de Avery olhou para ela do outro lado da mesa e fez uma mímica para que ela se sentasse mais ereta, as sobrancelhas abaixadas em decepção. Avery ajustou sua postura. Ela nem tinha percebido que estava se curvando.

Talvez o que Calliope disse outro dia estivesse começando a atingi-la.

Ela simplesmente não se sentia mais disposta a fazer aquilo. A ceder à pressão constante de fazer as coisas direito, de nunca dar um único passo em falso. Ela torceu o guardanapo de superfibras furiosamente no colo. A trama era forte demais para rasgar, portanto ela continuou torcendo o guardanapo, sem parar.

— Então, Pierson — disse o repórter, quando a mãe de Avery terminou de contar como ela e Pierson se conheceram em um evento beneficente da igreja.

A história era tão falsa que chegava a ser risível. Avery sabia que seus pais tinham se conhecido através de um site de namoro da i-Net.

— Você disse durante a campanha que aplicaria senso comercial nos assuntos do governo — continuou o repórter. — Essa ainda é sua abordagem?

— Mas é claro — disse o pai de Avery, bem-humorado. — Quero administrar a cidade como uma empresa. Torná-la eficiente.

— E quem assumirá sua empresa enquanto você estiver ajudando esta grande cidade?

— Tenho um conselho de administração muito experiente. E meu filho, Atlas, está aqui para ajudar a garantir que a transição seja muito suave.

Os olhos de Neil brilharam.

— Atlas, você deixou de fazer a faculdade para trabalhar para seu pai, não é?

Antes que Atlas pudesse responder, ele já tinha se acercado de Avery.

— E você, Avery? Pensa em ingressar nos negócios da família algum dia?

— Não sei — disse ela, honestamente. — Gostaria de estudar história da arte na faculdade. Vamos ver aonde isso me leva.

— E este é seu namorado? — acrescentou Neil, jovialmente, seu olhar deslizando para Max pela primeira vez. — O que havia de errado com todos os homens em Nova York, para você precisar buscar um no exterior?

Avery sabia que ele estava apenas tentando ser espirituoso, mas ela não conseguiu deixar de olhar reflexivamente para Atlas do outro lado da mesa, apenas por um instante.

— Acho que nunca encontrei a pessoa certa em Nova York.

— O que funcionou a meu favor — interrompeu Max, tentando ajudar. — Eu sei que sou incrivelmente sortudo.

— Aposto que os nova-iorquinos não ficaram muito felizes com isso! — exclamou o repórter, ainda olhando para Avery. Todos na mesa obedientemente caíram na risada com ele. — O que você acha do apelido que a imprensa te deu? A "princesa de Nova York"?

A mão de Avery se fechou em volta da taça de cristal antigo com água, entalhada com um design suave e delicado. Gostou do quanto parecia frágil em sua mão. Como se ela pudesse esmagá-la contra uma parede e vê-la fragmentar-se em um milhão de belos pedacinhos.

— É um pouco bobo — admitiu.

— Qual é. Que garota não quer ser chamada de princesa? — persistiu Neil.

Para surpresa de Avery, Atlas foi quem respondeu por ela.

— Eu não acho que "princesa" é o que melhor descreve Avery — disse ele suavemente. — Fica parecendo que Avery não faz nada sozinha, que ela só tem valor por causa da família de onde vem, enquanto todos sabemos que Avery é notável por si só. Ela é inteligentíssima e atenciosa, e a pessoa mais carinhosa e altruísta que conheço.

— Como você a chamaria, então? — perguntou o repórter. Avery viu o pai ouvindo atento, talvez com atenção demasiada.

— Singular, única — disse Atlas em voz baixa. — Avery nunca é ninguém além de si mesma. É isso que o mundo ama nela.

Avery sentiu lágrimas ardendo em seus olhos. Não lhe passou despercebido que, se alguém deveria defendê-la, esse alguém deveria ser seu namorado.

A campainha tocou, quebrando o silêncio carregado. Avery ouviu Sarah correndo para atender. Ouviu-se o som baixo de vozes debatendo e passos ecoando pelo corredor. Um momento mais tarde, dois policiais entraram na sala.

O sangue de Avery tamborilou furiosamente em suas veias. Ela sentiu-se tonta de repente, porque sabia, com uma onda de nauseante certeza, que a polícia viera por causa dela.

— Srta. Fuller? — perguntou o policial mais velho, um homem com um bigode com voltas nas pontas. — Gostaríamos que nos acompanhasse até a delegacia para responder algumas perguntas.

— Desculpe-me, mas do que se trata? — interrompeu seu pai.

Avery sabia que deveria ter medo, mas, por algum motivo, o medo não a atingira ainda. Em vez disso, ela sentiu uma curiosa sensação de desapego, como se estivesse flutuando perto do lustre.

— É sobre o assassinato de Mariel Valconsuelo — respondeu o policial.

Aquela única palavra, *assassinato*, ecoou através do ambiente como um tiro. Avery viu Neil Landry se inclinar para a frente, suas narinas dilatadas na expectativa. Óbvio. Avery, a Perfeita, sendo interrogada sobre um assassinato podia ser o início de uma ótima reportagem.

O policial dobrou o chapéu respeitosamente nas mãos.

— Desculpe-me pelo inconveniente, sr. Fuller. Nós gostaríamos de ouvir o que sua filha tem a dizer sobre o assunto.

— Isso está fora de questão — disse o pai de Avery em voz baixa. — Ela não pode ser interrogada justamente hoje. É o baile da posse! Se realmente precisam do testemunho de Avery, voltem com uma intimação.

Avery finalmente conseguiu recuperar a voz.

— Eu não me importo — sussurrou ela, e levantou-se, ainda segurando firmemente o guardanapo, como se fosse um amuleto de boa sorte. — Eu não sei nada sobre Mariel ou sobre sua morte, mas se houver alguma maneira de ser útil, ficarei feliz em colaborar.

Pierson cedeu, embora ainda não parecesse satisfeito.

— Certo — capitulou. — Mas deixe-me chamar o Quiros para você. Você não deveria responder a qualquer pergunta sem a presença de nosso advogado.

Avery assentiu e seguiu os policiais pela porta, tentando projetar uma autoconfiança que não sentia. Havia muitas coisas que desejava manter em segredo — sobre a morte de Eris, seu namoro com Atlas e, acima de tudo, o que Mariel fizera com Leda naquela noite na praia em Dubai.

Em breve, todos poderiam descobrir que Avery Fuller, a Perfeita, não era assim tão perfeita, afinal.

CALLIOPE

CALLIOPE BRILHAVA DE felicidade palpável enquanto entrava com Brice na sede da prefeitura, puxando o vestido de lado para que não se prendesse nos calcanhares. Era de um roxo profundo — a cor da realeza, é claro — feito de um glorioso cetim flexível que se ajustava à sua cintura antes de cair em dobras dramáticas até sua sandália preta de salto agulha. Ao seu lado, Brice parecia pensativo, distante e devastadoramente lindo.

— Estou tão feliz por você ter resolvido vir hoje à noite, no fim das contas — disse Brice, calorosamente.

A princípio, Calliope pensou que não haveria como ir ao baile. Seria uma violação muito visível e flagrante das regras que ela deveria seguir; além disso, Nadav e Elise estariam ali. No entanto, em uma reviravolta chocante dos acontecimentos, a libertação de Calliope veio de Livya.

Livya tinha acordado doente esta manhã, com febre. Implorara ao pai para que ficasse em casa e cuidasse dela. Não fazia sentido para Calliope; todo mundo sabia que os computadores dos quartos eram equipados com um conjunto completo de produtos médicos e poderiam facilmente monitorar uma pessoa doente ou dar-lhe sopa. Mesmo assim, obviamente, Nadav concordou em ficar ao lado de Livya a noite toda, como o pai sufocante que era.

No momento em que teve certeza de que Nadav e Elise não iam mais ao baile, Calliope enviou uma mensagem para Brice. *Eu acho que vai dar para escapar de casa, se você quiser ir ao baile da posse.*

Escapar? Que rebeldia, Brice respondeu, e ela praticamente conseguia ver o ar divertido brilhando em seus olhos. *Eu tenho sido uma péssima influência para você, Calliope Brown, e você devia se afastar de mim enquanto ainda há tempo. Se conseguir, claro. Geralmente é bastante difícil se livrar de mim.*

Nem tente roubar os créditos pelo meu comportamento!, ela respondeu, sorrindo. *Eu já estava quebrando regras muito antes de te conhecer.*

Ela estava feliz, agora, por ter decidido vir. A sede da Prefeitura Municipal ocupava vários andares da Torre, do 432º ao 438º andar. Era um emaranhado de escritórios administrativos e salas de reuniões dilapidadas, tudo dominado por um enorme vestíbulo abobadado no centro e sua glória imponente: um curvo deque de observação que ficava no alto do domo, diretamente ao ar livre.

Aquele devia ser o primeiro evento black-tie já realizado ali. A Torre em si tinha menos de duas décadas, mas os espaços públicos localizados nos andares medianos pareciam ter envelhecido mais rapidamente do que os demais. A sede da prefeitura já era desbotada e desgastada, como se tivesse sido aproveitada de maneira muito agressiva.

Hoje à noite, porém, todo o lugar fora transformado em uma terra de contos de fadas. Cada centímetro estava enfeitado com brilhos e tecnologia: as lajotas do vestíbulo tinham sido cobertas por tapetes carmesim, estampados com um monograma de Fs entrelaçados. As paredes foram cobertas por um holograma de bandeiras douradas, com clipes de vídeo de Pierson Fuller aqui e ali. E flores — muitas flores, empilhadas em globos perfeitos que pairavam sobre todas as mesas. Enquanto Calliope caminhava com Brice pelo salão, uma progressão de rostos passava por eles como luzes se acendendo e apagando; todos pintados com maquiagem e tratados à base de procedimentos de longevidade genéticos, animados pela mesma excitação cansada. Parecia de certa maneira um casamento, como se o sr. Fuller estivesse assumindo um compromisso de vida inteira. Provavelmente com sua própria ambição.

Num canto do salão, Calliope viu Avery conversando com um grupo de repórteres. Havia um calor tempestuoso na beleza de Avery naquela noite, ela pensou — como se, sob seu brilho dourado exterior, ela estivesse rapidamente se livrando de todas as restrições.

Um fotógrafo passou e levantou um renderizador de imagem para tirar uma foto deles, mas Calliope rapidamente se afastou de lado. Não podia permitir provas fotográficas dela e de Brice. Já estava arriscando o suficiente simplesmente por estar ali.

Apesar de que, mesmo que os amigos de Nadav a vissem, Calliope não tinha certeza se chegariam a reconhecê-la. Com aquele vestido exuberante e decotado, os cabelos caindo sensualmente por cima do ombro, Calliope não se parecia em nada com a criatura desanimada e melancólica que ela tinha sido no casamento da mãe. Ela se sentia totalmente ela mesma novamente.

Quando saiu do apartamento, Nadav estava na cozinha, à beira do fogão, preparando uma panela de sopa para Livya. Sua cabeça levantou-se instantaneamente ao som dos passos de Calliope.

— Aonde você está indo? — inquiriu.

— Trabalhar como voluntária no hospital — disse Calliope, automaticamente.

— De novo?

— Bem, esse é o problema com as crianças. Todos os dias chegam novas doentes — disse Calliope com voz inalterada. Nadav apenas apertou os lábios, ignorando o sarcasmo.

Ela sentiu uma culpa repentina, lembrando-se da maneira como sua mãe olhara para Nadav durante o casamento. *Não ponha tudo a perder só por causa de um garoto*, implorara.

Bem, Brice não era *apenas* um garoto.

— Cord está aqui — disse Brice, interrompendo seus pensamentos.

Algo em seu tom de voz fez Calliope parar; parecia que Brice não estava muito satisfeito em ver o irmão mais novo. O olhar dela seguiu os dele, e viram Cord com uma linda garota de ascendência asiática, de cabelos presos em um simples rabo de cavalo baixo. Ela parecia conhecida. Será que Calliope a vira na escola?

— Vamos lá dizer um oi? — ofereceu, mas Brice já estava manobrando para o lado oposto.

— Não enquanto ele estiver com Rylin.

Rylin! Esse era definitivamente o nome dela.

— O que aconteceu entre você e Rylin? — perguntou Calliope, curiosa. — Você deu em cima dela?

— Pior. Eu me livrei dela — disse Brice sem rodeios. — Pensei que ela estivesse atrás de Cord só pelo dinheiro, então eu dei um jeito de terminar o namoro dos dois.

Atrás dele só pelo dinheiro. Calliope transferiu o peso do corpo, incomodada. Havia dezenas de garotos que poderiam, com bastante precisão, fazer aquela mesma queixa dela.

— Seja como for — continuou —, a separação deles claramente não durou muito. Agora estão juntos novamente. E eu fiquei sendo o cara que tentou acabar tudo entre os dois.

— Talvez Rylin te perdoe. Vocês dois obviamente gostam de Cord. Se você disser a ela o que acabou de me dizer, talvez ela entenda.

— Você me perdoaria, se fosse ela? — perguntou Brice, e a pegou no pulo.

— De jeito nenhum. Mas eu gosto de guardar rancor — disse Calliope, sem se abalar. — Rylin parece ser do tipo que perdoa.

— Talvez — concordou Brice —, mas eu não sou exatamente do tipo que pede perdão.

Calliope inclinou a cabeça, olhando para ele.

— Quer dizer que você não vai me pedir desculpas se me magoar?

— Eu não curto essa situação hipotética. Por que você está supondo que eu vou te magoar? — inquiriu Brice.

Todo mundo que namora machuca o outro, mais cedo ou mais tarde, mesmo que não seja intencional. Por outro lado, ela e Brice não estavam tecnicamente namorando.

— Só estou tentando me preparar — respondeu Calliope, tentando parecer despreocupada.

Ela estava acostumada a ser a pessoa que terminava um namoro ou magoava o outro; não costumava ser a parte que se importava com os sentimentos desse outro.

— É claro que, se eu te machucasse, pediria desculpas — disse Brice, olhando-a com carinho. — Pense em você como uma exceção à minha regra de não pedir desculpas. Você é a exceção a todas as regras. Você é uma deusa, afinal de contas.

Ele pegou um par de taças de champanhe e entregou uma para ela enquanto eles se aproximavam da pista de dança. Calliope tomou um pequeno gole; era champanhe caro, do tipo que tinha gosto de marzipã e fogos de artifício. Do tipo que dá vontade de beijar a pessoa mais próxima.

Ela sentiu-se mais que feliz de ter decidido vir a esta festa, afinal de contas.

— Pra onde está pensando em ir no ano que vem? — perguntou Brice.

— No ano que vem?

— Para que faculdade? Você está pensando em alguma na Costa Leste? Ou mais pra Califórnia? Por favor, não diga Chicago, porque é muito frio lá — acrescentou, meio de brincadeira.

Calliope sentiu como se o tapete com seus Fs entrelaçados tivesse sido arrancado sob seus pés. Ela nunca fora de planejar o futuro. Ela brincava dizendo que podia lhe contar mais sobre os próximos cinco minutos do que sobre os próximos cinco anos.

No entanto, desde que a mãe dela mencionara o assunto, Calliope vinha brincando com a ideia de cursar uma faculdade. Ela até consultara o serviço de aconselhamento vocacional e universitário da escola. A opinião do conselheiro sobre o pedido de matrícula dela só serviu para desencorajá-la.

— Não tenho certeza de onde vou conseguir entrar. Não sou muito boa em provas desse tipo — explicou vagamente.

Sem falar em seu histórico escolar cheio de buracos.

— Isso não é surpresa nenhuma. Você não é exatamente uma pessoa comum — respondeu Brice. — Apesar disso, não tenho dúvidas de que você é inteligente. Mesmo que atualmente use essa inteligência apenas para entrar em restaurantes cinco estrelas.

As lentes de contato dela se iluminaram com um ping da mãe, mas Calliope balançou a cabeça para um lado para recusá-lo.

— O que você quer estudar? — pressionou Brice.

— Eu não sei. Talvez história ou escrita criativa — admitiu; afinal, era muito boa em inventar histórias. — Por que tem tanta curiosidade?

Brice se aproximou um pouco mais, como se quisesse impedi-la de chegar à pista de dança, para obter um pouco de privacidade.

— Porque eu gosto de você, Calliope. Eu gostaria de continuar saindo com você, não importa aonde você vá parar.

Sua mãe mandou um novo ping. Novamente Calliope recusou-o.

— Eu adoraria isso — disse ela, com um sorriso cada vez mais largo.

Nunca tinha conhecido alguém como Brice — certamente nunca revelara tanto de si mesma para ninguém antes. Ela devia sentir medo ao ver quão bem ele a conhecia. Era como se cada fragmento de verdade que ela tivesse entregado a ele fosse uma bala, uma arma que ele poderia um dia escolher usar contra ela; e Calliope tinha simplesmente confiado que ele não faria isso.

Suas lentes de contato se iluminaram pela terceira vez, e Calliope sentiu um calafrio percorrer suas costas.

— Desculpe — murmurou com um pequeno aceno de cabeça, e virou-se de lado para aceitar o ping.

Seu coração batia forte contra a caixa torácica.

— Oi, meu amor.

A voz de Elise estava estranhamente tensa e abafada.

Calliope percebeu com uma pontada de medo que ela estava escondendo aquele ping de Nadav.

— Aconteceu uma coisa. É a Livya.

Talvez Livya estivesse gravemente doente.

— Ela está no hospital?

— Não. Mas era lá que você deveria estar, se bem se lembra — suspirou Elise. — Você não está lendo para crianças doentes, está?

— Olha, mãe, eu...

— Eu pensei que tivesse lhe pedido para não aplicar nenhum golpe.

— Isso não é um *golpe*! — Calliope exclamou irritada, momentaneamente esquecendo que estava em um lugar público.

Ela cobriu a boca com a mão em concha para esconder suas palavras.

— Eu gosto dele de verdade, tá legal? — explicou.

Elise fingiu não ouvir isso.

— Livya armou pro seu lado, querida. Eu tenho certeza de que ela fingiu estar doente para preparar uma armadilha para você e ver se você sairia escondida.

— Ai, meu Deus.

Calliope cambaleou um passo para trás.

— Por favor, me diga que você não está no baile da posse.

Calliope não conseguiu responder nada, porque não queria mentir para sua mãe.

— Saia daí agora mesmo — disse Elise depois de um momento. — Eu te dou cobertura até você chegar em casa.

Ela desligou abruptamente.

Calliope balançou a cabeça. Ela devia ter imaginado isso. Ela, que sempre previa as reações dos outros, que se orgulhava de sua frieza... como pôde se deixar enganar por Livya Mizrahi?

— Tá tudo bem? — perguntou Brice.

Calliope mordeu o lábio. Seu olhar disparou rapidamente ao redor do salão, absorvendo tudo — as luzes, os vestidos brilhantes, o espaço parecido com um anfiteatro cheio de pessoas. O eco da música e das fofocas e as delicadas risadas de martíni. No entanto, assim como acontecera no trem na semana passada, Calliope sentiu-se irrevogavelmente distante daquelas pessoas.

Eu gosto dele de verdade, ela havia dito à mãe, e não mentira. Ela gostava mesmo de Brice, mais do que ela jamais se permitira gostar de alguém, e agradava-lhe a ideia de continuar a vê-lo no futuro.

Mas Elise *amava* Nadav, e Calliope tinha prometido não estragar tudo entre os dois.

— Sinto muito. Eu tenho que ir — sussurrou, depois se virou para sair da festa o mais rápido possível.

AVERY

— **TENHO ORGULHO** do meu pai por tudo o que ele já fez pela cidade de Nova York e tudo o que ele planeja fazer. — Avery obrigou-se a sorrir, sua boca cuspindo o discurso pré-aprovado pela equipe de relações públicas de seu pai. — Eu sei que o impacto dele na cidade continuará sendo monumental.

— E ainda assim você planeja se mudar para a Inglaterra? — pressionou a repórter. Uma câmera zetta pairou perto da boca de Avery para captar sua resposta.

— Espero estudar em Oxford, se eu passar — disse Avery, com os dentes ainda cerrados naquele sorriso. Ela realmente não entendia o que seus planos da faculdade tinham a ver com a posse do pai, nem como eles sabiam sobre Oxford. A inscrição deveria ser confidencial. Uma de suas amigas devia ter dado com a língua nos dentes... ou pior, alguém em Oxford a vira na rua e a reconhecera. O que significava que Oxford não era nem de longe tão afastada de tudo quanto esperara Avery.

— Nova York ficaria arrasada por te perder.

A repórter deu um sorriso afetado. Ela tinha a pele bronzeada e cabelos pretos que tinham sido modelados em ondas brilhantes.

— Falando nisso, aqui está seu irmão — acrescentou. — Talvez ele possa se juntar a você para...

— Me dariam licença? — disse Avery suavemente, esquivando-se de lado.

Nem sonhando ela ficaria ali para ser entrevistada com Atlas. Depois do interrogatório na delegacia naquela tarde, ela já estava a ponto de explodir. Não tinha dito aos detetives qualquer coisa incriminadora, mas ainda assim a abalara.

No momento em que voltou para casa, Avery enviou uma mensagem imediatamente para Watt. Por alguma razão, ela quis manter aquilo somente entre os dois, em vez de envolver Rylin... ou Leda. Não havia como prever o comportamento errático de Leda em situações como aquela. Além disso, Avery não conseguia se livrar da sensação de que ainda era Leda quem estava correndo maior perigo.

Ela sabia que Watt, não importa o que acontecesse, protegeria os interesses de Leda a todo custo.

Eu acho que eles não sabem de nada... e você?, perguntou ela.

Afinal, a polícia não estava realmente acusando-a de coisa nenhuma. Era mais como se a estivessem cutucando, sem saber exatamente o que procuravam.

Estou trabalhando nisso, Watt dissera, evasivo. *Eu te aviso se descobrir algo.*

Avery não entendeu o que ele quis dizer — e teve medo de perguntar.

Ela parou no meio da sede da prefeitura, que seu pai transformara em uma selva dourada, cheia de hologramas, tomada por uma manada de nova-iorquinos de visual exagerado. Os pais dela estavam perto do palco, cumprimentando as pessoas, sorrindo seus sorrisos políticos vazios.

Ela olhou em volta, indagando-se onde Max estaria, embora uma parte estranha dela se sentisse relutante em vê-lo. Ela não parava de relembrar aquele momento em Oxford quando ele lhe deu a chave-chip do apartamento e imaginou em voz alta a vida que eles construiriam ali. Nem se ele tivesse entregado a chave do seu coração ela poderia se sentir mais culpada ou indigna.

Avery tentou procurar Max, mas a cada poucos metros, alguém a detinha. Lila Donnelly, idealizadora da maratona da Lua, onde todos corriam com sapatos com aditivos de peso para simular a gravidade da Terra. Marc de Beauville, um dos maiores apoiadores de seu pai, dono do campo de golfe multiandar dos andares medianos da Torre. Fan PingPing, a estrela pop chinesa. Todos estavam ali, os ricos de berço e os novos ricos, os curiosos e os entediados, os empresários e os grupos de amigos de olhos arregalados que haviam comprado um ingresso apenas porque tinham um fraco por festas glamorosas.

Ela assentiu para cada um deles, murmurando palavras de agradecimento antes de se afastar em seu vestido de tule dourado, que caía em dobras espumosas a partir da cintura cortada, a borda de cada camada forrada com bordados cintilantes e lantejoulas de um tom ouro pálido. Com o cabelo preso em cachos delicados e os diamantes de cinco quilates de sua mãe reluzindo nas orelhas, Avery sabia que parecia brilhante e rica. Ela odiava isso.

— Avery!

Leda abriu caminho com determinação pela multidão, seguindo na direção da amiga.

— Eu estava atrás de você.

— Oi, Leda — conseguiu dizer Avery, com o sorriso ainda afixado ao seu rosto, porém agora um pouco vacilante.

Leda não se deixou enganar.

— O que foi?

— Eu não consigo *escapar* dele — disse Avery, impotente.

As palavras saíram de seus lábios antes que ela pudesse pensar no que estava dizendo.

— Mas por que você ia querer fazer isso?

Os olhos de Leda se estreitaram.

— É por causa daquele lance do apartamento? — insistiu.

Os lábios de Avery se separaram. Sua boca estava seca como uma lixa. Seus olhos dispararam reflexivamente na direção de Atlas.

Leda acompanhou seu olhar. Avery viu quando a compreensão tomou conta do rosto da amiga, e aquele momento de entendimento tácito se misturou com uma descrença chocada.

— Ah — foi tudo o que Leda disse a princípio. — Eu pensei que você estava falando de Max.

O que era compreensível, porque ela *deveria* estar falando de Max. Se Avery tivesse de usar um "*ele*" vago, sem antecedentes, devia ser para se referir ao namorado.

Nenhuma delas tocou no nome de Atlas.

— Olha, Avery — disse Leda lentamente. — Você e Max se dão bem. São calmos, estáveis. Sem dramas.

De alguma forma, a maneira como ela pronunciou as últimas palavras dava a impressão de que um mundo sem dramas seria tão monótono quanto seguro.

— Max e eu temos nossos dramas! — protestou Avery. — E faíscas e fogos de artifício. Ou sei lá como você quer chamar isso.

— Claro que sim — disse Leda, rápido demais para ser convincente, com um suspiro. — Você anda tão feliz ultimamente com Max. Não quero que jogue isso pro ar.

— Você parece feliz também — disse Avery, desta vez abrindo um sorriso mais genuíno. — Watt veio para a festa?

Ela notou a maneira reveladora como as bochechas de Leda coraram à menção dele.

— Ele ia vir, mas teve um imprevisto de última hora. Era urgente — disse Leda, e encolheu os ombros. — Ele me disse para não me preocupar.

Avery assentiu.

— Estou feliz que vocês dois estejam... você sabe.

— Eu sei.

O olhar de Leda deslizou pelo salão lotado.

— Dá pra acreditar que estamos aqui? — perguntou. — Último ano da escola, na posse do seu pai?

Avery entendia a sensação. O tempo passava por entre suas mãos, rápido demais para agarrá-lo.

— Se pudéssemos voltar no tempo, fazer as coisas de maneira diferente — disse Avery. — Corrigir todos os nossos erros.

— Como eu gostaria — concordou Leda. — Mas acho que a única coisa a fazer é seguir em frente, da melhor maneira possível.

Talvez Leda estivesse certa. Talvez o segredo para crescer fosse afastar-se das partes mais feias de si mesmo. Colar um sorriso no rosto e fingir que a coisa qualquer — o beijo, a confissão, a noite em que viu sua melhor amiga morrer — nunca tinha acontecido.

Será que ela deveria dizer a Leda que a polícia a interrogara hoje? Ela não queria que Leda se preocupasse ou perdesse o controle novamente. Talvez fosse tolice esconder isso dela.

Talvez Leda tivesse o direito de saber.

Avery começou a abrir a boca, sem saber como tocar no assunto, justamente quando Max apareceu ao seu lado.

— Aí está você! — exclamou, dando um beijo na testa de Avery. Parecia incrivelmente bonito de smoking.

— Eu estava indo pegar uma sobremesa — anunciou Leda, aproveitando a deixa para sair.

Ela lançou um olhar significativo para Avery antes de ir embora. Avery a observou partir, o decote exagerado das costas de seu vestido chamando a atenção para seu corpo minúsculo, o padrão preto e branco das saias.

— Desculpa. Eu estava dando entrevistas.

Avery quis aparentar normalidade, evitar olhar na direção de Atlas. Porque, mesmo agora, ela sabia exatamente onde ele estava. Continuou tentando não olhar, mas estivera acompanhando cada movimento dele a noite toda com o canto do olho, com aquele radar pulsante silencioso que opera logo abaixo da superfície da mente.

Ela sabia que não deveria estar fazendo isso. Ela tinha Max agora... ela amava Max. Porém Atlas tinha sido seu primeiro amor e, quando ele estava perto dela daquela maneira, a história secreta dos dois parecia nublar sua cabeça e sugar o próprio ar do salão de baile.

— Chega de entrevistas. A partir de agora você é minha.

Max segurou ansiosamente a mão de Avery. O calor da pele dele na sua era reconfortante.

Por um tempo ela conseguiu lidar com a situação. Caminhou pelo salão ao lado de Max, manteve um fluxo constante de conversa fiada, batendo papo sobre todas as coisas que eles iam fazer em Oxford. Quando a banda começou a tocar uma música lenta, ela o deixou rodopiá-la sem esforço pela pista de dança — seus pés moviam-se pelos passos sem nenhuma ajuda de seu cérebro. Aceitou uma taça de champanhe, mas não tinha gosto de nada.

Avery sentia o olhar dele como uma escova roçando a parte inferior de suas costas, como se alguém do outro lado do salão tivesse sussurrado o nome dela e o sussurro ecoasse pela distância até alcançá-la. Ela levantou os olhos e olhou diretamente nos de Atlas.

— Sinto muito.

Ela se afastou, arrancando a mão da de Max.

— Eu só... preciso tomar um pouco de ar fresco — se explicou.

— Eu vou com você — ofereceu Max, mas Avery balançou a cabeça freneticamente.

— Eu só preciso de um minuto — insistiu ela, com mais ímpeto do que era sua intenção.

Antes que Max pudesse protestar, ela agarrou as saias do vestido com as duas mãos e fugiu em direção ao arco que levava ao único elevador da sede da prefeitura. A princesa de Nova York, fugindo correndo de tudo aquilo.

A porta do elevador ficava num canto, de frente para uma fileira de escritórios que estavam vazios no momento. Avery sabia que estiveram lotados pouco antes: grupos de convidados entediados tinham ido cambaleando até o deque de observação e vagavam por ali, bêbados, para em seguida voltar. No entanto, agora todo mundo já tinha se entretido com mais um outro coquetel e a pista de dança voltava a ferver. Além disso, todas aquelas pessoas viam todo dia aquela mesma vista de suas salas de estar... e de uma altura muito melhor.

Agora ali havia apenas Avery, sozinha, apertando violentamente o botão para chamar o único elevador cinza.

Quando ela saltou no deque de observação, arfou, ofegante, como se estivesse nadando e finalmente subisse até a superfície. A meia-lua do convés se curvava à sua frente. Ela deu um passo para a frente e tocou o flexividro com os dedos. O crepúsculo profundo do inverno pairava do lado de fora das janelas. Ela viu o fantasma de seu próprio reflexo ali, sobreposto sinistramente sobre a vista.

Avery encostou a cabeça no flexividro e fechou os olhos, desejando que seu coração desacelerasse. Ela sabia que queria dar o fora de Nova York. Então por que já não se sentia mais animada com a ideia de mudar-se para Oxford com Max?

Durante grande parte da vida, Avery deixou que seus desejos fossem ditados pelas outras pessoas, sem realmente questioná-las. Ela sabia o quanto tinha sorte de viver uma vida pela qual tantas pessoas dariam qualquer coisa, mas aquela vida nunca fora de fato *sua*. Ela não a escolhera para si mesma. Seus pais literalmente criaram Avery sob medida para ser exatamente a pessoa que eles queriam. Ela havia absorvido as crenças deles todos os dias até que também se tornassem suas, até que já nem soubesse mais o que ela mesma queria, pois estava tudo embrulhado nos desejos deles *para* ela.

Ela pensara que viajar para o exterior, estudar história da arte, seria a sua maneira de escapar de tudo isso. Só que Avery estava começando a ter a impressão de que estava trocando um conjunto de expectativas por outro. Ela se mudaria do milésimo andar, e deixaria todas as amarras que vinham dele, para entrar na vida que Max queria.

Seria essa a vida que *ela* queria?

Ela podia ver os anos desenrolando-se diante dela em cenas cinematográficas com nítidos detalhes: lotar aquele apartamento com uma coleção eclética de móveis. Ficar lá enquanto Max obtinha seu doutorado, se tornava professor universitário e se estabelecia em um cargo acadêmico estável. Uma vida equilibrada, pensada, cheia de amigos, bolsas de estudos, risadas e Max.

Ela amava Oxford, com seu charme exótico, seus paralelepípedos embebidos de história, mas dificilmente era o único lugar que ela amava. Por que deveria se limitar a esse único conjunto de expectativas quando havia um mundo inteiro implorando para ser explorado?

Avery queria gargalhar bem alto. Exagerar na cerveja. Dar sorrisos tão largos que seu rosto doesse. Cantar karaokê desafinado. Queria cores vivas, música estridente e alegria e, sim, até desgosto, se viesse lado a lado com o amor. Olhando para a vasta escuridão de alguns trechos da cidade, Avery sentiu subitamente que Nova York — que Oxford — não era grande o suficiente para conter tudo o que ela queria viver, experimentar e *ser*. Que não poderia conter o volume de seu desejo desenfreado e incerto.

Quando ela ouviu as portas do elevador se abrirem atrás dela, Avery não se virou. Devia ser Max.

— Tá tudo bem?

Claro, ela pensou secamente. Ela havia pedido espaço a Max, e ele lhe dera.

Era Atlas quem nunca fazia o que ela queria.

— Por que você veio aqui, Atlas?

— Eu estava te procurando.

Seu rosto ao luar estava escuro de um lado e prateado do outro, transformando seus olhos em um tom de caramelo.

— Parabéns — disse ela pesadamente. — Você me encontrou. E agora?

— Não seja assim, Aves.

Ela tentou passar por ele, mas, para sua surpresa angustiada, ele seguiu-a até o elevador. Ela apertou o botão para voltar ao andar principal da sede da prefeitura.

— Como você quer que eu seja? — perguntou ela.

A voz dela estava rígida de tanta tensão. Será que Atlas não percebia?

— Deixa pra lá.

Ela olhou para o outro lado, mantendo o olhar teimosamente fixo nas portas cromadas do elevador.

Estavam na metade do caminho quando o elevador saltou, numa parada inesperada, e a luz se desligou.

WATT

WATT PAROU NA esquina da sede do Departamento de Polícia de Nova York, tentando passar despercebido, mas ele não precisava se preocupar com isso. Ali era um cruzamento movimentado nos andares medianos da Torre, cheio de pessoas passando a caminho de jantares, festas ou qualquer outro lugar para onde estivessem indo tão tarde da noite. Nenhuma delas olhou duas vezes para ele. Seus olhos se dilatavam e contraíam enquanto corriam pelas mensagens em suas lentes de contato, caminhando pelas ruas como um sonâmbulo imerso em pequenas nuvens de esquecimento pessoal. Em um cruzamento assim, era fácil ser invisível.

Estamos fazendo a coisa certa, não estamos, Nadia?

— Qual é a coisa certa, exatamente? — perguntou ela, e as palavras ecoaram nas antenorelhas de Watt. — Parece que todo ser humano tem uma versão um pouco diferente do certo e do errado.

Aquelas palavras eram estranhamente perturbadoras. Antes que Watt pudesse responder, ela continuou:

— Você já sabe que desaprovo esse plano. É muito arriscado, e a recompensa potencial é insuficiente.

Pode salvar todos nós!

— Ou pode resultar na sua prisão. A única pessoa em perigo agora é Leda. Você nem estaria envolvido, só que está se envolvendo por *livre vontade*!

Fui interrogado hoje de manhã!

— Não vale a pena arriscar-se desnecessariamente.

Watt não deveria ficar surpreso. Nadia fora programada para protegê-lo e, portanto, sempre tentava conduzi-lo a situações que ela podia controlar, situações que eram do interesse dele. Nadia não entendia o que era amar tanto uma pessoa que a segurança dela se tornasse fundamental para a sua própria. Watt faria qualquer coisa para manter Leda a salvo.

Quando chegou em casa após o interrogatório naquela manhã, Watt assegurara aos pais que não tinha sido nada importante. Para o seu alívio, eles acreditaram. Ele passou o resto do dia em um estado de ansiedade febril: formulando seu plano e construindo o zip-byte necessário para fazê-lo funcionar.

Ele ia hackear a delegacia — naquela noite.

Watt sentiu um lampejo de arrependimento por não poder ir com Leda ao baile da posse, mas ele não podia deixar passar uma chance como aquela. O Departamento de Polícia de Nova York estava trabalhando com equipe mínima, pois todos os policiais foram convidados para o baile de gala pelo novo prefeito. Apenas os oficiais de menor cargo estavam ali, trabalhando.

— Você está meio absurdo, sabia — informou Nadia, em um tom que sugeria um revirar de olhos.

Watt estava de calça de moletom, sapatos escuros e uma camiseta preta de mangas compridas. *Isto é o que as pessoas sempre usam nos holos quando estão prestes a fazer algum tipo de operação secreta.*

— Eu odeio ter de lhe dizer isto, Watt, mas você não é um super-herói. Você é apenas um adolescente normal!

Você sabe que nada em mim é normal, ele a lembrou, e arregaçou a manga do braço direito. Estava quase pronto.

— Seu coração já está acelerado, você não precisa de mais estímulo! — argumentou Nadia, mas Watt a ignorou, grudando dois adesivos de cafeína na pele do braço, perto do cotovelo.

Ele sentiu um choque instantâneo de energia, como se seu sistema nervoso fosse um motor que tivesse acelerado violentamente depois de ligado.

Eu odeio quando você faz isso, Nadia retrucou, mudando para o modo transcraniano. *É como se me atingisse com um maremoto.*

Watt precisava de um maremoto, precisava de todo pingo de adrenalina que conseguisse reunir. Porque grande parte do "plano" consistia na mais pura improvisação. Nadia não conseguiria invadir o sistema da polícia antes que ele se infiltrasse ali — o que significava que ela não tinha ideia de quantos policiais estavam lá ou onde eles poderiam estar. A única coisa que ela fora capaz de encontrar era um mapa antigo da delegacia nas plantas originais da Torre.

Ou vai ou racha, ele pensou, e caminhou até os fundos da delegacia com propósito ousado e confiante. Havia uma pequena entrada de carga ali atrás, usada principalmente para robôs de entrega, com trilhos enormes para as rodas de contêineres de carregamento. Watt respirou fundo e agachou-se para entrar rastejando por ali.

Não acredito que ninguém tenha tentado isso antes.
Eu acho que a delegacia geralmente não se preocupa com gente querendo entrar escondida. O maior problema são as pessoas que tentam escapar escondidas.
O argumento dela era irrefutável.
Por aqui, Nadia o apressou, enquanto Watt emergia em um corredor. Ele começou a correr, seguindo as flechas que ela colocou em sua visão. Descer outro corredor, virar, passar por uma série de escritórios; e pronto, de repente ele se viu correndo até o armário quente e velho onde a polícia mantinha seus servidores. Era tudo luzes e escuridão alternando-se, nenhum sinal de vida em nenhum lugar, como se ele tivesse emergido em alguma paisagem lunar. O ar cheirava a luz do dia que estivesse presa ali há décadas.

A sala de armazenamento de dados era exatamente como Watt esperava — uma coleção de discos rígidos impossíveis de acessar remotamente. No entanto, era possível para quem estivesse no local e preparado para isso. Era o caso de Watt.

Ele enfiou a mão no bolso para retirar o pequeno malware de aparência inócua em que ele e Nadia passaram a tarde trabalhando: um zip-byte, assim ele o apelidara, por causa da fileira de dentes. Ele o prendeu diretamente em uma torre de servidor. O malware mergulharia no sistema da polícia, copiaria o arquivo sobre Mariel e depois se desmontaria sem deixar rastros de sua presença.

Vamos, vamos, ele pensou, quando o zip-byte começou a rodar seu código no sistema do Departamento de Polícia de Nova York.

Watt, tem alguém vindo.
Seu corpo recebeu uma descarga de adrenalina. *Já?*
Eu estou assistindo a tudo nas câmeras de segurança!
Watt bateu desesperadamente no servidor.

— Depressa, anda logo com isso! — murmurou, desta vez em voz alta, enquanto o zip-byte emitia um brilho cor de âmbar indicando que o upload fora concluído.

Em um único movimento, Watt o guardou de volta no bolso. Ofegou, trêmulo, com o coração martelando forte no peito. O suor ensopou as axilas de sua camiseta. *Para que lado?*

Eu sinto muito; esta é minha única opção, respondeu Nadia enquanto o alarme de incêndio disparava.

Watt saiu tropeçando no corredor, que estava piscando em um tom irado de vermelho. Uma sirene gritava por cima de tudo. Ele olhou para a esquerda e para a direita, com a cabeça latejando — viu um lampejo de saltos vindo da esquerda, o que bastou para ele escolher a outra direção. Correu de volta para a portinhola de carga, pensando um momento tarde demais que ela poderia se travar durante uma emergência, mas é claro que isso não tinha acontecido. Vários andares acima, ele pensou ter ouvido robôs-bombeiros correndo para lidar com o incêndio inexistente.

Watt rastejou pela portinhola e saiu correndo pela rua, desaparecendo perfeitamente no meio da multidão da Torre, sua respiração irregular e sua testa brilhante de suor, as únicas indicações de que ele não era apenas mais um passageiro.

Graças a Deus por Nadia, seu anjo da guarda pessoal.

Ele andou o mais rápido que pôde pelo quarteirão, com as mãos enfiadas nos bolsos. O medo se alojou em sua garganta como um pedaço de gelo. Ele não conseguia acreditar que eles realmente tinham conseguido.

Havia uma praça na esquina da rua, onde pessoas descansavam em volta de um grupo de bancos: compradores de sábado à noite de mãos dadas, pais empurrando bebês com carrinhos-hover suspensos magneticamente. Watt afundou em um banco e conectou o zip-byte no tablet.

Era um arquivo enorme, um conjunto de dezenas de documentos relacionados à morte de Mariel Valconsuelo: a certidão de óbito e o relatório do legista, transcrições de entrevistas com os pais e amigos de Mariel, e com Leda, Watt, Rylin e Avery. Watt engoliu em seco.

Quão ruim é a situação? Quanto eles sabem?, ele perguntou a Nadia.

Watt ia ler aquilo também, em algum momento. Provavelmente. Mas, a essa altura, Nadia já tinha lido e analisado o conteúdo completo do arquivo. Afinal, ela era capaz de consumir um dicionário inteiro em menos de meio segundo.

— Watt — respondeu com voz pesada. — Sinto muito. Não é nada bom.

Como assim?

— Parece que a polícia ligou a morte de Mariel à de Eris. Eles sabem que alguma coisa aconteceu naquela noite no telhado, que houve algum tipo de encobrimento. No momento, ainda estão tentando descobrir por que todos vocês mentiram.

Watt sentiu um suor frio e pegajoso cobrir todo o seu corpo. Ele arrancou os adesivos de cafeína do braço e sua cabeça instantaneamente explodiu de dor. Ele estremeceu. *Se eles descobrirem que Leda chantageou todos nós, o próximo passo lógico é descobrir o que ela tinha contra a gente... por que ela foi capaz de nos forçar a esconder a verdade. Então estaremos de fato em maus lençóis. Principalmente Leda.*

— Watt, você precisa falar com elas. Avisá-las.

Nadia tinha razão. Ele teria que falar com as outras imediatamente: com Avery e Rylin, e especialmente com Leda. Eles tinham de decidir o que fariam a seguir. A única maneira de escapar dessa era se unindo. Se todos se ativessem a suas histórias, se protegessem uns aos outros, eles poderiam ter uma chance.

Onde elas estão agora?, Watt inquiriu.

Estão todas no baile da posse de Pierson Fuller.

Ah, sim. Watt não conseguia acreditar como eventos assim podiam estar acontecendo ainda — como o mundo continuava seguindo em frente, quando parecia na verdade estar despencando furiosamente?

Ele se levantou, respirou fundo e começou a correr, ignorando os olhares alarmados dos transeuntes. Ainda bem que ele tinha comprado aquele smoking no ano passado, em uma tentativa ridícula de impressionar Avery. Ele estava tendo de usá-lo muito mais vezes do que jamais esperara.

Enquanto corria em direção ao elevador que seguia aos andares de baixo da Torre, Watt teve um curioso e indesejável déjà-vu. Tudo aquilo estava muito parecido com o ano passado, quando ele se perdeu de Leda na festa de Dubai e a encontrou em estado precário, à beira da morte — ou pior, como na noite em que ele subiu correndo até o telhado de Avery, mas chegou bem no momento em que Eris estava caindo pela beirada.

A única coisa que ele podia fazer era torcer para que, desta vez, não chegasse tarde demais.

CALLIOPE

QUANDO CALLIOPE VOLTOU ao apartamento dos Mizrahi, foi recebida por um silêncio pesado e decididamente ameaçador.

Ela começou a andar hesitante pelo corredor, seus passos desaparecendo no carpete espesso. Seu reflexo dançava no espelho ornamentado à sua esquerda, com o jeans e a camisa de mangas compridas que ela estava vestindo quando saiu, horas atrás; ela fora até o Altitude para tirar seu vestido incriminador, que deixou pendurado em um armário pessoal. No entanto, ela percebeu que seu rosto parecia estranhamente pálido.

Nadav estava sentado em uma cadeira com espaldar alto na sala de estar, como se fosse um juiz prestes a proferir algum tipo de sentença final. Ele olhou para cima ao vê-la chegar, mas não falou nada.

Onde estaria Elise? Talvez ela estivesse se escondendo do confronto, Calliope pensou; talvez tivesse pensado que era mais fácil chegar depois, para ajudar a defender Calliope.

Ou talvez ela tivesse decidido que era melhor para o casamento se não opinasse no que sua filha havia feito.

— Ah, aí está você, *Calliope* — disse Livya presunçosamente, vindo do seu quarto. Ela andava com passinhos afetados, como um caracol deixando um rastro brilhante de baba atrás de si. — Todos estávamos tão preocupados com você.

— Sinto muito — começou Calliope. — Eu nunca...

— Você estava no baile da posse, não estava? — perguntou Nadav, e suas palavras caíram como pedras afiadas no silêncio gritante.

Era contra todos os instintos de Calliope dizer a verdade em situações como essa, mas ela também sabia que não deveria contar uma mentira descarada quando fosse encurralada.

— Sim — admitiu. — Eu estava no baile da posse. Desculpem por não contar a verdade sobre para onde eu ia, mas eu tinha medo que vocês dissessem não, e eu tinha um bom motivo para ir. A nova equipe de saúde pública do prefeito estava lá, e eu tenho tentado fazer petições relativas às equipes de emergência do hospital... eles não têm equipamento adequado...

Calliope estava inventando aquela história do nada, mas tinha de admitir que não saíra assim tão mal; ela continuava sendo uma mentirosa decente sob pressão.

— Fui ao baile da posse porque era a única maneira de realmente conseguir falar com eles cara a cara.

Livya revirou os olhos.

— Corta logo essa merda — declarou ela, e Calliope ficou satisfeita ao ver o choque nas feições de Nadav.

Nenhum deles tinha ouvido Livya xingar antes. Ela parecia bastante entusiasmada em fazer aquilo, para alguém tão ostensivamente doce.

— Por que você não conta a verdade sobre onde estava hoje à noite? Ou melhor, com *quem* você estava? — insistiu Livya.

— Eu não...

Alguém devia ter contado a Livya, ela percebeu com um sentimento de pânico. Aquele salão tinha centenas de pessoas, e qualquer uma delas poderia ter mencionado casualmente o fato de que a meia-irmã de Livya estava lá com o mais velho dos irmãos Anderton.

— Ela estava com Brice Anderton — anunciou Livya, virando-se triunfante para o pai.

Nadav pareceu conseguir falar novamente.

— Calliope. Você saiu com Brice, mesmo depois que eu disse a Livya para avisá-la sobre ele? Por que você faria uma coisa dessas?

Ele parecia mais magoado do que zangado.

Calliope piscou, um pouco surpresa por Nadav ser a pessoa por trás das palavras ameaçadoras de Livya no casamento.

— Porque eu *gosto* de Brice. Ele não é uma pessoa horrível. Por favor, não o julgue com base na reputação dele.

— Eu só queria que você tomasse cuidado — disse Nadav, sendo sensato. — Um garoto mais velho e mais experiente como ele pode se aproveitar...

— Mas, papai, Calliope é *bastante* experiente. Se alguém estava tirando vantagem nessa história, era ela — interrompeu Livya, e se virou docemente para Calliope. — Você está dormindo com Brice porque ele é rico, certo? Mas, claro, você aprendeu com a melhor das melhores. Tal mãe, tal filha...

— Eu não estou *dormindo* com ele — interrompeu Calliope, suas mãos cerradas em punhos ao lado do corpo; mas Livya falou mais alto, quase gritando para ser ouvida por cima dela.

— Eu sempre suspeitei que você era uma mentirosa e agora tenho provas! Você é uma vigarista mentirosa, e aposto que a sua mãe também!

— Do que você está falando? — perguntou Calliope, enquanto seu estômago dava um salto mortal de medo. Onde estaria a mãe dela?

Livya sorriu.

— Calliope, eu fiquei tão *inspirada* por sua dedicação ao hospital que decidi fazer uma doação em sua homenagem, para a ala infantil.

Calliope sentiu um medo frio se acumulando em seu estômago.

— Mas, quando liguei para lá para fazer a doação, eles não tinham a menor ideia de quem você era — disse Livya, fingindo ficar confusa. — Eles não tinham nenhum registro de todas as suas *inúmeras* horas de voluntariado.

Nadav franziu o cenho. A luz que entrava pelas janelas caía em grandes barras grossas sobre os arabescos do carpete, e sobre os cabelos grisalhos dele.

— Calliope — disse ele em tom grave. — Todas aquelas vezes que você disse estar indo para o hospital... aonde você realmente estava indo?

Livya o interrompeu.

— Encontrar *Brice*! Ela estava fingindo esse tempo todo, não percebe? Ela não está nem aí para a filantropia! — Livya virou-se para Calliope. — Eu sempre achei que alguma coisa não cheirava bem em você. E olha só, eu estava certa.

Calliope não discutiu, porque, pela primeira vez, não conseguia pensar em uma mentira para contar.

— O que está acontecendo aqui?

Elise deslizou calmamente para a sala de estar. Estava vestindo uma camisa branca simples com detalhes de renda na gola, que a fazia parecer inocente e feminina. Calliope sentiu um certo alívio ao vê-la.

Se alguém poderia resolver essa situação, era a mãe dela. Nunca houve uma pessoa viva, homem ou mulher, que Elise não pudesse acalmar. Ela era a maior especialista do mundo em dobrar a vontade das pessoas.

— Elise — disse Nadav, e Calliope sabia o que estava por vir: ele castigaria Calliope, a privaria de todas as poucas liberdades que ela ainda tinha, e ela nunca mais tornaria a ver Brice. Tudo bem, ela poderia aguentar; aceitaria qualquer abuso agora para poupar sua mãe. Calliope ergueu os ombros e levantou a cabeça, pronta para implorar por perdão.

Ela jamais esperaria ouvir o que Nadav disse a seguir.

— Você mentiu para mim?

Ele não estava olhando para Calliope, mas para a mãe dela.

Elise hesitou — apenas por um instante, mas foi crucial, porque naquele instante, seu rosto revelou a verdade.

— Como assim?

— Você foi honesta comigo sobre quem você é? Sobre seu passado? Ou você me dizia o que achava que eu desejava ouvir?

Calliope viu sua mãe vacilar, indecisa, na fronteira entre uma mentira e a verdade. Elise aterrissou na verdade.

— Eu... talvez eu tenha exagerado no trabalho de caridade que fazemos — gaguejou. — Não viajamos pelo mundo como filantropas itinerantes.

— Então vocês se mudaram para cá diretamente de Londres? — perguntou Nadav.

Elise começou a tremer.

— Viajamos pelo mundo por alguns anos. Simplesmente não éramos voluntárias.

— E o que vocês faziam, então? Como se sustentavam?

Elise parecia ter sido atingida por um golpe. O que elas faziam era ir às compras, comer em restaurantes caros, hospedar-se nos hotéis mais exclusivos, tratarem-se com o máximo de comodidades em que pudessem colocar as mãos. Financiavam tudo isso aplicando golpes nas pessoas.

— Estávamos vendo o mundo — explicou Calliope. — Minha mãe me mostrou todas as atrações históricas e culturais, me ensinou a apreciar a diversidade.

Nadav a ignorou. Seus olhos ainda estavam fixos em Elise.

— Você inventou todos esses anos de trabalho voluntário? Por quê? Só por causa do dinheiro?

— Claro que não!

Elise se adiantou para tocar o braço de Nadav. Ele recuou como se a mão o queimasse.

— Você está me dizendo que me viu naquela festa e mentiu sobre quem você era só por causa da minha inteligência e personalidade? Que meu dinheiro não teve nada a ver com isso?

Elise corou.

— Está bem. Eu estaria mentindo se dissesse que o dinheiro não fazia parte disso...

— *Parte disso?* — disse ele, repetindo causticamente as palavras dela.

— Mas foi apenas no começo! Tudo mudou agora! Eu te amo — insistiu. — Eu te amo tanto. Eu não tinha ideia de que poderia amar alguém tanto assim.

— Como eu posso acreditar em alguma coisa que você diz?

O tom de Nadav era muito frio e deliberado, o que era muito mais aterrorizante do que se ele estivesse gritando.

— Você acabou de admitir que *mentiu* para mim sobre quem é — acrescentou.

— Eu queria ser alguém por quem você poderia se apaixonar! Alguém digno do seu amor! Eu tinha medo que você não amasse a verdadeira Elise. Não percebe? — gritou. — Seu amor realmente me tornou uma pessoa melhor. Estou me tornando essa pessoa, a mulher por quem você se apaixonou. Estou bem aqui.

Nadav olhou para Elise horrorizado. Olhou para ela como um homem devastado: como se quisesse arrancar-lhe seu charme e sua beleza, camada por camada, para que pudesse finalmente entendê-la verdadeiramente, do jeito que ele acreditava que entendia.

— Você mentiu para mim. Todas as manhãs e todas as noites, a cada respiração, a cada momento de riso. Foi tudo uma mentira.

— *Nunca!* — gritou Elise, sua voz rouca de desespero. — Não foi mentira! Eu te amo e sei que você me ama!

— Como posso te amar quando você é uma completa desconhecida? — disse Nadav com voz grave. — Convidei você para compartilhar minha vida. No entanto, sinto como se eu tivesse acabado de te conhecer.

Os olhos de Elise estavam arregalados e redondos de angústia.

— Por favor. Eu estou pedindo seu perdão, estou pedindo outra chance.

Livya virou-se para sorrir para Calliope, um sorriso vazio e amargo que não alcançava seus olhos. Calliope engoliu em seco. Ela e sua mãe estavam tão imóveis quanto atrizes congeladas no palco antes que as luzes se apagassem.

Elise estendeu os braços, com as palmas para cima, em um gesto sem palavras de imploração.

— Eu te amo — sussurrou. — Por favor, eu vou lhe dizer a verdade... podemos começar de novo... mas, por favor, não diga adeus, não assim, não depois de tudo o que compartilhamos.

Nadav estava olhando para o outro lado.

— O que tínhamos está quebrado — disse ele em voz baixa. — Minha confiança está quebrada. Eu não tenho a menor vontade de apanhar os pedacinhos e tentar uni-los novamente, quando nós dois sabemos que nunca mais as coisas serão como antes.

O corpo de Elise tremeu com soluços silenciosos. Ela fechou os olhos com força, como se pudesse fazer tudo aquilo desaparecer. Calliope não conseguia se lembrar da última vez em que vira sua mãe chorar — chorar mesmo, não as lágrimas falsas que ela podia invocar quando queria.

— Vou sair do apartamento para deixar vocês fazerem as malas. Vocês têm vinte e quatro horas — anunciou Nadav. — Não estejam aqui quando eu voltar. Nenhuma das duas.

— Nadav... — implorou Elise, mas o rosto dele parecia ter sido esculpido em pedra.

— Você devia ter vergonha de si mesma. Alguma vez já parou para pensar no tipo de exemplo que está dando para sua filha, casando comigo pelo meu dinheiro, mentindo sobre quem você é?

Ele deu um suspiro derrotado.

— Livya, vamos.

— Com prazer.

Os olhos dela brilhavam com maldade.

Por um momento, Calliope pensou que Elise ia atirar os braços em Nadav, implorando que ele mudasse de ideia. Em vez disso, ela tirou a aliança do dedo e estendeu-a na direção dele.

O lampejo de dor nos olhos de Nadav deixou Calliope sem fôlego.

— Foi um presente. É seu — disse ele.

Então sua expressão tornou-se dura e fechada novamente, e ele e Livya se foram.

Calliope sentiu os tremores secundários do que acabara de acontecer correrem pelo corpo dela. Ela não conseguia respirar.

— Mãe... — tentou, sem saber o que dizer. — Me desculpa, de verdade.

Elise estendeu a mão para limpar os olhos, espalhando a maquiagem borrada nas suas bochechas.

— Ah, minha querida! Isso não é culpa sua.

— A culpa é *toda* minha! Você me disse para não sair com Brice, e eu saí assim mesmo. Se eu tivesse te escutado, nada disso teria acontecido.

— Não, Nadav tem razão. Eu sou a adulta da história e preciso tomar para mim a responsabilidade pela vida que construí para nós. Este dia teria que chegar, mais cedo ou mais tarde. Eu sempre esperei que fosse mais tarde — suspirou Elise. — É hora de irmos, querida.

Elas iriam embora de Nova York. Desta vez, Calliope sabia, não haveria volta.

RYLIN

RYLIN NÃO PLANEJAVA se apaixonar novamente por Cord tão depressa.

Ela queria ter sido consciente e cuidadosa, em vez de cair em outro namoro. Enfim, ela não tinha planejado nada da última vez, também. Talvez o amor fosse assim mesmo — acontecia *com* ela, e a melhor preparação que poderia desejar era simplesmente prender bem a respiração antes que uma onda a acertasse e a obrigasse a mergulhar de cabeça.

— Obrigado por me acompanhar hoje — disse Cord, enquanto eles circulavam juntos pelo baile da posse.

Rylin sentiu o rosto enrubescer com o peso do olhar dele, e instintivamente levou as mãos até o vestido para alisar as saias. Ele chegara essa tarde em uma enorme caixa roxa da Bergdorf, com direito a laço de cetim.

"De jeito nenhum", Rylin havia protestado quando apareceu o drone da entrega. Ela não deixaria que Cord começasse a lhe mandar presentes extravagantes. Chrissa tinha insistido, no entanto, que ao menos elas *abrissem* o pacote e, assim que Rylin viu o vestido — sem alças, estruturado de cor creme salpicado de prateado, como se alguém tivesse derramado um pote de pó de estrela líquido sobre a superfície lisa da seda —, não conseguiu se conter e o experimentou. Servira como uma luva, o espartilho levando a uma saia ajustada que ia até o chão.

Só um vestido não faz mal, concluiu. Depois do dia que tivera, num interrogatório na delegacia sobre a morte de Mariel, Rylin não tinha forças suficientes para resistir a nada tão bonito. Não que tivesse falado qualquer coisa para a polícia; ela não tinha o que dizer, na verdade. De qualquer forma, a experiência a deixara assustada.

Ela sabia que devia conversar com os outros, com Leda, Watt e Avery, perguntar se eles haviam sido interrogados também. Ela disse a si mesma que o faria depois. Naquele momento, a única coisa que queria era estar ali com Cord, sentindo-se bela.

— Prometa que não vai me mandar mais nenhum vestido — suplicou ela, embora soubesse que suas palavras não tinham muita força, já que ela estava bem ali, usando um deles.

— Apenas se prometer que não ficará tão linda neles — respondeu Cord.

Rylin não resistiu e sorriu.

Ela olhou ao redor, para o prédio da prefeitura, repleto de pessoas estilosas, adolescentes e adultos trajando ternos de fino corte ou vestidos reluzentes. Flâmulas holográficas ondulavam nas paredes com uma brisa inexistente. Ela não parava de pensar que ali não era seu lugar, não importando o quanto ela se vestisse igual a eles.

Então os olhos dela voltavam para Cord, o sangue em suas veias corria livre e solto, e Rylin sabia que o local não importava. Ela pertencia a Cord, aonde quer que fosse.

— Você vem ao meu apartamento amanhã? — perguntou ela, pegando na mão dele.

Não se importava de estar ali, em uma festa black-tie, mas não poderia ser assim o *tempo todo*. Quando é que Cord iria até o 32º andar para conhecer os amigos dela e Chrissa?

— Claro — respondeu ele, simplesmente.

Rylin teve a sensação de que ele não estava escutando de fato. Então ele inclinou a cabeça na direção da pista de dança e Rylin decidiu se deixar distrair.

— Quer dançar, agora que sou muito bom nisso? — disse Cord, sorrindo.

— Não sabia que você tinha sido ruim um dia — retrucou Rylin.

— Eu também não sabia, até que comecei a fazer aulas de dança na escola.

Cord riu quando as sobrancelhas de Rylin se ergueram.

— Você não sabia? Este ano estou demonstrando meu profundo e inabalável amor pela dança nas aulas de Introdução à Coreografia.

Rylin conteve o riso.

— Você é uma bailarina agora?

— O termo correto é *bailarino*, muito obrigado — corrigiu Cord. — É o que ganho por desistir das aulas de holografia quando todas as outras aulas de artes estão lotadas.

Rylin imaginou se Cord havia desistido das aulas de holografia por causa dela — porque não queria vê-la dia após dia —, mas parecia egoísta demais perguntar. Além disso, era passado.

— Não se preocupe — continuou ele. — Não posso prometer ensinar todos os meus passos épicos de dança, mas um ou outro, sim.

Rylin inclinou a cabeça, achando graça.

— E o que faz você pensar que não sei passos épicos também?

Eles rodopiaram pelo salão até que Rylin ficasse sem fôlego. Por fim, a banda fez uma pausa.

— Quer sentar? — perguntou Cord, conduzindo-a para uma mesa onde vários dos amigos dele já estavam reunidos.

Rylin havia conhecido vários deles no ano anterior, mas eles não pareciam se lembrar dela, então Cord a reapresentou a todos: Risha, Ming, Maxton, Joaquin. Rylin sorriu, mas a única que lhe sorriu de volta foi Risha. Ming tinha um olhar distraído, evidentemente decidida que seria mais interessante prestar atenção a suas lentes de contato. Rylin se perguntou se ao menos um deles a reconhecia da escola.

De uma forma estranha, ela se pegou desejando que Leda estivesse ali. Ao menos Leda teria conversado com ela.

— Cord, estávamos procurando você. Esta festa está um tédio absoluto — anunciou Joaquin.

Rylin se espantou com a atitude indiferente dele. A festa era grandiosa e cara e nem estava barrando os menores no bar. Do que Joaquin estava reclamando?

— Não dá pra você organizar uma pós? — insistiu Joaquin.

— Eu sempre organizo. Será que outra pessoa não pode fazer isso pra variar? — retrucou Cord, com leveza.

A mesa irrompeu em uma cacofonia de desculpas:

— Não olha pra mim; você sabe que minha casa não é *nem de longe* grande o bastante. Nós não temos cômodos suficientes nem para receber o time de futebol!

— Meus pais estão no meu pé desde que tirei nota baixa em cálculo este semestre.

— Eu definitivamente não posso, depois que vocês vomitaram no ofurô da última vez.

— Mas foi divertido, não foi? — disse Risha, quase com nostalgia.

— E quanto a você, Rylin? Será que conseguiria ser a anfitriã?

Maxton se virara para ela com um sorriso amigável. Ao ver a expressão incrédula de Rylin, ele correu para complementar:

— Não vamos convidar tantas pessoas. Faremos a entrega das bebidas por drone, claro. Tudo que você precisa oferecer é o espaço.

Jura? Rylin queria perguntar, mas sabia que Maxton não estava de brincadeira. Ele não fazia a menor ideia de quem ela era ou onde morava. À sua maneira, ele provavelmente achava que estava sendo inclusivo ao perguntar para Rylin se ela não se importava de organizar a festa.

Por um momento perverso, ela se imaginou dizendo sim, levando aqueles adolescentes ricos até o 32º andar para se espremerem cheios de constrangimento ao redor da mesa de sua cozinha. *Isso sim* seria uma experiência e tanto.

— Tá bom, tá bom, eu serei o anfitrião — interrompeu Cord, levando uma das mãos atrás das costas da cadeira de Rylin para apertar a namorada em silêncio.

— Vou pegar uma bebida — disse ela, em voz quase inaudível, para ninguém em particular, e se afastou da mesa. Ouviu Cord vir atrás dela, rapidamente.

— Rylin, o que foi? — perguntou ele, levando a mão ao seu braço.

Ela se virou para ele, com o rosto corado.

— Sinto muito — disse ele. — Maxton não quis dizer nada de mais.

— Eu sei — suspirou ela. — É que não pertenço a esse grupo. Por que eles precisam de outra festa, aliás? O que há de errado com esta festa cara e linda em que estamos agora?

— É só o jeito deles — respondeu Cord, com um sorriso autodepreciativo, como se isso explicasse tudo.

— Exato! Tudo o que fazem é conversar sobre a festa seguinte. A desculpa seguinte para se reunirem e ficarem bêbados, e planejar *outro* evento caro — esbaforiu, frustrada. — Vocês não conversam sobre nada além disso?

— Eu sei que eles podem ser um pouco bobos e imaturos, mas conheço esse pessoal a minha vida inteira. Não posso simplesmente deixá-los de lado.

Na verdade, pode, Rylin sentiu vontade de dizer, mas engoliu as palavras. Seria inútil brigar por aquilo.

— Vamos esquecer tudo isso.

— Prometo que será a última festona que organizarei — assegurou Cord, com um sorriso. — Amanhã fazemos alguma coisa, só nós dois. Podemos ir naquele lugar com os biscoitos de framboesa que você adora. Ou outro lugar — complementou ele, confuso com a expressão no rosto dela.

Rylin não havia percebido que ele ainda estava planejando organizar a festa. Ou que, mais uma vez, tentaria resolver um desentendimento usando dinheiro e *coisas*.

— Vou lá pegar aquela bebida — disse ela, vagamente, direcionando-se para o bar, mas ele balançou a cabeça.

— Não, eu vou. Por favor — insistiu Cord. — Fique aqui e ouça a violinista. Você vai adorá-la.

Uma violinista havia pisado no palco, momentaneamente substituindo a banda. Ela se sentou em uma delicada cadeira de madeira, apoiando os pés no seu bastão de apoio. Então ela começou a tocar, e Rylin se esqueceu de que estava um pouco irritada com Cord, esqueceu de tudo a não ser a música.

A música começou baixa e lamuriosa, repleta de uma solidão tão aguda que Rylin a sentiu como uma dor no próprio corpo. Ao longe, ela percebeu que Cord estava caminhando até o bar, mas Rylin permaneceu onde estava, paralisada pela música trágica e marcante, que colocava em palavras o que as palavras falhavam em dizer.

Ela se recordou da noite no verão passado, quando ela e Hiral tinham ido a um concerto a céu aberto no Central Park. Tinha sido ideia de Hiral. *Talvez você tenha alguma inspiração para seus holos*, sugerira ele. Rylin tinha ficado emocionada com aquela atenção.

Ela se perguntou o que Hiral estaria fazendo naquele momento. Ele estava tão longe. Ela sentiu uma vontade repentina de saber dele, de ter certeza de que ele estava bem.

Rylin sussurrou para que suas lentes de contato fizessem uma pesquisa rápida pela i-Net por Undina. Imediatamente chegou à página inicial do lugar, cheia de grandes fotos do oceano, a enorme cidade planejada flutuando pacificamente acima, como uma vitória-régia. Hiral devia estar bem, ela se confortou. Ele ficaria feliz lá.

Então um nome conhecido a fez pausar. *Sr. Cord Hayes Anderton*. Na próxima fileira, *sr. Brice August Anderton*.

Ambos estavam na lista do conselho administrativo de Undina.

Rylin disse a si mesma que era um engano. Devia ser outro Cord Hayes Anderton. Antes que pudesse se conter, ela já tinha clicado no link do nome de Cord, para ler como ele e seu irmão haviam herdado as cadeiras de seus pais, que tinham sido investidores fundadores de Undina. Eles eram membros sem direito a voto até chegarem aos vinte e um anos, mas o conselho sentia-se feliz em incluí-los, em reconhecimento a tudo que seus pais haviam feito...

Rylin desligou seu tablet e se inclinou, sentindo-se mal. Estaria Cord realmente no *conselho administrativo* de Undina, o lugar em que Hiral estava agora trabalhando? Seria isso uma irônica coincidência cósmica, ou Cord estaria envolvido na partida de Hiral?

Ela se lembrou de como Cord pareceu muito pouco surpreso quando ela lhe contara que Hiral havia deixado a cidade. Pensando melhor, não havia sido Cord quem a procurara naquela noite, na mesa da ilha de edição? Ela nunca questionara o motivo de ele ter ido procurá-la naquele exato momento, mas agora entendia.

Ele já sabia que não havia mais nada entre ela e Hiral.

Quando a violinista finalmente acabou de tocar, o salão irrompeu em aplausos educados e Rylin sentiu como se tivesse sido arrancada de um sonho.

Cord caminhava até ela, com as bebidas na mão. Ele avistou Rylin e deu um sorriso largo, com uma certa ansiedade — até perceber a expressão dela, então seu belo rosto se contorceu de preocupação.

Rylin não conseguiu mais se conter; ela cambaleou cegamente até a saída, esbarrando em um garçom com uma bandeja de champanhe, levando as taças de flexividro ao chão com um estardalhaço. Ela nem mesmo ligava que o vinho houvesse manchado seu vestido.

— Espere, Rylin!

Ela se virou rapidamente.

— Você ajudou Hiral a ir embora daqui?

Ela sentia sua garganta seca e irritada.

Cord se encolheu sob o olhar dela, mas não recuou.

— Ajudei — respondeu —, mas, por favor, Rylin, você não está entendendo.

Rylin se sentiu dormente com aquele choque. O salão pareceu girar ao redor dela, tudo se misturando, como uma pintura surrealista.

— Qual a parte que eu não entendo? A parte que você ajudou Hiral a ir embora, ou a parte que você deu em cima de mim dois dias depois?

Cord se encolheu ainda mais.

— Sinto muito por não ter esperado, tá? Mas eu sentia muito a sua falta; não consegui deixar de ir te procurar. Por isso eu disse que não seria eu a beijá-la naquele dia — tentou completar.

— É. Você demonstrou muito controle mesmo.

— Rylin, você e Hiral tinham terminado!

Eles tinham caminhado até a entrada da festa, no espaço ecoante da entrada da sede da prefeitura. Rylin viu uma fila interminável de hovertáxis já virando a esquina do lado de fora.

— Hiral não te fazia bem, você sabe disso — disse Cord para ela, a pior coisa que poderia dizer.

— Como você *ousa*? — sibilou Rylin. Raiva e dor competiam dentro dela. — Você não tem o direito de fazer isso, de tomar decisões por mim, tá legal?

Um casal passou ao lado deles, olhando firmemente na direção oposta. Cord piscou, confuso.

— Que decisões eu tomei por você?

— Terminou meu namoro, pra começar! E me trouxe para esta festa, para ficar com seus amigos, em um vestido que você escolheu.

Rylin havia pensado que o vestido era um lindo gesto romântico, mas naquele momento aquilo adquiriu um tom bem mais sinistro. Teria Cord o comprado porque não queria que ela o envergonhasse aparecendo em algo barato?

Cord pareceu magoado.

— Não tinha percebido que estava obrigando você a passar tempo comigo. Achei que você quisesse estar aqui.

— Eu quero, mas Cord, você nunca quer ir para os andares inferiores da Torre comigo!

— Eu só achei que seria mais fácil nos encontrarmos no meu apartamento. Eu tenho mais espaço — protestou ele, e Rylin revirou os olhos.

— Claro, porque Deus o livre de ir até o esquálido 32º andar — retrucou ela. — Você nunca contou aos seus amigos que não sou rica, contou? Por isso eles acharam que eu era um deles. É porque você tem vergonha de estar saindo comigo, a garota que era sua empregada?

— Eu não disse nada porque nada disso é importante — respondeu Cord, com força. — Eu gosto de você, Rylin. Suas origens não têm nada a ver com isso.

— Claro que têm.

Rylin sentia raiva dele, mas, mais do que tudo, sentia raiva de si mesma por ser uma dessas pessoas que cometem os mesmos erros sempre.

— Não sou um investimento de caridade, Cord. Sou uma pessoa, com sentimentos.

— De onde veio isso? Eu nunca disse que você é um investimento de caridade!

— Nem precisou dizer — falou Rylin, em tom baixo.

O rosto de Cord se enrubesceu em frustração.

— Se você deixasse de ser tão orgulhosa...

— Foi você que não me contou nada! — insistiu Rylin, os olhos queimando. — Acho que você não faz ideia de como ter um bom relacionamento, porque ninguém nunca te ensinou.

— "Ninguém nunca te ensinou"? — retrucou Cord, repetindo as palavras dela. — Isso foi cruel, Rylin. Achava que pelo menos você, entre todos, não iria logo culpar meus pais mortos.

Ela recuou, de repente com vergonha de si mesma.

— Só quis dizer que você sempre joga dinheiro na direção dos seus problemas e espera que eles desapareçam — disse Rylin, sem forças. — Mesmo quando o problema é um namorado inconveniente. Eu pensei...

Ela passou a mão pelo rosto.

— Achei que seria diferente desta vez — concluiu.

— Eu achei também — respondeu Cord, cansado.

Rylin mordeu os lábios até sentir o gosto de sangue. Ela queria jogar sua pele fora, tirar aquele vestido caro do corpo e destruí-lo. Ela se sentia enojada de Cord e de si mesma.

Tinha ficado tão brava com Hiral, por ele decidir que iria embora sem ao menos consultá-la, por fazer parecer que ele havia tomado as decisões *por* ela. E ali estava Cord, fazendo a mesma coisa o tempo todo.

— Não deveríamos ter voltado — disse ela, com pesar. — Estávamos certos em terminar, da primeira vez. Somos diferentes demais, eu e você.

Ela se virou e começou a caminhar, de cabeça erguida. Apenas quando já estava no elevador de volta para casa, Rylin enxugou as lágrimas que caíam pelo seu rosto.

AVERY

O INTERIOR DO elevador estava completamente escuro.
— O que está acontecendo?
Avery piscou com rapidez, então deu uma série de comandos para suas lentes de contato. Elas se recusaram a cooperar.
— Isso não vai funcionar — disse Atlas, ouvindo a dificuldade dela. — O duto do elevador é coberto de ímãs, que interferem na frequência delas.
Avery bateu contra a porta. Ela sabia que não resolveria nada, mas seu punho fazia um barulho bastante alto e satisfatório.
— Ei, calma — disse Atlas, pegando o braço dela; e então ela percebeu como era absurdo estar ali em seu vestido costurado à mão, batendo nas portas do elevador como uma neandertal.
— Desculpe — sussurrou ela, no precipício entre lágrimas e risada. Se ao menos pudesse ver Atlas. A escuridão parecia pesada e palpável, como costumava parecer em Oxford. Escuridão de verdade, sem a luminosidade sempre presente da vida urbana.
— Talvez estejam fazendo reparos em algum lugar próximo daqui e tenha afetado um cabo elétrico — ofereceu Atlas, como explicação. — Ou talvez a festa esteja sugando tanta energia da prefeitura que a rede elétrica não esteja dando conta.
— Alguém vai aparecer logo para nos tirar daqui, certo?
— Acho que sim — disse ele, sem confiança.
A respiração deles saía entrecortada. Uma energia estranha parecia estar circulando pelo elevador, estalando pelo ar: como se o mundo todo estivesse em suspensão, aguardando sem respirar até que algo acontecesse.
— Desculpe.
A voz de Atlas parecia ao mesmo tempo muito próxima e muito distante.
— Não é culpa sua.

— A falta de energia não é, mas o *resto é*. Por voltar para esta cidade, chatear você, interferir na sua vida... — se interrompeu, sem paciência. — Volto para Dubai na semana que vem.

— Volta?

— Você não prefere assim?

Avery não respondeu. Ela estava desesperada para que ele fosse embora, e ainda assim temia a ideia. Era como se existissem duas partes dela, duas versões de si própria, e ambas quisessem coisas radicalmente diferentes. Ela tinha a impressão de que ia quebrar sob tanta pressão.

— Ouvi dizer que você e Max vão morar juntos — continuou Atlas.

— Não sei. Talvez.

O apartamento em Oxford de repente parecia fantasioso, distante da realidade, como se fosse um sonho. Ela ia mesmo morar lá?

— Talvez? — repetiu ele, confuso.

— Não tenho mais certeza se quero voltar para Oxford — admitiu Avery.

Atlas se aquietou por um momento, digerindo a informação.

— É engraçado — disse ele, por fim. — Fiquei surpreso quando você anunciou que estava se inscrevendo para estudar lá. Sempre imaginei você fazendo alguma coisa mais ousada. Semestre ao Mar. Ou aquela escola no Peru, que fica no topo de uma montanha.

Avery devia saber que Atlas saberia reconhecer sua inquietação, seu desejo confuso de sair de Nova York, e entender quem ela era. Atlas, o rapaz que a havia presenteado com um tapete mágico.

Enquanto Max dava a ela as chaves-chip de um apartamento que vinha com uma vida inteira.

Avery se sentou, sem se importar mais com o vestido caro, e abraçou as pernas para que pudesse encostar a testa contra os joelhos.

— Gostaria que você não tivesse voltado — se ouviu dizer. — Eu estava bem até você aparecer e tirar tudo de órbita. Você não entenderia, Atlas, você está tão obviamente *feliz* em Dubai. Mas foi difícil para mim, por um bom tempo depois que nós nos separamos.

Ela o ouviu se sentar ao lado dela.

— Na verdade, não estou tão feliz assim em Dubai.

Avery piscou.

— Você sempre parece feliz quando o vejo.

— Claro. Porque você só me vê quando estou com você. E *você* me faz feliz, Aves. Fico feliz só de estar perto de você.

O silêncio se alongou entre eles como uma fita elástica, a ponto de arrebentar.

— Atlas — sussurrou Avery, então se conteve.

Um milhão de coisas giravam sem coerência dentro de sua cabeça.

Atlas voltou a falar, suas palavras caindo uma por cima da outra rapidamente.

— Olha, não esperava dizer nada disso essa noite, mas não posso evitar. Não mais.

Ela sentiu a mudança de posição dele na escuridão, uma voz sem corpo. Talvez fosse mais fácil para eles conversarem assim, pensou ela, sem olhar um no rosto do outro.

Será que ele ia beijá-la novamente? Avery pensou em como reagiria se ele o fizesse.

— Quando terminei com você em Dubai, achei que estava fazendo a coisa certa. Achei que não teria como ficarmos juntos. O problema é que eu também não tenho como ficar *sem* você. Eu fugi como um covarde e, em cada lugar que eu ia, você estava lá. Para cada lugar que eu fugia, eu via você — concluiu ele. — Toda vez, Avery; você aparece para mim sempre.

Avery sabia que ela podia fazer Atlas parar de dizer essas coisas. Uma palavra dela e ele pararia, eles fingiriam que nada aconteceu, como eles haviam fingido com o beijo.

Ela abriu a boca, mas nenhum som saiu. Porque ela não queria, realmente, que ele parasse de falar.

Ao lado dela, Atlas era uma estátua.

— Quando o papai pediu que eu voltasse para a eleição, eu prometi a mim mesmo que não faria isso. Eu tinha feito um plano e ia cumpri-lo, ia *mesmo*, e tudo ficaria bem, só que agora estamos aqui no escuro e agora eu tenho esta chance, e eu percebi que tenho que aproveitá-la. Eu quero morrer toda vez que te vejo com Max.

As mãos dele tocaram as dela, o dedo mínimo se enroscando quase imperceptivelmente no dela. Avery não tentou se afastar. Onde eles se encostavam, fogos de artifício em miniatura irrompiam sob sua pele.

— Imaginei que, se ao menos pudesse vê-la, garantir que estivesse bem, eu conseguiria seguir adiante. Jurei para mim mesmo que não ia beijá-la de novo, e então fui lá e beijei.

Atlas balançou a cabeça.

— É óbvio que não consigo manter minhas promessas, nem para mim mesmo — continuou. — Não quando elas dizem respeito a você.

Lágrimas escorriam pelas bochechas de Avery, caindo no caro tecido dourado de seu vestido.

— Diga agora que não devo lutar por você.

Havia um tom baixo e urgente na voz dele, como se estivesse apostando toda a vida no que ela diria.

— Diga que escolheu Max, e eu paro, eu juro. Você jamais ouvirá nada disso novamente. Mas eu só vou parar se você pedir. Eu tinha que dizer algo... porque eu sabia que seria minha última chance, antes de te perder para sempre.

Avery novamente abriu a boca para pedir que Atlas parasse, para dizer que estava escolhendo Max, que *amava* Max. Não conseguiu.

Max era maravilhoso e algum dia faria alguma garota muito feliz. Só não seria ela.

Avery sabia, bem no fundo, que não havia escolha. Não houvera escolha, nunca, para ela. Só existia um caminho à frente, e ele estava bem ali naquele elevador com ela.

— Atlas — disse ela, outra vez, e agora ela ria entre as lágrimas. — Por que você sempre faz tudo na pior hora?

De alguma forma ela havia se virado na escuridão e tocado o rosto dele, segurando-o com ambas as mãos como se fosse infinitamente precioso, os dedos passando pelo cabelo dele.

Avery estava cansada de lutar contra isso. Ela havia tentado tanto não amar Atlas, mas o amor por ele sempre estivera ali, em todos os dias que estiveram separados, apenas aguardando por aquele momento.

Hesitante, ela o beijou. A boca dele encontrou a dela de forma instintiva. Seus corpos, como sua respiração, se uniram em silêncio na escuridão.

— Eu te amo — disse ela, espantada, entre beijos. — Eu te amo, eu te amo.

Atlas dizia o mesmo em resposta. Avery sabia que era errado, que era crueldade com Max, mas não conseguia parar. Eles se beijaram como se não houvesse mais tempo no mundo para eles, e talvez não houvesse.

— Senti sua falta — disse ela.

— Senti sua falta, todos os dias, todos os *minutos*, desde que nos despedimos — respondeu Atlas. — Você não sentiu o meu amor por você através do oceano?

Avery se ajeitou, encostando a cabeça no ombro dele. Ela se perguntou quanto tempo haveria passado desde a queda de energia. Provavelmente apenas meia hora e, ainda assim, uma vida. Avery sentia como se o mundo inteiro tivesse se reorientado naquela meia hora.

— Atlas. O que vamos fazer? — perguntou ela, ainda segurando a mão dele com força. — Nada mudou desde o ano passado. Todas as razões pelas quais terminamos ainda existem.

Terminar não era o termo mais preciso, pensou ela. Era mais como se eles tivessem se *despedaçado*, como se remover Atlas da vida dela tivesse sido como retirar um pedaço de carne do seu corpo.

Agora estavam juntos, outra vez. Apesar de toda a confusão, apesar dos pais deles, de Max e de todo o maldito mundo, ali estavam eles novamente. Parecia inevitável, como se não pudessem ter chegado a outro lugar que não àquele elevador, naquele momento, juntos.

— Vamos encontrar um jeito — garantiu Atlas. — Eu prometo.

Por algum motivo, aquela fala fez com que Avery se preocupasse com o futuro.

— Não faça promessas que não pode garantir que vá cumprir.

Atlas se virou para ela. Mesmo na escuridão, Avery sentiu uma intensidade tranquila irradiando-se dele.

— Você tem razão. Só posso prometer que vou tentar.

Eles voltaram a se beijar; o silêncio gemia alto e espesso ao redor deles, e os minutos que lhes restavam, quantos fossem, passavam rápido demais. Cada beijo estava coberto de significado. Cada beijo era uma promessa de que lutariam um pelo outro, mesmo que as dificuldades, que o *mundo* todo, estivesse contra eles.

Avery ainda estava ajoelhada ali, beijando Atlas — uma das mãos ao redor de sua nuca, a outra abraçando sua cintura — quando a porta do elevador foi aberta à força.

Ela sentiu a luz se esparramar contra seus olhos fechados e deu um salto para trás, soltando-se de Atlas como se tivesse sido escaldada. Ela tentou sem sucesso se pôr de pé, desajeitadamente.

Max estava ali, assolado. Ele vira tudo perfeitamente.

E, o que era muito, muito pior, Avery ouviu o som indefectível de uma câmera zetta de espionagem. Ela observou, sem poder correr atrás dela, quando a pequena câmera hover manipulada por controle remoto foi embora. Sua lente reluziu e então ela desapareceu, ao longe.

LEDA

LEDA ESTAVA FELIZ por ter vindo ao baile da posse, ao menos para estar perto de Avery.

Ela não havia percebido o quanto Avery tinha ficado abalada com o retorno de Atlas. Viver sob o mesmo teto que seu ex, ser forçada a vê-lo todo dia... Leda deveria ter percebido que era uma forma singularmente cruel de tortura. Mas também Avery era mestre em esconder seus verdadeiros sentimentos de todos, até de si mesma. Ao ver sua melhor amiga naquela noite, o modo como se comportava, brilhante e orgulhosa naquele vestido dourado etéreo, o coração de Leda se apertou. Ela percebeu que aquele reluzir distante era solidão, e saudades.

Leda se apoiou em uma mesa próxima à pista de dança, observando a festa ao seu redor. Ela se sentia ela mesma, de uma forma que não sentia há tempos. Sabia que estava linda naquele vestido, com uma estrutura ajustada de seda preta. Brincos de diamante em forma de estrelas brilhavam em suas orelhas, contrastando com a curva escura do pescoço. Ia além disso. Leda estava radiante com o que havia acontecido com Watt na noite anterior. Ela ainda podia sentir o toque dele, como uma tatuagem que a marcava de forma nova e indelével.

Ela gostaria que ele estivesse ali. Ela tentou não se sentir alarmada com o flicker que ele havia mandado. *Tive um imprevisto urgente. Tá tudo bem, mas não poderei ir. Sinto muito. Explico depois*, havia dito Watt. Ela tentou não interpretar as palavras, mas era difícil não se preocupar quando não sabia o que ele estava fazendo.

Um grupo de colegas dela seguiu até a pista; Leda viu Ming Jiaozu e Maxton Feld, e seria aquela Risha com Scott Bandier novamente? Previsível. Eles a avistaram e acenaram, convidando-a para dançar, mas ela balançou a cabeça em negativa. Eles achavam ótimo interagir com ela agora, mas nenhum deles estivera por perto quando ela tinha desmoronado no ano anterior. Nenhum deles era amigo de verdade.

— Leda! Estávamos procurando por você.

Os pais dela se aproximaram, ambos com sorrisos largos, uma expressão de quem havia feito algo ilícito. Leda não via isso neles havia eras.

— Estamos indo para os Hamptons — anunciou sua mãe.

Ela estava maravilhosa em um vestido alaranjado que destacava sua pele negra profunda.

— Agora?

Não era do feitio de seus pais fazerem nada tão espontâneo. Justamente por isso, pensou Leda, era provavelmente o que eles precisavam.

— Apenas por esta noite. Não está *tão* tarde assim — respondeu o pai de Leda, deslizando os olhos para o canto de sua visão para checar o horário. Mal haviam dado dez horas da noite.

— Tenho estado tão ocupada com o trabalho; seu pai e eu merecemos uma noite fora de casa.

Ilara passou uma mecha de cabelo da filha por trás de sua orelha.

— Você ficará bem sozinha? — perguntou ela.

— Vou ficar bem — insistiu Leda, enquanto uma das amigas de sua mãe se aproximava para perguntar algo a Ilara, temporariamente tomando sua atenção.

— Andei pensando sobre o que você disse na semana passada — disse o pai dela, de repente, abaixando a voz. — Você tinha razão. Preciso contar a verdade a sua mãe. Ela merece isso.

Leda se espantou, depois abraçou o pai, com tanta força que a cabeça dele quase bateu contra a dela.

— Estou tão orgulhosa de você — comentou ela. — Mas vai contar hoje? Nos Hamptons?

— É uma ideia ruim? — disse o pai, encabulado, antes de balançar a cabeça. — Leda, o que quer que aconteça entre mim e sua mãe, eu sempre estarei ao seu lado. Sinto muito por você ter sido pega no meio de tudo isso. Eu te amo.

— Eu também te amo — respondeu Leda, suavemente, enquanto sua mãe se virava de volta para eles.

Ilara enganchou o braço pelo do marido, ainda com um sorriso largo.

— Vamos direto para o heliponto. Você vai ficar aqui, querida?

Leda observou, sem dizer nada, os pais atravessarem a multidão. O pai dela era corajoso o suficiente para contar a verdade: confessar o que havia feito e sofrer as consequências. Enquanto Leda insistia em esconder a verdade debaixo de uma montanha de mentiras, chantagens e segredos.

Se o pai dela era capaz de dizer a verdade, então talvez...

Ela encostou os cotovelos na mesa, passando os dedos pela vela falsa que enfeitava sua superfície. Sua chama inofensiva tocava seus dedos e aquecia o anel de nitinol em uma das mãos. Foi então que Leda olhou para cima — bem nos olhos de Watt.

Por um momento, sua respiração parou. Ela havia se esquecido de como ele ficava bonito de smoking. O caimento acentuava seus ombros largos, contrastando com o tom dourado de sua pele.

— Você veio! — gritou ela, correndo na direção dele, vacilando um pouco em seus passos. Algo no olhar de Watt extinguiu a alegria dela.

— Precisamos conversar. A sós — disse ele, rouco, correndo o olhar por todos os cantos. — Avery e Rylin estão aqui?

— Não as vejo já faz um tempo — respondeu Leda, tentando acalmar a sensação de pânico que crescia dentro dela. — Por que não me diz o que está acontecendo?

Eles caminharam até um canto mais distante da festa, onde duas cadeiras chiavari estavam escondidas atrás de um enorme arranjo de flores. Nenhum deles se sentou.

— O que houve? — perguntou Leda, trêmula.

Watt respirou fundo.

— Eu invadi o sistema do departamento de polícia hoje.

— O que passou pela sua cabeça? É muito perigoso!

Leda agarrou a lapela do terno dele, chacoalhando-o um pouco, em pânico.

— Que a festa seria uma boa distração, já que a maior parte da polícia está *aqui* hoje — respondeu ele. — Também acho que não estava pensando direito, já que fui interrogado hoje cedo.

— O *quê?*

Ele franziu o cenho.

— Achei que Avery teria contado a você. Eu fui chamado para um interrogatório sobre Mariel. Também chamaram Avery e Rylin.

Leda entendeu por que Avery não havia dito nada. Avery estava tentando, de seu modo doce e errado, *protegê-la*. Leda esperava mais de Watt.

— Você devia ter me mandado um flicker no instante em que isso aconteceu. E deveria ter me contado *antes* de invadir a *polícia*!

Leda percebeu que suas mãos ainda seguravam o paletó de Watt com força, e as abaixou com dificuldade.

— Não se preocupe, eles não vão descobrir nada. Mas temos problemas maiores.

Watt desviou o olhar.

— A polícia descobriu a conexão entre a morte de Mariel e a de Eris — contou.

Leda cambaleou para trás, com o corpo todo tremendo.

— Você quer dizer que eles sabem que eu matei Eris?

— Ainda não — respondeu Watt, rapidamente. — Acho que eles só sabem que as duas noites estão ligadas. Não se preocupe, Leda. Não vou deixar nada acontecer com você. Eu prometo.

Dezenas de emoções passaram por Leda ao mesmo tempo, terror, luto e arrependimento.

— Meu Deus — disse ela, lentamente, e então outra vez, em voz entrecortada. — Ai, meu *Deus*.

— Está tudo bem. Vamos resolver isso...

— Não diga que está tudo bem quando nós dois sabemos que não é verdade! — retrucou Leda, com tanta força que Watt se calou.

Ela largou o corpo, sem controle, em uma das cadeiras.

— Não vai ficar bem — disse ela, com mais suavidade. — É tudo culpa minha.

Watt se sentou ao lado dela e tomou a mão dela na sua, em apoio silencioso.

Enquanto estava ali sentada, a cena ao seu redor congelou-se na mente dela com nitidez brutal. O cheiro das flores, suave e delicado. As risadas altas, o tilintar das taças, a música que emanava da pista de dança. O calor das mãos de Watt ao redor das mãos dela. Ela tinha a impressão de que se lembraria de cada detalhe desse momento pelo resto de sua vida, não importa o quanto fosse longa, porque foi o momento em que tudo mudou.

Ela havia colocado seus amigos em perigo.

Leda imaginara que eles estavam a salvo — que a polícia não relacionaria nada a eles, e que logo aquele pesadelo terminaria. Que ela poderia se recompor de seu luto e recomeçar.

Que trouxa! Óbvio que era apenas questão de tempo até a polícia descobrir o que Leda fizera. Isso levaria até os segredos de seus amigos. O tráfico de drogas de Rylin, o computador ilegal de Watt e o relacionamento de Avery com Atlas.

Leda não conseguiria suportar se esses segredos emergissem.

Ela se sentia como um barco no meio de uma tempestade, enquanto ondas e ondas de arrependimento quebravam-se contra ela. Ela apoiou a cabeça nas mãos e fechou os olhos.

— Vamos achar uma solução — continuou a dizer Watt. — Eu e você, juntos, podemos fazer qualquer coisa.

Leda se forçou a erguer a cabeça. A luz das faixas holográficas acima refletia nos olhos de Watt, dando também um reflexo bronzeado à pele dele. Ela se deixou observá-lo por um momento, memorizando-o.

Então ela se levantou, puxando Watt para junto de si, e o beijou. Ele se espantou de início, mas logo a abraçou e retribuiu o beijo.

Ela o beijou por quanto tempo se atreveu, sem ligar para quem olhasse. Ela rezou para que Watt não percebesse o pulsar desesperado e frenético de seu coração. Era o último beijo deles, seu último adeus no corredor da morte, e Leda queria que fosse bom. Então ela se concentrou em Watt — na sensação de seu corpo, sua força, como a boca dele se encaixava tão perfeitamente na dela.

Ela dizia, bem dentro dela, adeus.

Quando finalmente se afastou, Watt a observou com uma expressão confusa. Leda fingiu não ver. Se Watt adivinhasse o que ela planejava, jamais a deixaria ir adiante.

— Vou para casa — disse ela, e sua voz a traiu um pouco, porque estava áspera como uma lixa.

— Leda — protestou Watt, tentando segurá-la.

Leda se sentiu hesitar por um momento, porque seria muito fácil deixar-se ficar naquele abraço. Encostar a cabeça no peito dele e deixá-lo dizer que tudo ficaria bem.

Só que *não* ficaria bem. Não para Eris, Mariel ou qualquer um deles. Não até que tudo finalmente acabasse.

— Pelo menos me deixe acompanhar você até sua casa — ofereceu Watt, mas Leda balançou a cabeça em negativa, e reuniu o que restava de forças dentro dela.

— Preciso ficar sozinha um pouco.

Watt abriu a boca para responder, mas pareceu mudar de ideia. Ele fez um movimento brusco com a cabeça, concordando.

— Te vejo mais tarde — garantiu ele.

— A gente se vê — disse Leda, em voz baixa, sabendo que era mentira.

Ela esperou até que o corpo dele desaparecesse na multidão, até ter certeza de que ele havia ido embora. Leda soltou a respiração, trêmula. Tinha gastado toda sua coragem observando Watt ir embora, sabendo que seria a última vez em que o veria.

De alguma forma, sem perceber, ela chegou em casa. O silêncio ecoava de forma estranha ao redor de seu quarto. Ela conseguiu se deitar na cama — sua cama de sempre, amarrotada, que na noite anterior mesmo havia aninhado ela e Watt. Ela não podia crer que naquela manhã tinha acordado com ele, sentindo-se segura em seus braços.

Ela não estava segura. Nenhum deles estava, e era tudo culpa dela.

Ela amava tanto Watt que isso a machucava, a espantava. Era por isso que não deveria ter deixado ele voltar a fazer parte do caos que era sua vida. Ela era tóxica demais. Ela fizera coisas terríveis demais, das quais não podia fugir, e se recusava a deixar Watt se desgraçar junto com ela.

Os pensamentos corriam por sua cabeça, circulando pelo seu cérebro febril. Ela devia ter dormido em algum momento; acordou assustada, suando frio, pressionando os dedos contra os olhos cerrados, mas as imagens não desapareciam. Porque não eram pesadelos; eram a realidade.

Não importava qual caminho trilhasse: Leda acabava voltando para a mesma conclusão. A polícia estava chegando perto. O que significava que nenhum deles estaria a salvo até que alguém fosse preso pela morte de Mariel.

Leda não tinha como consertar o que havia acontecido com Eris ou Mariel, mas ainda poderia salvar Avery, Rylin e Watt — isso ainda estava sob seu controle. Eles não mereciam ser punidos pelo que havia acontecido, mas ela sim.

AVERY

NA MANHÃ SEGUINTE ao baile da posse de seu pai, Avery caminhava pela sala como um animal enjaulado. Ela ia e voltava pelo mesmo caminho, passando entre os sofás feitos sob medida que pareciam nuvens e a porta que dava para a entrada de pé-direito duplo. Ela aguardava que, o que quer que fosse acontecer, acontecesse.

Estava quieto demais. Avery imaginou poder ver o silêncio, ondulante e frio, suas ondas tocando as paredes e então voltado ao mar sem som.

— Vai ficar tudo bem — assegurou Atlas, sentado no sofá ao lado da janela.

Ele levantou o braço como se fosse puxá-la, mas depois reconsiderou.

Avery não tinha dormido. Como poderia, depois de tudo? Ela ficava lembrando de Max parado, olhando para ela e Atlas, aterrorizado. Ele havia recuado, com o olhar espantando e magoado. Avery tinha se levantado com dificuldade e corrido atrás dele, chamando seu nome ao tentar alcançá-lo pelos corredores desconhecidos, mas Max havia escapado por uma escadaria. Ele literalmente tinha fugido dela.

Avery tentara durante toda a manhã mandar flickers e pings para ele, sem resposta. Queria explicar a Max como se arrependia de trair sua confiança de modo tão terrível e que jamais tivera a intenção de magoá-lo. Que ela não mentira ao dizer que o amava.

De alguma forma ela amava Max e ainda assim estava *apaixonada* por Atlas.

Fora Max quem a ajudara a se recuperar depois que seu coração se estilhaçara no ano anterior. Ele havia lhe dado o coração *dele*, tentado construir uma vida para os dois, e Avery só lhe retribuiu com dor.

Ela estava começando a perder a noção de quantas pessoas ela e Atlas haviam magoado na tentativa vã de deixarem de se amar. Leda, Watt, agora

Max: eram todos efeitos colaterais. Avery jurou a si mesma que jamais cometeria o mesmo erro outra vez.

Naquela manhã, ela tentara até mesmo procurar Max. Foi ao seu dormitório e descobriu a cama dele ainda feita. Por fim, havia desistido e voltado para casa, onde passara horas e horas *esperando*, sem respirar, embora não soubesse pelo quê. Ela apenas caminhava de lá para cá em seu conjunto de moletom artech, agitada e irrequieta, sem conseguir escapar da sensação de que algo terrível apareceria no horizonte, como uma gigantesca nuvem de chuva.

Era com a câmera zetta que ela estava realmente preocupada.

Ela e Atlas haviam conversado sobre o problema sem parar, mas não havia nada que realmente pudessem fazer, sem saber a qual site da i-Net ela pertencia. Para possuir uma câmera zetta era necessária uma licença comercial extremamente cara — mesmo porque ninguém queria nuvens dessas coisas entupindo a cidade toda.

Seja lá quem estivesse com aquela foto, Avery sabia que em breve entraria em contato com ela. Só lhe restava torcer para que entrassem em contato diretamente, talvez para fazer chantagem, em vez de simplesmente postar a foto.

Ela chegou ao fim do cômodo e virou-se novamente, mexendo de forma irrequieta com a ponta do rabo de cavalo. Ao lado dela, Atlas estava sentado com um tablet no colo, ainda com o mesmo artigo de duas horas antes aberto na tela. Eles não haviam conversado muito depois da noite anterior; como se tivessem usado todas as suas palavras naqueles *eu te amo*, e precisassem acumular mais para o que quer que lhes reservasse o futuro.

Quando a porta da frente se abriu, ambos giraram a cabeça na direção dela. Avery sentiu cada célula de seu corpo entrar em estado de alerta. Ela ouviu vozes, o som conhecido dos saltos de sua mãe soando pelo corredor, e por apenas um instante, tudo estava maravilhosa e abençoadamente normal.

— Precisamos conversar sobre o torneio de golfe de profissionais e amadores — dizia sua mãe. — Quantas pessoas você acha que convidará?

Pierson não respondeu imediatamente. Então ele xingou em voz alta e com irritação.

— Mas que *merda* é essa? — vociferou ele, provavelmente segurando seu tablet.

Simples assim, Avery soube que tudo havia mudado.

Elizabeth gritou. Era um grito animalesco, selvagem, e o som dele desencadeou um terror primitivo dentro de Avery. Ela olhou para Atlas e abriu os feeds com uma sensação de terror crescente.

Dito e feito, ali estava o artigo que seu pai provavelmente vira. Tinha sido postado há apenas trinta segundos. *Irmãos Fuller: próximos demais*, dizia a chamada. Estava completo com a foto dela e de Atlas, unidos em um beijo, no elevador, na noite passada.

Era impossível não os reconhecer. Era o cabelo castanho-claro de Atlas, o broche patriótico de Atlas afixado no peito do smoking, as mãos de Atlas firmemente ao redor de Avery. A loira agachada perdida no meio do tecido reluzente dourado não poderia ser outra pessoa que não Avery.

Avery se sentiu fria e desassociada da realidade. Pensar que depois de tanto tempo — de tudo que ela e Atlas fizeram para manter aquele segredo — o pior realmente tinha acontecido, e o mundo sabia a verdade.

— Vai ficar tudo bem. Eu te amo — sussurrou Atlas, ao se levantar, e deixou sua mão encostar de leve contra as costas de Avery. Um pequeno gesto, quase inexistente, para lembrá-la de que enfrentariam tudo juntos.

O coração de Avery batia forte enquanto os pais irrompiam a passos largos pela sala. O pai dela segurava o tablet, que estava congelado no artigo *Próximos demais*. Ele o segurava a distância, como se aquilo fosse contaminá-lo.

— Que *nojo*! Alguém usar meus filhos assim, inventar tal mentira apenas para atingir meu governo...

Ai, céus, ai, *Deus*. Ele achava que não era verdade. Avery tentou trocar olhares com Atlas, mas ele não olhava para ela. Seus olhos estavam fixos na mãe deles.

Elizabeth Fuller estava tão impecável como sempre, em um vestido de tricô com mangas curtas e salto alto, o mesmo que usara no café da manhã a que os Fuller tinham comparecido naquela manhã. Ela caminhou até a cozinha com movimentos econômicos e se serviu um copo d'água que não bebeu. Avery sabia que ela apenas queria ter o que fazer com as mãos, mas ambas estavam tremendo.

O pai de Avery ainda gritava, usando palavras como *difamação* e *estarrecedor*. Ele havia se apoiado sobre um cotovelo em um antigo aparador, dando pequenas batidas enfáticas na madeira de cor escura para pontuar suas palavras. A cena toda havia se transformado em algo surreal, com as características irrealistas de um sonho. Avery tentou se recompor e acordar.

Ela tinha imaginado aquela conversa muitas vezes, morrendo de preocupação que seus pais pudessem descobrir sobre ela e Atlas, mas nunca teria pensado que seus pais se esforçariam ao máximo para ignorar até mesmo a verdade mais escancarada.

De repente, Pierson parou com seu monólogo. Seu rosto estava completamente vermelho, as veias marcadas na testa. Ele olhou de Avery para Atlas, indo e voltando, e algo sutil mudou em sua expressão.

— Vocês dois estão estranhamente quietos. Pensei que se sentiriam mais chateados com suas imagens sendo violadas dessa forma. Quem editou essa foto fez parecer muito real.

Sua voz se acalmou de forma perigosa. Um momento de silêncio pairou pelo cômodo.

— A não ser, claro, que não seja uma foto manipulada.

Finalmente, pensou Avery, enquanto sua mãe soltava um grito contido.

Seria muito simples mentir, e dizer que *obviamente* as imagens tinham sido manipuladas, que ela e Atlas não eram nada além de irmãos adotados com uma afeição fraternal normal um pelo outro. Avery tinha contado essa mentira durante toda sua vida — para si mesma, para o mundo. Ela sabia como fazê-lo melhor que qualquer outra pessoa. Sabia como esconder seus sentimentos verdadeiros tão profundamente que ninguém seria capaz de descobri-los.

Era a mentira que seus pais tão desesperadamente queriam ouvir. Pela primeira vez, Avery não foi capaz de dizê-la.

Em vez disso, ela procurou a mão de Atlas e a segurou. O que o gesto significava não passou despercebido por ninguém ali.

— Avery.

Havia uma ameaça, escondida e armada, na voz de Pierson.

Atlas deixou sua mão se fechar ao redor da dela, correndo o polegar de maneira deliberada e chocante pelas delas. O toque da pele dele deu a Avery toda confiança de que ela precisava.

— Eu amo o Atlas — disse ela, de forma simples, e observou os rostos de seus pais se transformarem, horrorizados com a compreensão daquilo.

A mão de Atlas estava apertada contra a dela.

— E eu amo a Avery.

Era como se um alarme tivesse disparado, porém era apenas o silêncio que ecoava pelo apartamento.

— Isso não é verdade — disse a mãe de Avery, fraca.

— Sim, é verdade. Avery e eu nos apaixonamos há anos. A foto é verdadeira. Uma câmera zetta de um paparazzo a tirou quando estávamos juntos ontem à noite.

— Mãe...

A voz de Avery falhou. Ela queria explicar todas as razões pelas quais aquilo não era tão ruim quanto seus pais imaginavam: que ela e Atlas não compartilhavam o mesmo código genético, não tinham parentesco. Que irmãos adotados podiam ter relacionamentos, podiam *se casar*, em todos os estados do país; ela pesquisara isso anos atrás. A lei proibia apenas que os pais adotivos se casassem com seus próprios filhos.

Mais do que isso, ela gostaria que seus pais pudessem entender o quão perfeitos ela e Atlas eram juntos, que o amor deles era do tipo que poderia superar de tudo, e tinha superado. Que não importava o quanto eles tentassem destruí-lo, o amor continuava a renascer, machucado e dolorido, mas ainda resistente e ali.

Aquele era o amor eterno. O tipo de amor a respeito do qual alguém teria escrito um romance, um século antes. Eram ela e Atlas contra o mundo, contra todos; Avery sabia que, se não pudesse ficar com Atlas, não haveria mais ninguém para ela, pelo resto de sua vida.

Pela repulsa que viu no rosto de seus pais, sabia que nenhum desses argumentos faria a menor diferença.

Ela fez menção de dar um passo à frente, mas sua mãe recuou, com o rosto contorcido de dor. Avery percebeu que ela chorava silenciosamente.

— Parem. Por favor, *parem*!

Avery sentiu as lágrimas escorrerem pelas suas bochechas.

— Eu *tentei* parar, não entende? Às vezes não se escolhe quem amar. Às vezes o amor te escolhe.

Ela mordeu os lábios.

— Não se lembra como foi se apaixonar e saber que era com aquela pessoa que você deveria ficar? — acrescentou.

Por um segundo, Avery viu o reconhecimento no rosto de sua mãe, aquoso e incerto, e então ele passou com a mesma rapidez com que tinha aparecido.

— Você não sabe nem metade do que está dizendo. É culpa dos seus hormônios. Vocês ainda são *crianças*, pelo amor de Deus...

— Somos ambos adultos, na verdade — interrompeu Atlas.

Seus pais não se lembravam que eles tinham votado na eleição?

— Qual o problema com vocês? — interrompeu Pierson. — Por que fariam isso conosco? Nossa única filha e nosso único filho? Vocês são asquerosos.

Não estamos fazendo isso com *vocês*, Avery teve vontade de gritar, tentando não se contorcer com aquelas palavras dolorosas. Aquilo não dizia respeito aos pais dela, de forma alguma. Na realidade, existia apesar deles.

— Nós nos amamos — disse Atlas, com suavidade. — Sei que parece improvável, até mesmo egoísta, mas aconteceu. É real.

Então, para a surpresa de Avery, ele se apoiou sobre um joelho na frente do pai deles. Parecia, curiosamente, que pediria alguém em casamento. Demorou para que Avery entendesse o que estava acontecendo.

Ele estava implorando a ajuda do pai.

— Por favor — implorou Atlas. — Sei que isso é decepcionante, porque vocês foram pegos de surpresa, mas não é asqueroso, de modo nenhum. É amor, amor verdadeiro, o que o torna a coisa mais linda e rara no mundo todo. Avery e eu podemos sobreviver a isso... nossa *família* pode sobreviver a isso, eu prometo... mas somente se vocês nos apoiarem.

Avery ficou surpresa com a ousadia dele. Estaria realmente pedindo a *bênção* dos pais deles?

— Aqui é Nova York — continuou Atlas, destemido. — Vocês só precisam dar tempo para as pessoas esquecerem, o que sabemos que acontecerá, mais cedo do que pensam. Podemos resolver isso. Eu saio desse apartamento; eu mudo meu nome; eu faço o que for preciso. *Por favor* — pediu ele, novamente, com a respiração sofrida. — Você é *Pierson Fuller*. Você sabe como é fácil mudar a opinião pública! Nova York seguirá seu comando nisso, do mesmo jeito que fazem com tudo! Se você nos rejeitar, o mundo também nos rejeitará. Mas se ficar ao nosso lado, e nos apoiar publicamente, tenho certeza de que o mundo também nos aceitará.

Avery estava chocada. Jamais considerara a possibilidade de eles permanecerem em Nova York e ficarem juntos de fato. Mas, ao ouvir Atlas falar, ela percebeu a verdade em suas palavras, e uma esperança faminta começou a roê-la por dentro. Talvez funcionasse.

Era Nova York, onde a superfície marcada da sociedade estava repleta de escândalos. Todos tinham segredos, todos haviam feito algo chocante. Seria mesmo tão ruim duas pessoas sem ligação alguma se apaixonarem?

— O que está dizendo, Atlas? Você quer que eu apoie isso... essa... — engasgou o pai dela. — Abominação?

Atlas se retraiu.

— Estou dizendo que, se puder superar essa reação inicial, e pensar em nossa felicidade...

Pierson brutalmente puxou o filho do chão, colocando-o de pé.

— É *exatamente* na sua felicidade que estou pensando! Amo você demais para deixar que cometa esse tipo de erro. Sua mãe está certa, você obviamente não tem ideia do que está dizendo.

Elizabeth chorava abertamente, seu corpo tremendo com grandes e feios soluços. Não, Avery percebeu, ela estava quase *vomitando*. Sua mãe estava tão enojada com a ideia de Avery e Atlas juntos que ela literalmente queria vomitar.

— Essa conversa está terminada! — gritou seu pai. — Vocês têm que sair daqui.

Quando nenhum dos dois se mexeu, ele bateu a mão contra a mesa, outra vez.

— *Saiam!* Os dois! Não veem o que fizeram com a mãe de vocês?

Avery trocou olhares com Atlas, mas ele balançou a cabeça, como se quisesse dizer *agora não*. Ela sabia que seria melhor não dizer nada. Eles apenas saíram e caminharam em direções opostas, cada um para seu quarto.

Apenas quando estava em segurança em seu quarto foi que Avery abriu novamente o artigo. Continuava tão feio e contundente como antes. Abaixo do texto chocante, e da foto, havia agora uma sequência de comentários.

Nos dez minutos que aquela cena horrorosa tinha acontecido, o artigo fora compartilhado e repostado milhares de vezes. Avery não ficou nem um pouco surpresa. Afinal, ela era a maldita princesa de Nova York, não era?

Ela sabia que não deveria olhar, mas as palavras praticamente saltavam da página, jogando-se na sua consciência...

Não se enganem com o exterior perfeito dela — essa piranha é NOJENTA!

Sempre soube que o milésimo andar era uma orgia gigante!

Eca! Tenho um irmão adotivo. Vou ali vomitar.

Já sentei ao lado dela em um trem e ela nem mesmo olhou para mim. Que vaca arrogante.

Assim continuava. Avery sentiu um nó de desespero se formar no estômago. Ela jamais teria imaginado que tantas pessoas no mundo — pessoas que ela nem conhecia — a odiavam com tanta crueldade.

Ela se encolheu e fechou os olhos para bloquear o mundo, desejando desaparecer.

RYLIN

OS TÊNIS DE Rylin acertavam o asfalto da pista externa com um ritmo violento.

No geral, ela adorava correr no deque, depois das quadras de basquete, das piscinas e da área de lazer, mas hoje tudo estava dolorosamente monótono, ou apenas doloroso. Não importava o quanto ela corresse, o horizonte parecia não mudar, como se qualquer ilusão de progresso fosse apenas isso: uma ilusão.

Ainda assim, Rylin seguia em frente, porque mesmo um movimento inútil era melhor do que ficar parada. Pelo menos, se ela continuasse a se mexer, o ar passaria por sua pele suada, acalmando o calor que latejava dentro dela. Ela correu cada vez mais rápido, até que os músculos da perna começaram a arder e ela pôde sentir uma bolha se formando no tornozelo esquerdo. À sua frente estava o lago artificial, onde um grupo de crianças pequenas fazia corrida de hovercrafts em miniatura, uma esquadra de brinquedos com bandeiras coloridas agitadas com o vento.

Era ali que Rylin normalmente começava a voltar. Naquele dia, ela continuou. Queria correr até suar toda a raiva que ainda guardava da noite anterior, se é que era possível.

Ela não podia acreditar no que Cord havia feito. Como ele ousara se envolver em seu namoro com Hiral? Era típico dele, de todos os que moram nas alturas, pensar que podiam manipular o mundo a seu bel-prazer. Que horrível, ele ter usado *dinheiro* para tentar derrubar os obstáculos entre eles.

Ela se recordou do *Skyspear*, como os corpos dos dois estiveram unidos na alvorada, e lutou contra a sensação de vergonha. Sabendo o que sabia agora, a lembrança já não mais parecia mágica. Na verdade, fazia Rylin se sentir barata.

Ela não podia continuar fazendo isso. Chega de pensar em Cord ou Hiral. Rylin era mais do que a soma dos garotos que amara. Ela se recusava a deixar que eles a definissem.

Suas lentes de contato se iluminaram com a chegada de um ping.

Rylin tropeçou de susto, mas conseguiu se endireitar antes de cair. Ela desacelerou e fez meia-volta na direção do lago. Partículas de luz dourada reluziam na superfície da água.

Ela hesitou mais um instante antes de aceitar o ping.

— Hiral. Achei que tínhamos decidido não conversar mais — disse, ríspida, sentando-se em um dos bancos.

— Chrissa entrou em contato. Ela me disse que eu deveria te ligar?

Rylin se encolheu. Ela estivera fazendo barulho pelo apartamento a manhã toda, soltando exclamações de raiva, até que Chrissa a convencera a lhe contar o que acontecera.

— Parece que você precisa conversar com Hiral — dissera ela.

A resposta de Rylin fora calçar os tênis e fugir para uma corrida.

— Parece algo que Chrissa diria — sussurrou Rylin.

— Entendi. A irmã mais nova, interferindo novamente — disse Hiral.

Rylin escutou um tom de preocupação por baixo da falsa leveza com que ele falava. Ela queria muito estar brava com ele — extremamente brava, na verdade —, mas percebeu que não sentia nada disso.

— Como estão as coisas? — perguntou ela, porque, não importava o que havia acontecido entre eles, ela ainda queria saber se ele estava bem.

— Demais, na verdade.

Ela percebeu a alegria na voz dele.

— Acabei o treinamento e comecei a trabalhar na colheita de algas. O único porém é que estou comendo bem mais proteína-verde do que gostaria. Sinto como se até meu suor estivesse ficando verde.

— Eca.

Rylin soltou um grunhido com a imagem inesperada.

Hiral se calou por um momento.

— Por que Chrissa queria que eu falasse com você?

— Não importa mais.

— Beleza — respondeu Hiral, como se não acreditasse de fato nela. — Mas, se serve de algo, sinto muito. Por tudo que fiz você passar. Eu sei que você ainda está chateada comigo por eu ter ido embora sem aviso, mas também sei que foi a melhor decisão para nós.

— Estou ficando de saco cheio de todo mundo vir me dizer o que é melhor para mim, sem me consultar — retrucou Rylin, sem se conter.

— Problemas no paraíso entre você e Anderton?

Era bastante estranho, conversar sobre Cord com Hiral.

— Como você sabe?

— Porque eu conheço *você*, Ry. Eu percebi naquela tarde no shopping, quando estávamos trabalhando naquele projeto ridículo; eu quis ignorar, mas estava lá. O jeito como todo o seu rosto se iluminava quando trocava olhares com ele. Eu conheço esse olhar.

A voz de Hiral vinha muito baixa nas antenorelhas dela, e de repente Rylin se deu conta do quanto ele estava longe, do outro lado do mundo.

— Eu sei porque, tempos atrás, você olhava daquele jeito para mim — concluiu.

Rylin ergueu uma das mãos até os olhos, espantada. A luz do sol estava ficando mais forte.

Hiral não disse mais nada, apenas deixou o momento de silêncio continuar, embora Deus soubesse o quanto aqueles minutos estavam custando para ele.

— Cord me disse que ajudou você a ir embora — disse Rylin, por fim.

— Você está sabendo disso? — perguntou Hiral, e ela percebeu um tom de culpa surgir na voz dele. — Sinto muito. Por favor, não me julgue demais, tá? Eu não tinha muitas opções.

Rylin demorou um pouco para processar as palavras dele.

— Julgar *você*?

— Por fazer as coisas pelas suas costas, pedir ao seu ex-namorado para me ajudar a fugir do país. É por isso que está chateada, não?

— Mas... foi *você* quem se aproximou de *Cord*?

— Sim, claro. O que você achou, que Cord me pagou para ir embora ou algo do tipo?

Quando Rylin não respondeu, Hiral respirou profundamente.

— Rylin, você tem que parar de pensar o pior das pessoas.

— Eu não...

— Foram todos esses anos vivendo sozinha, sendo a adulta e cuidando de Chrissa. Sim, eu entendo — continuou Hiral, com gentileza. — Mas você não pode continuar vivendo assim. Sempre mantendo as pessoas a distância, usando sua câmera como escudo. Às vezes não tem problema se aproximar dos outros.

Rylin sentiu uma reação automática de defesa crescer dentro dela... mas ela também sabia que havia um quê de verdade nas palavras dele.

— Olha — continuou Hiral —, foi tudo ideia minha. Eu procurei Cord, perguntei se ele conseguiria um emprego para mim e uma passagem de avião. Ele insistiu que não queria se envolver, mas eu o convenci.

— Por quê? Com certeza devia ter outras pessoas que ajudariam você — disse Rylin, mas Hiral a interrompeu.

— Na verdade não, Ry. Conseguir um emprego, ainda mais em outro continente, é bem difícil quando se tem um passado criminoso. Eu precisava de alguém com grana e conexões. Acontece que Cord é a única pessoa rica que eu conheço.

Surpreendentemente, ele disse aquilo sem nenhum rancor em suas palavras.

— E — continuou —, eu sabia que ele gostava tanto de você, mas tanto, que até *me* ajudaria.

Os hovercrafts das crianças se moviam com energia pela água, como libélulas dançando na superfície, sem deixar marcas.

— Mas...

Ela não conseguiu continuar, sem forças. Ainda era errado, não era, Cord ter ajudado Hiral a fugir do país e ido imediatamente atrás de Rylin? Sem nem mesmo contar que fizera parte do plano de fuga do ex dela?

Ela ouviu um farfalhar do outro lado da conexão, e uma série de vozes abafadas enquanto Hiral falava com alguém, provavelmente explicando que estava conversando por ping com uma velha amiga. Rylin imaginou se ele estaria falando com uma garota. Tentou imaginá-lo reclinado em um deque naquela cidade flutuante, absorvendo os raios de sol.

Então, porque ela não estava realmente preparada para não ouvir a voz de Hiral, ela pediu para que ele contasse mais sobre Undina. Ela praticamente pôde ouvi-lo sorrir do outro lado da linha.

— A primeira coisa que se nota ao chegar aqui é o céu. Parece muito mais próximo do que em Nova York, o que é estranho, já que estamos bem mais alto na Torre...

Hiral continuou assim por um tempo, contando sobre sua rotina na maior cidade flutuante do mundo. Que ele estava no turno da noite, porque todos os novatos começavam a trabalhar de noite até serem promovidos. Que ele tinha que usar apenas o tato, puxando as redes cheias de algas e removendo as plantas indesejadas, tudo na completa escuridão para que as algas não fossem sensibilizadas pela luz.

Rylin permaneceu sentada, observando as pessoas passarem por ela, as águas calmas na superfície do lago.

— Ry — disse Hiral, e ela percebeu que estivera calada por um tempo. — Você ainda está chateada comigo?

— Não estou chateada com você — garantiu ela.

Hiral estava obviamente felicíssimo com sua nova vida; ela teria que ser uma péssima amiga para não ficar feliz por ele. Ele estava no lugar certo, e Rylin também, em Nova York.

Ela só não sabia dizer com quem deveria estar. Parte dela ainda amava Cord... mas ela não estava preparada para perdoá-lo por tudo que havia feito, e dito.

— Tenho que ir nessa. Tchau, Rylin — disse Hiral, suavemente.

Ela começou a dizer *até mais*, então percebeu que não tinha certeza quando veria Hiral outra vez.

— Se cuida, tá? — disse, no fim.

Rylin permaneceu sentada ali por um longo tempo, contemplando a água, o rosto em contornos firmes e impenetráveis.

AVERY

AVERY SENTIU QUE lentamente retomava a consciência.

Algum instinto tentou trazê-la de volta. Ela não queria acordar; deveria ficar ali, segura na escuridão fria e acolhedora. Um outro instinto a obrigou a abrir os olhos e levantar, piscando de forma desorientada. Então ela se lembrou.

A verdade sobre ela e Atlas tinha sido descoberta.

Era o início da tarde: Avery caíra no sono, em cima do lençol, lendo aquelas coisas horríveis que as pessoas diziam embaixo do artigo. Ela já havia deletado sua página nos feeds — fora obrigada, depois de ver o que estavam dizendo —, não que tivesse feito muita diferença. Eles ainda estavam enchendo a i-Net com todos aqueles comentários horrorosos sobre ela.

O que está feito, está feito, pensou ela, com tristeza, e agora não havia mais retorno.

Avery percebeu um ícone brilhante no canto de sua visão, indicando a existência de um punhado de flickers que ela perdera enquanto dormia. Preparando-se para o pior — e se fossem seus pais, ou pior ainda, *Max*? —, Avery deu o comando para abrir sua caixa de mensagens e respirou aliviada. Era Leda.

Então ela leu os inúmeros flickers desesperados de Leda, e seu pulso começou a se acelerar, em alarme.

Ei, podemos conversar? Preciso falar com você.

Avery???

Tá, tô indo aí.

Merda, seus pais não me deixaram entrar. O que…

AI. Vi o artigo. Arrasada.

Então, horas depois: *Mande um ping quando puder.*

Avery esqueceu-se de seu próprio desespero crescente no meio da preocupação com sua melhor amiga. Algo tinha acontecido, e Leda precisava dela. Ela se sentia bem por alguém precisar dela.

Ela correu os dedos pelo cabelo, pegou sua jaqueta e parou. Ela ainda era Avery Fuller e era melhor que se portasse como tal, já que todo mundo a estaria observando.

Rapidamente, Avery trocou as calças artech por um vestido novo e seu par favorito de botas pretas. Ela se debruçou sobre a penteadeira para programar a maquiagem — cuidadosamente, camada por camada, deixando que fosse borrifada no rosto como partículas de armadura.

Uma quietude pesada e estranha pairava pelo apartamento quando ela atravessou o corredor a passos rápidos. Ela pensou em ir ver como Atlas estava, mas decidiu que seria perigoso. Em vez disso, apenas mandou um flicker: *Estou indo visitar Leda. Como você está?*

Na linha local que seguia para os andares inferiores da Torre, percebeu alguns olhares na sua direção, alguns sussurros discretos dirigidos a ela. Avery apenas manteve os olhos baixos e os ombros eretos, concentrando o olhar no espaço entre seus pés, como todos os moradores de Nova York faziam. Ninguém a incomodou. Ela marchou assim até a porta da frente dos Cole.

As ruas pareciam tomadas de expectativa. Avery imaginou que podia ouvir o som do próprio ar, mexendo-se incessantemente em padrões pré-programados pelo grande espaço da Torre. Parecia uma premonição ruim.

Leda estava no quarto, sentada em uma das poltronas sob a janela, com o olhar distante. Aquilo foi o que mais preocupou Avery. Porque aquela era Leda Cole, a garota que não sabia ficar parada, que estava sempre planejando e fazendo acontecer. Agora ela estava ali, olhando para o nada.

— Você está bem? — perguntou Avery, e finalmente Leda se virou.

Ela estava terrível, Avery percebeu instantaneamente; a face contraída, os olhos arregalados. Parecia que estava sobrevivendo à base de ar e lágrimas contidas.

— Ai, Avery. Sinto tanto — sussurrou Leda.

Ela se pôs de pé rapidamente e abraçou a amiga.

— Como você está?

— Já estive melhor — respondeu Avery, sem humor.

— Você não precisa se fazer de forte com relação a isso, sabe.

Avery sentiu a garganta se fechar. Ela sentou na poltrona oposta.

— Não sou boa nisso. *Você* é corajosa, sempre tão forte, cuidando de todos ao seu redor.

— Não me sinto particularmente corajosa agora — suspirou Leda, com tristeza. — Avery, por que não me contou que havia sido chamada para um interrogatório sobre a morte de Mariel?

Avery levou um tempo para se lembrar do interrogatório. Parecia que acontecera havia tanto tempo, mas havia sido ontem mesmo.

— Porque tinha um monte de coisas acontecendo. Além disso, não precisamos nos preocupar com isso. Nenhum de nós está ligado à morte de Mariel.

A voz de Leda saiu incrivelmente baixa.

— Talvez eu esteja.

— Quê?

— Eu não *sei* — continuou Leda, perdida. — Mas talvez eu esteja. É possível que eu tenha matado Mariel quando estava drogada, depois de voltarmos de Dubai. Eu não me lembro de uma boa parte daquela noite. E se eu a tiver matado?

— Isso não faz sentido — disse Avery, em dúvida. — Só porque você apagou não significa que matou alguém.

— Como você pode dizer isso quando já me viu matar alguém?

— Você não tinha intenção de matar Eris — lembrou Avery.

— Isso não muda o fato de que *aconteceu*!

Leda olhou para as mãos, cutucando o esmalte de uma das unhas, remexendo um anel, para lá e para cá. Avery sabia que não deveria interromper. Ela olhou pela janela, onde o sol havia aparecido por trás de uma nuvem, cada vez mais alto no horizonte.

— Não tenho noção do que sou capaz — disse Leda, em voz baixa. — Sabe o que eu estava tentando esquecer, naquele dia em que tive a overdose, na volta de Dubai?

— Provavelmente que Mariel machucou você e te abandonou à própria morte.

Leda a ignorou.

— Foi uma coisa que Mariel me disse, naquela noite em Dubai. Ela disse que Eris era minha meia-irmã. Que meu pai era o pai de Eris também.

Pela segunda vez em um único dia, Avery sentiu seu mundo virar de ponta-cabeça. Ela se lembrou da vez em que era pequena e estava brincando de pega-pega com Cord, e no meio da brincadeira tinha dado de cara com uma parede de flexividro. *Olha*, dissera ela para Cord, com os lábios sangrando. *Eu não tinha percebido.*

As duas situações se pareciam um pouco: a verdade nua e crua que não percebia, mas, quando colidia com ela, ficava se perguntando como não a havia notado. Sentia que havia muitos sinais ignorados, óbvios, que não percebera até que fosse tarde demais.

— Faz mais sentido do que o que você achou que estava acontecendo... que Eris estava tendo um caso com seu pai — suspirou Avery. — Leda, por que não me contou?

Leda parecia completamente despedaçada.

— Porque eu estava com vergonha. Eu não queria que ninguém soubesse que eu tinha matado minha irmã. Eu queria esquecer, começar do zero. Ou foi isso o que minha médica disse, pelo menos — respondeu ela, baixinho. — Foi por isso que tentei apagar tudo sobre meu passado quando voltei da reabilitação.

Avery lembrou-se do que o pai havia dito ao assinar os papéis de transferência dela para Oxford: que não havia como correr dos problemas, ela teria que enfrentá-los um dia. Ela e Leda tinham tentando fugir de formas diferentes. Veja só onde estavam agora.

Seu coração se condoeu por Leda, que lutava contra uma culpa tão imensa. Por Eris, que morrera cedo demais. Por *todos* eles, presos em situações fora do controle. Se o pai de Leda não tivesse traído a mãe dela; se tivesse contado a verdade sobre Eris; se os pais de Avery tivessem adotado outro garoto em vez de Atlas; se a câmera zetta não os tivesse flagrado no elevador na noite anterior... *se, se, se*. Avery achou irracional e cruel que o mundo fosse construído em cima de tantos *ses*, de tantas pequenas escolhas que na hora pareciam nada, mas que depois se tornavam o eixo onde girava toda uma vida.

— Não tinha como você saber — disse ela para Leda, que balançou a cabeça em negativa.

— Quando descobri que eles estavam tendo encontros secretos, eu logo pensei que tinham um caso. Nunca perguntei nada. Nunca imaginei que... — Sua voz tremeu um pouco ao continuar, e depois ganhou força. — Que Eris era minha meia-irmã. Sempre fui tão rude e impaciente com ela, nunca tentei ser sua amiga, e então eu a *matei*, e talvez eu também tenha matado Mariel!

Ela respirou fundo.

— É por isso que eu vou até a polícia, confessar que empurrei Eris. Dizer que talvez tenha matado Mariel, enquanto estava inconsciente.

Havia um ar de finalidade na forma como ela anunciou aquilo: o ângulo teimoso da cabeça, a mandíbula cerrada. Mesmo assim, Avery viu a sombra do medo em seu olhar.

— Leda — disse Avery, em voz baixa. — Contar a verdade sobre como Eris morreu não vai trazê-la de volta.

Avery não disse nada sobre o que aconteceria com Leda se ela confessasse ter empurrado Eris e depois mentido a respeito. Seria péssimo: muito pior do que se ela tivesse confessado a verdade logo no início. Pelo menos naquele primeiro momento ela poderia ter dito que fora sem intenção. Agora ela estaria confessando uma obstrução de justiça, ter escondido a verdade por um ano. A verdade provavelmente apareceria — que Leda e Eris tinham parentesco — e Avery sabia que um juiz não veria isso com bons olhos. Poderia parecer um motivo estranho para cometer assassinato, como se Leda quisesse tirar a irmã do caminho. Sem falar no dano que causaria a ambas as famílias.

— Sei que serei presa — disse Leda, lendo a mente dela. — É o que eu mereço. Pelo menos teria minha consciência limpa.

Uma consciência limpa. Avery não conseguia se lembrar da última vez que tivera isso. Será que um dia teria novamente, depois do que fizera com Max?

— Você não merece isso, Leda. Eu estava lá, eu vi... eu lembro como Eris correu na sua direção, que não havia um corrimão, que ela usava aqueles enormes saltos de plataforma, e ventava tanto, estávamos *gritando...* — parou e respirou devagar. — Leda. Você quer que esse erro acidental defina o resto da sua vida?

— O que você quer que eu faça, esqueça que aconteceu? Não posso!

— Claro que não. Quero que se lembre. Sem querer te ofender — continuou Avery —, mas eu conhecia Eris melhor que você, e não acho que ela gostaria que você confessasse. Ela gostaria que você, a meia-irmã dela, a única irmã que ela teve, continuasse vivendo a vida da melhor maneira. Que honrasse a lembrança dela *viva*.

— E quanto a Mariel? — sussurrou Leda. — Talvez se eu conversar com a polícia sobre ela, eles compartilhem alguns dos detalhes, expliquem por que reabriram a investigação. Talvez algo que eles saibam me ajude a lembrar, e eu descubra se de fato a matei ou não.

— É uma razão muito boba para confessar um crime que não tem certeza que cometeu — retrucou Avery.

Leda balançou a cabeça, em negativa.

— A polícia já fez a ligação entre as mortes de Eris e Mariel. Cedo ou tarde vão descobrir que Mariel sabia nossos segredos... segredos que *eu* contei para ela. Então vai parecer que alguém a matou para encobrir isso. Pelo menos desse jeito eu assumo a responsabilidade. Vocês ficarão a salvo.

A decisão de Leda era estranhamente heroica. Era como se ela tivesse chegado a uma conclusão intensa dentro de si mesma e estivesse determinada a seguir adiante, não importando as consequências. *Típico de Leda*, pensou Avery. *Teimosa até o fim.*

— Não faça nada drástico. Espere pelo menos um dia — implorou Avery, o melhor que podia fazer. — Prometa que vai pensar a respeito e, se ainda quiser ir adiante com esse plano amanhã, eu juro que irei junto com você.

Leda ergueu a cabeça, com os olhos cheios de esperança e medo.

— Você faria isso?

— Claro. Ninguém deveria confessar um assassinato sozinha — garantiu Avery. — Não sabia? É pra isso que servem melhores amigas.

Para a surpresa de Avery, Leda soltou uma gargalhada contida — que, com a mesma rapidez, se transformou em lágrimas. Era como se as tensas cordas que a seguravam finalmente tivessem arrebentado.

Avery aproximou a poltrona da de Leda, que encostou a cabeça nos ombros de Avery e continuou chorando intensamente.

— Deus — fungou Leda, em algum momento —, por que não consigo parar de *chorar*?

— Quando foi a última vez que chorou? — perguntou Avery.

Leda balançou a cabeça.

— Não me lembro.

— Então parece que você está compensando o atraso.

Avery permaneceu ali, com um braço ao redor de Leda como se reconfortasse uma criança, enquanto lágrimas escorriam por seu próprio rosto.

Ela chorava pela angústia de sua melhor amiga, pelo que acontecera a Eris e pelo que fizera com Max. Chorava por ela e por Atlas e por seu medo egoísta de perdê-lo — que esse mundo doido e quebrado recusasse que eles ficassem juntos, e que isso custasse tudo a eles.

* * *

Os olhares foram muito piores na volta da casa de Leda.

Passava de meio-dia; o artigo já tinha viralizado completamente, sido compartilhado e recompartilhado em inúmeras iterações grotescas. Avery tinha ficado bem no caminho para os andares inferiores da Torre, mas agora, voltando para casa, sua confiança lhe falhou.

A Torre inteira havia se tornado um mar de sussurros ansiosos e olhares acusadores. Todos a olhavam de cima a baixo, encarando-a com uma fascinação coletiva enojada. Avery estava acostumada. Sua vida inteira, as pessoas olhavam para ele e diziam: *Ela é tão bonita; ela não é tão bonita quanto eu imaginava; ouvi dizer que é uma piranha; ouvi dizer que é reprimida*; entre tantas outras coisas. Avery aprendera a deixar que essas coisas não a atingissem. Até agora.

— Puta! — ouviu uma garota sussurrar, ao entrar no elevador local C para os andares de cima da Torre. As amigas da garota riram maliciosamente.

Não fiz nada errado. Só me apaixonei por alguém de quem acham que eu não deveria gostar, disse Avery a si mesma. Ela tentou sentir pena daquelas pessoas, que tinham a mente tão pequena.

As coisas pioraram quando o elevador parou no ponto expresso do 965º andar, e um grupo de amigos dela embarcou.

Eles estavam conversando tranquilos, claramente voltando de um brunch depois de alguma festa, de ressaca. Avery se lembrou daqueles brunches: todos sentados no Bakehouse ou no Miatza, pedindo fritas com trufas e bacon e trocando histórias da noite anterior, rindo das coisas bobas que haviam feito. Pareciam lembranças de uma vida que pertencia a outra pessoa.

Assim que a viram, todos ficaram quietos.

Avery trocou olhares com Zay Wagner, mas ele logo enrubesceu e olhou para baixo. Atrás dele, Ming encarou Avery, com a boca aberta em choque, horrorizada, antes de se virar e começar uma conversa com Maxton Feld. Avery procurou o olhar de Risha — sua amiga Risha, que ela conhecera no quarto ano — e viu, como se em câmera lenta, quando Risha deu as costas a ela.

— Esqueci uma coisa na mesa — disse Risha, em um tom alto e falso. — Podemos voltar?

Antes que a porta se fechasse, todos os amigos de Avery tinham dado as costas e saído do elevador com um audível som de alívio, deixando-a sozinha e cercada por desconhecidos. A cena toda durara menos de cinco segundos.

Havia pessoas demais em um elevador daquela altura, Avery pensou, um pouco atordoada. Ela logo concluiu que não era uma coincidência. Eles tinham vindo na esperança de vê-la, de poder observar a infame Avery Fuller.

Alguns deles se aproximaram. Ela sentia os olhares deles furando sua pele, arranhando-a, como se eles pudessem ver, por dentro da roupa, sua essência verdadeira e exposta.

— Que nojo — comentou um dos homens, e cuspiu nos sapatos dela, uma grande bola de muco que ficou ali pingando na bota de camurça preta.

Avery ergueu o queixo, piscando rapidamente para não chorar, mas o silêncio dela serviu como incitação para eles, porque logo outra pessoa — um garoto apenas alguns anos mais novo do que ela — dizia em sua direção:

— Ei, Fuller, indo para casa para dar pro seu irmão?

— Que princesa de Nova York!

— Por que não tenta algo deste tamanho, hein? — gritou um homem, fazendo um gesto obsceno.

— Mas que garota mais perver...

Os insultos começaram de fato e todos passaram a chamá-la de nomes feios e vulgares — coisas que ela jamais, em um milhão de anos, diria a outro ser humano, especialmente a quem não conhecia. Palavras chulas que Avery jamais imaginara serem direcionadas a ela.

A parte mais estranha, pensou ela, atordoada, era o deleite inegável nas expressões deles. Estavam todos tão ansiosos para vê-la em ruínas. Eles se *deleitavam* com aquilo.

Alguém jogou um refrigerante nela. Avery não disse nada, apenas deixou o líquido xaroposo espalhar-se em seu cabelo, viscoso e fedido. Atingiu os olhos dela, irritando-os, ou talvez fossem suas lágrimas.

Não importava, ela disse a si mesma: era apenas refrigerante, eram apenas palavras. O amor sempre seria mais forte do que o ódio.

Quando o elevador finalmente chegou ao 990º andar, Avery percebeu, em choque, que havia uma grande multidão ali, esperando ao redor da plataforma. Jornalistas, transeuntes e câmeras zettas, dezenas delas. Todos se viraram imediatamente para ela, gritando, perguntando se ela queria fazer algum comentário...

Avery abaixou a cabeça e se lançou contra a multidão, passando pelo posto de segurança, local que aquelas pessoas não poderiam invadir. Ao entrar no elevador particular da família, ela arfava como se tivesse corrido uma maratona. Suas bochechas estavam molhadas de refrigerante e tristeza.

Ela precisava ver Atlas, não importavam as consequências. Ela precisava sentir a pele dele, quente e macia, na dela, para se lembrar de que eles tinham um ao outro, que se amavam. Que juntos poderiam enfrentar tudo.

Ao bater na porta do quarto dele, ninguém respondeu. Avery a abriu delicadamente, e o que ela viu fez sua respiração parar.

Tudo de Atlas tinha desaparecido dali.

Ela caminhou até a cama, arrumada com precisão hospitalar, e abriu a porta do armário, já sabendo o que encontraria. Vazio.

Ela se voltou para a cômoda imensa, abrindo violentamente cada gaveta em sucessão, mas todas estavam vazias também. Não havia nenhuma instafoto colada na parede, nos locais preferidos de Atlas, nenhum adereço nas prateleiras, nada para provar que ele havia morado ali. Estava tudo frio e impessoal como um quarto de hotel; como se a lembrança dele tivesse sido removida à força do apartamento.

— Avery? O que aconteceu com você?

Sua mãe estava parada na entrada do quarto, com uma expressão preocupada no rosto.

— O que você fez? — perguntou Avery. — Você mandou Atlas embora? Ele está em Dubai?

O pai dela apareceu e se uniu à sua mãe, com os braços cruzados implacavelmente diante do corpo.

— Não, ele não está em Dubai — respondeu ele, ríspido.

— Avery, isso é para seu próprio bem, eu prometo — insistiu a mãe dela.

Avery os ignorou, dando alguns comandos para enviar um ping a Atlas, mas só recebeu de volta um som monótono. *Comando inválido*, as lentes de contato dela informaram.

Atlas tinha sido removido da rede.

— Onde ele *está*? — gritou ela.

— Sinto muito, Avery. Isso é difícil para nós também — disse o pai dela, observando-a cuidadosamente. — Sei que parece crueldade agora, mas você nos agradecerá um dia, quando entender por que fizemos isso.

Elizabeth não disse nada. Ela estava caída contra o vão da porta e começara a chorar silenciosamente outra vez.

Avery passou pelos pais sem ver nada, seguindo pelo corredor, até o quarto dela. Ela queria chorar, mas sentia que o momento de lágrimas havia estranhamente passado. Talvez já as tivesse esgotado antes, e agora não restasse nada no espaço vazio e dolorido dentro dela.

Ela parou ao se deparar com uma caixa de embalagem compostável branca no slot de saída do computador, onde ela recebia sua dose diária de vitaminas ou copos gelados de água. Era uma entrega de comida, direcionada a ela. Só que ela não tinha encomendado nada.

Avery caminhou a passos lentos e assustados e abriu a caixa.

Era uma dezena de bolinhos rosa, acompanhados de um cartão genérico de aniversário. No cartão, onde apareceria a típica mensagem de parabéns, estava escrito: *Saiba sempre que meu coração está em algum lugar do mundo, batendo em sincronia com o seu.*

— Ai, Atlas — sussurrou ela.

No fim das contas ela ainda tinha mais lágrimas, porque começou a chorar novamente, lágrimas silenciosas correndo por sua face. O pai dela havia bloqueado a comunicação entre eles, mas de alguma forma — talvez nos momentos finais antes de removerem seu tablet — Atlas pensara nisso. O único modo que poderia entrar em contato com ela, uma última vez.

Ela pegou um bolo e deu uma mordida, embora tivesse gosto de sal na boca dela.

Onde ele estaria? Estaria bem? Machucado? No que estaria pensando?

Avery pôs o bolo de lado e cambaleou até o banheiro, ligando todas as luzes com força total, preparando uma ducha escaldante. Seus movimentos eram rápidos, mas confusos, as mãos trêmulas. Ela tirou as roupas, jogando-as de forma irritada em um amontoado no chão, e viu sua imagem borrada no espelho, a visão turva de lágrimas.

Ali estava em toda a sua glória nua: o corpo que seus pais haviam comprado para ela. Avery fez alguns movimentos, como se fosse uma boneca controlada por fios invisíveis. Ela girou o punho, levantou o ombro, virou a cabeça de um lado pro outro. Cada vez que se mexia, a garota pálida no espelho também se mexia, encarando-a com olhos vazios. Tudo parecia distante. Quem era aquela garota no espelho, de verdade, e que ligação ela tinha com Avery Fuller?

Ela observou o próprio corpo com um olhar distante e científico, examinando suas curvas alongadas, o cabelo caindo pelos ombros, as proporções exatas entre barriga e quadril, entre lábios e olhos, entre queixo e boca. Era o que se conseguia gastando milhões de nanodólares para projetar a filha com a melhor combinação do seu DNA.

Não valia a pena, pensou ela. Jamais tinha valido a pena.

Se ao menos pudesse voltar no tempo, recomeçar sua vida no ano anterior, ou até mesmo antes — tão antes que pudesse apagar brutalmente os erros que cometera. Tão antes que pudesse ser outra pessoa, uma pessoa *normal*, não esse ser humano escolhido a dedo que carregava um milhão de expectativas e restrições. Todas aquelas palavras horríveis que as pessoas haviam dito no elevador pareceram cair sobre Avery de uma só vez, como uma chuva ácida de ódio.

Ela entrou no box e esfregou a pele até ficar vermelha e dolorida, chorando até secar as lágrimas. Ela chorou até que a dor diminuísse, até que o que sobrasse fosse uma sensação de morte ausente. Era como se parte de sua alma tivesse sido removida.

Enquanto a água quente caía sobre ela, Avery percebeu que poderia fazer mais uma boa ação. Não havia salvação para ela, mas outra pessoa ainda poderia se salvar.

Ela fechou os olhos, e começou a fazer um último plano.

CALLIOPE

NA MANHÃ SEGUINTE, Calliope seguiu sua mãe até a plataforma da Rail Iberia em um estado de confusão. Ela se sentia estranhamente como uma criança, sendo conduzida pela mão, mas por algum motivo não conseguia fazer nada por conta própria.

Elas haviam passado as duas últimas noites no Nuage.

— Que perfeito estarmos concluindo nossa estadia em Nova York da mesma forma que começamos — dissera Elise, mas Calliope não respondeu.

Ela sabia a verdadeira razão de terem ficado ali uma noite a mais, em vez de terem apanhado o trem Hyperloop no dia anterior. Elise ainda tinha algum resquício de esperança de que Nadav mudasse de ideia e fosse atrás delas em um grandioso gesto romântico. Conforme as horas passavam e ele não dava sinal nenhum, ficara aparente para ambas que ele não viria.

Calliope ergueu seus olhos na direção da parede espelhada do bitbanco na esquina e se espantou com a versão de si que viu refletida ali. Porque ela conhecia aquela garota. Aquela era a Calliope Viajante, a garota que ia de um lado para outro, com entusiasmo, ao lado da mãe, em um casaco estiloso e um par de botas, com uma porção de malas em seu rastro.

Ela e Elise seguravam suas costumeiras bebidas, café com leite e xarope de avelã, as bolsas repletas de seus cremes favoritos de muco de caracol e os travesseiros de massagem que as ajudavam a dormir nas viagens de trem. Cada detalhe era parte de um ritual familiar, encenado nas tantas outras vezes que terminavam um golpe; ainda assim, tudo parecia errado. Daquela vez não estavam fugindo dando risada, arrebatadas pela sensação barata de sucesso.

Elas estavam contidas. Um miasma de arrependimento pairava sobre elas. Calliope imaginava que seus passos ecoavam ainda mais alto, como um eco, porque cada passo que davam era um passo mais distante de Nova York. Para longe das únicas pessoas que realmente gostavam delas.

Nem mesmo a agitação da Grand Central conseguiu animá-la. Calliope manteve o olhar no chão, desejando se tornar invisível. Não seria tão difícil, na verdade — mesmo porque, era o oposto de ser observada, e Calliope era especialista nisso. A única diferença era que dessa vez ela precisava repelir atenção em vez de atrair. Ela se retraiu, imaginando uma força invisível que usaria como um manto.

Quanto tempo levaria até que as pessoas se esquecessem dela?

Os colegas da escola seriam os primeiros, pensou. Afinal, o que sabiam dela, ou ela deles? Eles cochichariam por um tempo — *O que será que aconteceu com aquela garota britânica, aquela com o nome estranho?* Ela esperava que ao menos algumas fofocas fossem criadas. Que ela tinha fugido para o Havaí para trabalhar numa plantação de café, ou para se casar com um homem mais velho que seus pais não aprovavam — poderiam até ser fofocas sobre drogas e reabilitação, desde que ela não fosse esquecida.

Calliope não era tola; sabia que se lembrariam dela por uma semana apenas — se tanto.

Levaria mais tempo para Nadav, Livya e Brice. *Não pense em Brice*, ela se repreendeu. Não havia motivos para pensar nele; só faria tudo doer mais. Ela odiava se imaginar sumindo da memória dele, silenciosamente, como um holo saindo de foco.

Naquelas últimas semanas, ela havia se deixado ter esperança de que eles poderiam ter algum tipo de futuro. Ela gostava de Brice, com seu humor irreverente e senso de aventura, e seus momentos surpreendentes de sinceridade. Ele conhecia Calliope melhor do que ninguém no mundo, com exceção da mãe dela. O que mostrava que ninguém na vida dela realmente a conhecera.

Ela mostrara a Brice sua verdadeira face, aquela debaixo de todas as camadas e mentiras que ela portava tão bem.

Agora que nunca mais o veria, Calliope se sentia sozinha como não havia sentido antes de Nova York: como se jamais conseguisse se aproximar de outra pessoa novamente, pelo resto da vida.

— Não estava planejando parar em Lisboa, a não ser que você queira — disse Elise, quebrando o silêncio.

Os olhos dela ainda estavam vermelhos de tanto chorar, e ela usava uma echarpe ao redor do pescoço, mas ao menos sua voz estava firme.

Calliope sabia a próxima fala. Ela deveria sugerir Biarritz ou Marrakech, fazer uma brincadeira sobre seu bronzeado estar desaparecendo, e será que não poderiam ir para um lugar quente? Em vez disso, ela deu de ombros e fechou o casaco da invisibilidade ainda mais ao seu redor.

Elise sorriu com bravura e tentou outra vez:

— Começo ou fim? — perguntou ela, inclinando a cabeça na direção de um jovem casal de mãos dadas. Eles estavam vestidos como playboys da Costa Leste, com suéteres alinhados e malas com iniciais em monograma.

Calliope sabia o que sua mãe estava fazendo, dando as deixas, lembrando-a do diálogo que costumavam trocar uma com a outra. Começo ou Fim era um jogo delas, para adivinhar se as pessoas estavam no início ou no fim das viagens — se estavam iniciando um período de férias ou voltando para casa. Calliope e Elise o adoravam porque as fazia se sentirem superiores; porque elas sempre estavam no início da jornada, toda vez.

Calliope não se sentia muito superior naquele momento, no entanto.

— Não sei — respondeu ela, vagamente, e sua mãe se calou.

Um trem chegou à plataforma, com as curvas em cromo lustroso marcadas com o logotipo roxo da Rail Iberia. Calliope deu um passo quando as pessoas começaram a desembarcar. Algumas estavam com os rostos iluminados e cheias de animação, outras com os olhos cansados de tédio; mas todas *ali*, em Nova York, prestes a começar a aventura que a cidade os oferecia.

No momento em que o último passageiro desembarcou, as portas do trem se fecharam, e os assentos começaram a girar 180 graus, para a direção oposta. Uma enxurrada de robôs limpadores amarelo-limão rapidamente passou pelos compartimentos de cima a baixo, mudando as capas dos assentos e esterilizando tudo com luz ultravioleta. Calliope se lembrou da primeira vez em que vira um trem autolimpante, quando tinha onze anos e ela e sua mãe estavam fugindo de Londres. O brilho do néon roxo através das janelas parecera a ela uma festa de fadas.

Uma multidão começou a se reunir ao redor delas, empurrando com vontade na direção do trem que aguardava; porque, assim que suas portas se abrissem, ele partiria em minutos.

— Sinto muito. É tudo culpa minha — disse Elise, suspirando.

Calliope sentiu o gosto amargo da culpa em sua boca.

— Não, é minha. Se não fosse por mim, ainda estaríamos vivendo nossa vida normal.

— *Qual* vida normal?

Elise torcia e retorcia a echarpe ao redor do pescoço. Calliope percebeu que a mão dela, ainda com o anel de noivado, tremia.

— Nada em nossas vidas é normal, e fui *eu* quem quis assim — continuou. — Construí essa vida para nós, uma vida que consiste em nada além de fugir! Justamente quando começávamos a viver, quando você finalmente tinha amigos, um namorado, temos que partir de novo.

Ele não era meu namorado, Calliope quis protestar, mas não parecia valer a pena. Em vez disso, ela abraçou a mãe e a puxou para perto.

— Não sou uma criança. Eu sabia o que eu estava fazendo já faz um tempo. Você não precisa se culpar — disse ela, em tom reconfortante.

Elise se afastou.

— Você não percebe? É por minha culpa que você não é criança! Eu a forcei a crescer rápido demais... a ser uma adulta sem que estivesse pronta!

Calliope ouviu a sinceridade nas palavras de sua mãe. Talvez ela tivesse crescido rápido demais. Talvez por isso ela fosse tão ruim em se comportar como uma adolescente, porque ela já havia se acostumado às regras de conduta dos adultos. Ela sabia como ser sincera e como fazer as coisas em segredo, como se vestir para festas em prisões ou palácios, como escapar da verdade e conseguir coisas de graça.

Ela sabia tudo isso, mas não sabia ser ela mesma.

Atrás de Elise, as portas do trem se abriram, e a multidão começou a forçar o movimento para a frente, sussurrando para que entrassem no carro.

— Você deveria ficar — sussurrou Elise, tão baixo que Calliope achou que não havia escutado certo.

— O quê?

— Nadav não está bravo com você. Ele está bravo *comigo*. Se você ficasse, ele não denunciaria você... não diria a ninguém a verdade sobre nós.

Os cílios de Elise tremiam. Eles pareciam impossivelmente longos e robustos, mas não eram de verdade — como tantas coisas nela.

— Você pode ficar em Nova York — insistiu Elise. — Não poderia voltar pro apartamento de Nadav, claro, mas acharia outro lugar. Sem morar com ele, poderia ser você mesma, não precisaria ser tão contida e puritana...

Levou um tempo para que ela entendesse o significado das palavras de sua mãe. Quando o fez, Calliope se viu chocada.

— Ficar... sem você?

Elise ergueu o queixo da filha e a fitou diretamente.

— Você está pronta, querida. Não precisa mais de mim.

A importância daquelas palavras pareceu reverberar pela Grand Central. Calliope as imaginou ecoando; imaginou-as em néon reluzente, como as propagandas acima das lanchonetes. *Você está pronta*. Quanto tempo ela esperara para ouvir sua mãe dizer aquilo? Agora que havia acontecido, ela não tinha certeza de que queria escutar.

— Para onde eu iria?

— Você descobrirá. Você é espontânea e esperta.

Elise sorriu, mas Calliope não pôde ver através da visão embaçada.

— Aprendeu com a melhor, afinal — acrescentou.

— Trem 1099 para Lisboa partindo em dois minutos — soou a voz eletrônica pelos alto-falantes.

Então ambas choraram de verdade: lágrimas feias e pesadas, não as contidas e suaves que usavam durante os golpes. Calliope podia sentir os outros passageiros passando ao redor delas, observando-as com expressões de irritação ou pena, ou mesmo as ignorando. Eram os verdadeiros moradores de Nova York, pensou Calliope, os que podiam ver uma cena desagradável, como mãe e filha chorando na Grand Central, e nem prestar atenção.

Ela queria ser um deles, percebeu. Uma verdadeira moça de Nova York. Queria ficar, construir uma vida ali, mesmo que tivesse que fazer isso sozinha.

— Há muitos golpes que você pode organizar aqui, sabe — disse Elise. — Aba de mão única funciona bem... tem também a coroa invisível, e dá para tentar adaptar a princesa fugitiva...

— Está tudo bem, mãe. Eu ficarei bem — assegurou Calliope, e ambas sabiam que naquele momento ela havia se decidido.

Calliope sentiu os braços da mãe dela se fecharem ao seu redor, e seu coração bateu forte contra o peito.

— Minha querida filha. Estou tão orgulhosa de você — disse Elise, com emoção.

— Sentirei sua falta.

A fala de Calliope ficou presa contra o ombro de sua mãe.

— Eu mando notícias de onde eu parar. Estou pensando na Riviera italiana. Quem sabe, talvez você possa me visitar em Capri durante o Ano-Novo — retrucou Elise em uma imitação passável de seu tom coloquial.

— Trinta segundos — interrompeu a voz metálica pelos alto-falantes.

— Fique bem. Eu te amo — disse Elise, e então trocaram um último abraço, apenas cotovelos e casacos se enroscando, e uma troca de lágrimas de uma face a outra; assim, Elise entrou no trem, com sua enorme mala flutuando à frente dela até o compartimento de bagagens.

— Eu te amo também — respondeu Calliope, embora a mãe não pudesse mais ouvir. Ela ficou ali acenando, com o olhar fixo no suéter vermelho-fogo de Elise, mesmo depois de o trem ter partido pelos trilhos sibilantes.

Por fim, ela se virou e ergueu os olhos até o teto, pensando para onde, naquela cidade imensa, ela iria agora.

LEDA

LEDA CAMINHOU ATÉ a sede da polícia de Nova York, quase enjoada de tanta ansiedade.

Suas lentes de contato se acenderam com a chegada de um ping, e ela virou rapidamente, esperando que fosse de Avery... mas não, era Watt. De novo. Leda deixou o ping continuar, sem resposta.

Watt estava tentando entrar em contato com ela praticamente de hora em hora. Leda continuava a ignorá-lo. Ela não tinha nada a dizer para Watt naquele momento.

Porque ela ainda o amava. Sabia que, se falasse com ele, se ouvisse a voz dele por um segundo sequer, perderia sua coragem e desistiria do que estava prestes a fazer.

Ela tentou ligar para Avery pela última vez, com o coração pulando. Ela tinha tanta certeza de que Avery estaria ali — Avery tinha *prometido* que estaria, na noite anterior, quando Leda enviara um ping em pânico.

— Claro que irei — assegurara Avery. — Vamos nos encontrar na delegacia às sete.

— Você pode vir aqui em casa, primeiro? — perguntou Leda, baixinho.

Ela queria ter companhia no caminho de sua confissão, como uma criança sendo levada à escola.

— Eu te encontro na delegacia, prometo — respondeu Avery.

Agora eram quase sete e vinte e Avery ainda não tinha aparecido. Leda começava a pensar que ela não apareceria. Não podia culpá-la: Avery tinha muito com o que lidar naquele momento, não precisava da confusão de Leda também.

Ainda assim, Leda desejava não ter que fazer aquilo sozinha.

Ela mal suportara tomar café com os pais. Eles tinham voltado dos Hamptons no dia anterior, tarde da noite, de helicóptero. Leda podia perceber que ainda havia o que resolver entre eles — podia ver as dúvidas nos olhos de sua mãe —, mas também sabia que sua mãe não ia embora. Naquela manhã, o pai dela estava preparando waffles: o tipo deliciosamente gorduroso, cheio de pedaços de chocolate e chantilly. Do modo como sempre fazia, quando tomavam café da manhã em família.

Quando a mãe dela aparecera para arrumar a mesa, Leda percebeu que tudo ficaria bem. A família dela ainda tinha um tanto para reparar, mas ficaria bem, no fim.

Ela quase — *quase* — mudara de ideia sobre a confissão.

— Está tudo bem, querida? — perguntara sua mãe.

Leda se espantara. Será que Ilara havia descoberto os planos dela de algum modo? Então entendera que sua mãe se referia às notícias de Avery e Atlas.

Leda havia balbuciado que estava preocupada com Avery e pegou um pedaço de waffle. Ela se forçara a comê-lo inteiro, porque não sabia quando poderia comer novamente. O que será que comeria na prisão?

Ela havia pegado um hover até a delegacia de polícia, um último ato de extravagância. Ao flutuar vagando pela rua, Leda se apoiara na janela de flexivídro, observando a vista de fora, em vez de perder tempo com os feeds em suas lentes de contato. Ela tentou decorar todos os detalhes do seu bairro, cada portão de ferro, escada de tijolo e portinhola de entrega reluzente. Tudo parecia repleto de significado, porque Leda estava vendo aquilo pela última vez.

Ela passou por uma mulher correndo com um bebê em um carrinho flutuante a acompanhando ao lado; Leda de repente se lembrou de que a mulher havia pedido certa vez que ela cuidasse de seu bebê. *Não é pra isso que servem os computadores?*, respondera ela, e a mulher rira. *Algumas pessoas querem que seus filhos tenham os cuidados de humanos, não robôs.*

Leda se perguntou quantos anos aquele bebê teria quando ela saísse da prisão.

Ela se mexeu, de repente se sentindo ridícula por usar a saia plissada e a camiseta do uniforme escolar. Ela havia pensando em usar algo diferente, mas decidira que isso alertaria seus pais. Além do mais, talvez, se a polícia a prendesse assim, lembraria o quanto ela era jovem e isso os encorajaria a não serem ríspidos demais com ela.

Sete e vinte e cinco. Nada de Avery. Leda ficou enrolando. Não podia evitar a hesitação, bem naquele momento — tal como costumava congelar no alto no trampolim, paralisada com o medo de pular.

Mesmo assim, não havia como voltar atrás quando se decidia por um caminho. Leda reuniu os fragmentos gastos de coragem lá do fundo de seu ser e caminhou pela porta de entrada.

Ela viera cedo de propósito, naquele momento confuso em que os turnos mudavam. Ela esperava que os policiais estivessem letárgicos de sono, segurando xícaras de café instantâneo.

Havia uma energia no ar, pessoas caminhando de lá para cá em corredores com passos apressados, vozes conversando atrás de portas fechadas. Que ideia, pegar a polícia em um momento de calmaria.

— Sim? — perguntou o policial na recepção, um homem de rosto amigável com um crachá que dizia REYNOLDS.

Leda se encolheu como uma lesma dentro da concha, postergando o momento, seu último de liberdade.

— Estou aqui para dar informações — declarou.

— Informações a respeito de...?

— Da morte de Eris Dodd-Radson.

Apenas dizer o nome de Eris trouxe-lhe aquela sensação de desespero amargo. *Não chore*, disse a si mesma, segurando o choro. Leda jamais chorava em público. Era uma de suas regras cardinais.

— Ah. A garota que caiu do telhado? — perguntou Reynolds, em tom pensativo, e Leda percebeu, espantada, que ele mal se lembrava de Eris. Que, para ele, ela não era nada além de um nome, enquanto Leda pensava nela sem parar havia meses.

— Também sobre a morte de Mariel Valconsuelo.

Ela havia treinado aquela frase dezena de vezes, ouvido-a em sua cabeça, mas ainda assim ela soou trêmula e nervosa. As sobrancelhas de Reynolds se ergueram, e ele a observou com renovado interesse.

— Você é Leda Cole, não é?

— Eu...

Ela abriu a boca, mas sua garganta estava seca como um deserto.

— Obrigado por vir tão rápido — disse ele, com uma energia que a surpreendeu —, mas não estamos preparados para coletar mais nenhum testemunho adicional. Honestamente, depois do que a srta. Fuller nos contou, talvez nem precisemos.

Avery? O que ela tinha a ver com tudo aquilo?

— Testemunho adicional? — repetiu.

— Quando sua amiga disse que você viria aqui, não percebi que ela queria dizer que seria esta manhã — explicou a Leda, em tom jovial.

— Avery esteve aqui?

Aquilo explicava por que a delegacia estava mais animada do que deveria estar assim tão cedo: o frisson de eletricidade pulsava pelo local, como se alguém muito importante tivesse estado ali, causando uma comoção.

— Ela foi embora não faz nem meia hora — informou Reynolds, antes de acrescentar, mais baixo: — Ninguém tinha a *menor* ideia do que aquela garota escondia.

As palavras dele romperam algo dentro de Leda.

— Eles não são parentes, tá legal? Deixe ela em paz! Ela já teve que lidar demais com essa... essa *imundície*.

Reynolds ergueu uma sobrancelha.

— Não estava falando da situação familiar dela. Falava sobre o que ela acabou de fazer. Ela acabou de confessar que matou a srta. Dodd-Radson e a srta. Valconsuelo. Os pais dela a levaram para casa depois de pagarem a fiança.

O quê? Leda se sentiu repentinamente atordoada. Ela apoiou a mão na mesa para não cair.

— Avery não matou aquelas garotas — disse ela, em tom baixo.

— Ela acabou de confessar. Já registramos tudo.

— Não, ela não... Avery jamais...

Reynolds pigarreou delicadamente.

— Srta. Cole, tenho certeza que você quer ajudar sua amiga, mas ela já está sendo assistida. Não se esqueça de quem ela é filha. É cedo demais para tomar seu testemunho e, de qualquer forma, você parece cansada — disse ele, não sem gentileza, e apontou para o uniforme dela. — Por que não vai para a aula?

Leda acenou com a cabeça, concordando sem pensar. Sua garganta estava fechada, a mente indo e voltando entre toda energia e energia nenhuma. Ela caminhou para fora da delegacia de polícia com passos confusos, como se estivesse bêbada, ou perdida.

O que Avery estava fazendo, confessando?

— Ping para Avery — disse ela para suas lentes de contato.

Quando foi direcionada para a caixa de mensagens, tentou de novo:

— Ping para Atlas.

Atlas saberia mais da situação, saberia explicar o que estava acontecendo no milésimo andar...

As lentes de contato de Atlas nem mesmo tocaram. Tudo o que Leda recebeu foi uma nota monótona e um erro de *comando inválido*.

Leda cambaleou e apoiou-se em um banco próximo, tentando retomar o equilíbrio. Aquilo não fazia sentido. Atlas tinha sumido. Atlas, a única conexão que realmente ancorava Avery. Teria ele fugido novamente... ou teriam seus pais se livrado dele?

Leda voltou os pensamentos para a Avery do dia anterior, insistindo que Leda sempre fora a corajosa, sempre preocupada com aqueles ao seu redor. Então ela entendeu o que acontecera.

Avery havia confessado para salvar Leda.

Ela estava tomando a culpa de Leda para si mesma. Deixando-se ser arrastada naquilo, para que Leda pudesse permanecer livre. Avery estava dando a Leda *sua vida* de volta — sacrificando-se pelo bem de Leda — em um último e definitivo gesto de amizade. Se ela estava fazendo aquilo, Leda percebeu em pânico, então só poderia significar uma coisa.

Ela se virou e saiu correndo para o elevador mais próximo que seguia para os andares mais altos da Torre, torcendo para que não fosse tarde demais.

AVERY

CENTENAS DE ANDARES ACIMA, Avery estava pondo em ação os últimos detalhes de seu plano.

— Avery Elizabeth Fuller!

As palavras de seu pai ecoavam em fúria pelo piso de mármore polido, pelos arcos do teto, pelas paredes espelhadas da entrada de pé-direito duplo.

— O que você está fazendo?

Claro que Pierson Fuller estava zangado, dados os acontecimentos dos últimos dois dias, pelo menos sob a perspectiva dele. A vitória glamorosa do baile da posse fora seguida pela revelação do namoro entre Avery e Atlas — um fato que surgira de um jeito extremamente público e horroroso. Os Fuller haviam passado da família mais celebrada e invejada de Nova York para uma piada vulgar.

Ele se livrara de Atlas, esperando assim resolver o problema, apenas para ser confrontado com algo ainda pior: a polícia batendo à sua porta logo cedo. *Sinto muito, senhor,* Avery os imaginou dizendo, *mas sua filha está sob custódia na delegacia.*

— Por que não nos avisou? Você foi *sozinha* até a polícia? — perguntou Elizabeth, abraçando a filha, com a voz falhando. — Isso é por causa de Atlas?

Avery se afastou bruscamente da mãe.

— Não, você *acha*? — retrucou ela.

— Não é por causa de Atlas — gritou Pierson. — É por *sua* causa, Avery! Você quebrou nossa confiança. Como se descobrir sobre você e Atlas não fosse difícil o suficiente, agora teve a polícia chegando às seis da manhã para dizer que nossa filha foi até a delegacia de polícia e inexplicavelmente confessou um assassinato?

— Dois assassinatos, na verdade — precisou lembrar Avery.

— Avery *não matou* ninguém — pronunciou Elizabeth no mesmo tom que usaria para dizer: *Essa toalha não deveria ser azul,* como se dizendo aquilo ela pudesse mudar a realidade. — Ela nem conhecia aquela tal de Mariel.

— Eu a conhecia, na verdade — disse Avery, e se preparou para dar o troco, o golpe fatal. — Ela sabia da verdade sobre mim e Atlas, sabe.

Silêncio. O choque daquelas palavras pareceu reverberar pelo ambiente.

— Nem ouse dizer isso novamente! — ameaçou o pai dela, e seu tom era extremamente grave. — Nem mesmo pense em dizer isso, nada desse tipo! Você tem noção de como foi difícil trazer você de volta para *casa*, depois da sua confissão ridícula? Eu tive que acionar todos os contatos que podia, sem falar em pagar uma quantidade obscena pela fiança.

— Que horror ter que gastar dinheiro comigo — disse Avery, com amargura. — Mas até aí, tudo tem um preço para você, não é, pai? Até mesmo minha felicidade?

Sua mãe soltou um grito abafado, mas Avery não olhava para ela. Ela mantinha o olhar fixo em seu pai.

Ele passou a mão cansada pelo rosto.

— Que raios você estava pensando, Avery?

— Quando eu a matei, ou quando fui até a polícia?

— *Pare de falar que a matou!*

— Por que você se importa? — gritou ela. — Nada importa além da sua ambição! Você não ligaria se eu tivesse *mesmo* matado ela, apenas que eu tenha confessado!

Suas mãos estavam cerradas em punhos ao lado do corpo, as unhas cravando na pele.

— Então você admite que não matou — disse o pai de Avery, pegando seu braço sem gentileza. — Quero te proteger, Avery, mas não posso fazer isso se você não conversar conosco. Quem você está protegendo? Foi Atlas?

— Claro que não foi Atlas!

Aquilo estava levando tempo demais, pensou ela, frenética. Ela precisava que eles fossem embora antes que Leda descobrisse o que ela havia feito ou antes que o dia clareasse mais.

Sua mãe ainda retorcia as mãos, sua voz falhava:

— Então por que...

— Eu odeio vocês! — gritou Avery com toda força e crueldade que podia, querendo machucar, magoar. — Odeio vocês pelo que disseram a Atlas! Ele pediu o apoio de vocês, o amor de vocês, e o que fizeram em troca? Vocês fizeram ele *desaparecer*!

Ela começou a chorar: não era difícil, na verdade, depois de tudo o que havia passado.

— Eu só quero que vocês me deixem em paz! — gritou.

O pai dela a observava como se ela fosse uma maluca, uma desconhecida.

— Vamos discutir isso depois — disse ele, por fim, já saindo pela porta de entrada, querendo visivelmente se distanciar dela. — Não tem como argumentar com você nesse estado.

Elizabeth parou no vão da porta e se virou, a expressão no rosto indicando seu coração partido. Aquilo quase fez Avery mudar de ideia.

— Vou trancar o apartamento — declarou Pierson, tocando na tela do tablet e confirmando sua identidade pela íris. — Nada de fugir para a delegacia ou visitar seus amigos.

— Para onde eu iria, agora que você escondeu Atlas de mim e toda Nova York me odeia?

— Eles não te odeiam, Avery. Eles têm nojo de você. Assim como eu tenho.

A expressão de seu pai se congelou, e a resolução de Avery também se firmou. *Então assim será,* pensou ela. *Este é nosso adeus.*

— Você fique aqui e pense no que fez — retrucou o pai dela. A mãe ainda chorava, baixinho.

Então as portas do elevador se fecharam, deixando Avery sozinha no milésimo andar.

Ela correu sem fôlego até o quarto e pegou a bolsa que havia escondido debaixo da cama na noite anterior. Dentro havia dezenas de cilindros vermelhos e gordos — bastões de faíscas, os acendedorezinhos que produziam chama quando se abria sua tampa de neoprene. Aqueles eram dos mais fortes, que produziam uma chama superaquecida, para ser utilizada por campistas no meio da natureza. Na Torre era ilegal *possuir* aquilo, especialmente ali em cima, onde o oxigênio circulava tão livremente, onde tudo já era um pouco inflamável demais.

Avery abriu a tampa de neoprene do primeiro e uma chama imediatamente saltou de lado.

A chama dançou e se inclinou, parecendo conter uma infinidade de cores de uma só vez, cores que ela não via normalmente na Torre — não apenas vermelhos, mas alaranjados opulentos e dourados, até mesmo um azul líquido que parecia retorcer e pulsar pela chama como um trovão no verão. Era lindo.

Ela jogou o bastão sobre a cama, coberta com suas almofadas e colcha de renda, e observou sem emoção enquanto pegava fogo.

Dali, Avery caminhou rapidamente pelo apartamento, atirando um acendedor em cada superfície. Percebeu com satisfação mórbida que nenhum dos alarmes de incêndio disparou. As chamas se alimentavam uma da outra, crescendo cada vez mais, lançando um brilho selvagem sobre os ossos de sua face. Seus olhos estavam semicerrados, as maçãs do rosto ainda mais proeminentes do que o normal. Ela havia se vestido para a ocasião, com jeans e um suéter branco ajustado e brincos de diamante, parecendo para alguém de fora um anjo vingador, trazendo cinzas, enxofre e destruição. Um sorriso pálido dobrava seus lábios enquanto ela observava o apartamento dos pais se desfazer em chamas. O símbolo da riqueza, do status e da ambição desmedida deles, a coisa mais cara que eles haviam comprado — com exceção apenas de Avery, talvez. Logo, nenhuma das duas coisas existiria mais.

Seus passos ficaram mais lentos ao passar pelo quarto de Atlas. Era um lugar sagrado, e ela ainda podia sentir a presença dele ali, não importava o quanto seus pais tentassem apagá-la. Ela se deixou sentar na cama dele por um momento, passando as mãos pelo travesseiro, imaginando que ainda tinham o perfume dele...

Avery rapidamente levantou-se, recompondo-se, e lançou um acendedor ali também, indo embora depressa para não ter que observar a destruição.

Levou apenas mais alguns minutos para que o apartamento se tornasse uma caldeira. O cheiro do verniz dos móveis queimando, o tapete, as partes plásticas dos computadores, tudo lhe dava ânsia de vômito. Redemoinhos de fumaça preta se concentravam no teto. Avery continuou, sabendo que a parede de fogo estava avançando. Tentou ignorar os gritos em suas orelhas, como se demônios do inferno estivessem alertando-a do que ela estava prestes a fazer.

A cozinha foi a parte mais difícil, porque havia muitas coisas inflamáveis ali. Avery decidiu jogar um acendedor no balcão, embora não importasse de fato; o apartamento já estava destruído. Faíscas corriam para cima e despencavam como pedaços incinerados de neve.

Não, percebeu Avery, tomada pela visão de algo fora do apartamento. Aquilo era neve *de verdade*. Hoje caía a primeira nevasca do ano.

Os flocos de neve pareciam congelados entre os painéis da janela, como um quadro de natureza-morta. Por um momento Avery esperou que eles voassem para cima, voltando para as nuvens como se transportados por mágica.

Uma onda de calor se aproximou dela, queimando a pele sensível de sua nuca. Ela disparou para a frente, cambaleando até a despensa.

Só havia um modo de escapar dali.

Ela puxou a antiga escada acoplada ao teto. Seu coração batia acelerado. Um lampejo de pânico cresceu dentro dela, como as chamas ao seu redor, mas era tarde; ela já tinha ido longe demais.

No topo da escada, Avery empurrou a porta do alçapão — houve uma resistência momentânea, mas alguém certamente havia mexido na configuração eletrônica, porque ela se abriu em um instante. Ela agradeceu a Watt por cumprir sua promessa.

Ela surgiu no telhado e respirou profundamente, fechando a porta. O ar queimara o interior de suas narinas, chamuscara as pontas de seu cabelo.

O telhado estava igual a um ano antes. Algumas máquinas zunindo abaixo das superfícies fotovoltaicas, algumas tinas de coleta de chuva transportando água para os andares mais baixos da Torre, para ser filtrada. Avery tirou os sapatos e caminhou até a beirada. A superfície era áspera contra os pés descalços. Ela ergueu a cabeça, com o perfil orgulhoso, delineado e belo.

Ela se sentia muito alta. A neve caía com mais força naquele momento, como se pedaços do céu estivessem despencando rapidamente.

A cidade abaixo era um estudo de luz e sombra, como um filme antigo em preto e branco — uma cidade de extremos, pensou Avery. Tão cheia de amor e ódio, mas talvez fosse assim que o mundo funcionasse. Talvez o preço de um amor eterno fosse se sentir sozinha para sempre, depois que o perdesse.

Avery não queria existir em um mundo onde não tivesse a liberdade de amar a pessoa por quem o coração dela clamava.

Ela estava satisfeita de ter assumido a culpa pelo que acontecera com Eris e Mariel. Se ia desistir de tudo, o que custaria carregar a responsabilidade daquilo? Não, pensou ela, com fervor, Leda merecia *viver*, deixar seus erros para trás de uma forma que Avery não poderia. Leda merecia a redenção, e Avery tinha encontrado um modo de dar-lhe isso.

Seu presente de despedida para sua melhor amiga — uma vida por uma vida, uma troca justa. Ela sabia que Eris também preferiria que fosse assim.

Avery não era particularmente religiosa, mas ainda assim fechou os olhos e murmurou uma prece final. Rezou para que Leda encontrasse a paz, que seus pais a perdoassem, que Atlas ficasse bem, onde quer que estivesse.

Ela observou a beleza gloriosa do horizonte pela última vez, estudando o modo como a neve começava a se depositar, cobrindo os defeitos da cidade, escondendo suas imperfeições. Os flocos pousaram em seu cabelo, no branco de seu suéter.

— Sinto muito — sussurrou ela, e caminhou até a beirada, com os olhos fechados.

Foram as últimas palavras de Avery Fuller.

WATT

DE SEU PONTO de vista inesperadamente vantajoso no rio East, Watt foi uma das primeiras pessoas a ver o milésimo andar pegar fogo.

Foi impressionante: o brilho das chamas se curvando sobre a Torre, uma pincelada elegante de laranja-avermelhado. Nuvens de chuva de um tom cinza-iridescente se concentravam ao redor dos zepelins meteorológicos, daquele modo invernal que precedia a primeira nevasca. Havia algo de mágico naquilo, mesmo que tudo tivesse sido projetado: o delicado milagre cristalino reduzido a uma reação química, a união de hidrossulfatos e carbono.

A magia estava no ar, no modo como as pessoas reagiam. Os moradores de Nova York *adoravam* a primeira neve do ano — eles usavam gorros dentro da Torre, sorriam para estranhos e começavam a cantarolar músicas de Natal. Watt se lembrou de ter ouvido dizer que no MIT as turmas de novatos saíam peladas pelo campus enquanto a neve caía. Não que ele fosse ter a oportunidade de ver isso.

Como estaria Leda? Ele tentara entrar em contato algumas vezes — na verdade, várias vezes — desde que ela tinha ido embora do baile da posse no sábado à noite, mas ela o ignorara com firmeza. Ele sabia que ela tinha muito com o que lidar; especialmente agora, depois do que a melhor amiga dela havia feito. Watt tinha muito no que pensar, também.

Naquela manhã ele havia desconectado Nadia para poder pensar em silêncio, na privacidade da própria mente. Depois, alugara um barco pela primeira vez na vida. Ou melhor, pegara emprestado sem pedir.

As docas estavam fechadas quando ele chegou ali: era cedo demais, especialmente em um dia planejado de mau tempo. AVISO: ALERTA DE PRECIPITAÇÃO aparecera na tela, impedindo que ele alugasse qualquer coisa, mas Watt não deixaria que isso o impedisse. Mesmo sem Nadia, foi questão de minutos invadir o computador da locadora.

Ele escolhera uma das pequenas lanchas azuis que voavam pela superfície entrecortada por ondas, erguida por asas de hidrofólio. Ele digitou o destino no GPS do barco e se reclinou enquanto ele acelerava pelo rio, como um inseto voando baixo sobre as águas.

Watt passou pela estrutura do lado leste da Torre sem realmente percebê-la. Ele tinha uma ideia tão nefasta que nem colocaria em palavras, e precisava se afastar dela — precisava observá-la apenas com o canto dos olhos, com sua visão periférica — antes que pudesse encará-la.

Exatamente no momento marcado, a neve começou a cair. Aquilo deixou Watt em alerta enquanto ele voava pelo rio. Uma capa hover BrightRain flutuava nos fundos do barco; Watt pensou em guardá-la, mas achou que não valeria a pena. A capa flutuou gentilmente sobre sua cabeça e começou a emitir um brilho amarelo suave. Sua membrana condutora estava transformando a energia cinética da neve em eletricidade.

Watt parou no local onde Mariel havia se afogado, perto de uma doca do rio East. Ele desligou o motor. Os fólios se retraíram, abaixando a lancha gentilmente até a água, onde ficou sendo balançada para lá e para cá pelas ondas.

Ele observou o píer. Nessa área, ao longo de centenas de metros, havia uma doca multiuso — o tipo de local onde se poderia recarregar autocarros ou estacionar um barco. Metade da doca era coberta por um telhado, enquanto a outra metade estava exposta às intempéries, coberta por placas solares. Um pequeno barracão no canto provavelmente abrigava equipamento sobressalente, e talvez algum funcionário humano durante o horário comercial.

Watt tentou imaginar Leda, drogada e vingativa, entrando nos feeds e descobrindo onde Mariel estava. Seguindo-a depois da festa de José e depois a empurrando violentamente no rio. Porém, como é que Leda saberia que Mariel iria andando até em casa em vez de pegar o monotrilho? Ou teria Leda estado tão drogada e descuidada para agir impulsivamente, seguindo Mariel sem saber aonde ela iria? Será que Leda sabia que choveria naquela noite ou que Mariel não sabia nadar?

Ele não conseguia parar de pensar que Leda não seria capaz de tal coisa, não importava o quanto estivesse desesperada ou amedrontada.

Watt observou com cautela todos os detalhes da estação de carregamento de energia. Viu os autocarros entrando e saindo, viu alguns barcos vazios balançarem na doca. Grandes robôs de transporte iam e voltavam em suas rotas programadas, suas rodas pesadas no pavimento.

A ideia na mente de Watt se tornou mais substancial, até finalmente ele não conseguir mais ignorá-la. Porque empurrar Mariel no rio em uma noite escura e tempestuosa — as condições perfeitas para fazer algo parecer um acidente, pelo menos à primeira vista — não parecia algo que Leda faria. Era organizado demais, racional demais, um crime perfeito demais.

Watt sabia quem poderia ter cometido aquele crime.

— Ligar computador quântico — sussurrou ele, e sentiu o aprofundamento familiar de sua consciência enquanto Nadia voltava à vida.

Ele esperou que Nadia perguntasse o que eles estavam fazendo ali. Quando ela não disse nada, a certeza dele passou a se solidificar. Ele sentiu uma vontade desconhecida de chorar.

— Nadia. Você matou Mariel?

— Sim — respondeu ela, com uma simplicidade estarrecedora.

— *Por quê?* — gritou ele, o vento engolindo suas palavras.

— Fiz por você, Watt. Mariel sabia demais. Ela era um estorvo.

A manhã pareceu se condensar ao redor dele, os flocos de neve vibrando pelo ar. Watt sentiu uma angústia tomar conta de seu estômago e fechou os olhos.

Ele poderia ter resolvido aquele mistério há meses se simplesmente tivesse pensado em perguntar a Nadia. Ela não tinha escolha a não ser dizer a verdade. Ela podia esconder informações dele — precisava fazer isso; se o cérebro de Watt tentasse armazenar tudo o que ela fazia, ele literalmente entraria em colapso e morreria. Ele programara nela a habilidade de guardar segredos, porque não havia outro modo de construí-la.

No entanto, Nadia não podia *mentir* para ele, se ele fizesse uma pergunta direta. Ele apenas não havia pensando em perguntar, até aquele momento.

— Você começou a seguir os movimentos de Mariel desde Dubai, não foi? — perguntou ele, horrorizado.

Ele precisava entender.

— Apenas aguardando o momento certo, que ela se colocasse em uma posição vulnerável. Então ela foi embora sozinha, no escuro, e você percebeu a chance perfeita de matá-la e fazer parecer um acidente. Você invadiu um daqueles robôs de transporte e fez com que a empurrasse no rio — adivinhou ele.

— Sim — disse Nadia.

— Você estava com medo que ela me mandasse para a prisão, e por isso você a *matou*?

— Eu a matei porque, se ela continuasse viva, havia mais de noventa e cinco por cento de chance que você fosse preso, e mais de trinta por cento de chance de que ela tentasse te matar! Eu fiz os cálculos várias vezes, Watt. Cada resultado acabava com você na prisão, ou pior. Exceto esse. A única razão por que Mariel não machucou você é porque eu a machuquei primeiro.

— Isso deveria me fazer sentir melhor?

— Deveria fazer você sentir gratidão, sim. Você ainda está vivo, e livre. Honestamente — continuou Nadia —, estou surpresa que você esteja sentindo tanta culpa, Watt. Ela deixou Leda abandonada para morrer e ela ia ferir você...

— Isso não te torna um deus que pode fazer um *julgamento* sobre ela!

A neve caía em curvas suaves e seus flocos atingiam o rio. Cada vez que um deles tocava a superfície, derretia-se quase instantaneamente, dissolvendo-se na água como uma pequena lágrima congelada.

Nadia não parecia nem mesmo estar arrependida. Claro que não estaria, Watt se corrigiu, ela não podia sentir *nada*, porque era uma máquina; e não importava quantas piadas inteligentes ela fizesse ou quantas ideias parecesse criar, não importava quantas vezes ela soubesse exatamente o que dizer quando ele estivesse chateado, ela continuava sendo uma máquina, e não teria sido possível para ele programá-la com aquele traço humano tão indefinível chamado empatia.

Outro pensamento lhe ocorreu.

— Por que você tentou me fazer pensar que Leda havia matado Mariel, quando sabia o tempo todo que ela não era culpada?

— Leda sempre foi meu plano B. Não foi coincidência que ela tenha apagado naquela noite... eu criei mensagens falsas da conta dela para o traficante, pedindo doses maiores que o normal. Eu queria ter certeza de que alguma pessoa poderia ser incriminada, caso fosse necessário.

— Caso fosse necessário?

— Tentei apagar todos os traços do que eu fiz, mas, ao que tudo indica, invadir o robô de transporte deixou rastros. Três meses atrás, durante uma manutenção de rotina, alguém percebeu que o robô tinha sofrido alterações. Foi quando a polícia transformou o caso de Mariel de acidente para assassinato... porque perceberam que alguém havia usado um robô para derrubar Mariel no rio.

Ele piscou, sentindo-se traído.

— Você sabia que essa era a razão de o caso ter sido reclassificado, e nunca me contou?

— Claro que eu sabia — disse Nadia, ríspida. — Não contei porque você nunca perguntou diretamente. Até agora.

— O que isso tem a ver com Leda?

— Eu fiquei preocupada que você pudesse ser envolvido na investigação de assassinato também. A polícia poderia culpar você pela morte de Mariel ou, pior ainda, descobrir a verdade sobre mim. Isso não poderia acontecer. Então deixei você pensar que Leda poderia ter matado Mariel. Eu sabia que você perguntaria diretamente se ela a matara. Depois de invadir o departamento de polícia, eu levei você a acreditar que a polícia estava chegando perto da verdade... que havia um cerco se fechando cada vez mais ao seu redor. Queria que Leda ficasse na dúvida sobre suas próprias ações.

— Por quê?

— Eu sabia que, se Leda pensasse que você estava em perigo, ela se sabotaria para manter você a salvo. Eu estava certa, não? — continuou Nadia, parecendo quase orgulhosa. — Foi exatamente o que Leda planejou fazer. A única coisa que não pude prever foi a intervenção de Avery Fuller, puxando a culpa para si mesma.

Isso não importava para Nadia, percebeu Watt, lutando contra outra onda de luto nauseante. Um bode expiatório era tão bom quanto outro. Os seres humanos eram intercambiáveis para ela — a não ser Watt, o único ser humano que ela havia sido programada a gostar.

Não era como se Nadia fosse se entregar e confessar o crime.

Watt balançou a cabeça.

— Ainda não entendo. Você não deve machucar os seres humanos; está na sua programação fundamental.

Ele havia codificado isso como a diretriz principal de Nadia: o único comando que ela não poderia contradizer, não importando quais outros comandos ela recebesse. Todos os computadores quânticos eram programados assim, para que, não importa o que acontecesse — se um terrorista ou assassino tivesse acesso a um computador quântico, por exemplo —, eles jamais, em hipótese alguma, machucariam outro ser humano.

— Não — respondeu Nadia, simplesmente. — Essa é a segunda linha do meu código de programação. Meu comando fundamental é fazer o que é melhor para você. Eu previ vários cenários, Watt. Julguei impossível que você ficasse seguro se aquela garota continuasse viva.

— Ai, meu Deus, *meu Deus* — disse Watt, devagar.

Um vento frio havia começado a soprar, açoitando seu rosto. Ele sentiu algo incômodo e gelado em seus cílios e percebeu que estava chorando e que o vento havia congelado suas lágrimas.

Era culpa sua. Não importava o que Mariel tivesse feito, ou pudesse ter feito: ela havia morrido por causa dele. Por causa de um erro que ele cometeu ao programar um computador quando tinha treze anos.

Watt não tinha escolha. Virou o barco e começou a jornada de volta até as docas.

Nadia nem sequer perguntou aonde eles estavam indo. Talvez ela já soubesse.

LEDA

LEDA ESTAVA ALI com as outras pessoas: a multidão curiosa apinhada no patamar particular do andar dos Fuller, todos tentando desesperadamente descobrir o que estava acontecendo.

Ela não era como os *outros*, pensou Leda, desesperada. Aquele era um grupo misto de jornalistas e pessoas da mídia, com câmeras zetta pairando sinistras sobre os ombros deles, e algumas pessoas que Leda conhecia. Ela viu Risha, Jess e Ming em uma área mais afastada, exibindo o luto deles de modo gritante e promíscuo.

Ela não se juntou a eles. Eles tinham abandonado Avery quando ela mais precisou de ajuda, e Leda jamais se esqueceria disso.

Ela concentrou-se em sua raiva, porque era mais fácil do que sentir a dor da perda. A raiva aguçava seus sentidos, a energizava, a impedia de imaginar o que poderia ter acontecido com Avery ali no milésimo andar.

— O que você acha que está acontecendo? — perguntou uma mulher com cabelo frisado e olhar inquieto.

Leda apertou os lábios e não respondeu. Aquilo não seria alimento para a máquina de fofoca; era a *vida* de Avery de que estavam falando ali.

Mesmo assim, a especulação continuou, cada história ainda mais estapafúrdia que a anterior. Avery tinha incendiado o apartamento. Avery tinha fugido para se casar com o namorado alemão; não, Avery tinha fugido com *Atlas*, e o namorado alemão tinha colocado fogo no apartamento, ameaçado matá-los, matar a si mesmo, ou os três.

O pior boato de todos era que Avery tinha se jogado do telhado, como teria feito sua amiga Eris.

Leda tentava não escutar, mas, com o passar dos minutos, as pessoas iam ocupando os espaços com seus corpos e comentários estúpidos. Contando e recontando as mesmas histórias, cada vez com finais piores.

Por fim, alguém saiu pelo elevador particular dos Fuller: um bombeiro, de cabelo grisalho e olhos cansados, mas com uma expressão firme e sem tempo para besteiras.

— Com licença — gritou Leda, avançando para puxar a manga da camisa dele. — O que aconteceu lá em cima?

— Senhorita, não posso dizer nada — rebateu, impaciente e exausto.

Leda não havia largado a camisa dele.

— Por favor. Avery é minha melhor amiga — implorou ela, e algo em sua expressão deve ter comovido o homem, porque ele soltou o ar explosivamente pela boca, ignorando as outras pessoas que tentavam chamá-lo.

— Você disse que é a melhor amiga dela?

— Sim. Meu nome é Leda Cole. Estou na lista de visitantes com livre acesso, pode verificar — disse ela, com a voz cheia de desespero. — Por favor... Avery está bem? Os pais dela estão aqui?

— O prefeito e a primeira-dama estão a caminho.

Leda se perguntou por que ainda não teriam chegado. Talvez não pudessem encarar a situação. Então ela percebeu, com um quê de pânico, que ele só havia respondido sobre o sr. e a sra. Fuller, e não sobre Avery.

— Onde está Avery? — perguntou ela, outra vez.

Em resposta, o bombeiro se virou e fez um gesto seco para que ela o seguisse.

— Por que não entramos um instante, srta. Cole? Agora já está seguro.

Com o corpo tremendo de medo, Leda o seguiu até o elevador particular dos Fuller. Ele subiu dez andares apenas, mas para Leda parecia uma viagem para outro planeta. Porque, ao chegarem à entrada dos Fuller, parecia um lugar completamente alienígena para Leda, embora ela o tivesse visitado inúmeras vezes.

Tudo estava queimado. Aquele era o corpo carbonizado de um apartamento, oco e destruído. Os espelhos estavam quebrados e riscados, repletos de cinzas. Leda viu o estrago no apartamento refletido várias vezes nas superfícies trincadas, um milhão de pequenos mundos arrasados.

A porta da sala tinha desaparecido, removida da parede, de modo que a entrada parecia uma boca sem dentes, vazia e escancarada. Robôs-bombeiros enxameavam ali dentro, soltando a fumaça preta do inibidor de oxigênio, que tinha um perfume doce e enjoativo, parecido com cobertura de bolo; embora o fogo já tivesse sido apagado.

— Você pode confirmar qual é o quarto de Avery? — perguntou o bombeiro. — É difícil dizer nessas condições.

— Ah. Eu... está bem — respondeu Leda, hesitante, e caminhou pelo corredor.

Uma densa nuvem de cinzas subia a cada passo — cinza escura e grossa que caía ao chão em novas combinações, como neve do inferno. Ela tropeçava nos destroços, por cima da gosma rançosa e escura que cobria o chão dos Fuller, mas apesar disso não diminuiu o passo.

Ao chegar ao quarto de Avery — ou, pelo menos, ao que havia sobrado dele —, Leda sugou o ar com força.

A cama era uma pilha de cinzas ainda quentes, com algumas chamas pulando aqui e ali.

Os últimos vestígios do autocontrole de Leda se arrebentaram, e ela correu para dentro, caindo de joelhos em frente à cama e procurando em meio aos destroços. Ela puxou um pedaço de tecido, um toco de madeira do pé da cama — sem ligar que sua mão estava ficando queimada e com bolhas, que farpas se enfiavam nas palmas e dedos de suas mãos. Avery estava naquele apartamento em algum lugar. Ela *tinha* que estar, porque Leda se recusava a aceitar a alternativa.

— Ei, ei — disse o bombeiro, passando os braços ao redor de Leda para levantá-la como se ela não pesasse nada.

Leda continuou se contorcendo, batendo os punhos contra o corpo dele como um bêbado em uma briga de bar, gritando e chorando desconsolada. Ela se sentia como uma mulher à beira da loucura.

Quando foi levada de volta à sala, Leda havia se aquietado. Sua garganta doía de tanto gritar, ou talvez por causa das cinzas.

— Sinto muito pela sua amiga — disse o bombeiro, em tom seco.

Ele sumiu por um instante, e ao voltar trazia uma garrafa pela metade de schnapps de pêssego.

— Tome um gole. Ordens médicas. Desculpe — continuou ele, enquanto ela encarava o rótulo —, foi a única garrafa inteira que encontrei. O resto estava quebrado.

Leda estava zonza demais para não obedecer. Ela tomou um gole generoso da bebida, esticando as pernas. Percebeu que havia começado a chorar novamente, porque reconhecia aquela garrafa: ela a dera de presente para Avery no seu aniversário de dezesseis anos como brincadeira, e tinha sobrevivido intacta no bar dos Fuller simplesmente porque ninguém nunca queria tomar aquela bebida.

Ela pôs a garrafa de lado e se deixou cair para a frente, puxando os joelhos contra o corpo. *Ah, Avery,* pensou ela, desconsolada, *o que você fez?*

O bombeiro não a perturbou. Ele apenas voltou ao seu trabalho, deixando Leda chorar sem ser interrompida na sala coberta de cinzas dos Fuller.

Ela chorou por Avery, pela irmã que havia escolhido, e por Eris, a irmã que só descobrira tarde demais. As duas irmãs de Leda: sua irmã de sangue e a irmã de coração, ambas perdidas para sempre. Como é que viveria sem elas?

Ela pensara que, ao confessar para os policiais, sua culpa se aliviaria, mas Avery fora mais rápida. Avery confessara no lugar de Leda em um ato drástico de sacrifício, do tipo que não havia como voltar atrás.

Leda só seria digna daquele sacrifício se no futuro fosse uma pessoa melhor do que havia sido no passado.

Ela conhecia intimamente todas as suas escolhas ruins, cada esquema e manipulação. Estavam marcados de forma indelével no coração dela.

Talvez também existissem algumas escolhas boas ali, pensou ela, ainda que em número bem menor. O amor por sua família e amigos... e por Watt.

Talvez, se Leda se esforçasse muito, se fosse mais paciente, cuidadosa, curiosa e gentil, as escolhas boas superassem as ruins. Talvez então, algum dia, ela se tornasse realmente digna do imenso presente que Avery lhe dera.

CALLIOPE

CALLIOPE OLHOU AO redor do bar do Nuage sem parecer que girava a cabeça, uma habilidade que desenvolvera havia tempos. Um café *macchiato* com pouca espuma tinha sido posto à sua frente, mas ela ainda não o experimentara. Vários homens e mulheres jovens de roupa executiva começavam a formar uma fila, para um café da manhã de negócios ou apenas um café rápido. Mais de um deles direcionara um olhar hesitante e curioso na direção dela. Presas fáceis, se ela quisesse.

Ela não queria.

Na verdade, Calliope tinha ido até ali porque um bar de hotel era um dos locais mais fáceis de se ir quando se estava sozinha e sem saber o que fazer. Seguro, neutro, sem expectativas. Como uma embaixada, ela se lembrou de ter dito brincando para Brice.

Era tranquilizante estar num bar naquele horário, quando tudo ainda estava brilhante e tranquilo, as garrafas alinhadas do jeito certo. Era um momento de silêncio entre as horas barulhentas da noite e a correria do almoço.

Calliope se sentia à deriva, como não estivera havia anos. Não havia nada mais que a prendesse. Suas malas estavam todas guardadas na recepção do Nuage, com exceção de sua bolsinha de joias, que ela havia cuidadosamente guardado na bolsa transversal. Ela poderia sair dali e fugir, perder-se na cidade — entrar em qualquer parque público, bar de esquina ou loja de departamento — e nem uma alma sequer saberia onde ela estava. Era uma sensação esquisita.

Ela suspirou e deu alguns comandos para suas lentes de contato, passando pelos feeds, antes de soltar um grito contido. As manchetes afastaram qualquer pensamento sobre si mesma e sua situação atual. De alguma forma o segredo de Avery Fuller havia vindo à tona: o mundo sabia sobre ela e Atlas.

Em retaliação, Avery incendiara o apartamento de sua família — o milésimo andar inteiro — enquanto ainda estava dentro dele.

Calliope sentiu-se estranhamente paralisada com aquela notícia. Ela não podia acreditar que Avery Fuller não fazia mais parte deste mundo. Avery, que fora tantas coisas: uma desconhecida, um obstáculo, e por fim, quase uma amiga. Avery, inteligente e efervescente, que tinha um sorriso rápido e os cabelos da cor do sol, que literalmente vivia no topo do mundo. Ela jamais teria imaginado que uma garota assim tomaria uma medida tão drástica. Por outro lado, Calliope sabia melhor do que ninguém que era impossível dizer o que as pessoas escondiam por trás das máscaras que desfilavam para o mundo.

Ela envolveu a xícara com as duas mãos, para sentir o seu calor, pensando como o amor era uma coisa estranha. Podia fazê-la se sentir invencível e, logo em seguida, destruí-la completamente. Calliope pensou em Avery e Atlas, presos em uma situação impossível. Pensou em sua mãe e Nadav. Será que eles poderiam ter tido uma chance, caso houvessem se conhecido em um contexto completamente diferente?

Calliope imaginou onde estaria Elise naquele momento. Ela provavelmente já tinha se livrado de suas lentes de contato, desconectando-se de tudo como se tivesse sumido do mundo em uma nuvem de fumaça. Igual a Avery.

— Achei que poderia te encontrar aqui.

Brice se sentou ao lado dela. As batidas do coração de Calliope de repente ecoaram por todo seu corpo, até a ponta de seus dedos. Ele estava diferente hoje, mas talvez fosse apenas porque ela havia mentalmente desistido dele, só para descobrir em seguida que ele era seu novamente. Era mesmo?

Uma coisa era certa. Depois do que ela tinha visto entre sua mãe e Nadav, Calliope sabia que deveria contar a verdade a Brice. Ele merecia saber.

— Eu não sou quem você acha que eu sou.

— Não sabia que você tinha começado a ler meus pensamentos — retrucou Brice, gesticulando para o garçom trazer um café. — O que eu acho que você é, além de linda e imprevisível?

— Eu não sou...

Ela não soube como continuar. *Não sou legal? Não sou uma boa pessoa?*

— Meu nome não é Calliope.

Brice nem se espantou.

— Eu sei.

— O quê? Como...

— Estou um pouco ofendido que você não se lembre da primeira vez que nos vimos, naquela praia em Cingapura. Quando você se chamava Gemma.

— Você se lembra disso?

Quanto tempo ela havia temido que Brice pudesse ligar as coisas. Ali estava ele, dizendo que sempre soubera, e não parecia chateado. Um raio de luz pareceu atravessar as preocupações de Calliope, tocando algo esperançoso e hesitante dentro dela.

— Claro que lembro — respondeu ele. — Você é inesquecível.

— Por que não disse nada, se sabia?

— Por dois motivos. Primeiro, eu ainda *não sei* de tudo. Ainda não tenho certeza de por que você e sua mãe têm viajado o mundo mudando de nomes. Eu tenho uma teoria — disse ele, em resposta ao olhar preocupado dela —, mas agora não é a hora de discutir isso.

Ela segurou a respiração.

— Qual o segundo motivo?

— Queria conhecer você melhor. A verdadeira você. E consegui — respondeu Brice, como se fosse a coisa mais óbvia do mundo.

Calliope sentiu uma alegria brilhante e delicada crescer dentro dela. Brice sabia a verdade a seu respeito, ou ao menos suspeitava, e isso não importava. Mesmo assim, ele queria ficar com ela.

— Então — continuou ele, mudando o tom de voz de brincalhão para sincero, daquele jeito veloz dele. — O que te traz tão cedo ao Nuage?

— Nadav descobriu que minha mãe e eu não somos quem dissemos ser. Não preciso dizer que ele ficou decepcionado.

— Isso significa que você vai embora de Nova York?

— Minha mãe já foi. Eu fiquei — disse Calliope, em voz baixa, e um pouco das suas antigas habilidades de flerte apareceram ali. — Eu tenho... coisas a resolver em Nova York.

Ela havia apoiado a mão na bancada entre eles, hesitante. Sem dizer nada, Brice segurou-a.

— Sou eu, o que você tem que resolver?

— Entre outras coisas — respondeu ela, encarando-o.

— Que outras coisas?

— A cidade — começou a dizer, mas parou, incerta.

Como ela poderia explicar como se sentia em relação a Nova York? Ela amava a cidade, daquele jeito que se ama algo que não pode amar de volta, porque deixou marcas na sua alma. O lugar de Calliope era em Nova York, ou talvez ela *pertencesse* a Nova York. Ela fora tão insegura ao chegar ali — como barro incapaz de se moldar — e agora tinha um formato, uma textura; podia sentir as marcas de Nova York nela inteira, do mesmo modo que sentia o toque de Brice na sua pele.

Havia *tanta* coisa ali, tanta cor, tantos gostos, luz e movimento. Tanta dor e tanta esperança. A cidade era feia e linda ao mesmo tempo, e sempre mudava, sempre se reapresentava; não podia deixar de olhá-la nem por um segundo, ou perderia a Nova York daquele jeito, que seria diferente da Nova York do dia ou da semana seguinte.

Brice virou a palma da mão dela para cima, para segurá-la na dele.

— Qual o seu plano?

Calliope tomou outro gole de café, desejando ter uma colher somente para poder mexer o café, com mais força do que o necessário. Ela se sentia cheia de propósito.

Ela se deu conta de que era uma segunda-feira.

— Ir à escola, acho?

A ideia de ir para a aula de cálculo multivariável parecia um pouco absurda.

— Preciso descobrir algumas coisas. Descobrir quem eu sou — disse ela, lentamente.

— O que você precisa descobrir?

— Minha personalidade! — rebateu. — Não sei mais quem sou. Talvez nunca tenha sabido.

Ela passara os últimos sete anos pulando de um papel para o outro, sem esforço, sendo inteligente ou burra, rica ou pobre, aventureira ou amedrontada, o que fosse preciso conforme a ocasião. Tinha sido tantas pessoas, menos ela mesma; vivido tantas vidas, menos a sua.

Desta vez, podia ser quem e o que ela quisesse.

— *Eu* conheço você — disse Brice, com calma. — Não importa qual história você esteja contando ou qual sotaque use. Eu sei quem você é e quero continuar conhecendo você, Calliope, Gemma, seja lá qual for seu nome.

Calliope hesitou.

Ela nunca — ou melhor, quase nunca — revelava seu nome verdadeiro para ninguém. Esta era a regra mais importante de todas. Nunca conte seu nome verdadeiro, porque isso torna você vulnerável. Desde que se protegesse com nomes e sotaques falsos, ninguém poderia machucá-la.

Ninguém poderia *conhecê-la*, também.

— Beth — sussurrou, sentindo uma mudança sísmica acontecer no mundo dela. — Meu verdadeiro nome é Beth.

Suas lentes de contato se acenderam com um novo flicker, de uma usuária registrada como Anna Marina de Santos. *Um brinde a esta vez.*

Lágrimas acumularam nos cantos dos olhos de Calliope e ela soltou uma risada abafada. Era Elise, claro, já usando um nome diferente.

— Um brinde a esta vez — sussurrou Calliope, e balançou a cabeça para enviar uma resposta. — Eu te amo.

Ela imaginou as palavras sendo traduzidas em texto, subindo até um satélite e correndo pelo mundo, para aparecer nas novas retinas de sua mãe. Se ao menos ela pudesse avançar por todas aquelas milhas e abraçá-la com a mesma facilidade.

Também te amo.

— Beth — repetiu Brice, e estendeu a mão, como se a estivesse conhecendo pela primeira vez.

Seus olhos brilhavam.

— Prazer em te conhecer. Por favor, permita-me ser o primeiro a lhe dar boas-vindas a Nova York.

— O prazer é todo meu — disse Beth, sorrindo.

RYLIN

RYLIN ESTAVA SENTADA à mesa, com o tablet aberto no modo de composição, tentando sem sucesso se concentrar na redação para a NYU, mas sua mente estava muito distraída para prestar atenção a um só tópico.

Ela não tinha visto Cord na escola. Depois de toda comoção a respeito de Avery Fuller, ele não tinha sido a única pessoa a faltar. Apesar de tudo, Rylin se pegou torcendo para que ele não estivesse sofrendo demais. Ele havia conhecido Avery praticamente por toda sua vida. Claro, não era a primeira vez em que Cord perdia alguém de quem gostava.

Rylin não conhecia Avery muito bem, embora elas tivessem sido unidas por circunstâncias excepcionais: a morte de Eris, a investigação de Mariel... e o fato de que ambas se importavam com Cord.

Algumas vezes Rylin quisera odiar Avery, só um pouquinho. Ela sempre parecia tão perfeita, com um sorriso perfeito, enquanto Rylin vivia de rabo de cavalo desgrenhado em um estado permanente de incerteza. Avery e Cord tinham sido amigos por tanto tempo. Era intimidante, o modo como eles compartilhavam tantas lembranças, um livro inteiro de piadas internas, um espaço particular que Rylin jamais poderia penetrar.

Ela queria odiar Avery, mas não podia, porque, apesar de todas essas coisas, Avery era uma garota legal. Ela poderia ter sido a garota mais maldosa de todas, pensou Rylin, mas nunca escolhera ser.

Ainda assim, provavelmente era fácil ser legal quando se tinha tudo que se poderia desejar. Ou, pelo menos, quase tudo.

Rylin estava chocada com o que Avery escondera. E pensar que, por trás daquela máscara perfeita de porcelana, ela estivera apaixonada por Atlas, a única pessoa que o mundo não a deixaria ter. No fim, Avery havia morrido por isso. O que ela teria imaginado, pensou Rylin, para desistir daquele jeito — botar fogo no apartamento da família ainda dentro dele?

Ela suspirou e novamente olhou para o tema da redação. *O que é mais importante para você. Por quê?*

De repente, Rylin sabia a resposta. *Histórias*, escreveu na caixa de respostas.

Histórias são a única magia que existe de verdade. Uma história pode atravessar a distância impossível entre os indivíduos, tirar as pessoas de suas vidas e colocá-las na vida de outros, ainda que momentaneamente. Nossa fome por histórias é o que nos torna humanos.

Talvez tivesse sido a conversa com Hiral, ou o fato de ainda se sentir traída com a atitude de Cord. Talvez fosse a estranha atitude de Avery Fuller, a princesa de Nova York, fazendo algo irrevogavelmente autodestrutivo. Embora ela soubesse que aquela era uma opinião nada sofisticada e potencialmente constrangedora — que ninguém sério diria nada daquele tipo, muito menos para entrar na faculdade —, Rylin continuou digitando.

Em particular, desejamos histórias que nos façam felizes.

Histórias fazem sentido de um modo que o mundo real não faz. Porque as histórias são a versão organizada da vida real, uma versão destilada do comportamento humano, mais cômica, mais trágica e mais perfeita do que a vida real. Em um holo bem-feito, não há fios narrativos soltos ou imagens aleatórias. Se a câmera se aproxima de um detalhe, isso significa que devemos prestar atenção a ele, porque o detalhe tem um significado crucial que logo se tornará aparente. A vida real não é assim.

Na vida real as pistas não nos levam a nada. As estradas levam a becos sem saída. Os amantes não fazem gestos românticos épicos. As pessoas dizem coisas horríveis, vão embora sem dizer adeus e sofrem sem sentido. Os fios narrativos são deixados de lado sem resolução.

Às vezes, o que precisamos é de histórias — histórias bem narradas, com final feliz — que ajudem o mundo a fazer sentido novamente.

Os olhos de Rylin ardiam, seus dedos corriam pela superfície do tablet. Ela se lembrou de algo que Cord dissera sobre a vida real não ter finais, e chegou à conclusão de que ele estava certo. Os únicos finais eram aqueles que as pessoas criavam para si mesmas.

Não há finais felizes na vida real, porque não há finais na vida, apenas momentos de mudança, ela escreveu, repetindo as palavras dele. *Há sempre a chance de outra aventura, outro desafio, outra oportunidade para encontrar ou afastar a felicidade.*

Eu quero estudar holografia porque meu sonho é criar histórias. Espero que meus holos, algum dia, inspirem as pessoas a tornar o mundo um lugar melhor. A acreditar no amor verdadeiro. A ser corajosas e lutar pela felicidade.

Rylin apertou o botão que enviaria a redação e sorriu, por entre lágrimas inesperadas.

A história dela estava apenas começando, e ela tinha toda a intenção de escrevê-la ela mesma.

* * *

Naquela mesma noite, quando ouviu alguém bater à porta, Rylin suspirou dramaticamente.

— Sério, Chrissa? — reclamou, indo abrir a porta. — Você precisa levar seu anel de identificação pro vôlei; isso tá começando a...

— Oi — disse Cord, suavemente.

Rylin ficou surpresa demais para fazer algo além de piscar. Seu coração começou a bater de forma descontrolada, em um ritmo vibrante e errático contra sua pele. Cord Anderton estava no apartamento dela, no 32º andar.

— Antes de bater a porta na minha cara, por favor me escute — disse ele, rápido. — Pensei muito no que você disse. Você tinha razão. Eu não devia ter ajudado Hiral a fugir. Eu nunca tive a intenção de manipular ou machucar você, nem de te dizer o que fazer. Na verdade — continuou Cord, com um sorriso hesitante —, eu ficaria muito contente se *você* me dissesse o que fazer, porque eu consigo complicar tudo, às vezes.

— Eu te disse o que fazer. Você apenas não me escutou — observou Rylin.

Cord se apoiou em um pé, depois no outro.

— Eu realmente sinto muito.

— Eu também. Parece que temos um jeito especial de machucar um ao outro.

— É porque quanto mais você conhece alguém, mais fácil fica machucar a pessoa — respondeu Cord. — Viu? Eu aprendi na aula de psicologia.

Rylin não tinha tanta certeza. Será que conhecia Cord de verdade? Algumas vezes parecia que sim, como se ele tivesse revelado a verdadeira face dele, por baixo do dinheiro e do sarcasmo. Quando voltava a ficar sozinha, Rylin sempre duvidava se aquilo tinha realmente acontecido.

A expressão de Cord ficou mais séria.

— Eu me senti péssimo naquela noite, quando você disse que eu tinha vergonha de você — falou rapidamente, como se nem mesmo pudesse dizê-lo. — Eu às vezes me empolgo e quero fazer coisas, comprar vestidos e tal, porque eu posso...

— Só porque você *pode* não significava que você *deve* — interrompeu Rylin.

Cord soltou o ar pela boca.

— Certo. Eu tô ligado.

Rylin sabia que era preciso muita coragem para Cord engolir seu orgulho e admitir que estava errado.

— Obrigada por ter vindo até aqui para pedir desculpa.

— Não vim aqui só para isso. Vim aqui para pedir outra chance, porque eu sei que vale a pena lutar por nós dois.

Rylin sabia que aquele era o momento em que ela deveria correr para os braços dele, mas um certo instinto de preservação a segurou. Cord a machucara vezes demais.

— Eu não sei.

Cord se aproximou e passou a mão pelo braço dela. Ela estremeceu.

— Está me dizendo que não sente o mesmo?

— Cord — disse ela, sem controle —, ainda moramos a quase mil andares de distância. Se você esticasse isso horizontalmente, a linha seria capaz de literalmente cruzar estados.

— Namoro a longa distância — brincou ele, e Rylin sorriu. — Eu quero tentar, se você também quiser. Ou podemos escrever cartas, primeiro, se você preferir não ir rápido demais.

— Eu tenho medo de estarmos condenados a não dar certo, só isso. Já tentamos antes; há razões demais para não darmos certo.

Cord se apoiou no vão da porta, cruzando os braços na frente do corpo.

— *Condenados* é um pouco de exagero. Quais são essas razões, se não se importa de explicar? Não diga que eu nunca venho para os andares baixos da Torre, porque estou aqui agora.

A raiva e o ressentimento de Rylin estavam se despedaçando, virando pedaços inúteis que caíam pelo chão, esquecidos. Ela sentiu sua garganta se fechar, em uma mistura de riso e choro.

— Eu tenho uma enorme razão pela qual nós *poderíamos* dar certo. É que eu te amo — disse ele, sorrindo, olhando para ela como se quisesse convencê-la a sorrir também. — Eu te amo, e tenho a esperança boba de que talvez, quem sabe, apesar dos meus inúmeros erros idiotas, você também possa me amar.

Ele ergueu uma sobrancelha, e de repente pareceu tão convencido e arrogante como no ano anterior, quando Rylin se apaixonou por ele pela primeira vez.

Ela não conseguiu segurar mais as palavras.

— Eu também te amo. Embora tenha muitas razões para não amar, devo acrescentar.

— Então vamos torcer para que essas razões não ganhem a parada.

Cord riu e tirou algo do bolso de trás da calça.

— Eu trouxe uma oferenda de paz, a propósito.

Era um pacote de miniaturas de jujubas.

— Lembra daquela noite? Quando te beijei pela primeira vez?

Como se Rylin pudesse se esquecer!

— Quer dizer, quando eu dei um *tapa* na sua cara e te chamei de imbecil rico e sem noção?

— Isso, exatamente — disse Cord, por fim. — A noite em que tudo começou.

— Talvez uma.

Rylin pegou uma jujuba em forma de ursinho vermelho e a mordeu. O minúsculo chip digestível de identificação de radiofrequência dentro da bala registrou o impacto, fazendo com que o ursinho se contorcesse e gritasse. Ainda rindo baixo, Rylin rapidamente engoliu.

— Nunca deixa de ser estranho.

— É porque você insiste em torturá-los — rebateu Cord, sem conter um sorriso. — Não que eu esteja reclamando. Antes eles do que eu.

— Sério? Porque eu acho que agora é sua vez.

Rylin sorriu e ergueu o queixo para beijá-lo.

Talvez finais felizes *fossem* reais, contanto que percebesse que não eram finais, e sim passos na estrada. Mudanças de valor, como Cord dissera.

Se Rylin aprendera algo, era que, na vida real, jamais se sabia o que estava por vir. Tinha que aceitar o bom e o mau. Tinha que dar uma chance, segurar a respiração e confiar nas pessoas.

Até porque o legal das histórias da vida real é que elas estavam sendo continuamente escritas.

WATT

WATT ESTAVA NO Parque Tennebeth na região sul de Manhattan, observando a Estátua da Liberdade a distância, com sua tocha erguida em determinação contra aquele céu cinzento. A neve não tinha parado de cair. Ela se acumulava nas dobras do casaco de Watt, no topo de suas botas.

Ele ergueu a mão até um ponto logo acima de sua orelha direita, onde uma atadura amarfanhada era a única evidência de que ele passara por uma cirurgia. A cabeça dele pulsava com uma dor confusa que era tanto física quanto emocional.

— Você de novo? — perguntara o médico quando Watt abriu a porta da clínica sem identificação.

O dr. Smith, sem credenciais, consultor médico oficial do mercado negro — a pessoa que havia instalado Nadia no cérebro de Watt tantos anos atrás.

Era também o médico que a desinstalara.

Watt olhou para a palma da mão. A cidade toda jazia às suas costas, vibrante e agitada, mas Watt estava concentrado em um minúsculo pontinho: o disco que segurava.

Era estranhamente invasivo ver Nadia daquele jeito, com seus qubits — bits quânticos — expostos, quase como se estivesse vendo uma garota nua. E pensar que aquele pequeno *core* quântico, aquele pedacinho de metal quente e pulsante, continha a imensidão que era Nadia.

Era estranho, não ouvir mais a voz dela em sua mente. Ela estivera ali por tanto tempo que Watt se esquecera de como era viver sem ela.

Ele sentiria sua falta. Sentiria falta de seu sarcasmo, das constantes partidas de xadrez dos dois. Sentiria falta de tê-la como aliada — era como se alguém sempre estivesse ao seu lado, não importasse o que acontecesse.

Talvez ele não precisasse parar de se sentir sempre acompanhado, pensou Watt ao ver uma pessoa surgir das sombras e caminhar até ele.

— Leda? Como você sabia que eu estava aqui?

— Você me disse — respondeu ela, torcendo o nariz em uma confusão adorável, e Watt entendeu o que tinha acontecido.

Nadia provavelmente mandara uma mensagem para Leda fingindo ser ele, intuindo as emoções dele como sempre fizera. Ela sabia que ele precisaria de uma amiga naquele momento.

Ou talvez, consertou ele, Nadia soubesse que Leda precisaria dele.

A luz ambiente se refletia na neve e iluminava o rosto de Leda, que estava tomado de dor. Seus traços estavam marcados, os olhos sem luz e cheios de lágrimas. Debaixo da jaqueta verde acolchoada, com as mãos enfiadas nos bolsos, ela parecia frágil; ainda assim, uma nova força se fazia perceber em seus movimentos.

— Você tá bem? — perguntou ele, embora fosse bastante óbvio que ela não estava.

Leda o abraçou em resposta. Watt fechou os olhos e a abraçou de volta, com força.

Ao caminharem, ambos olharam para o topo da Torre: era alta demais para ver dali, mas não importava. Eles sabiam como era lá em cima.

— Ainda não acredito no que Avery fez por mim. Por todos nós.

A voz de Leda falhou com aquelas palavras.

Watt estremeceu. Avery devia se sentir extremamente presa no milésimo andar, para querer desistir de tudo e deixá-los seguir em liberdade.

Porém, Watt tinha visto todo o tumulto causado pela história de Avery e Atlas, as coisas odiosas que as pessoas haviam dito sobre eles. Ele nunca deixava de se espantar como os seres humanos eram capazes de machucar uns aos outros. Nenhum outro animal era capaz daquele tipo de crueldade tão violenta e inútil. Seria de se esperar que as pessoas soubessem se comportar melhor àquela altura, enquanto espécie.

Watt compreendia por que Avery quisera escapar de tudo aquilo. Era o tipo de coisa que a perseguiria pelo resto da vida. Ela jamais superaria algo assim.

Ele sabia que deveria se sentir culpado pelo papel que tivera ao ajudá-la — ele e Nadia, na verdade —, mas desconfiava que Avery teria conseguido fazer o que desejava com ou sem ajuda.

Ele olhou novamente para baixo, onde Nadia estava apertada contra a palma de sua mão como um talismã. Leda acompanhou o movimento, e seus olhos se arregalaram.

— É a Nadia? — sussurrou.

Watt balançou a cabeça, concordando.

— Eu a removi — conseguiu dizer, quase sem forças.

— Por quê?

— Porque ela matou Mariel.

Watt ouviu Leda inspirar pela boca com força, viu o último resquício de incerteza deslizar pelos ombros dela, por fim, ao confirmar que a morte de Mariel não era sua culpa.

— Eu não sou uma assassina? — perguntou ela, baixinho, e Watt balançou a cabeça, negando.

O verdadeiro assassino era ele, mesmo que não soubesse ou quisesse.

Ele se voltou para o mar, que era um espelho cinza, refletindo as nuvens acima. *Adeus, Nadia.* Pela primeira vez em anos, ela não respondeu ao pensamento silencioso, porque não estava mais na cabeça dele para ouvir. A única pessoa que podia ouvir seus pensamentos era o próprio Watt.

Ele lançou o braço para trás e então para a frente, e jogou Nadia em um movimento econômico, tão forte quanto possível.

Houve um momento de silêncio profundo em que Watt desejou poder desfazer a ação, mas era tarde demais: Nadia voou em um arco por cima da água, reluzindo na luz perolada da manhã, atingindo, então, a superfície do mar com um barulho.

Fim, pensou Watt, atordoado. Nadia não existia mais. A água salgada da baía já começava a corroê-la, destruindo seus processadores enquanto ela caía e caía. Era a mesma água onde Mariel havia morrido.

Leda puxou a mão de Watt e correu os dedos pelos dele.

Eles ficaram parados ali por um tempo, sem falar. Watt mal conseguia pensar, de tanta dor que lhe consumia o peito.

Quando suas lentes de contato se acenderam com um ping de um usuário desconhecido, demorou para Watt perceber que Nadia não invadiria o sistema para lhe dizer quem era.

Ele fez um gesto para Leda e deu alguns passos, virando a cabeça para aceitar o ping.

— Pronto?

— Sr. Bakradi, aqui é Vivian Marsh. Do MIT — completou ela, como se ele já não soubesse. — Você criou esse código sozinho?

— Perdão?

— Os arquivos que você me mandou, que continham o código de um computador quântico. De onde são?

Watt sussurrou freneticamente para suas lentes de contanto abrirem a caixa de mensagens dele; ao ver a mensagem mais recente, seu coração saltou no peito, porque ele havia mandado o código completo de Nadia para o MIT. Ou melhor, Nadia mandara, durante o procedimento. Era um arquivo enorme, tão gigante que ela provavelmente usara vários servidores locais para conseguir sequer iniciar a transferência.

Watt se preparou para mentir, negar o conhecimento daquele computador quântico ilegal, mas as palavras não lhe vinham.

Ele já havia contado uma vida inteira de mentiras. Talvez fosse a hora de assumir o que fizera.

— Sim. Eu escrevi o código — disse ele, lentamente, quase em desafio.

O seu queixo estava erguido, copiando um gesto que aprendera com Leda sem perceber.

— Você sabe que escrever uma coisa assim sem autorização é um delito grave de acordo com a Seção 12.16 do Ato de Diretivas Computacionais e punível em corte federal.

— Eu sei — falou Watt, sentindo-se nauseado.

— Sem falar que há uma falha crítica no comando fundamental!

Vivian soltou um som de reprovação, como se chamasse a atenção dele.

O interesse momentâneo de Watt se sobrepôs ao seu medo.

— Você leu o código?

— Claro que li o código, não se lembra que engenharia quântica foi o que *eu* estudei? — exclamou Vivian. — Honestamente, sr. Bakradi, estou impressionada. É notável como você conseguiu empilhar e dobrar o código em si mesmo; você deve ter economizado algumas centenas de milímetros cúbicos. Onde está o computador?

Ele percebeu, atordoado, que ela se referia a Nadia.

— Não existe mais — respondeu ele, rapidamente. — Eu a destruí... eu o destruí, quero dizer. Destruí o computador.

— Ah — ofegou Vivian, e Watt percebeu que ela parecia quase... decepcionada. — Provavelmente a melhor escolha, afinal, um computador desse tipo, irregular... Você não o usou para nada, usou?

— Hmm...

Para invadir a delegacia de polícia, o Departamento Meteorológico Metropolitano, flickers e mensagens de várias pessoas, para tentar convencer Leda a gostar de mim, para trapacear em um jogo de pingue-pongue, e, ah, resumir Orgulho e Preconceito *para não ter de ler o livro. Coisas simples.*

— Pensando melhor — continuou Vivian —, não precisa responder. Se eu soubesse que você de fato usou um computador desses eu seria moralmente obrigada a contar à polícia.

Watt não disse nada.

— Você poderia vir aqui esta semana para uma segunda entrevista? — perguntou Vivian, sem muita paciência.

— Segunda entrevista?

— Claro. Gostaria de rever sua inscrição, agora que sei do que você é capaz — disse ela. — Isso é, se ainda quiser estudar no MIT.

Watt sentiu como se o mundo todo tivesse de repente ficado muito mais brilhante.

— Sim. Sem dúvida.

— Fico contente de ouvir isso — completou Vivian. — Foi arriscado, você sabe, enviar o código assim. Eu poderia ter mandado prender você.

Watt sentiu um punho se fechar em torno do seu coração. Ele tentou imaginar como Nadia responderia, se estivesse ali.

— Eu calculei os riscos e decidi que valeria a pena — disse ele, por fim.

— Falou como um engenheiro de verdade — disse Vivian, quase a ponto de rir ao finalizar o ping. — Aguardo sua visita esta semana, sr. Bakradi.

Watt mal conseguia pensar. Era a cara de Nadia ainda conseguir fazer uma última boa ação: se sacrificar, para que ele pudesse entrar no MIT. O final grandioso dela, a canção do cisne, o último adeus.

Obrigado, pensou ele, com fervor. *Prometo que deixarei você orgulhosa.*

Nadia não respondeu.

Leda o observava, com o olhar cheio de perguntas, e havia tanto que Watt queria contar para ela. Não podia, ainda não. Ele havia prometido, e tinha a intenção de manter aquela promessa.

— Era do MIT? — perguntou Leda, tendo conseguido acompanhar pelo menos parte da conversa.

— Era. Eles querem fazer outra entrevista comigo — disse ele, devagar.

— Watt! Estou tão feliz por você.

Leda fez uma pausa, como se tivesse algo a mais a dizer. Ela parecia estranhamente nervosa.

— Antes de mais nada... — disse ela. — Preciso dizer algo.

Watt segurou a respiração.

— Eu te amo — disse ela.

Todos os sons pareceram silenciar, então, e havia apenas os dois ali, e o coração de Watt se apertou no seu peito porque era algo melhor do que ele poderia imaginar.

— Eu também te amo — respondeu ele, embora, com certeza, ela já soubesse.

Leda se atirou em seus braços, e Watt a segurou daquele jeito por um momento, contente em deixar o amor protegê-los do mundo. Ele nem mesmo sentia necessidade de beijá-la. Ficar parado daquele jeito — com o coração pulsando e ecoando pelo peito, sentindo o aroma do cabelo dela — parecia ainda mais íntimo.

Então Leda ergueu os olhos. Watt viu que ela sorria e abriu um sorriso largo também.

— Eu sabia — ele não pôde evitar dizer. — Eu *sabia* que você ia se apaixonar por mim outra vez.

Leda chacoalhou a cabeça, ainda com aquele sorriso torto.

— Watt, o que faz você pensar que eu algum dia deixei de estar apaixonada por você?

Ouvindo aquela resposta, ele a beijou.

Quando eles se separaram, ambos olharam novamente para a Torre.

— Pronto para voltar? — perguntou Leda.

— Não — respondeu Watt, com sinceridade.

— Nem eu. Mas, se esperarmos até estarmos prontos, vamos esperar para sempre.

Watt sabia que ela estava certa. Ele lançou outro olhar para onde Nadia havia desaparecido dentro da água, depois começou a caminhar na direção da estação do monotrilho, de mãos dadas com Leda, enquanto o sol surgia pelas nuvens acima deles. A neve havia parado de cair, mas deixara uma leve camada sobre as ruas, e Watt tinha a sensação nítida de caminhar sobre neve intocada. Parecia que o tempo estava recomeçando, outra vez.

Ele pediria uma enorme xícara de café e um sanduíche de manteiga de amendoim, então estaria pronto para encarar o mundo — limpo e sem filtros, exatamente como deveria ser visto.

ATLAS

AO ANDAR PELA rua Neuhaus, no 892º andar, alguém poderia pensar que era uma tarde qualquer na Torre. Havia turistas parados em frente às vitrines das butiques, decidindo se compravam uma pulseira de joias ou uma jaqueta elétrica. Casais bem-vestidos procuravam restaurantes para almoçar, segurando finos copos recicláveis de café expresso. O céu holográfico projetado no teto era de um cinza profundo, de acordo com a sobriedade da ocasião. A luz difusa iluminava as rochas brancas da Basílica de Santa Mônica, lançando um brilho calcificado e acinzentado em sua estrutura.

Atlas virou a esquina e imediatamente foi tomado por uma cacofonia de sons. Uma multidão tomava conta da igreja, ocupando todo o espaço da entrada. De forma performática, eles choravam e seguravam cartazes que diziam SENTIMOS SAUDADES, AVERY!

Ele balançou a cabeça, com nojo, e passou por ali a passos rápidos, caminhando até uma rua paralela à igreja e entrando por uma porta simples que o deixaria no início da nave. Ele lembrava-se do lugar por ter sido onde fizera a crisma, cinco anos antes.

A basílica estava tão cheia que todos os assentos tinham sido ocupados, mas Atlas não dava a mínima. Ele não pretendia exatamente anunciar sua presença, não tinha vontade nenhuma de se aproximar dos Fuller e abraçá-los. Ele não tinha certeza se eles sabiam que ele havia escapado dos guardas — aqueles seguranças ridículos que retiraram seus aparatos tecnológicos, forçaram-no a embarcar em um avião sem nome e tentaram fazê-lo desaparecer. Só que foi Atlas quem acabara desaparecendo deles.

Se tivessem pensado direito, os Fuller teriam se dado conta de que ele arranjaria uma maneira de estar presente ali naquele dia. De jeito nenhum ele perderia o funeral de Avery. Ele não perderia a chance de dizer adeus ao amor da sua vida.

Ele permaneceu nos fundos da igreja, silencioso e discreto, atento caso um dos seguranças de seus pais estivesse procurando por ele. Era mais fácil assim. Sem ter que cumprimentar ninguém, aceitar pêsames, lidar com a repulsa que podia ter permanecido sobre o fato de ele ter amado Avery. Apenas ele mesmo, suas lembranças, e o monstro desesperado da dor.

Apesar disso, Atlas tinha de tirar o chapéu para os Fuller. Eles sem dúvida sabiam como organizar um velório, com tanta pompa e circunstância quanto as outras festas.

Aquilo poderia bem ser a noite de estreia de uma ópera. Rosas e cravos brancos despencavam pela igreja, formando um belo tapete branco pela nave, até o altar. Centenas de velas flutuavam pelo ar. Um coro angelical de meninos cantava atrás do enorme órgão.

Nada daquilo lembrava Avery. Ela fora linda, pensou Atlas com fervor, mas não era frágil ou delicada. Ela era forte.

Os bancos estavam repletos de pessoas com roupas pretas de grife ou ternos escuros feitos sob medida. Cobertas de diamantes, enxugavam suas lágrimas com lenços de seda monogramados. A alta sociedade de Nova York estava ali com força total: Atlas viu a equipe inteira da Fuller Investments, e aquele ali não era o governador de Nova York, com um segurança de cada lado? O mundo da moda também estava em peso, sendo que vários bancos tinham sido tomados por estilistas, proprietários de lojas exclusivas e blogueiras, todas as pessoas que acompanhavam fanaticamente as roupas e o estilo de Avery. O que o fazia rir, já que as escolhas dela geralmente eram de última hora e sem grandes considerações.

Os amigos de Avery da escola estavam sentados em um banco na frente da igreja, com os olhos arregalados de dor. Ao lado deles, Atlas se surpreendeu ao ver Max von Strauss. Relutante, sentiu um certo respeito por Max, que havia dado as caras, muito embora tivesse visto Avery pela última vez abraçada a *Atlas*.

Estavam todos ali; e todos sussurravam em voz não tão baixa assim sobre o falecimento chocante de Avery.

O mais irônico de tudo é que a morte dela tinha conseguido fazer exatamente o que Atlas pensava ser a intenção de Avery: mudar a narrativa. Ela já não era mais a garota nojenta que se apaixonara pelo garoto errado, mas a vítima trágica de um amor impossível. Aquele artigo asqueroso fora removido da i-Net, porque depois que Avery se *matara* por causa dele, deixá-lo existir seria de um mau gosto tremendo.

Atlas fechou os punhos ao lado do corpo. Aquela era Nova York, pensou ele, inconstante até o fim. Aquilo apenas provava que ele tinha razão: se os pais tivessem ficado ao lado deles, em vez de separá-los um para cada canto, as pessoas, no fim, teriam aceitado o relacionamento e seguido a vida.

Na frente da igreja, em posição de honra ao lado dos pais dele, Atlas viu os pais divorciados de Eris, Caroline Dodd e Everett Radson. Ele se perguntou o que eles estariam pensando, por trás daquela fachada impenetrável que era seu rosto. Antes de morrer, Avery havia, aparentemente, confessado ter *matado* Eris, dizendo que empurrara Eris do telhado sem querer. Era uma confissão que reabrira feridas antigas e fizera muita fofoca antiga ressurgir. Especialmente por Avery ter se matado, incendiando o apartamento dos Fuller consigo dentro dele.

Atlas não queria acreditar que Avery fizera aquilo, mas não sabia mais em que acreditar. Ele se lembrou de que Avery sempre agira de forma estranha quando o assunto era a morte de Eris. Seria verdade?

E quanto àquele outro boato, de que Avery confessara também uma segunda morte, a de uma garota dos andares baixos da Torre? Não fazia sentido. Atlas tinha quase certeza de que a história era mais complicada, que talvez Avery estivesse acobertando alguém...

Não, pensou ele. Ele estava ali para dar vazão a seu luto, não para investigar.

O padre Harold caminhou até o púlpito e começou a conduzir a oração inicial. A congregação abaixou a cabeça.

— Concedei o descanso eterno a seus servos, ó Senhor, e deixai que Vossa luz eterna brilhe sobre nós... — entoou o padre, mas Atlas havia parado de escutar. Ele estava observando o mar de pessoas e se questionando quantas tinham conhecido Avery, *de verdade*. Não a versão falsa e delicada que ela exibia para o mundo, mas a garota vibrante de carne e osso que existia por trás da máscara.

Ele deixou que as palavras do sermão passassem por ele, inundado por um milhão de lembranças de Avery. Todos os verões que passaram nas praias do Maine: correndo pelas ondas, roubando barras de chocolate escondidos da cozinha e comendo rapidamente, antes de derreterem. Como os raios de sol reluziam no cabelo dela, descobrindo todos os tons ali. A risada dela, inesperadamente alta e grave. Sua ferocidade, seu calor, seu espírito indomável. O jeito como ela beijava.

Atlas jamais fora digno dela. Aquele *mundo* não fora digno dela; no final, o que a matara fora o mundo, com sua fria incapacidade de aceitar o diferente. Atlas não ligava como *o* chamassem, mas dizer a Avery que ela era repulsiva e sem valor, só por causa de quem ela amava... bem, não era um mundo do qual Atlas queria fazer parte, também.

Ele se recusava a pedir desculpas por amar Avery. Honestamente, ele desafiava qualquer pessoa com meio coração a conhecê-la e *não* amá-la. Amar Avery era o maior privilégio que o mundo havia lhe concedido, e ele não se arrependeria nem de um minuto sequer.

Ele rezou para que Avery também não tivesse se arrependido, no final.

— Nossa dor é como um tremor de terra, como chamas que não morrem... — dizia padre Harold, e Atlas recuou ao ouvir aquelas palavras.

Ele não queria imaginar Avery lá no milésimo andar, sozinha, cercada por uma muralha de chamas.

Ele estava no Laos quando descobrira, poucas horas depois do acontecido. A notícia havia corrido o mundo rapidamente: porque a morte da filha do prefeito de Nova York, de Pierson *Fuller*, o homem que inventara a vida vertical em escala global, era notícia internacional. Principalmente quando a filha havia ateado fogo na famosa cobertura da família, ainda dentro dela.

No momento em que Atlas ficou sabendo, escapara dos seguranças e pegara um voo até ali, voltando a tempo do velório.

Durante a viagem inteira, atordoado, Atlas se sentira consumido pela culpa. Era tudo culpa sua. Culpa por terem sido pegos no elevador, culpa pelos pais deles tentarem fazê-lo desaparecer, culpa de não descobrir um jeito melhor de deixar uma mensagem para Avery. Ele se lembrou dos bolinhos que mandara para ela, naqueles segundos de pânico, e se sentiu enjoado. Será que Avery não tinha percebido o significado deles — que ele encontraria um modo de voltar, de qualquer maneira, não importando as consequências?

Atlas se lembrou de como o olhar dela penetrara o dele na escuridão do elevador, quando ela se virara e sussurrara: *Não faça promessas que não pode garantir que vai cumprir.*

Ele não cumprira sua promessa, no final das contas. Ele fracassara.

Que idiota colossal ele tinha sido. O sr. Boas Intenções, mais uma vez fazendo besteira. Ele se sentia como um personagem de uma tragédia de Shakespeare, o infeliz amante separado, que destrói a própria vida com os próprios erros mal-intencionados.

Atlas jamais teria imaginado que Avery faria nada daquele tipo, que deixaria um enorme vazio no universo, do tamanho de si mesma. Mas fora ela quem permanecera ali em Nova York, que tivera de enfrentar as consequências cruéis e odiosas daquela noite.

O padre salpicou água benta sobre o caixão. Era um caixão imenso, de madeira trabalhada, feito sob encomenda; embora Atlas não o tivesse carregado, sabia que estava vazio, porque Avery não estava ali. Eles não tinham encontrado os restos do corpo dela. Tudo que sobrara foram alguns longos fios dourados do cabelo dela, escondidos nas cinzas.

Talvez fosse melhor daquele jeito. Pelo menos assim Atlas não teria de ver o corpo dela queimado e destruído. Ele tinha a chance de se lembrar dela como quisesse, vibrante, rindo — e intensamente viva.

O padre Harold começou a concluir os ritos, e Atlas não conseguia mais respirar. Ele odiava aquilo, mas apesar disso não queria que acabasse, porque significaria que Avery realmente não existia mais.

Por fim, o órgão passou a tocar uma melodia, as vozes do coro de meninos cantando *Requiem Aeternam*. A família em luto começou a caminhar pelo corredor principal: Pierson e Elizabeth Fuller, vovó Fuller e alguns tios e tias. Atlas se escondeu ainda mais nas sombras.

Quando Leda passou por ele, usando um vestido preto de tricô e meia-calça, Atlas não pôde deixar de notar que ela não parecia... triste o suficiente. Os passos dela eram secos, os olhos escuros e atentos como sempre; antes que Atlas pudesse se esconder ainda mais, aqueles olhos se viraram na sua direção, focando nos dele.

Ele devia ter imaginado que, entre todos ali, Leda seria a primeira a descobri-lo.

Com medo, ele congelou, certo de que Leda daria um escândalo. Em vez disso, ela apertou os lábios e inclinou a cabeça na direção de um dos lados bloqueados da igreja, como se dissesse, *Venha*, e saiu pela entrada principal. Atlas sentiu que não tinha escolha a não ser ir atrás dela.

Ele caminhou até a capela, onde um par de anjos de pedra o observava com calma inescrutável. Suas asas eram de couro e não de penas — como as de um morcego, não de um pássaro. Talvez não fossem realmente anjos. Combinava, de uma maneira estranha.

Leda só voltou quando a igreja se esvaziou completamente.

— O que você está fazendo aqui? — sussurrou ela, olhando sob os ombros de maneira nervosa. — Achei que estivesse bem longe.

— Estava, mas voltei — respondeu Atlas, de forma hesitante, dizendo o óbvio.

O cérebro dele não estava funcionando direito. Ele não podia pensar com tanta dor.

Leda se inclinou em um pé, depois no outro, com as sapatilhas batendo contra o chão de mármore. Parecia irritada com ele.

— Você não deveria estar aqui.

— Se você achou que eu perderia a chance de me despedir... — começou ele, mas Leda o interrompeu.

— Tem algo que você precisa saber, sobre o que realmente aconteceu com Avery.

EPÍLOGO

NO AEROPORTO DE Budapeste, uma garota usando jeans e um moletom, com uma mochila vermelha apoiada no ombro, tentava decidir aonde ir — aproveitando a agradável expectativa da escolha.

Como todos os espaços públicos, o aeroporto era um mundo de encontros anônimos e rápidos, de estranhos compartilhando uma intimidade forçada e temporária. A garota andava com a cabeça baixa, evitando contato visual, tentando não ser notada; para sua surpresa constante, estava funcionando. Ninguém prestava atenção nela.

O estômago dela a surpreendeu com um ronco de fome. *Certo, comida primeiro,* pensou ela, *e então um destino.*

Cada escolha havia se transformado em uma espécie de jogo. Ela inclinava a cabeça para o lado, as sobrancelhas se unindo, e internamente debatia se queria limonada ou suco de beterraba. Alguém poderia dizer que a garota não sabia quais eram suas preferências, e talvez fosse verdade. Talvez ela não tivesse certeza se as preferências dela eram realmente dela, ou se haviam sido *impostas*, como tudo em sua vida até então.

Ela parou perto de uma janela de flexividro, observando os aviões pousando e decolando. Ela adorava ver as várias etapas da coreografia: os tanques de água que abasteciam os jatos, os robôs individuais movendo-se como colares de contas, coletando pessoa por pessoa e as transportando até o ponto de partida.

Distraidamente, passou a mão pelo cabelo preto, cortado recentemente e sem muita precisão num estilo mais masculino. Sua cabeça parecia mais leve sem os fios pesados que normalmente lhe caíam pelos ombros. Era uma sensação maravilhosa.

A garota apoiou a testa no vidro e fechou os olhos. Eles ainda doíam após a cirurgia de troca de retina pela qual ela havia passado em um "consultório médico" sem credenciais, mas surpreendentemente limpo, no Sprawl. Que dias mais estranhos e imprudentes tinham sido aqueles.

* * *

— Preciso desaparecer — disse para Watt depois de enviar um ping naquela noite. — Você sabe fazer isso, né?
— Você vai fugir?
Watt fez uma pausa, como se estivesse reorganizando seus pensamentos.
— É por causa daquele artigo? Porque eu posso descobrir quem postou aquela foto e...
— Você tem passado tempo demais com Leda — retrucou ela, com gentileza. — Não quero vingança, Watt. Quero sumir.
Para a surpresa dela, Watt resistiu. Parte dela ficou estranhamente grata por isso, como se ele soubesse que deveria se opor porque era a única pessoa com quem ela pretendia compartilhar aquele plano. A única pessoa lutando por ela.
— Sei que essa situação toda parece impossível agora — dissera ele —, mas você não pode fugir da sua *vida* por causa disso.
— E se eu disser que ando querendo fugir da minha vida faz um bom tempo?
Ela se largara na cama e encarara o teto, com uma das mãos na testa e a outra no coração, como fazia durante a yoga. Tentando se centrar no que pudesse. Por quanto tempo aquela situação estivera aumentando? A sensação de que ela estava presa, sufocando debaixo das expectativas de todos: seus pais, Max, o mundo inteiro?
Ela sentiu dificuldade para explicar.
— Você não entenderia, mas é como se eu tivesse um monte de vozes na minha cabeça, dizendo quem eu devo ser. Agora tem mais vozes ainda, uma cidade inteira reclamando, e a única coisa que eu quero é deixar tudo isso para trás.
— Sei mais sobre vozes na cabeça do que você imagina — respondeu Watt, dando uma risada difícil de interpretar. — Certo. Vamos discutir a logística desse seu plano.

* * *

Olhando para trás, ela não podia acreditar que tinha dado certo.

Ela jamais poderia ter feito aquilo sem Watt, cujas habilidades de hacker superavam todas as expectativas. Ele conseguira roubar um drone militar fora de uso, equipado com painéis de teflon para camuflagem. O drone a coletara bem ali no telhado, depois de ela colocar fogo no apartamento com os acendedores que Watt obtivera para ela. Ela não tinha perguntado de onde eles vinham.

Ela mal cabia no drone, mesmo sentada com os joelhos encostando no peito, mas não importava. Ela voou por vinte minutos até Boston, praticamente invisível, nada além de uma sombra no ar.

Ela se contorceu um pouco, lembrando a destruição que levara à casa de infância, mas não tivera escolha. Ela e Watt tinham discutido todos os ângulos possíveis, e não conseguiram imaginar como ela sairia da Torre sem ser pega pelos scanners de retina. A única opção seria pelo telhado. Isso significava que ela precisaria do fogo, para explicar a ausência de um corpo.

Porque, se os pais dela não achassem que ela estava morta — se percebessem que ela tinha apenas fugido —, teriam usado todo o dinheiro deles para encontrá-la. Ela não queria passar o resto da vida olhando por cima dos ombros, com medo.

A parte mais difícil tinha sido não contar para Leda. Ela sabia que, se Leda soubesse dos planos, teria sido contra. Avery fizera Watt *prometer* contar para Leda só depois que ela estivesse longe. Ainda assim, doía pensar que tinha causado dor, ainda que falsa, à sua amiga, mesmo que por um momento.

Ela estava feliz por ter conseguido executar o plano. Os outros estavam livres de suspeita, Leda livre de culpa e, o que mais importa, ela estava *livre*. Ela não tinha percebido o quanto sua identidade a prendia até conseguir escapar de suas garras.

Ela se voltou para o holo com as informações de embarque, onde pequenos ícones de destino brilhavam atrativamente, como itens em um cardápio de restaurante. São Petersburgo, Nairóbi, Beirute. Onde estaria Atlas, entre tantas opções? Ela desejou outra vez que pudesse tê-lo avisado sobre o plano, mas nem mesmo Watt conseguira encontrá-lo. Seja lá para onde seus pais o haviam mandado, tinham sido bem-sucedidos em fazê-lo desaparecer.

Ela tinha começado a vê-lo em todos os cantos. Em todos os cafés, trens, esquinas. Era só ouvir os passos ou a voz, ver a cor de cabelo de alguém que parecia com ele, que ela parava, surpresa, verificando se era ele. Era como estar cercada por ecos infinitos dele. Ela se perguntava se ele se sentia do mesmo jeito.

A garota ergueu a cabeça. Seus olhos podiam ser novos, mas a desobediência teimosa que pulsava neles era a mesma de sempre.

Ele poderia estar em qualquer lugar. O mundo era *tão* grande, cheio de tantos lugares inesperados: cidadezinhas, metrópoles gigantescas e torres que alcançavam o céu; oceanos, lagos e montanhas; e todos aqueles bilhões de pessoas. Ela não tinha a menor *ideia* de onde ele estava, naquela imensidão toda. Talvez levasse semanas para encontrá-lo, anos, uma vida inteira.

Procurar seria metade da diversão, não é? Se fosse para levar uma vida inteira, pensou ela, com certa graça, era melhor começar logo.

Avery Fuller estava morta, e a garota que vivera a vida dela por dezoito anos mal podia se conter para descobrir quem ela realmente era.

Ela virou o rosto para os balcões das empresas aéreas e caminhou, com coragem, para seu futuro.

AGRADECIMENTOS

COM A FINALIZAÇÃO dessa trilogia, sinto uma gratidão avassaladora. Devo um imenso obrigada a todas as pessoas que tornaram esses livros possíveis.

À minha editora, a inimitável Emilia Rhodes: não há outra pessoa que eu preferiria ter ao meu lado na publicação da minha primeira série. Jen Klonsky, seu entusiasmo infinito sempre me faz sorrir. Alice Jerman, sou eternamente grata pelo seu apoio editorial. Jenna Stempel, os designs das suas capas sempre me impressionam, e desta vez você realmente se superou. Obrigada a Gina Rizzo, Bess Braswell, Sabrina Abballe e Ebony LaDelle pela brilhante publicidade e marketing.

Como sempre, um imenso agradecimento a toda a equipe da Alloy Entertainment. Joelle Hobeika, Josh Bank e Sara Shandler, essa série se beneficiou do gênio maluco de vocês de mais modos do que eu consigo contar. Obrigada pela orientação criativa sem paralelos e pela confiança de vocês nesse projeto. Obrigada também a Les Morgenstein, Gina Girolamo, Romy Golan e Laura Barbiea.

À equipe do Rights People — Alexandra Devlin, Allison Hellegers, Caroline Hill-Trevor, Rachel Richardson, Alex Webb, Harim Yim e Charles Nettleton —, obrigada pela ajuda para levar *O milésimo andar* para o mundo todo, em tantas línguas. Ainda parece um sonho que se tornou realidade.

Obrigada a Oka Tai-Lee e Zachary Fetters por construir um site de tirar o fôlego, e a Mackie Bushong pelos talentos em design.

Não sei o que eu faria sem meus pais, que permanecem os vendedores mais entusiasmados e os torcedores mais animados do mundo. Lizzy e John Ed, obrigada por me escutarem no início do projeto e por todas as sugestões de diálogo (algumas falas acabaram aparecendo no livro!). Alex: obrigada pelos inúmeros tacos feitos em casa, pelos sábios conselhos e pelas inúmeras horas passadas discutindo a vida de adolescentes fictícios. Sem você, nada disso teria sido escrito.

    Acima de tudo, obrigada aos leitores que me acompanharam nesta jornada. Para mim, os livros são a magia mais poderosa que existe — mas é somente nas mãos dos leitores que essa magia ganha vida.

Impressão e Acabamento:
LIS GRÁFICA E EDITORA LTDA.